Sue Gee

Samstage in Camden

PIPER ORIGINAL

Sue Gee

Samstage in Camden

Roman

Aus dem Englischen von
Anne Ruth Frank-Strauss

Piper München Zürich

Von Sue Gee liegen auf deutsch außerdem vor:
»Nachtstücke« (Serie Piper 3230)
»Die letzten Gäste der Saison« (Serie Piper 3601)
»Ein Garten im Sommer« (Serie Piper 3916)

Für Danusia, Hazel, Norah und Polly –
jeder ein wenig anders

Deutsche Erstausgabe
September 2003

Titel der englischen Originalausgabe:
»Thin Air« (Review / Headline Book Publishing, London 2002)

Satz: KCS GmbH Buchholz / Hamburg
Druck und Bindung: Clausen & Bosse, Leck
Printed in Germany ISBN 3-492-27053-0

www.piper.de

Herbst 2000

I

Briefe

1 Der Wind wurde wieder stärker, und William, der am Morgen als erstes die Haustür aufsperrte und der sich – er konnte es spüren – seinem letzten Lebensabschnitt näherte, bückte sich zur Milchflasche auf der obersten Stufe. Seine Pyjamahosen flatterten ihm um die Knöchel. Er richtete sich auf und band seinen Morgenrock zu. Regen wehte über den Säulengang; er plätscherte auf die Stufen und den unbeschnittenen Rosenstock an der Pforte, an dem eine letzte, erstaunliche Blüte zerfiel. Herrliches nasses Rosa auf durchnäßter Erde; es fiel ihm auf.

Weiter unten die Straße entlang schlugen die ersten Pendler die Haustüren zu und kämpften mit ihren widerspenstigen Schirmen. Von Dulwich zur London Bridge: der acht Uhr fünfzehn. William hatte diese Fahrt mehr als dreißig Jahre lang gemacht. Vor ihm – als er dort auf der obersten Stufe stand und die Flasche mit Magermilch umklammerte, zu der seine Tochter ihm geraten hatte – zerzauste der Wind die Bäume. Die impressionistischen Schirme, versilbert vom wirbelnden Regen. Hinter ihm, im Hausflur, klingelte das Telefon.

»Hallo?« Auf dem Tisch in der Diele senkte sich die Milchflasche feucht auf die Titelseite der Zeitung mit dem Foto vom Hochwasser.

»Globale Erwärmung«, sagte Buffy und setzte in ihrer Wohnung in Notting Hill ihre Kaffeetasse ab.

»Was ist das?« Er sank in den Sessel neben dem lauwarmen Heizkörper und schlug die eleganten Beine übereinander. Eve hatte sie elegant gefunden.

»Dies hier. Diese scheußliche Nässe. Überschwemmungen, Unwetter, Dämme brechen. In York steht das Wasser bis zum ersten Stock.«

William, den Hörer in der Hand, sah hinunter auf das Foto auf der ersten Seite. War das York? Nein – eine uralte Wiesenfläche, spiegelglatt und perfekt, bepflanzt mit uralten Bäumen. Das Wasser war um sie herum angestiegen, und jetzt, als warte es auf die Taube, war es still und klar. Die Milchflasche hatte das Bild ruiniert. Ohne seine Brille hätte es überall sein können.

»Die Welt hat sich verändert«, sagte Buffy, und er konnte hören, wie sie sich eine frische, dampfende Tasse Kaffee einschenkte. »Das Klima spielt verrückt – wir haben unser *Klima* zerstört, William. Nichts wird je wieder so, wie es war.«

»Das sagst du bei jedem Wetter.« William strich mit der Hand über die Heizung, die sehr kalt war. Nicht einmal lauwarm. »Das ist unser Alter, Buffy. Alles kommt einem gräßlich vor.«

»Aber das ist *apokalyptisch.* Was heißt, dein Alter«, fügte Buffy hinzu. »Ich bin noch nicht senil. Was hast du heute vor?«

»Ich bleibe zu Hause«, sagte William, wippte mit dem Bein, um sich Bewegung zu verschaffen, und beobachtete, im Kontrast zu seinem uralten Fuß, das elegante Flappen der weinroten Lederpantoffeln von Austin Reed. Von Eve, zu einem Weihnachten vor langer Zeit. Sie hatten lange gehalten, wie zu erwarten war. »Einen Klempner anrufen«, fügte er hinzu und spürte ein Frösteln im Rücken. »Und du?«

»Es ist Donnerstag«, sagte Buffy. »Meine Chorprobe.«

»Das wird dich aufheitern.«

»Das würde es auch, wenn ich nur hinkommen könnte.«

»London ist nicht überschwemmt.«

»Das ist nur eine Frage der Zeit. Es kommt bereits zum Stillstand. Ich habe keine Lust, im strömenden Regen auf einen Bus zu warten, der nie kommt.«

»Nimm die U-Bahn.«

»Ich hasse die U-Bahn. Du weißt, daß ich sie hasse. Ich hasse alles.« Er hörte ein Klirren der Kaffeetasse. »Entschuldige.«

»Arme alte Buffy.«

»Ich hasse es auch, die arme alte Buffy zu sein.« Eine kleine Pause, dann: »Entschuldige«, sagte sie wieder. »Ich sollte dich nicht damit belästigen, William. Du mußt dir wegen viel wichtigerer Dinge den Kopf zerbrechen.«

»Ich muß mir wegen der Zentralheizung den Kopf zerbrechen, sicher«, sagte William, während etwas durch den Briefschlitz knallte. Er warf einen Blick auf die Matte. War das ein weißes Rechteck zwischen den Rechnungen? »Weißt du was?« sagte er und stellte sich steif auf die Füße. »Wenn das Wetter aufklart, geh ich mit dir ins Kino. Wie wär's damit?«

»Sehr nett«, sagte Buffy. »Wenn es etwas gäbe, das man sehen wollte.«

»Na, komm schon – wir werden etwas finden. Und überhaupt –« Er tastete in den Taschen seines Morgenrocks nach seiner Brille, die nicht drin war. »Ich seh dich Samstag am Stand.«

»Ich weiß, ich weiß, das macht immer Spaß. Du bist immer so positiv, William, entschuldige, daß ich dir was vorjammere.«

»Wir sehen uns bald«, sagte er und reckte den Hals, daß die Telefonschnur spannte. »Ich muß jetzt voranmachen.«

Die Diele, nur von dem verblichenen aprikosenfarbenen Seidenschirm der Tischlampe beleuchtet, war verdunkelt vom Regen. Er schritt am Vorhang des Wohnzimmers vorbei und bückte sich nach der Mahnung für seine Fernsehgebühren, einem Umschlag mit grellbunten Pfundzeichen und, ja, einem weißen Rechteck. Mr. William Harriman, Esq. – du meine Güte! Eine krakelige Handschrift, ein billiges, dünnes Kuvert. Er nahm alles, zusammen mit der Milch und der Zeitung, mit in die Küche, wo Danny, noch in seinem Korb, ein Auge halb öffnete. Die *Gedanken zum Tag* murmelten im Radio, William suchte seine Brille und hörte mit halbem Ohr die besänftigende Stimme eines Bischofs aus dem Sender in Bristol, wo Sandsäcke entlang der Ufer des Severn aufgestapelt waren.

Da lag seine Brille, noch auf dem Teetablett vom Morgen. Das Telefon läutete wieder, während er auf die grauenhafte Handschrift starrte. Was jetzt?

Er ging wieder die Treppe hinauf in den Flur, sank noch einmal auf den Telefonstuhl und warf einen Blick auf den Poststempel des Briefes.

»Daddy?«

»Wen kennen wir in Shropshire?«

»Was?« Claires Stimme klang wie so oft scharf.

»Shropshire. Ich hab einen Brief von dort bekommen.«

»Keine Ahnung. Ich rufe wegen Matthew an. Es ist Donnerstag.«

»Stimmt«, sagte William und dachte an Buffys Fahrt durch den Regen, um in einem hellen Raum oben im Mary Ward Centre Händels Oratorien zu singen. Er nahm sich zusammen und dachte an Matthew.

»Stimmt etwas nicht?«

Jedesmal, wenn er das fragte, was von Zeit zu Zeit nötig war – wenn ein Arzt oder Sozialarbeiter oder einmal auch die Polizei anrief oder an der Tür klingelte –, mußte er daran denken, wie sie notgedrungen realisiert hatten: Ja, etwas stimmte ganz und gar nicht.

»Was ist?« fragte er gefaßt, während der dunkle Regen die Welt peitschte.

»Mit ihm ist alles in Ordnung, keine Angst. Aber ich sollte ihn doch besuchen, nicht wahr? Ich bin heute dran. Und Geraldine hat eine Ohrenentzündung. Wir sind die halbe Nacht aufgewesen.«

»Oje.« Dunkel erinnerte er sich an solche Nächte, als er zu irgendeiner gottverlassenen Stunde aufgewacht war und sah, daß die Treppenbeleuchtung an war, und er vom oberen Stock bei einem der Kinder Eves sanfte Stimme hörte. Gewöhnlich waren es die Ohren oder der Brechnapf. Meist der Brechnapf für Matthew, die Ohren bei Claire.

»Kann ich irgendwas tun?« Dann wankte er hinauf zu blassen, tränenverschmierten Gesichtern; Eve in ihrem rosa wollenen Morgenrock beschwichtigte ihn.

»Nein, nein, Liebling, geh nur wieder ins Bett.«

Er bezweifelte, daß Claire das oft zu Jeremy sagte, gleich welcher Tag vor ihnen lag.

»Jedenfalls«, sagte sie, im Hintergrund leises Wimmern, »ich bringe sie zum Arzt und schick sie nicht in den Kindergarten. Ich soll sie doch wohl kaum bei diesem Wetter, wenn sie krank ist, fortschaffen, um Matthew zu besuchen, oder?«

»Nein, nein, natürlich nicht.«

»Kannst du hingehen?«

»Ja, ja, sicher.«

»Ich meine«, sagte Claire, während das Wimmern sich zu einem Heulen steigerte, »er wird es wahrscheinlich so oder so nicht merken, aber ...«

»Mach dir keine Gedanken. Arme kleine Geraldine.«

»Wir machen uns mal lieber auf, heute kommen nur Notfälle dran.«

»Grüße sie lieb von mir.«

»Tschüs.«

»Tschüs, Liebling.« Aber Claire hatte schon aufgelegt.

William sah hinaus in den Regen, der über die Buntglasscheiben der Haustür rieselte, smaragdgrün, flaschengrün und violett. Würde es jemals aufhören? Gleichviel, er würde hingehen. Er ging zurück in die Küche, wo Danny sich rührte, es war ja auch Zeit. »Wir werden Matthew besuchen«, sagte er zu ihm und setzte den Kessel auf, und Danny, der wußte, daß diese Worte das weitläufige Krankenhausgelände und eine Menge Herumrennen bedeuteten, wedelte mit seinem Dackelschwanz und streckte sich. »Raus«, sagte William und riegelte die Hintertür auf. »Komm jetzt, raus mit dir.«

Wind und Regen bliesen herein, als Danny sich zögernd nach draußen bewegte, mit etwas Nachhilfe von Williams pantoffelbekleidetem Fuß. Er schlug die Tür zu und spülte den Kaffeetopf aus. »Shropshire«, wiederholte er und sah auf die verrückten unregelmäßigen Großbuchstaben. »O Gott, das ist Mary.«

Die letzten gelben Blätter des Weidenbaums wirbelten durch den Garten, William sah es vom Fenster über der Spüle. Er und Eve hatten an Sommernachmittagen unter dieser Weide Tee getrunken.

»*They fly forgotten, as a dream/Dies at the opening day ...*« hörte er sich summen, während ein Pfarrer aus einem Radiowagen in der Londoner Innenstadt über die Klimaveränderung predigte und Danny verzweifelt an der Tür kratzte. William ließ ihn ein, schüttete Hundefutter in seine Schüssel, kochte Kaffee, steckte Brotscheiben in den Toaster und schlitzte den dünnen weißen Umschlag auf. Natürlich war es Mary, wer sonst? »Steht wohl schlimmer mit mir, als ich dachte«, murmelte er, setzte sich hin, entfaltete das billige linierte Papier, mit dieser erschreckenden Handschrift. »Was will die bloß, um alles in der Welt?«

2

»Es würde dir gefallen in London«, sagte Mary Harriman und rührte in ihrem Tee. »Da ist immer was los.«

»Das kann ich mir denken«, sagte Janice und sah zu, wie zwei weitere Löffel voll Zucker in dem Krönungsbecher verschwanden.

»Hier ist ja nicht viel los.« Mary fischte den Teebeutel heraus und schleuderte ihn in die Spüle. »Würde dir sicher gefallen.«

»Schon möglich.« Janice lehnte sich im Küchenstuhl zurück und beobachtete, wie der Regen an den kleinen Fenstern herunterströmte. Zur Straßenseite verdeckte die hohe Hecke den Weg und trübte das Licht, das von den Reihen der Porzellanhunde noch mehr verdunkelt wurde. Auf der Rückseite kauerte ein untröstliches Federvieh auf der Fensterbank, schmutzigweiß, mit hängenden Kamm. Mary starrte, wie Janice, auf den zersprungenen Zement und den aufgewühlten Schlamm im Hof mit seinen Maschendrahtverschlägen und zusammengewürfelten Hühnerställen und Hundezwingern, aus deren offenen Türen die Hunde hinausstarrten. Es regnete schon seit drei Tagen.

»Immerhin«, sagte Mary und trank, »ich habe William seit ich weiß nicht wann nicht mehr gesehen. Zuletzt bei Mutters Beerdigung, wenn ich mich nicht irre.«

»Vor fünfzehn Jahren«, sagte Janice. »Ich weiß. Sie haben es mir erzählt.«

»Und er ist nur ein Vetter zweiten Grades«, meinte Mary. »Oder dritten. Aber wir hören sowieso nicht oft voneinander.« Sie setzte ihre Tasse ab. »Willst du wirklich nicht noch einen Tee?«

»Bestimmt nicht«, sagte Janice. »Ich sollte mich jetzt auf den Weg machen.«

»Bei dem Regen kannst du nicht gehen.«

»Ich weiß.«

Früh am Morgen war der Regen noch leicht gewesen; er hatte über eine Stunde lang aufgehört, und der Himmel hatte aufgeklart. Während dieser Pause war Janice aufgebrochen, um ihre Lieferungen zu erledigen, die Fahrradkörbe waren mit den Einkäufen für drei Haushalte gefüllt. Sie fuhr zunächst langsam; doch als die Last leichter wurde und sie sich ihrer zweiten Ablieferung näherte, legte sie an Tempo zu, sauste zwischen den Hecken hindurch und erhaschte hier und da durch die Pforten zwischen den Feldern einen Blick auf die nebelverhangenen Berge. Dann, als sie beim Hundemuseum ankam, hatte es wieder angefangen zu schütten.

»Hab schon auf dich gewartet«, hatte Mary an der Haustür gesagt und ihr die Tragetaschen mit den Konserven und dem Toastbrot abgenommen. »Komm rein.«

Auf der anderen Seite des Hofes prasselte der Regen auf Ernies Wohnwagen. Janice sah ihn durch das schmutzige Plastikfenster verdrießlich rauchend an seinem Tisch sitzen. Durch die zerbrochene Dachrinne strömte das Wasser genau über seiner Eingangstür herunter. Die Stufen würden verrotten.

»Diese Hunde werden verrückt, wenn sie nicht bald herauskönnen.«

»Ich glaube, es läßt nach.« Janice stand auf und guckte aus dem Fenster zur Straße. Ihr Fahrrad lehnte tropfend an der Pforte.

»Du brauchst einen Lieferwagen.«

»Ich weiß. Eines Tages.«

»Könntest damit in London viel Geld verdienen.«

»Womit?«

Mary wußte es nicht. Sie trank ihren Tee aus. Sophie kam aus dem Nebenzimmer herüber.

»Was willst du?«

»Wir haben Besuch«, sagte Sophie, in ihrer rosa-blau gemusterten Schürze und der mit einem Spaniel verzierten Haarspange.

»Wo?«

»Kommen gerade den Pfad rauf.«

Mary und Janice traten wieder ans Fenster und guckten. Eine dreiköpfige Familie in wasserdichten Kapuzenjacken und Gummistiefeln näherte sich der Pforte: Eltern mittleren Alters mit einem dicklichen Jungen. Sie blieben vor dem Schild stehen und sahen auf das Haus. Der Mann ging ein paar Schritte weiter, am Küchenfenster vorbei. Er blieb wieder stehen und betrachtete die Reihen von Porzellanhunden: die Schäferhunde, die Terrier, die Pudel mit lockigen Porzellan-Dutts, Windhunde mit roten Porzellanschleifen, hechelnde Neufundländer. Er sah Mary und Sophie und Janice, die seinen Blick erwiderten, und schrak zusammen. Regen tropfte von seiner Kapuze.

»Kommen Sie doch rein aus der Nässe«, rief Mary und klopfte an die Fensterscheibe. »Kostet nur ein Pfund.«

Janice sah zu, wie sie alle verhandelten. Dann klinkten sie die Pforte auf.

»Verrückt, bei diesem Wetter spazierenzugehen«, meinte Sophie.

»Ein böser Wind«, sagte Mary und ging zur Hintertür. »Das sind immerhin drei Pfund, die wir hier kriegen.«

»Zwei fünfzig«, sagte Sophie. »Familienrabatt.«

Mary warf ihr einen Blick zu.

»Ich muß jetzt gehen«, sagte Janice.

»Ich sag dir Bescheid, wenn ich von ihm höre«, sagte Mary. »William wird dich bestimmt aufnehmen.«

»Danke.« Janice nickte der Besucherfamilie zu, zog den Reißverschluß ihrer Jacke hoch, setzte ihre Strickmütze auf und ging über den Hof. Die Besucher starrten verwirrt die Schwestern an: Sophie in ihrer Kittelschürze, dem kurzgeschnittenen, mit der Spange zurückgesteckten Haar, und Mary in ihrer seegrünen Strickjacke, dem zipfeligen Rock und Söckchen. Mit ihren sechzigjährigen Gesichtern, so frisch geschrubbt und unschuldig, sahen sie aus wie Kinder aus den Büchern von Enid Blyton.

Mary hielt ihnen die Jubiläumsbüchse hin. Auf der anderen Seite des Hofes waren die Hunde aus ihren Hütten gekommen. Sie standen jetzt am Maschendraht, und ihre Schwänze klopften hoffnungsvoll ins Nasse. Janice sah, wie sich die Augen des Jungen beim Anblick ihrer Anzahl und der Vielfalt ihrer Rassen und Mischrassen weiteten.

»Gehören die alle Ihnen?«

»Ja«, sagte Mary. »Alle von uns gerettet. Gerettet aus schrecklichen Verhältnissen, und wir suchen gute Unterkünfte für sie.« Sie schüttelte die Jubiläumsbüchse. »Magst du Hunde?«

»Manche Hunde.« Er ging auf den Maschendrahtzaun zu.

»Martin ...«, sagte seine Mutter mit unsicherer Stimme, während Janice auf ihr Fahrrad stieg.

»Es sind gute Hunde«, sagte Sophie, die von der schwachbeleuchteten Veranda herübersah. »Die beißen nicht.«

»Einige schon«, ergänzte Mary, »jeder Hund beißt, wenn er gereizt wird.«

»Martin ...«

Martins Vater griff jetzt ein. »Martin, komm her. Was ist das für ein Museum, das Sie da haben?« fragte er Mary und kramte in seiner Tasche, während sie die Queen-Büchse schüttelte.

»Ein Hundemuseum«, erklärte sie ihm.

»Es steht an der Pforte«, sagte Sophie, »auf dem Schild.«

»Ich weiß, aber ...«

»Zwei Pfund fünfzig«, sagte Mary. »Familienrabatt.« Sie nickte in die Richtung, wo etwas weiter entfernt noch einige mit Kreosot gestrichene Hütten mit spinnwebverhangenen Fenstern standen. »Alles ist da drin.«

»Möchten Sie eine Führung?« fragte Sophie mit ihrem albernen Kichern.

Niemand beachtete sie.

»Da sind fünfzig, drei Pfund, und zwei sind fünf.« Mary zählte mit fester Stimme das Wechselgeld ab.

»Danke. Na schön, gucken wir es uns einmal an.« Er wandte sich an Frau und Kind. »Wollt ihr?«

»Was kriegen wir für den Familienrabatt?« fragte Martin.

»Eintritt«, sagte Mary und betrachtete ihn voller Abneigung. »Eintritt ins Museum.«

»Haben Sie ein Infoblatt?«

»Das ist eine gute Idee«, meinte Sophie.

»Nein, ist es nicht.«

»Darf ich einen Hund adoptieren?«

Seine Eltern traten von einem Fuß auf den anderen.

Marys Benehmen änderte sich. »Welche Hunderasse hätten Sie denn gern? Wir haben Terrier, Spürhunde, Greyhounds – Greyhounds sind sehr anhänglich, sehr sanft. Wir haben Whippets und Neufundländer-Mischlinge und Spaniels …«

»Wir hätten furchtbar gern einen Hund.« Der Junge sah seine Mutter an, während der Regen niederprasselte. »Nicht wahr? Du hast doch immer gesagt, weil ich ein Einzelkind bin.«

»Ja, aber …«

»Aber es kommt nicht in Frage«, sagte Martins Vater.

»Wir leben in London«, erklärte seine Mutter bedauernd.

»London?« fragte Mary. »Wirklich?« Sie warf einen Blick auf die Pforte in der Hecke, aber Janice war längst fort.

Ein Geräusch kam mitten aus dem strömenden Regen; Ernie hatte seine Sperrholztür geöffnet und stand auf der obersten Stufe des Wohnwagens, eine Selbstgedrehte zwischen den gelblichen Fingern.

»Du bleibst, wo du bist!« schrie Mary.

Nach dem Frühstück fand William einen Klempner in den Gelben Seiten und rief ihn an. Er ließ ein lauwarmes Bad einlaufen, zog sich an, ging wieder hinunter und zog die Vorhänge im Wohnzimmer auf. Die Fenster nach vorn und hinten waren hoch, fast vom Boden bis zur Decke, und im Sommer war der Raum von einem anheimelnden Licht erfüllt. Das war eines der Dinge, in die sie sich verliebt hatten, damals, vor vielen Jahren, als sie nach einem Haus suchten, in dem sie seßhaft werden und eine Familie gründen konnten. Damals gab es an dem Haus viel zu richten, und im Lauf der Jahre hatten sie auch alles getan. Jetzt hätte er mit allem wieder von vorn anfangen müssen, aber er brachte den Mut nicht mehr auf. Mrs. T., die an ihrem einen Tag in der Woche fast zu einem Teil des Mobiliars geworden war, hielt den Staub in Schach und putzte das Silber. Das war gerade genug. Er zog die schweren alten Samtvorhänge zurück. Eve hatte sie in den sechziger Jahren gefunden, ihr Rostbraun war in den Falten zu Pilzfarben verblichen, ihr Kattunfutter zerschlissen. Er löste die mit Quasten verzierten Seidenschnüre, die sie in einem Schlußverkauf bei Liberty gefunden hatte, band die Vorhänge zurück und sah hinaus über den Vorgarten auf den nassen schwarzen Zaun und die vom Regen gepeitschte Straße.

»Sie haben Glück, daß Sie uns gerufen haben«, hatte der Klempner gesagt. »Wir wollten uns gerade zu einem Kunden aufmachen.«

Jetzt las er noch einmal den Brief.

Es ist so lange her, seit wir alle zusammen waren, William, schrieb Mary, mit ihren extra Punkten auf den großen I und den übertriebenen Schleifen über den T. *Es muß, glaube ich, auf Mutters Beerdigung gewesen sein, möge sie in Frieden ruhen. Sie hat gelitten, William, und zuletzt war es ein Segen. Uns allen geht es gut, die Hunde sind ein Trost. Wir haben ein Mädchen, die für uns die Einkäufe macht, und die möchte nach London kommen. Sie verkümmert hier. Ich dachte, du weißt vielleicht von einem Job und wo sie unterkommen kann. Du selbst bist hier natürlich jederzeit willkommen, wenn du einmal Lust hast, uns zu besuchen. Ich weiß, daß Ernie sich freuen würde. Ich hoffe, bald von dir zu hören. Das Mädchen heißt Janice Harper, sie ist dreiundzwanzig, glaube ich, und groß und kräftig.*

Ein Lieferwagen bog am anderen Ende der Straße ein und kam langsam näher. William winkte.

»Das ging ja schnell«, sagte er und öffnete den beiden Männern, die die Stufen heraufkamen, die Haustür. Danny neben ihm wedelte mit dem ganzen Körper.

»Morgen, Kamerad, morgen, Würstchen.«

Sie streiften ihre Schuhe ab und stapften herein.

»Ich bin Jim, und das ist mein Junge, Darren. Wo ist das Problem?«

William zeigte auf die Treppe hinunter zur Küche, zu dem Boiler. Sie ließen ihre Taschen fallen und blieben ehrfurchtsvoll davor stehen. Danny neben ihnen starrte ebenfalls hinauf.

»Von wann stammt der denn, aus dem Jahr tausend?« fragte Jim. Er holte einen Schraubenzieher heraus und öffnete das Gehäuse. Ein Sturzbach von Ruß fiel mit der Vorderseite heraus.

»O Mann, o Mannomann! Wie lang ist es her, seit Sie das letzte Mal einen Kundendienst hatten?«

William konnte sich nicht erinnern.

»Gefährlich. Man kann von weniger sterben.«

Darren schnüffelte und schob seine Baseballkappe zurück. »Einmalimmonat«, sagte er und drehte an seinem Ohrring.

»Wie bitte?«

»Das haben wir auf'm College gelernt. Einmal im Monat nachprüfen.«

»Einmal alle Jubeljahre, so wie es hier aussieht«, sagte Jim. »Gib mal den Schraubenschlüssel her.« Danny schnüffelte in der Tasche herum. »Nichts drin für dich, Freundchen.« Er streichelte seine Ohren. »Schlau, gell? Bist 'n ganz Schlauer. Wirst schon bißchen grau um die Schnauze. Wie alt bist du?« Danny leckte seine schwielige Hand.

»Er ist sehr alt«, sagte William. »Wie ich. Er war eigentlich der Hund meiner Frau.«

»Ach, wirklich?« Jim richtete sich auf und wandte sich wieder dem Boiler zu, der jetzt offen war. Ruß hing an jeder sichtbaren Oberfläche. »Sie haben Glück gehabt«, sagte er. »Haben Sie 'ne Dreckschaufel?«

Martin und seine Eltern betraten die erste Hütte des Museums und tasteten nach dem Lichtschalter. Eine einzige nackte Glühbirne hing in der Mitte an einem ausgefransten Kabel, das von längst verstorbenen Insekten bedeckt war.

»Science-fiction«, sagte Martins Vater schob seine Kapuze zurück und sah sich um. »Verdammt noch mal.«

»Derek!« mahnte seine Frau.

»Wie *süß*«, sagte Martin und näherte sich der ersten der vielen Abteilungen. Darin zerrte ein Team ausgestopfter Huskies an der Leine und direkt auf ihn zu. Sie waren aus Kunstpelz, und ihr Gesichtsausdruck war grimmig, Filzzungen hingen über Kunststoffzähnen, Glasaugen glühten im Dämmerlicht. Hinter ihnen, neben einem hoch mit Paketen beladenen Schlitten, stand steif ein Eskimo, etwas größer als Martin, in einem Kunstpelzanzug und grinste breit. In einer seiner behandschuhten Hände steckte eine Peitsche, von der anderen hing ein glänzender Fisch herab, sein Pappmachékörper mit Filzstiftschuppen bemalt, sein Maul stand offen. Den Hintergrund bildete eine an den drei Wänden des Verschlags auf Schrankpapier gemalte Szene mit glitzerndem Schnee, einem Eisbären und einer verschwommen rotglühenden Sonne. Ein kleines Eskimokind mit einer Angel beugte sich über eine Pfütze im Eis, aus der ein Seehund freundlicherweise den Kopf herausstreckte. Aus einem daneben liegenden Iglu stieg ein blaues Rauchwölkchen auf.

»Das haben die *gemacht*?« fragte Jenny und beugte sich vor, um die Kunstpelznähte zu sehen. »Martin, faß nichts an.«

»Aber sie sind so süß.«

»Ich weiß.«

Derek warf einen Blick in die nächste Hütte.

»Heiliger Strohsack!«

»Was? Was?« Martin lief ihm nach. Ein riesiger Bernhardiner mit einem niedlichen Brandyfäßchen um den Hals stupste mit der Schnauze an eine liegende Gestalt in einem phantastischen Schneehaufen. Martin streckte vorsichtig einen Zeh vor, und eine Million Styroporkügelchen bewegten sich.

»Martin!«

»Entschuldigung.«

Der Mann im Schnee trug Kletterstiefel und hielt einen Pickel in der Hand. Ein aufgerolltes Seil war um seine Mitte befestigt, und an seiner Wange klaffte eine große blutende Wunde. Aber er atmete noch, man konnte es sehen. Der Bernhardiner war gerade noch rechtzeitig angekommen. Hinter ihnen, auf den papiernen Wänden, ragten die Schweizer Berge mit zerklüfteten, schneebedeckten Gipfeln, von einer blutroten Scheibe erleuchtet.

Solche Bilder konnte er auch malen, er könnte hier einen Job bekommen.

»Hier könnte ich einen Job kriegen«, sagte er zu seinen Eltern.

»Du brauchst nicht wie verrückt zu bellen, um hier zu arbeiten, aber es würde nützen«, sagte sein Vater. »Ha, ha.«

Martin sah ihn mitleidig an. Jenny kicherte.

»Haben sie hier nur Winterhunde?« fragte sie, und die Aussicht auf die Weihnachtsferien war schon ein wenig heiterer. Sie konnten die Hölle sein, wenn sie zu dritt allein waren.

»Welche anderen Winterhunde gibt es denn?« fragte Martin, und ging weiter durch den Mittelgang.

Niemand wußte es.

»Guck!« sagte er plötzlich. »Kommt mal her und guckt!«

Derek und Jenny, so einig, wie sie es seit Tagen nicht gewesen waren – eigentlich seit einer Ewigkeit, dachte Jenny –, folgten ihrem einzigen Kind, um zu sehen, was es ihnen zeigen wollte.

Ein gewaltiger Wasserfall stürzte eine große Schlucht hinunter. In der brennenden Ferne streiften afrikanische Tiere unter einer afrikanischen Sonne einher. Und hier, in der aufgewühlten Dunkelheit eines Sees, ertrank ein Kind, ein weißes Kind, das zweifellos mit seinen Eltern, Missionaren oder Forschern, um 1870 hierhergekommen war. Doch Hilfe war nah, denn während die Eltern, ungeachtet Afrikas lauernder Gefahren, mit ihren Bibeln unterwegs waren, war der Hund der Familie, ein Golden Retriever, in den tosenden See gesprungen und zerrte das Mädchen ans sichere Ufer. Flachsblondes Haar strömte hinter der Kleinen her, ihr bebänderter Hut wogte wild auf und ab, ein blasses Händchen fuchtelte durch den Schaum. Aber der Hund hatte ihr blauweißes Kleid fest zwischen den Zähnen, und die Felsen waren nur wenige Meter weit weg.

»Phantastisch«, sagte Derek und putzte seine Brille. »Verdammt phantastisch.«

Martin, der über den Wasserfall hinaus in die Ferne starrte, erkannte einen Geparden, ein Wildebiest, ein Nashorn. Er hätte das Nashorn auch ganz leicht selber malen können.

»Wie nennt man so was?« fragte er.

»Hunde«, sagte Derek und setzte seine Brille wieder auf.

»Nein, doof, all die Dinge hier – die –« Er machte eine Geste, die alles in sich einschloß, jede Szene, jede Nachschöpfung.

»Ich glaube, das nennt man Diorama«, sagte Jenny, die

Grundschullehrerin gewesen war, bevor Martin zur Welt kam, und oft wünschte, sie wäre es noch. »Nennt man es nicht so?«

»Was ist ein Diorama?«

»Ein prähistorisches grasfressendes Tier.« Derek putzte sich die Nase.

»Du hältst dich wohl für sehr witzig.«

»Na klar.«

»Aber sie können das doch nicht alles gemacht haben«, sagte Jenny, während sie weitergingen. »Niemand könnte das alles machen.«

»Es geht weniger darum, *ob* sie es könnten, sondern *warum* sie es machen.«

»Warum nicht?« fragte Martin, und darauf wußten sie keine Antwort.

Und so verstrich der verregnete Morgen. In Hütte um Hütte fanden sie etwas zu bewundern: Die Jagdhunde, die schlaffes Federwild über herbstliche Felder trugen; Lassie, die mit einem Sprung über eine Schlucht setzte; in der zweiten Hütte einen Blindenhund, der einen Blinden durch den Verkehr führte; einen Hund für Gehörlose, der eine taube Hausfrau auf das Telefon aufmerksam machte; Zirkushunde, die durch Reifen sprangen, während Löwen von ihren Podesten auf sie herabschauten und der schnurrbärtige Zirkusdirektor im scharlachroten Jackett drohend die Peitsche schwang. Und schließlich, vielleicht am großartigsten von allen, waren die Jagdhunde, die den im Lauf ausgestreckten Fuchs verfolgten – »Ich glaube, das ist ein echter Fuchs«, sagte Martin, und das war er auch –, während die gemalte Meute über das Gatter setzte. Es war ein Unentschieden zwischen diesem und dem hechelnden Bordercollie, der vor seiner wimmelnden Schafherde kauerte. Er war ziemlich gut getroffen, und die Schafe waren aus echter Wolle.

»Gefällt es euch?« rief Mary, als sie über die Pfützen zur letzten Hütte stiegen. Ein Haufen rostiger Autoteile lag vor dem Zaun, der an das Feld angrenzte; eine trübselige Henne suchte Schutz unter einem Kotflügel.

»Das ist gemein«, sagte Martin.

»Was meinst du?«

»Laß doch«, sagte Derek, als Jenny anfing zu erklären. Er hielt ihr die Tür zur Hütte auf. »Wollen wir im Pub zu Mittag essen?«

»Und was macht Martin?«

»Da wird auch irgendwo ein Raum mit Spielen sein.«

Er sah lächelnd zu ihr hinunter, und sie lächelte zu ihm auf und fühlte sich viel besser als am Morgen. Sie folgte ihrem einzigen Kind in die Hütte mit den Regalen voller Dinky Toys.

Nachdem sie das Hundemuseum verlassen hatte, radelte Janice zwischen hohen Hecken zu ihrer letzten Lieferung: Albert Page, der in 3 Rushock Bank allein mit seiner Katze und seiner Arthritis lebte und sich von Wintergemüsesuppe ernährte, plagte sich mit dem Dosenöffner.

»Du solltest es mit Tütensuppe versuchen«, hatte Janice ihm einmal vorgeschlagen, als sie ihm zusah.

»Tüten? Tütensuppe? Wofür hältst du mich?«

»Oder diese Kartons«, meinte Janice. »Die sind gut.«

»Welche Sorten?«

»Karotten und Koriander. Vichyssoise.«

»Was kosten die?«

Sie sagte es ihm und packte Konserven und Rich-Tea-Kekse aus. »Warum muß man über Neunzig sein, um einen Rich-Tea-Keks zu mögen?«

»Weil sie billig sind, deshalb«, sagte Albert und stocherte im Herd herum. »Wieviel, hast du gesagt, kosten diese Kartons?«

Sie sagte es noch einmal.

»Ein Pfund *achtzig*? Ein Pfund achtzig für einen Karton Suppe?«

»Ich weiß«, sagte Janice. »Aber sie sind gut.«

»Das will ich verdammt noch mal hoffen. Ein Pfund achtzig! Was du nicht sagst.« Er kippte die Katze von seinem Stuhl und ließ sich zitternd darauf nieder.

»Es hört überhaupt nicht mehr auf«, sagte er heute zu ihr, als sie die Tragetasche auf seinem Tisch abstellte.

»Was denn, Albert?«

»Dieser Regen. Meinst du, er hört jemals auf?«

»Ich glaube, es klart schon auf«, sagte Janice und warf einen Blick durch sein Küchenfenster, das, wie Marys und Sophies, dringend geputzt werden müßte. »Soll ich dir deine Fenster putzen, Albert?«

»Warum? Brauchst du Kleingeld?«

»Ich würde sie dir umsonst putzen«, sagte sie und faltete ihre Tragetasche zusammen. »Ich putze gern Fenster.«

»Du bist ein liebes Mädchen«, sagte er, als sie eine Wolke Mr. Muscle darauf sprühte. »Nicht wahr, Tibs?«

»Nur Leute im Fernsehen haben Katzen, die Tibs heißen«, sagte Janice und verrieb den Schaum mit dem Staubtuch. »Die Leute in den Werbespots.«

»Alte Knacker wie ich«, sagte Albert und streichelte Tibs' prächtigen Kopf. »Das machst du sehr ordentlich.«

»Siehst du den Unterschied?«

»Werd nicht frech.«

Janice rieb die letzten verschmierten Flecken weg und trat zurück. Das Staubtuch war schwarz. »So ist es besser. Jetzt kannst du die Sonne sehen, wenn sie rauskommt.«

»Wird sie nicht.«

»Vielleicht doch. Na gut. Ich mach mich mal wieder auf.«

»Wohin?«

»Zu meinem anderen Job.«

Albert lachte anzüglich.

»Hast du was dagegen?« Und draußen war sie und ließ ihn allein in seiner engen kleinen Küche mit der frostigen Luft eines ungeheizten Cottage, in der seit 1959 um ihn herum nichts mehr verändert oder berührt worden war. Doch der Garten vor dem Haus war hübsch, ein richtiger Cottagegarten, den er immer noch selbst in Ordnung hielt, auch wenn er jetzt völlig durchgeweicht und verwahrlost war.

Sie drückte zum Abschied auf die Klingel und fuhr los, die Reifen wirbelten spritzend, als sie um die Ecke bog, wo die Straße steiler wurde. Mit gesenktem Kopf, keuchend, doch entschlossen, nahm sie es mit der Steigung auf, das Rad, von seiner letzten Ladung befreit, war jetzt leichter. Nur noch drei Kurven. Das Land zu beiden Seiten, das hier und da zwischen den Pforten sichtbar wurde, erstreckte sich über durchweichte Felder mit vereinzelten Baumgruppen, fiel dann ab zum Tal hinunter, das mit Schafen getüpfelt war, und stieg wieder an bis zu den fernen bewaldeten Hügeln von Leinthall Ridge mit dem herbstlich bunten Unterholz und den großen dunklen Flecken der Tannen. Die Stürme hatten schreckliche Schäden angerichtet, sie hatten im Pub darüber gesprochen, und hier, als sie um die letzte Kurve bog, auf den Pedalen stehend und keuchend, lag ein abgerissener Ast zur Hälfte quer über der Straße. Sie hielt an, die nassen Bremsen quietschten. Wann war der Ast heruntergefallen? Jemand hätte getötet werden können. Und jetzt, mitten am Morgen, könnte es immer noch passieren. Sie legte das Fahrrad an den Straßenrand und ging hinüber zu dem gefallenen Ast.

Der Regen hatte aufgehört, aber er lag noch in der Luft, und es war wie immer windig hier oben. Sie spürte die Kälte, die durch das Tal und die aufgewühlten Felder zog und die kahlen Äste der Eiche am Tor bewegte, an der der fallende Ast eine große gelbe Wunde gerissen hatte. Eine Krähe, die aus einer Pfütze trank, sah mit scharfen Blick zu ihr auf, dann beugte sie sich hinunter, um weiterzutrinken. Janice packte mit ihren behandschuhten Händen einen oberen Zweig und zog daran. Ein paar restliche Blätter wedelten, Zweige knirschten unter ihren Füßen. Der Ast war riesig: Warum hatte das niemand gemeldet? Sie zerrte und zog, und endlich ließ er sich, Zoll um Zoll, über die Straße und weiter zum Seitenstreifen ziehen, wo es schwerer war, ihn mit letzter Anstrengung über das holprige nasse Gras zu schleifen, und sie mußte stehenbleiben, um zu verschnaufen. Puh. Sie klatschte in die Hände, bog die Finger und versuchte es noch einmal. So. Geschafft.

Sie ging zurück zu der Stelle, wo der Ast gelegen hatte, und schob mit dem Fuß die letzten langen Zweige beiseite. Die Krähe saß jetzt oben auf dem Tor und beobachtete sie mit ihren Knopfaugen, das freche Ding, und in der Morgenstille, die nur von dem zunehmenden Wind gestört wurde, hörte sie das plötzliche Schwatzen eines Elsternpaares, das in der Eiche herumhüpfte. Ihr Gefieder schimmerte grün-violett, von einem launischen, unerwarteten Sonnenstrahl gestreift, der so schnell wieder verschwand, wie er gekommen war, aber immerhin: »Two for Joy ...«, zwei Elstern, das war schon was. Und jetzt kam von der anderen Seite des Hügels der gelbe Lastwagen der Gemeindeverwaltung, sie winkte ihn herbei, und er hielt neben ihr an.

»Hab ihn selbst von der Straße wegziehen müssen«, sagte sie zu dem jungen Mann, der aus dem Fenster seiner Kabine guckte. Sie zeigte auf den Seitenstreifen.

»Wirklich?« Er sah hinüber, wo der riesige Ast lag. »Sie müssen aber stark sein.«

»Bin ich auch«, sagte Janice, schnüffelte im Wind und suchte nach einem Taschentuch. »Glücklicherweise, oder jemand hätte ums Leben kommen können.«

»Wir haben so viele Anrufe bekommen. Kann nicht alles auf einmal machen.« Er grinste anzüglich zu ihr hinunter, und sie putzte sich geräuschvoll die Nase. Sie ging neben dem Wagen her, als der Fahrer wieder aufs Gaspedal trat, und als sie bei dem Ast ankamen, sagte sie. »Gut, das überlasse ich jetzt Ihnen.« Und ging über die Straße, um ihr Rad aufzuheben, während die Männer parkten, ausstiegen und die elektrische Säge herausholten.

»In welchen Pub gehen Sie denn?« rief der junge Mann ihr nach.

»Das verrate ich nicht«, sagte sie und fuhr weiter, endlich auf ebenem Weg, mit dem Wind auf dem Gesicht und der winselnden Säge hinter ihr und dem Geruch von Holz und Sägemehl – ein guter, starker, fröhlicher Geruch, der sie auf fröhliche Gedanken brachte. Sie könnte mehr davon gebrauchen.

So war Janice' wöchentliche Routine: Morgens Lieferungen für einen Haufen alter Irrer und Sonderlinge. Als sie mit ein oder zwei Kunden angefangen hatte, schien es sich herumzusprechen – das erste war nur eine Gefälligkeit, eine Freundin ihrer Großmutter, dann war es ein Freund der Freundin, dann die Nachbarin der Freundin und so weiter. Drei Pfund pro Woche verlangte sie dafür, daß sie ihnen die Mühe des Einkaufens in der Stadt abnahm. Ein Klacks, aber es war Bares. Nachmittags arbeitete sie im Cloud Nine, dem Café oben auf dem Berg, wo sie ihren ersten Wochenendjob bekommen hatte, als sie noch zur Schule ging, und wo sie auch ebensogut weitermachen konnte.

»Was soll das denn?« hatte ihr Vater gefragt, als sie zum Arbeitsamt gegangen und wieder nach Hause gekommen war und sagte, nichts reize sie besonders. »Ein nettes aufgewecktes Mädchen wie du! Du solltest in der Bank arbeiten.«

»Nein, sollte ich nicht«, sagte Janice, sechzehn Jahre alt und unerträglich im Zusammenleben. Beide sagten das.

»Du mußt aufs College und einen guten Abschluß machen«, sagte ihre Mutter, während sie den Toaster im Auge behielt.

»Warum?«

»Damit du auf die Universität gehen kannst.«

»Ich will aber nicht auf die Universität.«

»Brauchst nicht die Nase zu rümpfen. Ich wünschte, ich hätte die Chance gehabt. Dann kriegst du einen ordentlichen Job, irgendwas in Shrewsbury.«

»Es gibt eine nette Tierhandlung in Shrewsbury«, sagte Janice, die sich dort, schuleschwänzend, in den Seitenstraßen herumgetrieben hatte. »Weiße Tauben, Pfauentauben. Und exotische Tiere. Vielleicht könnte ich da einen Job kriegen.«

»In einer Tierhandlung? Warum denn das?« Ihre Mutter nahm den verbrannten Toast heraus.

»Du stellst ihn zu hoch.« Sagte Janice und nahm ihre Scheibe. »Ich sag dir doch immer, stell ihn auf drei.«

»Denk an die Kinder in Afrika«, sagte ihre Mutter und zog ihren Stuhl heraus.

»Weiß schon.«

Jedenfalls war sie nicht nach Shrewsbury gegangen, nicht in die Tierhandlung, nicht auf die Bank. Und auch aufs College war sie nicht gegangen, um ihren Abschluß zu machen, aber sie las weiterhin viel, wie sie es immer getan hatte. Sie machte nur die Lieferungen und führte Hunde aus. Ihre Eltern hatten ihr noch und noch zugesetzt, bis sie sagte, sie würde von zu Hause fortgehen, und sie sagten, dann geh nur, und dann hatten sie alle genug davon; gut, solange sie für ihre eigenen Ausgaben aufkommen konnte, was sie fast schaffte, zumindest leistete sie ihren Beitrag. Später, dachte sie, würde sie vielleicht gerne auf eine Gartenbauschule gehen; sie war keine schlechte Gärtnerin. Manchmal machte sie die Gartenarbeit für die alten Irren, wenn die es nicht mehr schafften.

Aber jetzt war sie dreiundzwanzig und trat auf der Stelle. Gelangweilt von allem. Gelangweilt, sich mit Mühe und Not ein Bier und dünne Selbstgedrehte leisten zu können. Und sie hatte die Nase voll davon – das konnte sie getrost sagen –, zu Hause zu leben. 33 Curley Gardens, eine Villa aus den fünfziger Jahren, hinter der Umgehungsstraße. Warum verschwand sie nicht in einem Loch in der Straße?

Eines Tages würde etwas geschehen.

Nicht, wenn du nicht nachhilfst, sagte eine Stimme in ihrem Innern, als sie vor dem Cloud Nine anhielt, sah, daß es leer war, und das Rad hinters Haus schob. Dort war im Sommer ein Garten, und die Gäste saßen draußen an den Picknicktischen mit Aussicht auf die Berge und warfen den Vögeln Kuchenkrümel zu. Janice backte die Kuchen – zumindest kann sie mit ihren Händen etwas anfangen, sagte ihre Mutter, wenn es nötig wurde, sie zu Hause zu verteidigen. Sie konnte guten Zitronenkuchen backen, Kaffee- und Walnußkuchen, einfache Obstkuchen und einen köstlichen Schokoladenkuchen.

»Sie sollte in einem Hotel arbeiten«, sagte ihr Vater und wischte sich den Mund ab. »Sie hätte sich für das Hotelfach und Partyservice entscheiden sollen.«

»Ich bin zufrieden mit dem, was ich mache«, sagte Janice. »Ich bin gern unabhängig.«

»Gleich wirst du auch sagen, du willst nicht heiraten.«

»Wen soll man in dieser Gegend denn heiraten?«

»Andere Leute können es. Guck dir Tracy Keenan an.«

»Bitte!«

Janice, draußen auf der Rückseite des Cafés, öffnete ihre Tragetasche und nahm den letzten Gegenstand heraus, eine Familienpackung (Oxfam, ein Pfund zwanzig) Kuchen mit Schokolade unten und mit Marmelade überzogenem Bisquit darüber. Sie trug ihn den Pfad hinauf zur Seitentür und trat in die Küche.

»Bist du's?« Steve, Besitzer vom Cloud Nine und stolz darauf, stand hinter der Theke.

»Alles klar?«

»Ruhig«, sagte Steve. »Nichts rührt sich.«

Im Sommer kamen Wanderer über die Hügel und verstreuten ihre Rucksäcke über das ganze Café. Wagenladungen voll Familien kauften unendliche Mengen von Dosengetränken und Chips, lesbische Lehrerinnen saßen in den Ecken und lasen Paperbacks. Im Herbst kamen noch immer Wanderer; und jetzt, Mitte November, waren die Wochentagskunden wie Winterzugvögel: nirgends zu sehen.

»Tasse Tee?«

»Bitte. Und ich mach mir ein Sandwich.« Janice zog ihre Sachen aus, hängte sie an den Haken an der Küchentür und kramte im Kühlschrank nach ihren eigenen Vorräten. Es gab keinen richtigen Herd hier, nur ein fleckiges altes graues Ding, das mit Calor-Gas betrieben wurde und sie an etwas aus ihrem Puppenhaus erinnerte, das jetzt auf dem Speicher stand. Ein Kessel war da, er stand obendrauf. Doch Steve hatte hinter der Theke eine phantastische Teemaschine, sein ganzer Stolz, der siedend und zischend Dampfwolken entwichen, die romantisch seinen kurzgeschorenen blonden Kopf und die Köpfe seiner Gäste umschwebten, während sie auf ihre Kanne guten starken Tee warteten. Es gab auch gesunde Kräutertees, von dem ganze Reihen süßlich duftender, farbiger Kartons auf dem Regal standen: Heidelbeere und schwarze Johannisbeere, Zitrone und Tangerine, Himbeerblätter.

»Ich mag lieber PG Tips«, sagte Janice und goß sich ihre Sojamilch dazu.

»Wie die meisten normalen Leute.«

Steves Teemaschine war ein Geschenk seiner Mutter, die sie auf einem Sperrmüll in Ludlow WI gefunden hatte. Steve, der auf der Universität gewesen war, hatte Janice erzählt, sie sei aus einem Roman von Virginia Woolf.

»Welchem?«

»*Jacob's Room.* Sie zischt ständig vor sich hin. In ihrem Innern sind Wolken der Ewigkeit.«

Janice hatte *Mrs Dalloway* gelesen und einiges aus den *Tagebüchern.* Zumindest las sie, meinte ihre Mutter. Sie liest verflixt viel, sagte ihr Vater. Warum war sie nicht auf die Universität gegangen, wenn sie so gerne las?

»Weil ich frei sein wollte«, sagte Janice und zog ihre Jacke an.

»Wie kommt ein cleverer junger Mann wie Steve Bounds dazu, ein Café zu betreiben?« fragte ihre Mutter.

»Weil er es gern tut. Ist das schlimm?«

»Warum ist er nicht Lehrer geworden?«

»Er unterrichtet nicht gern.«

»Warum ist er nicht verheiratet? Warum heiratest du ihn nicht? Du bist sowieso immer da oben.«

»Weil er schwul ist«, sagte Janice. »Was denkst du denn, warum nicht?«

Sie hörte ihren Vater stöhnen.

Die Teekanne wartete auf der Theke, als sie mit ihrem Sandwich hereinkam.

»Danke.«

»Guten Morgen gehabt?« fragte Steve und setzte sich zu ihr an den Ecktisch.

»So wie immer.« Sie erzählte ihm von der Familie, die im strömenden Regen beim Hundemuseum angekommen war und verwirrt um sich geblickt hatte.

»Das überrascht mich nicht«, sagte Steve und goß Tee in zwei große Becher. Janice, die herzhaft in ihr Erdnußbutter- und Sojasprossen-Sandwich biß, merkte, daß sie ausgehungert war. Von all der körperlichen Anstrengung.

»Mary Harriman meint, ich soll nach London gehen«, sagte sie zwischen zwei Mundvoll.

»London? Warum denn das?«

»Arbeit. Anregung. Ganz zu schweigen vom Geld.«

»Du darfst nicht nach London«, sagte Steve entschieden. »Wie soll ich denn ohne dich zurechtkommen?«

»Im Winter kommt doch sowieso niemand. Es lohnt sich kaum, das Café offenzuhalten.«

»O doch. Es kommen Leute. Das weißt du genau. Es ist ein Service hier oben, die Leute sind froh, daß wir da sind. Und im

Sommer brauche ich dich wirklich.« Er sah sie über das rotkarierte Tischtuch an. »Bitte, geh nicht.«

»Na ja«, sagte Janice und aß den Rest ihres Sandwichs. »Wahrscheinlich geh ich ja nicht.« Sie trank ihren Tee. »Gott, den hatte ich nötig.«

»Was weiß denn die alte Mary überhaupt von London? Ich kann mir nicht vorstellen, daß sie je dort gewesen ist.«

»Ich auch nicht. Sie hat einen Vetter dort oder so was. Sie hat ihm einen Brief geschrieben.«

»Kann sie denn schreiben?«

»So ungefähr. Ein bißchen.«

»Na, egal«, sagte Steve betrübt. »Ich will nicht, daß du gehst.«

Die Uhr an der Wand schlug einmal, melodisch. Es war vereinbart, daß im Winter Steve morgens arbeitete und Janice nachmittags.

»Ich gehe nach Welshpool«, sagte Steve zu ihr. »Du schließt ab und alles?«

»Mach ich.«

Als er fort war, holte sie sich mehr Tee und noch ein Sandwich. Sie zog ihre Selbstgedrehten heraus und rauchte zu ihrem Tee und ihrem Buch, einem second-hand erworbenen Gedichtband von Emily Dickinson, den sie zufällig in Welshpool gefunden hatte, in der Buchhandlung in der Gasse hinter Iceland.

It's all I have to bring today –
This, and my heart beside –
This, and my heart, and all the fields –
And all the meadows wide.

Manchmal dachte sie, sie wäre gern wie Emily, genial und allein und sehnsuchtsvoll.

Out of sight? What of that?
See the bird – reach it!
Curve by Curve, Sweep by Sweep –
Round the Steep Air –
Danger! What is that to Her?

Die Tür zum Café flog auf und schlug die Klingel an. Janice blickte auf. Der Regen hatte sich allmählich verzogen, und in dem vergessenen Sonnenschein glitzerten Tropfen an der Glastür. Ein junger Mann stand da, mit seinem Motorradhelm unter dem Arm, den Reißverschluß seiner Lederjacke zum Schutz gegen den Wind bis oben zugezogen. Er wischte die riesigen Stiefel ab, legte den Helm auf den Tisch und schritt zur Theke.

»Bin schon da«, sagte Janice und stand auf. Sie hob die Klappe und ging hinter die Theke. »Was kann ich für Sie tun?«

Er zog den Reißverschluß auf und studierte die mit Kreide beschriebene Tafel an der Rückwand.

»Ich möchte einen Tee und einen Schinken-Käse-Toast mit braunem Brot.«

»Kommen Sie von weit her?« fragte sie ihn, während sie das Vollkornbrot aufschnitt.

»Nur von Ludlow.« Er hatte einen leichten dunklen Stoppelbart, und seine Augen waren sehr blau. Als das Wasser in die Porzellankanne zischte, schwebte Dampf um ihn wie ein Heiligenschein.

»Arbeiten Sie schon lange hier?« fragte er sie, während sie in den Kühlschrank langte.

»Zu lange.« Sie schloß die Kühlschranktür und schälte das Schinkenpäckchen auf. »Ich bringe es Ihnen, wenn Sie sich hinsetzen wollen.«

Er ging an den Tisch, auf dem er seinen Helm abgelegt hatte, und warf im Vorbeigehen einen Blick auf ihr Buch. Sie brachte ihm seinen Tee und dann das brutzelnde Sandwich.

»Vorsicht. Es ist sehr heiß.«

Sie ging zur Tür und sog all die Frische ein: den reingewaschenen Himmel und die fernen Wolken, die über die Hügel segelten wie abfahrende Schiffe. Sein Motorrad war auf dem Seitenstreifen geparkt, ein metallisch schimmerndes Grün. Eine Dohle hockte auf dem Telegrafendraht und putzte sich die nassen Federn.

»Was haben Sie heute abend vor?« fragte er sie, als sie wieder hereinkam.

3 William ging zu Fuß den Denmark Hill hinauf. Nach dem Lunch, den er auf einem Tablett im Wohnzimmer gegessen und dabei *World at One* gehört hatte, war der Regen weggeblasen worden, und die Männer hatten weiter herumgehämmert. Um zwei Uhr waren sie endlich gegangen. William stellte einen Scheck über hundertfünfunddreißig Pfund aus und sagte, er hoffe, das sei nun für längere Zeit genug.

»Wie ich gesagt habe« sagte Jim, »Sie haben Glück, daß Sie noch am Leben sind, Kumpel.«

»Einmalimmonat«, sagte Darren und streichelte Dannys Ohren.

»Wenigstens einmal alle sechs«, sagte Jim. »Zum Glück brauchen Sie keinen neuen Boiler. Sie haben es mit Experten zu tun.«

William dankte ihm und begleitete sie zu den Stufen. Der Himmel war noch bewölkt, aber hell und hoch. Er zog sich warm an und holte Dannys Leine. »Na denn, machen wir uns auf.«

Noch immer windig. Nasse Blätter stoben über Denmark Hill. November, dachte William, als sie sich dem Krankenhaus näherten. London im November. Der Ort und der Monat waren für ihn immer in ein besonderes Licht, eine besondere Empfindung getaucht: als Junge, der auf dem Dulwich-Rugby-Feld gespielt hatte; als junger Mann auf der UCL, der an dämmrigen Nachmittagen über den Innenhof geeilt war; als Beamter, der von seinem Schreibtisch im Finanzministerium auf Whitehall hinausgeschaut hatte; und jetzt, als Witwer, im Winter seines Lebens. Ein solch seltsames, undefinierbares Gefühl, jedes Jahr: der Himmel rauchig; der Bus ein so klares, leuchtendes Rot, die Luft wie ein Musikstück, melancholisch, mit etwas Schärferem durchtränkt.

Vor den Toren der Klinik blieb er stehen, um einen Krankenwagen vorbeizulassen, dann ging er langsam hinüber zur Glastür. Er band Danny an den Haken: »Bin gleich wieder da.« Menschen kamen und gingen: Ärzte mit Klemmbrett, Frauen mit Blumen. Heute hatte er nichts mitgebracht. Drinnen im Laden kaufte er eine *Times Literary Supplement* und einen Twix-Riegel. Man konnte es nur versuchen. Er machte sich auf den Weg durch die endlosen Korridore.

John Ogden war einmal hiergewesen. Nein, zweimal. Wie so oft, stellte er sich Ogdens massige Gestalt vor und die zitternden Finger, die vor dem Klavier zur Ruhe kamen, wenn er den Klavierstuhl herauszog und zu spielen begann. Er glaubte, Beethoven zu hören und die perlenden Klänge von Schumann, von Brahms, die aus den offenen Fenstern über den Park strömten. Stunden vergingen in Trance; dann schlief er.

William und Eve hatten Ogden vor seinem Zusammenbruch gehört, sie waren in seine Konzerte gegangen: in die Promenadenkonzerte, in die Festival Hall. Sie hatten seine Platten aufgelegt, wenn sie nach dem Abendessen im Wohnzimmer saßen.

Matthew saß im Aufenthaltsraum und starrte auf den Bildschirm, wo eine Quizsendung lief. William klopfte an die Glastür. Ein oder zwei Leute blickten durch Rauchwolken zu ihm auf, dann sahen sie wieder weg. Er schob die Tür auf und hüstelte.

»Hallo, Matthew.«

Matthew drehte sich um. Sein Gesicht war blaß und ausdruckslos; auf seinem Pullover waren Suppenflecken. William hatte schon beim letzten Besuch gedacht, er müsse zum Friseur, inzwischen war es schlimmer geworden.

»Hallo, Liebling. Wollen wir ein wenig hinausgehen?«

Matthew drehte sich wieder zum Bildschirm um. Die Spielergebnisse flackerten in Weiß und Gold, ein Gong schlug an.

»Danny ist draußen«, sagte William. »Wir könnten einen Rundgang durch den Park machen.« Er griff in seine Tasche und holte den Schokoriegel heraus. »Komm schon.«

»Ich hab heut rosa Unterhosen an«, sagte Patricia, die oft solche Mitteilungen machte. Sie starrte aus ihrem Plastiksessel zu ihm auf, ein langes Stück Asche an ihrer Zigarette würde gleich herunterfallen.

»Ach, wirklich?« sagte William. Er hielt einen Aschenbecher unter ihre Hand, und sie zwinkerte ihm zu.

»Du bist ein sehr netter junger Mann.«

»War ich mal.« Er wedelte den Rauch beiseite und ging hinüber zu Matthew. »Nimm dir ein Stückchen Schokolade.« Matthew nahm ganz langsam den Schokoriegel und behielt ihn in der Hand. Die Türen zum Garten waren zu, aber nicht abgeschlossen. Draußen ging ein Mann hin und her, ins Gespräch mit einem unsichtbaren Gefährten vertieft, er gestikulierte. Hinter den Zedern rauchte ein Herbstfeuer. November, dachte William wieder und spürte ein Ziehen in der Herzgegend.

»Ich kann es hier nicht aushalten«, sagte er durch den Zigarettenrauch hindurch. »Komm doch ein bißchen mit raus.« Er griff in die andere Tasche. »Ich hab dir die *TLS* mitgebracht.«

Matthew saß da mit dem Twix im Schoß. William hustete noch einmal und öffnete die Tür zum Garten. Köpfe drehten sich um. Er trat hinaus auf die Terrasse und ließ die Tür offen, und er ging hin und her und roch das Feuer und die Herbstluft. Wolken zogen über die Zedern. Der redselige Mann verschwand. Nach einer Weile stand Matthew auf und kam heraus.

»Sollen wir deinen Mantel holen?« frage William und küßte ihn.

Er fand eine Schwester, die die Garderobe aufschloß. »Gehst du mit deinem Dad spazieren?« fragte sie Matthew. Matthew streckte den Arm aus und ließ sich den Mantel anziehen und einen Schal um den Hals wickeln. »Jetzt siehst du aber fein aus.«

Sie bogen um die Ecke herum zum Eingang, um Danny zu holen. »Claire konnte heute nicht kommen«, sagte William und nahm die Leine vom Haken. »Geraldine hat Ohrenweh. Sie läßt dich lieb grüßen.«

Matthew nickte. Sie gingen zurück zu den Parkanlagen. Matthew warf ein Stöckchen, und es landete vor seinen Füßen. William warf ein anderes, und Danny rannte hinterher. Der windige Himmel war voller jagender Wolken.

»Ich habe heute einen Brief bekommen«, sagte William und zog Matthews handschuhlose Hand unter seinen Arm. »Von der närrischen alten Mary. Erinnerst du dich an sie?«

Matthew schüttelte stirnrunzelnd den Kopf.

»Wir haben sie ein paarmal besucht, als du noch klein warst. Du und Claire, ihr habt immer die Hühner herumgejagt.«

Matthew lächelte schwach. Das gab William jedesmal Hoffnung.

»Und die Mutter, die grimmige alte Edna. Erinnerst du dich?«

Er spürte eine Anstrengung, das Schwimmen durch die Schichten der Zeit.

»Macht nichts«, sagte er nach einer kleinen Weile und tätschelte die Hand, die früher einmal einen Bogen gehalten und Schubert gemeistert hatte. »Ich habe vorige Woche eine schöne alte Servierplatte verkauft«, erzählte er ihm, das Thema wechselnd, um zu alltäglichen Dingen überzugehen. »Mason's Ironstone. Hat ganz schön was eingebracht.«

4 Samstags betrieben William und Buffy einen Stand in der Camden Passage. Sie hatten ihn schon seit Jahren: seit Eves Tod, lange nach Williams Pensionierung. Auch Buffy war im Ruhestand. »Gott sei Dank, Gott sei Dank dafür«, hatte sie an ihrem letzten Freitag, 1988, gesagt, die Gummibänder und Papierclips und Staubflusen in den Papierkorb gekippt und zum letzten Mal die widerspenstige Schublade in den Aktenschrank geschoben. Die Kollegen führten sie zum Mittagessen aus und schenkten ihr einen Polyesterschal.

»Wie konnten sie nur denken, daß ich dieses Ding tragen würde?«

Sie gab ihn zu Oxfam. »Endlich kann ich machen, wozu ich Lust habe«, sagte sie am Telefon zu Eve, ihrer einzig verbliebenen Schulfreundin. Aber dann begann sie sich zu langweilen und einsam zu fühlen. Ihr fehlten das Klingeln der Telefone, die verbraucht aussehenden Aushilfskräfte und Mr. Lawson. Bald würde alles auf Computer umgestellt, sie wußte, daß sie nicht damit zurechtkommen würde. »Windows sind zum Hinausschauen da«, erklärte sie, als man sie zu einem Kurs schickte. »Einen Mac trägt man im Regen.« Es war an der Zeit. Sie war froh, daß es vorbei war. Und doch –

»Nicht besonders lustig«, sagte sie zu Eve am Telefon, »eher ein bißchen mies. Hätte ich nicht gedacht, aber so ist es.«

Sie starrte von ihrem Wohnzimmerfenster im ersten Stock auf die Tauben auf den gegenüberliegenden Dachfirsten, auf die leuchtenden Geranien in den Blumenkästen.

»Warum hat Buffy eigentlich nie geheiratet?« fragte William beim Abendessen, als Eve ihm davon berichtete. Er goß ihnen beiden ein Glas Chablis ein, faltete seine Serviette auseinander und schnupperte, als Eve den Deckel hob.

»Sie hat es eben nicht«, sagte Eve und schöpfte den Hühnereintopf auf die Teller. »Manche Leute heiraten eben nicht.«

»Heutzutage tut es niemand mehr.«

»Das ist etwas anderes.«

»›Mein Partner‹«, sagte William und dachte an Claire und Jeremy. »Partner sind Leute, mit denen man eine Firma aufbaut.«

»Jetzt klingst du wie Buffy.«

»Arme alte Buffy. Warum sie es wohl nicht getan hat? Heiraten.« Er nahm sich von den neuen Kartoffeln. »Sie ist nicht ...«

»Nein.«

»Na, wenigstens das nicht.«

Später, als sie im Wohnzimmer Kaffee tranken, rief Buffy noch einmal an.

»Ich habe eine Idee«, sagte sie.

Eve hörte ihr zu, das Telefon auf die Schulter geklemmt, während sie weiter an ihrem Wandteppich stickte. »Das ist wirklich eine gute Idee.«

»Was ist?« fragte William und sah von seinem Buch auf.

»William fragt, was für eine Idee du hast«, sagte Eve zu Buffy.

»Sag's ihm«, hörte er Buffy sagen. »Frag mal, was er davon hält.«

Er hielt es für genial. In umliegenden kleinen Ortschaften auf Flohmärkten und Räumungsverkäufen herumstöbern und hier und da etwas kaufen. Nur Porzellan, sagte Buffy. Porzellan und Glas. Sie sollten sich spezialisieren. »Wir könnten es gemeinsam tun«, meinte Eve.

»Ich mache mit«, sagte William. »Jetzt, wo ich pensioniert

bin, kann ich ja tun, was ich will.« Vierzig Jahre im Finanzministerium: das war genug, und jetzt lebte er von seiner Pension. »Das könnte mir Spaß machen.«

Es *machte* auch Spaß. *Country Life* und *Miller's Guide* durchblättern, jeden Samstag früh morgens mit Decken und einer Thermosflasche und Danny auf dem Rücksitz aufbrechen. Sie wurden Experten, drehten Coalport-Teller und Minton-Kaffeetassen um, untersuchten sie nach Sprüngen und Scharten, lernten die Manufakturzeichen aus Cushion & Honeys *Handbook*, das eine Welt für sich war. Sie schlenderten durch Zelte, die auf den Rasen vor Häusern, die unter Denkmalschutz standen, aufgestellt waren, sie boten in staubigen Auktionsräumen, sie verluden alles in Kisten und wickelten jedes Stück in die *Times*.

Anfangs hatten sie einen Stand in Portobello, weil es in der Nähe von Buffys Wohnung war. Es war schließlich Buffys Idee gewesen, und man konnte hier ein Vermögen machen. Nicht, daß William und Eve es nötig gehabt hätten. »Aber ich kann jeden Penny gebrauchen«, sagte Buffy, und es war ja auch lustig, einmal in einem ganz anderen Stadtteil von London zu sein. Es tat ihnen beiden gut, aus dem respektablen Bannkreis Dulwichs herauszukommen, wo William schließlich sein ganzes Leben verbracht hatte.

Sie brachen in aller Frühe auf, nicht später als zu einer Versteigerung in Wiltshire oder Gloucester – nur um durch ganz London zu kommen, was an einem Samstag nötig war, wenn sie noch einen Parkplatz finden wollten. Sie schlugen den Stand auf und saßen an den Sommernachmittagen da und hörten diese seltsame Musik – Heavy metal, sagte Buffy, die es in dieser Nachbarschaft gezwungenermaßen gelernt hatte – und beobachteten die magersüchtigen jungen Frauen, die, noch benommen von Drogen und Sex der vergangenen Nacht, träumerisch durch den Verkehr und über den Gehsteig schlenderten und Samt und Seide hinter sich herschleiften. »Wird denen nicht schrecklich heiß?« fragte Buffy. Amerikanische Touristen starrten ihnen mit großen Augen nach und gingen dann, sichtlich erleichtert, weiter zu den Antiquitäten.

»Worcester«, sagte Buffy, die manikürte Hände über einer

Fruchtschale schweben sah, in bestimmtem Ton. »Royal Worcester, aus den 1870ern.«

»Ist das wahr? Schätzchen, komm doch mal und guck dir das an ...«

Und Schätzchen kam. »Was sind denn die kleinen Kaffeetassen?« fragte sie.

»Die sind Royal Doulton«, sagte Eve mit ihrem sanften, liebenswürdigen Lächeln. »Hübsch, nicht wahr?«

»Das sind sie wirklich. Nehmen Sie American Express?«

Es war alles sehr befriedigend.

Natürlich war nicht alles, was sie kauften und verkauften, so erlesen. Unter den glorreichsten Funden in den Ausverkäufen und den besonderen Stücken, für die sie auf Auktionen boten – »Du kannst das Bieten übernehmen, William«, sagte Eve, und er tat es, als sei er dafür geschaffen –, gab es auch viele Dinge, die sie kauften, nur weil sie ihnen gefielen: Unmarkierte blauweiße Eierbecher; ein kleines blauweißes Teeservice, das Copenhagen hätte sein können, es aber nicht war, wenn auch ebenso hübsch; jede Menge Tassen und Schüsseln und einzelne Servierplatten. Und Terrinen. Terrinen mit Schöpflöffeln. Und dann auch das Glas, das zu Eves Leidenschaft wurde, und Spode, das Buffy liebte.

»Ich fürchte, ich könnte es nicht ertragen, mich davon zu trennen«, sagte sie und drückte zärtlich eine Frühstückstasse mit Untertasse an sich, cirka 1830, ohne eine einzige Scharte. Ihr perfekter Durchmesser waren ganze sechs Zoll, eine ordentliche, vernünftige Frühstückstasse mit einem herrlichen Henkel. Sie waren auf einem Verkauf in der Nähe von Cirencester, ein leuchtender Frühlingsmorgen betaute den Boden hinter den Glastüren, die Klapptische standen in gehörigem Abstand voneinander, ein Summen lag in der Luft.

»Behalte sie doch«, sagte Eve, die sie beobachtete. »Du verdienst sie.«

Und so begann Buffys eigene Sammlung. Das ganze Unternehmen lief reibungslos. Sie traten dem Antique Collectors Club bei, abonnierten einschlägige Zeitschriften und hätten sich nicht besser amüsieren können.

Dann kam Matthew mit dem Frühzug von Durham und schloß sich in seinem Zimmer ein.

»Liebling? Matthew? Kommst du zum Lunch herunter?«

»Matthew? Wollen wir mal kurz auf einen Drink ausgehen?«

Zuerst dachten sie, er habe Liebeskummer.

»Du kannst es mir erzählen«, sagte William, der an seinem Bettrand saß. »Ich weiß, wie es war. Noch.«

»Verpiß dich«, sagte Matthew.

Er nahm rapide ab, und das Haus stank: nach seinem ungewaschenen Körper, seinen Zigaretten.

»Er ist krank«, sagte Claire wütend. »Ihr könnt doch sehen, daß er ernstlich krank ist.« Sie saß bei ihm, während sie seine Tutoren anriefen, die alle schon in den Sommerferien waren. Sie riefen die Universitätspsychologin an und erreichten den Anrufbeantworter. Als die Psychologin die Nachricht abgehört hatte und zurückrief, sagte sie, Matthew sei vor einem Jahr bei ihr gewesen, aber es sei vertraulich. Sie sagte aber, daß das klassische Alter für einen Ausbruch von Schizophrenie zwischen siebzehn und vierundzwanzig läge; Matthew war zweiundzwanzig. Er hatte das Studium für ein Jahr unterbrochen, um als Lehrer nach Ghana zu gehen. Als er zurückkam, war er angespannt und schweigsam. Hatte es damals angefangen? Ich glaube, es fing an, als er noch unter Zwanzig war, sagte Claire. Nur habt *ihr* beiden es nie bemerkt.

Matthew kam an einem herrlichen Septembermorgen 1991 ins Krankenhaus. Die Bäume im Park färbten sich dunkelrot und gelblich, die Luft war belebend. William und Eve hielten sich an den Händen und kämpften mit den Tränen. Matthew saß auf seinem Bett, den Kopf schief gelegt, die Augen glasig.

»Wir haben dich so lieb«, sagte William. »Bald bist du wieder zu Hause.«

»Wir kommen morgen wieder«, sagte Eve. »Wir besuchen dich, so oft du willst.«

»Verpißt euch«, sagte Matthew.

»Ihr rückt ihm auf die Pelle«, sagte Claire und stolzierte hinaus. Auf dem Parkplatz hielten sie einander in den Armen.

»Er wird wieder gesund«, sagte William und wischte sich die Augen. »Sie werden ihm helfen.«

Eve weinte. »Armer kleiner Matthew. Er sieht so ...«

Zu Hause schenkte William jedem einen Brandy ein.

»Wie geht es ihm?« fragte Buffy, als sie abends anrief.

»Nicht besonders gut«, sagte Eve. »Ich weiß noch nicht, ob ich diese Woche zum Stand kommen kann. Tut mir wirklich leid.«

»Mach dir deswegen keine Gedanken.«

Zwei Wochen später ging Eve zu einer routinemäßigen Mammographie zum Mobilen Röntgen-Service des Nationalen Gesundheitswesens, der auf dem Parkplatz vom Lewisham-Krankenhaus stand. Sie kam heraus zu William, der im Auto wartete und Mozart hörte, eine Aufführung von St. Johns am Smith Square. Sie kam später zurück, als er erwartet hatte, da es kaum eine Warteschlange gab. »Die Leute kommen nicht«, sagte die Sprechstundenhilfe im Vorraum. »Sollten sie aber. Wenigstens Sie sind da, meine Liebe.« Sie hakte auf einer Liste Eves Namen ab und zeigte auf einen Vorhang. »Machen Sie den Oberkörper frei. Ihren Schmuck dürfen Sie anbehalten.«

»Ich komme mir vor wie eine Zigeunerin«, lachte Eve. »Ich habe mir schon immer einen Wohnwagen gewünscht.«

»Hast du das wirklich?« fragte William, und dann, als sie verschwand: »Ich warte draußen.«

Als Eve wieder herauskam, sah sie blaß aus.

»Alles in Ordnung?«

»Ich glaube ja. Sie haben ein paar Aufnahmen mehrmals gemacht.« Sie legte die Hände über ihre marineblaue Wolljacke und den dunkelrot-creme- und indigofarbenen Schal, den sie so liebte.

»Tut's ein bißchen weh?« fragte er und küßte sie auf die Wange. Es klang scheußlich, er konnte es sich nicht vorstellen.

Sie schüttelte den Kopf. »Es wird schon besser. Fahren wir.«

Zehn Tage später erhielt sie einen Brief und ging, ohne es ihm zu sagen, zur Sprechstunde in die Chirurgische Klinik.

Drei Monate später war sie tot.

»Sie wird das Baby nicht sehen«, schluchzte Claire. »Sie wird das *Baby* nicht sehen!«

»*Ich* werde es sehen«, sagte William. »Ich sehne mich danach.«

Beim Begräbnis stand Matthew da wie ein Geist, bleich und ausdruckslos. Er ließ sich von William küssen und sagte zu niemandem, er solle sich verpissen, aber in der Klinik meinten sie, er sollte nicht nach Hause kommen. Noch nicht. Nach einer gewissen Zeit ließen sie ihn dann gehen.

Er wanderte ziellos durch die Zimmer. Er hielt Danny stundenlang auf dem Schoß, auf Eves Platz auf dem Sofa, und sah fern. Er ging nicht ans Klavier, und auch seine Geige rührte er nicht an.

»Wollen wir das nicht mal für eine Weile ausmachen?« fragte William, als Seifenoper auf Quizshow folgte. Er dachte, sein Kopf würde platzen. »Wollen wir nicht ein wenig Musik hören?«

Er schaltete den Fernseher aus, legte Schuberts Klaviertrio Nr. 1 auf und merkte, daß er weinte. Matthew stand auf und ging hinauf in sein Zimmer im Dachgeschoß

»Bitte komm runter«, sagte William und durchlebte wieder das unerträgliche Elend der Zeit, als alles angefangen hatte. Damals war Eve noch dagewesen, sie hatten einander gehabt. »Komm doch runter und iß ein bißchen zu Abend.« Danny sah zu ihm auf, unter der Bettdecke begann sein Schwanz zu klopfen. »Siehst du?« sagte William. »Danny will sein Abendessen. Komm jetzt, mein Junge.« Matthew drehte ihm den Rücken zu. William ließ sich auf den Bettrand fallen und barg seinen Kopf in den Händen. Matthew versetzte ihm einen Tritt. William ging hinaus, hinunter in die Küche, Danny hinterher. Er hielt ihn in den Armen und schluchzte.

Schreckliche, schreckliche Tage.

Nach einer Weile lebte Matthew wieder auf. Er kam zum Frühstück herunter und blätterte in der Zeitung. Er fing an, über die Nachrichten zu sprechen. William stellte fest, daß er sich mit ihm unterhalten konnte. Sein Herz wurde leichter, als habe jemand es von einem schweren Gewicht befreit – es war, als sähe er an einer verborgenen Stelle in seinem Innern einen Drachen fliegen, der in den Wolken über dem Common auf und ab hüpfte, und er und Matthew, als kleiner Junge, sahen ihm zu, Hand in Hand.

»Es geht ihm langsam besser«, sagte er am Telefon zu Claire. »Ich glaube wirklich, er ist jetzt über den Berg.«

Ein oder zwei Tage später kam er ins Wohnzimmer und sah Matthew, der sich mit wildem Gelächter eine Naturkundesendung ansah. Lemuren kletterten in schwankenden Bäumen herum. Sie brachten William zum Lächeln, aber er mußte sich nicht vor Lachen biegen. Er sah Matthew an, und ein kleiner Angstschauer durchlief ihn. In der Nacht erwachte er von einem schrecklichen Toben im Erdgeschoß, und im Herunterrennen wurde ihm klar, daß Matthew aufgelebt war, weil er seine Medikamente nicht mehr nahm.

»O Gott«, stöhnte er, als das Glas im Eßzimmer zersplitterte. Die Tür stand offen: Drinnen sah er einen Wahnsinnigen. Dann drehte Matthew sich um, und in seinem Gesicht stand Mordlust. Er kam auf ihn zu, in der erhobenen Hand hielt er einen von seines Großvaters schwersten Kerzenständern. William floh. Er rannte hinauf und wählte 999. Dann verbarrikadierte er sich im Badezimmer, hörte, wie der Eßzimmertisch umfiel, wartete auf die Sirenen und das flackernde, widerliche Blau.

Matthew wurde wieder in die Klinik gebracht, er tobte und wurde für mehrere Stunden in einen Tiefschlaf versetzt. Am nächsten Tag, als William und Claire ihn besuchten, konnte er nicht sprechen.

Allmählich ging es ihm besser. Monate später, mit dem Versprechen, daß die Gemeindeschwester jeden Tag einmal vorbeischauen würde, hatte William ihn wieder. Es war ziemlich trostlos. Sie spielten Dame, wo sie früher Schach gespielt hatten. Sie spielten Chinese Checkers, jedes Spiel dauerte Stunden. Der Fernseher brüllte. Matthew, zwischen Spielen und Programmen, wanderte umher. William dachte, er suche Eve. Er konnte spüren, wie sehr es ihn verstörte, wieder hierzusein, obwohl er Medikamente nahm.

Nach einiger Zeit wurde beschlossen, daß Matthew, bis er alleine zurechtkommen konnte, in der Klinik leben sollte und ab und zu nach Hause kommen dürfe, so lange es für beide erträglich war.

Und nach diesem Muster verlief nun schon seit geraumer Zeit ihr Leben.

Und später, viel später, als Buffy vorsichtig andeutete, daß sie vielleicht – nur wenn er sich dazu imstande fühlte, natürlich – ihre alte Tätigkeit wiederaufnehmen und einen kleinen Stand betreiben könnten, sagte William, das sei eine gute Idee, und ja, es würde ihm wahrscheinlich guttun.

Aber nicht in Portobello. Wäre ihr das schrecklich ungelegen? Der bloße Gedanke, durch ganz London zu fahren, der bloße Gedanke, dort zu sein, wo Eve gewesen war – war das sehr egoistisch von ihm?

Natürlich nicht, sagte Buffy, es würde ihr guttun, in einer anderen Umgebung zu sein; sie habe selbst schon daran gedacht. Wie wäre es mit der Camden Passage, auf halbem Weg für beide, und ein sehr gutes Pub zum Mittagessen? Die Leute strömten dort hin, samstags. Und mittwochs.

»Sagen wir vorläufig nur samstags«, sagte William und schenkte ihr nach. »Würde es dir samstags passen?«

»Sehr gut sogar«, sagte Buffy, die sich inzwischen längst in den Mary Ward Over-Sixties Club eingetragen hatte.

»Gute Frau«, ließ sie die Sekretärin wissen, »ich bin über Siebzig.«

»Das macht überhaupt nichts, meine Liebe.«

»Ich heiße Buffy Henderson. Bitte sagen Sie nicht ›meine Liebe‹ zu mir.«

Sie ging in den Chor und in die Malklasse, sie übte sogar ein wenig im Internet.

Endlich gab es wieder Lichtblicke in ihrem Leben.

Auch für William sah es langsam wieder besser aus. Und nach diesem Muster verlief nun schon seit geraumer Zeit ihr Leben.

5 Heute, an einem Novembermorgen, schlug er gemeinsam mit Buffy den Stand in der Camden Passage auf. Es war bitter kalt. Danny hatte sich in einen uralten Anorak unter dem Klapptisch verkrochen. Buffy mit ihren fingerlosen Handschuhen wickelte eine Staffordshire-Teekanne aus und stellte sie neben eine unmarkierte Milchkanne mit grünblauem Muster.

»Wie sieht es aus?«

»Perfekt.« William schälte das Zeitungspapier von sechs kleinen viktorianischen Gläsern mit eingravierten Traubengirlanden an den Rändern.

»Hast du sie abgewaschen?«

»Natürlich hab ich sie abgewaschen.«

Sie setzten sich, tranken Kaffee aus Thermosbechern und warteten auf den Andrang der Kunden.

»Noch fünf Wochen bis Weihnachten«, sagte Tom am nächsten Stand. »Das Geschäft sollte jetzt allmählich besser werden.«

»Das ist ein hübscher Satz Löffelchen«, sagte William und sah sie sich genauer an.

»Siebzehnhundertneunzig«, sagte Tom. »Sehr hübsch.«

»Sie sollten mit solchen Sachen lieber hineingehen«, meinte Buffy. »Sie sollten in die Arkade gehen.« Sie trank ihren Kaffee aus und zog ihren Lippenstift heraus. »Sie werden zu exklusiv für uns.«

»Es sind die Betriebskosten«, sagte Tom. »Wenn die Betriebskosten nicht wären, dann vielleicht.«

»Mir gefallen diese Ohrringe«, sagte William, dem sie auffielen, als Buffy in ihren Taschenspiegel blickte.

»Schlußverkauf bei Liberty's. Die kennst du schon.«

»Wirklich?« Er sah ihr zu, wie sie die Lippen schürzte. Einzelne Löckchen hatten sich unter dem Kopftuch aus ihrem Knoten gelöst; die Finger in den fingerlosen Handschuhen waren stumpf und gerötet; ein Netz geplatzter Äderchen zierte Nase und Wangen unter dem sichtbaren Puder. Sie trug eine haarige graue Jacke mit tiefen Taschen, die sie im Winter immer anzog und ihn an Yaks und steinige Pfade erinnerte. Manchmal, wenn er zusah, wie Buffy die Sachen im Stand auslegte, dachte er daran, wie sorgsam Eve die Dinge ausgewickelt und aufgestellt hatte – nicht, daß Buffy jemals ungeschickt war, es war nur anders. Eves Griff war zart, Buffys sachverständig – professionell, das war vielleicht das bessere Wort. In ruhigen Momenten schweifte seine Erinnerung an Eves Hände und den Schimmer ihrer Nägel höher zu ihrer rosigweißen Haut, so zart und durchscheinend, zu ihrem seidigen weißen Haar, dem Parfum, das sie trug, dessen Namen er vergessen hatte und nach dem er Claire jede Weihnachten wieder gefragt hatte.

»Warum schreibst du ihn dir nicht *auf*?«

Als er nach Eves Tod einmal versucht hatte, ihre Kleider durchzusehen, entströmte einer Schublade, die er aufzog, eine geisterhafte Wolke dieses Duftes, der an Unterröcken und Strümpfen haftete. Das war einer der schlimmsten Tage. Jetzt versuchte er untertags meist nicht mehr an solche Dinge zu denken.

Der Verkehr auf der Essex Road wurde dichter. Die Sonne schien zaghaft kurz auf das Tafelglas von Waterstone's hinter der Rasenfläche. Tauben schwatzten auf der Spitze des Kriegerdenkmals; die Sonne berührte die sechs im Kreis ausgestellten viktorianischen Gläser.

»Die werden bis zum Mittag verkauft sein«, sagte Buffy und lehnte sich in ihrem Klappstuhl zurück.

»Hab ich dir schon von meinem Brief erzählt?« fragte William. »Wahrscheinlich habe ich es schon allen Leuten erzählt.«

»Mir noch nicht.«

»Von einer Cousine zweiten Grades in Shropshire«, sagte er. »Oder sogar dritten oder vierten Grades, wenn ich mich recht erinnere. Sie ist eine ganz sonderbare alte Jungfer – ach, sie sind allesamt ein schrulliger Haufen.« Er hielt inne und erinnerte sich an Tante Ednas Beerdigung auf dem Friedhof von St. Michael of All Angels, droben in den Bergen. Auch damals hatte es geregnet, ein Regen, der in starken, windigen Böen über den Kirchhof fegte, wo sich die kleine Gruppe der Trauergäste um ein ausgehobenes Grab versammelt hatte, während der Pfarrer mit seinem Talar zu kämpfen hatte. Claire und Matthew waren nicht dabeigewesen, konnten sich selbst damals nur dunkel an

Großtante Edna erinnern. Sie hatten sie ein- oder zweimal besucht, als sie noch klein waren und die Tante sie angeschrien hatte.

»Und überhaupt«, hatte Eve gesagt, »sie sind noch viel zu jung, um auf eine Beerdigung zu gehen«, und dafür gesorgt, daß sie über Nacht bei Schulfreunden bleiben konnten. Also waren Eve und er hinaufgefahren und standen unter Williams schwarzem Regenschirm auf einer Seite des Grabes, während Mary, Sophie und Ernie, Ednas Kinder, auf der anderen standen. Welch einen seltsamen Anblick sie boten! Es sah ganz so aus, als habe seit vielen Jahren keiner von ihnen so etwas Ähnliches wie ein Textilgeschäft betreten: In ihren hochgeknöpften gegürteten Mänteln in düsteren Schattierungen von meliertem Kastanienbraun und Kamelhaar, mit den tief in die Stirn gezogenen Mützen der Schwestern und Ernies gestricktem Schal und Kappe – alles sah aus, als hätte es seit ungefähr 1959 an Kleiderhaken vor dem abbröckelnden Verputz des Küchenkorridors gehangen. Sophie hatte Mutters leichte Pumps tragen wollen, die sie vor einigen Jahren im Sue-Ryder-Laden in Oswestry gekauft hatte, aber als der Leichenwagen bereits vor der Pforte hielt, hatte Mary sie alle, nach einem Blick hinaus in den Regen, gezwungen, Gummistiefel anzuziehen, die jetzt dick mit Shropshires Friedhofsschlamm bedeckt waren.

In der kalten Kirche hatten sie mit leisen, klagenden Stimmen *Abide with me* gesungen; und als William sie so sah, wie sie krampfhaft ihre Gesangbücher umklammert hielten, fragte er sich, wie um alles in der Welt sie jetzt zurechtkommen sollten, von Ednas mütterlichem Griff befreit, der fürchterlich gewesen war. Ernies lange gelbe Fingernägel zupften an einem Faden in seinem grünlichen Schal; sein schütteres, ungepflegtes Haar stahl sich hier und da unter seiner Strickmütze hervor; er war seit langer Zeit niemandem mehr unter die Augen gekommen.

Hinterher fuhr William sie alle zurück zum Haus, die drei hatten sich auf den Rücksitz gequetscht und sahen, durch die zischenden Scheibenwischer, zwei einhertrottende Gestalten bei der Pforte ankommen.

»Das ist Win«, sagte Mary und beugte sich vor. »Und Johnny.«

»Sie hätten zur Kirche kommen sollen«, sagte Sophie und rutschte ein wenig auf ihrem Sitz. »Sie waren gut befreundet mit Mutter.«

»Die Leute mögen keine Beerdigungen«, sagte Ernie, die erste Bemerkung, die er während der ganzen Fahrt gemacht hatte.

Im Haus, begrüßt von zwei Jagdhunden und einem triefäugigen Spaniel, versammelten sie sich in der Küche unter einem Wäschegestell, an dem sonderbare Unterwäsche und jede Menge Socken zum Trocknen hingen.

»Zum Wohl«, sagte Johnny und hob seine Teetasse. »Sie war eine gute, starke Frau, eure Mutter.«

»Sie hat am Ende sehr gelitten«, sagte Mary. Ernie starrte zum Fenster hinaus auf den unaufhörlich fallenden Regen. Sophie reichte einen Teller mit Pfeffernüssen und anderem bekömmlichen Gebäck herum. Win hatte einen Rosinenkuchen gebacken.

Während er Buffy das alles schilderte, der Markt sich zu füllen begann und ein oder zwei Leute stehenblieben, um sich die 1940er Dartmouth-Pottery-Servierplatten zu betrachten, fragte sich William, wie die Geschwister es fertiggebracht hatten, in diesem weiträumigen, halbbewohnten Haus zu bleiben, wo sich in jedem der oberen Räume die Tapeten in feuchten Fetzen von den Wänden schälten – er wußte es, er war oben in dem eiskalten Badezimmer gewesen, hatte einen Blick in die trostlosen Schlafzimmer geworfen –, und sicher war es im Winter nirgends erträglich außer in der Küche. Über die Jahre hatten Weihnachtskarten ihm mitgeteilt, daß Ernie jetzt draußen im Hof in einem Wohnwagen kampierte und daß sie noch mehr Hunde aufgenommen hatten. Darüber hinaus wußte er nichts.

»Jetzt hat Mary aus heiterem Himmel geschrieben. Ob ich einer jungen Frau helfen kann, die nach London kommen möchte«, sagte er. »Sie sucht einen Job und ein Quartier, wie Mary es ausdrückt.«

»Bißchen viel auf einmal.«

»Meinst du, ich sollte eine Untermieterin in mein Haus aufnehmen?« Er schob seine kalten Füße unter den schlafenden Danny.

»Nicht jemanden, den du noch nie gesehen hast.«

»Claire meint, ich sollte das Haus verkaufen und in eine Wohnung ziehen. Das sagt sie immer wieder.«

»Also ehrlich gesagt«, meinte Buffy, »ich kann mir nicht vorstellen, wie ich jetzt noch mit mehr als einer Wohnung fertig werden könnte. Andererseits ...«

»Genau«, sagte William, der wußte, daß man ihn aus diesem Haus tragen müßte, in dem all das geschehen war, was ihm je in seinem Leben etwas bedeutet hatte.

»Aber manchmal denke ich doch, ich sollte jemanden im Haus haben«, sagte er. »Ich meine – man weiß ja nie.«

Buffys Aufmerksamkeit wurde von einer Frau mittleren Alters abgelenkt, die ihren Blick auf einen kuhförmigen Sahnekrug aus den 20er Jahren und auf eine sehr hübsche Butterdose mit Margeritenmuster geworfen hatte.

»Darf ich?« Sie versuchte, den Deckel zu heben, und merkte, daß er mit Tesafilm festgeklebt war.

»Ich zeige sie Ihnen, wenn ich darf.« Buffy drehte die Dose um. »Winton.« Sie deutete auf die Marke. »Aus den Dreißigern. Sehr hübsch, nicht wahr?«

»Sie ist süß.« Die Frau im Regenmantel setzte ihre Brille auf und sah angestrengt auf das Etikett. »Heißt das fünfundsechzig Pfund?«

»Richtig.«

»Und die Sahnekanne?«

»Die können wir für fünfunddreißig abgeben.«

»Oh, ist Weihnachten nicht schrecklich? Alles so verlockend, aber ...«

William zeigte auf die Keramik-Toastständer. »Die machen sich gut als Geschenke. Und sind erschwinglich.« Er hob einen hoch, dessen Abschnitte einen leichten Bogenrand hatten. Vorn war ein kleiner Wacholderzweig aufgemalt und hinten ein Streifen Wacholdergrün. »Das ist ebenfalls Winton, aber wir könnten es Ihnen für ...« Er nahm ihn hoch und sah auf das Preisschild. »Nun ja, da steht zwölf Pfund, aber ich könnte sicher für Sie ein wenig heruntergehen.«

Die Frau setzte ihre Brille wieder auf und nahm es in Augenschein. »Ganz nett. Aber diese Sahnekanne ist *so* süß.«

Buffy und William warteten. Ein junges Paar blieb stehen, um zu gucken.

»Oh, die sind nett«, sagten sie und sahen sich die Toastständer an.

Schließlich verkauften sie die Sahnekanne an die Frau im Regenmantel und ließen sechs Pfund fünfzig vom Preis nach, und die 1920er Toastständer mit dem Bogenrand gingen an das junge Paar.

Es herrschte jetzt reger Betrieb und war auch wesentlich kälter geworden.

»Wo war ich?« William schlug den Kragen um seinen meergrünen Wollschal herum hoch.

»Du hast überlegt, ob du eine Untermieterin nehmen solltest«, sagte Buffy. »Diese Farbe steht dir, muß ich sagen.«

»Es ist nur«, sagte er und dachte an das Geräusch eines Schlüssels im Schloß am Ende des Tages, und dann und wann einen gemütlichen Drink am Kaminfeuer, »es ist nur wegen Matthew, natürlich.«

»Kommt er Weihnachten nach Hause?«

»Ich hoffe es. Fremde Menschen verwirren ihn. Ich glaube nicht, daß es geht.«

»Vielleicht im neuen Jahr.«

»Mal sehen.« William lehnte sich in seinem Stuhl zurück. »Ich hoffe, eines Tages wird Matthew für immer zu Hause sein. Damit rechne ich.«

Buffy gab keine Antwort. Dann sagte sie: »Und Claire? Hätte sie vielleicht gern eine Untermieterin? Au pair oder so was Ähnliches? Hat dieses Mädchen Kinder gern?«

»Ich habe keine Ahnung. Und du weißt ja, wie Claire ist – besonders wenn es sich um die Kinder handelt. Sie hat ihre eigenen Vorstellungen; sie mag keine Einmischung.«

»Oh, gut, war nur so ein Gedanke.«

»Aber ein sehr guter. Ist noch Kaffee da?«

Buffy goß den Rest in die Tassen.

»Was machst du an Weihnachten?« fragte er sie. »Hast du schon etwas vor?«

»Ich weiß noch nicht genau«, sagte Buffy und rückte an einem Paar Kerzenständer. Sie trank ihren Kaffee aus und erhob sich. »Zeit, sich ein wenig die Füße zu vertreten.«

6

»Ich gehe mit einem Baumchirurgen aus«, sagte Janice.

»Das ist doch nichts für dich«, meinte Mary.

»Vielleicht doch.«

Sophie packte die Lebensmittel aus; Erbsenpüree mit Mengenrabatt stapelte sich dosenweise auf dem Tisch. Draußen rüttelte der Wind an den Ästen der Steineiche. Drinnen lag ein Haufen Hunde schnarchend vor dem Herd.

»Vielleicht könnte dein junger Mann kommen und hier ein bißchen Chirurgie machen«, sagte Sophie. »Wenn der Baum umfällt, sind wir ruiniert.«

Janice warf einen Blick aus dem hinteren Fenster. Ernies Wohnwagen, der am Zaun zum Feld geparkt war, stand tatsächlich ganz nah bei der Eiche. Sie sagte es.

»Dieser Baum stand schon da, als ich ein kleines Mädchen war«, sagte Mary und rührte drei Löffel Zucker in ihre Tasse.

»Damals war ich auch noch ein kleines Mädchen.« Sophies Finger fuhren an ihre Haarspange, heute morgen war es ein kleiner emaillierter Hirtenhund, schwarzweiß und gutmütig, mit einem hübschen roten Halsband. »Ist er bei der Gemeinde angestellt, dein junger Mann?« fragte sie Janice.

»Nein«, sagte Janice und erinnerte sich an den Burschen im Gemeinde- Lkw, an dem Tag, als sie einen halben Baum über die Höhenstraße geschleift hatte. War er Baumchirurg? Wenn ja, dann hätte sie zwei am selben Tag kennengelernt, das wäre mal was Neues. »Er ist selbständig«, erzählte sie Sophie. »Er heißt Eric. Ich weiß nicht genau …«

Machte ein Drink nach der Arbeit, eine schwindelerregende Motorradfahrt über die Feldwege und ein plötzlicher, saftiger Kuß auf dem Parkplatz des Pubs jemanden zu *deinem jungen Mann*? Sie würden sich heute abend wiedersehen. Sie dachte an das Kratzen seiner Bartstoppeln auf ihrer Wange unter einem stürmischen Himmel, und sie mußte ihren Becher absetzen.

»Was du brauchst«, sagte Mary, »ist eine neue Umgebung. Eine gescheite junge Frau wie du!«

»Du klingst wie meine Mutter.«

»Hör auf deine Mutter«, sagte Mary, und Sophies Blick schweifte von der schweren Fahrradtasche zu dem Foto auf dem Kaminsims neben der Krönungsdose. Auf der anderen Seite der Königinmutter lächelten Charles und Diana frischverlobt von ihrem Abziehbildbecher herüber. Was für eine schreckliche Sache war das gewesen. Das arme, arme Mädchen.

»Was *ich* brauche«, sagte Mary energisch, »ist jemand, der diese Hunde ausführt. Geht dein Eric gern spazieren?«

»Er fährt eine Harley-Davidson«, sagte Janice und dachte an ihre Wange, an seinen lederbekleideten Rücken gepreßt, ihre Arme fest um seine Mitte geschlungen. »Also gut«, sagte sie und sah noch einmal hinaus nach dem Wetter, »wenn ich sie jetzt ausführen soll, mache ich mich mal lieber auf.«

Ein Schwanz klopfte hinter ihr. »Er hat uns gehört«, sagte Mary. »Nicht wahr, Ned? Also dann fort mit dir.«

»Du hast wohl noch nichts von deinem Vetter gehört?« Janice stand auf. »Dem in London.«

»Nein, aber das bedeutet gar nichts. Er ist ein guter Mann, der William.«

»Blut ist dicker als Wasser«, sagte Sophie und fing an, Janice zu erklären, wie William mit ihnen allen verwandt war, von ihrer Mutter Seite. Janice spülte die Becher im Spülbecken aus und tat so, als höre sie zu.

»Lauft jetzt«, sagte Mary zu dem Haufen Hunde auf dem Kaminvorleger, und plötzlich war die Küche von einem wirbelnden Chaos erfüllt. Von draußen in den Hundehütten kam ein wahnsinniges Gebell.

»Ruhig, ihr Hunde!«

Mary öffnete die Hintertür, alle strömten heraus, und in den Ställen war die Hölle los. Sophie reichte Janice eine Handvoll Hundeleinen von den Haken im Gang. Draußen bückte sie sich, um sie an den Halsbändern zu befestigen. Die windige Morgenluft war mit Jaulen und Bellen und Geheul erfüllt; der Himmel war nach dem Platzregen der letzten Nacht voll von hohen, schnell dahinziehenden Wolken. Alles sah heiter, strahlend und hoffnungsvoll aus.

»Also los.« Mary riegelte die Pforte auf und hielt den Weg hinauf nach Besuchern Ausschau. Man konnte nie wissen. Janice wurde an den gespannten Leinen zweier Neufundländer, einem Windhund und drei Collie-Mischlingen hinausgezerrt. Oben in den Hügeln konnte sie sie freilassen. »Mach's gut«, rief Mary.

»Bei Fuß!« rief Janice.

Der Feldweg war von rauschenden Bäumen und plätschernden Gräben eingerahmt, der Wind fegte über die Felder. Mehr Regen würde kommen, alle wußten es.

William saß mit Claire und ihrer Familie beim Sonntagslunch.

»Setz dich bitte, Hugo«, sagte Claire. »Geraldine, bitte setz dich hin. Wo ist Piers?« Sie ging zum Fuß der Treppe. »Piers!«

Jeremy hob eine gußeiserne Auflaufform von der Wärmeplatte auf den Tisch. »Paß auf! Hände vom Tisch, Geraldine.«

Piers kam die Treppe herunter in die Küche, er hatte rote Backen und sah erhitzt aus.

Claire setzte sich wieder. »Wird auch Zeit.«

»Hallo, alter Freund«, sagte William und streckte den Arm nach ihm aus.

»Hallo.« Piers rutschte auf seinen Platz.

Regen strömte vom Fenster hinter der Wandbank herab.

»Also dann.« Jeremy hob den Deckel. Ein himmlischer Duft stieg in die Luft: Truthahn, Estragon, Weißwein, Sahne. Zucchini, Petersilie und Karottenscheiben wurden sichtbar, als er die erste Portion ausschöpfte, und Claire servierte Kartoffeln aus einer Steingutschüssel. Alle reckten die Hälse.

»Das riecht *jamjam.*« Geraldine hob sich halb von ihrem Stuhl, um zu gucken, und wurde geheißen, sich wieder zu setzen.

»Wie geht's dem armen Ohr?« fragte William sie, während er seine Serviette auseinanderfaltete.

Sie sah ihn verständnislos an.

»Das ist schon eine Ewigkeit her«, sagte Claire. »Sie hat es ganz vergessen.«

»Das freut mich. Ah, guckt, wer da kommt.«

Danny, der bis jetzt brav in einem Karton vor der Heizung gelegen hatte, kam herbeigetrottet.

»Danny!« sagte Hugo. »Danny! Komm her.« Er bückte sich, lugte unter den Tisch und tätschelte einladend sein Bein. Im Nu war Danny da.

»Hugo!«

»Ach, komm doch, er will nur ein kleines Häppchen, darf er nicht ein Häppchen haben?«

»Nein.« Claire starrte William böse an.

»Komm her, Danny.« Er sah unter den Tisch. Danny, der eingeklemmt zwischen Hugos Füßen saß, sah ihn unverwandt an. »Komm her«, sagte William wieder. Hugos Füße schlossen sich fester. Teller wurden um den Tisch herumgereicht. Als William seinen Stuhl zurückschob und sich tiefer bückte, zog er am Rand des Tischtuchs, und ein Spritzer der herrlich duftenden Soße schwappte darauf.

»Daddy!«

»Oh, Liebes, es tut mir so leid. Danny, komm jetzt sofort her.« Er langte herüber und packte ihn am Halsband. Danny jaulte auf und rührte sich nicht vom Fleck. Hugo schüttelte sich vor Lachen.

»Hugo!«

Geraldine bückte sich jetzt auch, um zu sehen, was los war. »Oh, guck nur, er ist so *süß*! Gell, Danny?«

»Geraldine!«

»Was macht er?« fragte Piers und hob ein wenig das Tischtuch.

»Kinder!« Claire lief rot an. »Wollt ihr euch jetzt endlich benehmen? Wir versuchen, zu Mittag zu essen.« Sie sah ihren Mann an. »Jeremy!«

Jeremy hatte den Schöpflöffel hingelegt. »Ich werde jetzt nicht weiter servieren, bis alle Ruhe geben!«

»Danke. Nun, Daddy, bitte nimm du das jetzt in die Hand.«

»Natürlich, natürlich, entschuldige bitte.« William, inzwischen auf allen vieren, ergriff wieder das Halsband, und Hugo gab endlich nach. Er spreizte die Füße, Danny schleifte über den Holzfußboden, und als William ihn losließ, rutschte er weiter, flog an der Heizung vorbei, bis er an seine Kiste stieß.

Die Kinder konnten nicht mehr.

»Guckt mal – guckt nur – wie eine Kanonenkugel!«

Danny richtete sich auf und schüttelte sich heftig. Er sah sie alle der Reihe nach an und stieß ein kurzes Bellen aus.

»Er will es noch mal machen. Komm, Großpapa, mach es noch einmal.«

»Ich weiß nicht, ob er das will«, sagte William, der Claires Wut an seiner Seite spürte. »Und ich glaube, es wird Zeit, daß wir alle diese köstliche Mahlzeit genießen, meint ihr nicht? Ins Körbchen mit dir, Danny!«

Danny schlich in die Kiste und sah bekümmert heraus.

»Armer Danny!« Hugo starrte ihn an. »Ich wünschte, wir hätten einen Hund.«

Claires Hand schlug hart auf den Tisch. Pfeffer- und Salzstreuer wackelten.

»Wenn ich noch ein Wort höre … Bitte gebt jetzt endlich Ruhe.«

»Warum bist du immer so grantig?« fragte Hugo.

»Das bin ich nicht.«

»Doch.«

»Also, ich muß sagen, das ist das beste Mittagessen, das ich seit langem gegessen habe«, sagte William mit ehrlicher Überzeugung. Für eine Person zu kochen war ziemlich trostlos. Selbst jetzt noch. Vielleicht hatte Buffy recht – eine Untermieterin wäre vielleicht eine gute Idee. Andererseits – er wollte bestimmt nicht die ganze Zeit kochen und den Tisch decken. Es hatte seine Vorzüge, mit einem Tablett vor dem Fernseher zu sitzen.

»Hab ich dir schon von meinem Brief erzählt?« fragte er Claire. Sie gab keine Antwort. »Liebes?«

Sie war puterrot, mit zusammengepreßten Lippen. Tränen tropften auf das Tischtuch.

»Liebes«, sagte er wieder und legte die Hand auf ihren Arm. Sie schüttelte sie ab.

»O Gott.«

Es wurde still am Tisch.

»Meine Schuld«, sagte William. »Ich hätte ihn nicht mitbringen sollen.«

»Das Essen wird kalt«, sagte Jeremy hilflos. »Vielleicht könntest du die Kartoffeln herumreichen.«

»Kann ich etwas für dich tun?« fragte William später. Der Regen hatte aufgehört, sie gingen durch den Park. Vor ihnen warfen die Kinder Stöckchen für Danny. Jeremy, der früh am nächsten Morgen auf dem Gericht sein mußte, war zu Hause geblieben.

»Habt ihr etwas dagegen?« hatte er sie gefragt, als sie in der Diele ihre Regenmäntel anzogen und die Kinder darum rangelten, wer Dannys Leine anklemmen durfte. »Es ist meine einzige Chance, eine Stunde Ruhe zu haben.« Er ging bereits die Treppe hinauf zum Schreibtisch in ihrem Schlafzimmer, auf dem sich die Akten und Unterlagen häuften.

»Natürlich nicht«, sagte William. »Nur zu.«

»Mach, was du willst«, sagte Claire und riß die Haustür auf. Danny zerrte hechelnd an der Leine. »Raus!« forderte sie alle auf.

Die Straße war nach dem Regen von Stille erfüllt, die Ruhe eines Londoner Sonntagnachmittags. Die Kinder und Danny durchbrachen sie geschwind und rannten auf das Parktor zu. Die Bäume tropften, überall lagen tiefe Pfützen.

»Nicht, daß ich mich im geringsten einmischen möchte«, fuhr William vorsichtig fort. Oh, wie vorsichtig man mit Claire umgehen mußte – mehr als mit Matthew, hatte er oft das Gefühl, trotz allem. Sogar Eve mußte manchmal um sie herumschleichen, und sie sprang ihr trotzdem ins Gesicht. Und dann, als sie starb, war Claire untröstlich, und als Piers geboren worden war, schluchzte sie, als müsse ihr das Herz brechen.

»Ich will, daß sie da ist, ich will, daß sie ihn sieht ...«

Allmählich hörte sie auf zu weinen, und der Mantel der Mutterschaft legte sich um ihre Schultern. Sie zog ihn fest um sich herum. Sie ließ sich zur Beraterin des National Childbirth Trust ausbilden, zu einer Beraterin für stillende Mütter, und entschloß sich am Ende, nicht in die Anwaltspraxis zurückzukehren, durch die sie Jeremy kennengelernt und die ihr Mutterschaftsurlaub gewährt hatte.

»Das Gesetz kann ohne mich auskommen. Wir kommen auch so über die Runden. Mein Platz ist hier«, erklärte sie William, der an einem Sommernachmittag gekommen war, um seinen Enkel zu bewundern. Danny saß in geziemender Entfernung im Schatten; Piers lag in seines Großvaters Armen und sah zu ihm auf. Er erwiderte seinen Blick mit einer Mischung aus Liebe und Trauer und hörte zu oder wenigstens halb zu, was Claire ihm über Winnicott, Mutterbindung und »Stillen auf Verlangen« erzählte. Er versuchte sich zu erinnern, ob Eve genauso und ebenso ausführlich über solche Dinge geredet hatte; er konnte sich nur erinnern, wie sie beide die schlafende Claire betrachtet hatten und einander versicherten, wie vollkommen sie war. Auch Matthew war so vollkommen gewesen, und wer hätte jemals vorhersagen können, welche Hölle ihn erwartete, als über seinem Kinderwagen unter den Bäumen noch das Licht und die Schatten des Sommers spielten?

»Claire?« sagte er jetzt zu seiner Tochter und sah den Kindern zu, die mit Danny in der kalten, feuchten Luft herumtollten.

»Was?«

»Wie ich schon sagte«, fuhr er fort, umrundete eine Pfütze und wünschte, er könne ihren Arm nehmen und sie beide, Vater und Tochter, könnten einträchtig an einem Sonntagnachmittag miteinander spazierengehen und in Ruhe über alles sprechen. »Ich will mich nicht einmischen ...«

»Dann tu es auch nicht«, sagte Claire kurz angebunden. »Ich bin nur ein wenig übermüdet, das ist alles.«

»Es ist viel für dich«, sagte William und beobachtete Piers und

Hugo, die mit Danny über das nasse Gras flitzten, der ausgelassen hinter ihnen hersprang. Geraldine hatte Mühe mitzukommen und rief »Wartet auf mich!« Ewige Rufe der Kindheit, und dies war einer der eindringlichsten.

»Jungs!« rief Claire. »Hugo! Piers!«

Es waren noch andere Familien da, andere Londoner Hunde, von der Leine gelassen, Pfoten klickten über die nassen schwarzen Pfade, Beine hoben sich über leere Blumenbeete, sie beschnüffelten einander eingehend, wurden gescholten. Es fing wieder an zu regnen, Schirme öffneten sich.

»Gott, wird das denn nie aufhören?«

»Ich habe einen Brief von der verrückten alten Mary bekommen«, versuchte William es noch einmal, während auch er seinen Schirm aufspannte. Er hielt ihn über seine Tochter, und sie wich nicht aus. Er begann ihr von dem Brief zu erzählen, während der Regen schneller fiel, und dann gab er es auf, als alle sich unter die Bäume und in den Musikpavillon flüchteten. Die Kinder packten Danny und stiegen die Stufen hinauf, ein halbes Dutzend Dulwicher Familien standen unter seinem Dach und starrten über das Gras und den Asphalt hinaus auf den Platzregen. Krickenten und kleine Stockenten quakten vom See herüber; Claire sah eine Mutter, die sie kannte, und begann sich mit ihr über die Lehrer zu unterhalten. William hob Geraldine hoch, die ihr Händchen in seine Hand geschoben hatte.

»Was wünschst du dir zu Weihnachten?«

»Danny. Ich wünschte, er könnte bei uns leben.«

»Ich fürchte, ich wäre ziemlich einsam ohne ihn«, sagte er, und in der Kälte des dunkler werdenden Nachmittags mit dem Regen, der unablässig wie eine Strafe fiel, wurde ihm plötzlich klar, wie wahr das war, diese gähnende Leere des großen Hauses, die ihn umgab. Er schüttelte sich ein wenig: So ging das nicht.

»Was wolltest du mir über Mary erzählen?« fragte Claire, als sie den Tee brachte. Sie waren durchnäßt nach Hause gekommen, alle waren durch den Park gerannt, und die Diele war voll von nassen Schuhen. Die Kinder saßen vor dem Fernseher, Danny hatte sich auf dem Sofa zwischen sie gekuschelt; Jeremy hatte kurz hereingeschaut und war wieder gegangen; der Kessel summte auf dem Kamineinsatz.

William erzählte es ihr, während er sie in der Küche herumhantieren sah, kompetent und unglücklich. Das war sie. Zweifellos.

»Buffy hatte eine Idee«, sagte er und kippte mit seinem Stuhl zurück.

»Tu das nicht.«

»Was?«

»Mit deinem Stuhl nach hinten kippen – ich sag es immer zu den Kindern. Du könntest den Stuhl zerbrechen, und du könntest dir das Rückgrat brechen. Jeremy hatte einen Klienten, dem das passiert ist: Keine Versicherung, nichts. Was war Buffys Idee?«

William kippte den Stuhl wieder nach vorn und sagte: »Ich meine, als eine Art Kindermädchen. So was Ähnliches. Vielleicht, falls sie dir ein bißchen über den Kopf wachsen …«

»Das tun sie nicht.« Sie ging hinaus zum Fuß der Treppe. »Jeremy! Tee, wenn du welchen möchtest.«

»Soll ich ihn zu ihm raufbringen? Ich weiß, wie es ist, wenn man in etwas vertieft ist.«

Claire sah ihn an. »Noch kann er seine Beine gebrauchen.«

William gab auf. Er nahm die Tasse entgegen, die ihm gereicht wurde, sah seinen Schwiegersohn, grau im Gesicht vor Überarbeitung, herunterkommen, um sich seinen Tee zu holen und sich wieder zurückzuziehen; er hörte das synthetische Gezwitscher der Zeichentrickfilme aus dem Wohnzimmer.

»Es gibt keine richtigen Dramen mehr im Fernsehen«, sagte Claire. »Nichts, was irgendwelche Substanz hat.« Sie setzte sich, griff nach der Zeitung und blätterte seufzend die Seiten des Feuilletons durch. William nahm den Reiseteil und überflog die preisgünstigen Urlaubsangebote, Weihnachten auf den Seychellen. Papageien flogen über Baumwipfel, silbrige Fische sprangen aus tintenblauem Wasser. Wenn Eve noch da wäre, könnten sie Pläne machen.

Im Nebenzimmer kamen die Trickfilme zu einem turbulenten Ende. Zappen durch die Programme, Stimmen wurden laut.

Claire stand auf und ging hinüber. Von irgendwo an einem Neujahrswochenende für zwei in Tunesien wurde William die Disharmonie bewußt: Ein Sonntagabend, an dem noch Schularbeiten gemacht werden mußten, die allgemeine Gehorsamsverweigerung. Die Lautstärke schwoll an, Danny kam herein.

»Hallo, alter Freund.« Er kraulte ihm die Ohren. Claire erschien wieder und schloß die Vorhänge vor dem regennassen Nachmittag, der jetzt in einen scheußlich nassen Abend überging.

»Wird Zeit für uns, aufzubrechen«, sagte William und erhob sich. »Danke für das gute Mittagessen.«

»Nichts zu danken.« Claire stellte die Teetassen in die Spülmaschine, wo schon das Geschirr vom Mittagessen wartete. Danny, der die Reste witterte, trottete erwartungsvoll hinter ihr drein. »Nichts für dich«, beschied sie ihm in scharfem Ton und ging zur Treppe. »Jeremy! Kommst du dich verabschieden?«

In der Diele, in Mantel und Schal, mit Schirm und Danny, der wieder an die Leine geknipst wurde, küßte William der Reihe nach die Kinder, schüttelte Jeremy die Hand und berührte flüchtig Claires Wange, denn mehr wagte er nicht.

»Überlege es dir«, sagte er und öffnete die Haustür zu strömendem Regen und Dunkelheit. »Jemand, der dir ein wenig helfen könnte.«

»Helfen bei was?« hörte er Geraldine fragen, als er zu seinem Wagen unter der Straßenlaterne ging. Silberner Regen trommelte auf das Dach. »Nichts«, sagte Claire. »Zeit für euer Bad.«

»Auf Wiedersehn«, rief er nach der sich schließenden Tür, nahm seine Schlüssel heraus und spürte, als die Tür zuschlug, wie sich das Familienleben wieder in sich zurückzog, sein Besuch war vorüber und überstanden, noch bevor er davonfuhr: weiter zum nächsten Programmpunkt und dann zum nächsten. Wieder ein Tag vorüber. Wollte Claire wirklich so leben?

Er startete den Wagen und fuhr los, die Scheibenwischer rasten in vollem Tempo. Die Straße war von Vorhängen verdunkelt, Verandalichter schimmerten durch die ertrinkende Welt.

»Allmächtiger«, sagte William, plötzlich von Trostlosigkeit überwältigt. So elend hatte er sich seit langem nicht mehr gefühlt.

7 »Er sagt, er weiß es noch nicht. Er meint, vielleicht ergibt sich was im neuen Jahr.« Die Schrift eines Füllfederhalters floß über cremefarbene Seiten; Mary legte den Brief auf den Tisch neben den dicken, gefütterten Umschlag. Sophie drehte ihn bewundernd um.

»Sieht fein aus.«

»Alles, was William macht, ist fein.« Mary sah über den Tisch hinweg Janice an, die ein paar Tabakschnipsel aufrollte. »Würde dir guttun. Er hat Stil.«

»Den hab ich schon«, sagte Janice und dachte an vorige Woche. Eric wohnte oben in den Hügeln, in einer verlassenen Hirtenhütte, die er von einem Farmer gemietet hatte. Der Strahl des Scheinwerfers seiner Harley-Davidson durchschnitt den peitschenden schwarzen Regen und beleuchtete auf der kurvenreichen Straße ein einstöckiges steinernes Wohnhaus mit geflicktem Schieferdach, das zwischen Felsblöcken und leeren Schafställen stand. Meilenweit von Gottweißwo. Sie stiegen vom Motorrad, und sie rannte zur Tür und blieb bibbernd stehen, während er es unter ein angebautes Pultdach aus verzinktem Eisenblech schob. Als er die Zündung abdrehte, wurde alles stockdunkel. Sie hörte den Regen in den Boden sickern und auf das Schieferdach trommeln; sie hörte seine Schritte durch den Matsch auf die Haustür zukommen.

»Hast du keine Taschenlampe?«

»Brauch ich nicht, wenn ich allein bin. Kenn mich hier aus.«

Er schloß die Tür auf und tastete nach dem Lichtschalter. »Da sind wir.«

Janice blinzelte. »Hübsch.«

Ein einziger Raum: Tisch und zwei Stühle, offener Kamin, Spüle, Kocher. Bett. Sie hängte ihre durchweichte Jacke und die wollene Mütze an die Tür; er setzte seinen Helm ab, zündete eine Kerze an, die in einer Flasche auf dem Tisch stand, und nickte nach der Tür. »Da drin, wenn du möchtest.«

»Vorläufig nicht.«

Eric goß Whisky in zwei Gläser. »Cheers.«

»Cheers.«

Er zündete das Feuer an, und sie setzten sich und tranken.

Der Wind rüttelte an Tür und Fenstern, der Regen kam in Sturzbächen, sie hörten, wie sich auf dem Dach eine Schieferplatte löste.

»Wieder eine weg«, sagte Eric. »Ich muß mal da rauf.«

»Jetzt nicht.«

Er sah sie an. »Nein.«

Als sie ihren Whisky getrunken hatten, stand er auf und küßte sie. Sie zogen sich gegenseitig aus und legten sich vors Feuer. Der Boden bestand aus Steinplatten, mit ein paar Kaminvorlegern bedeckt.

Sie schloß die Augen, als sie daran dachte. Sie hatte seit Tagen an nichts anderes gedacht.

»Schau dich doch an«, sagte Mary und steckte den Brief aus London wieder in seinen Umschlag. »Zu nichts zu gebrauchen.«

»Ach, ich weiß nicht.«

Janice starrte träumerisch in die Küche. Es regnete nicht; es klarte sogar auf. Überm Hof sah sie die Tür von Ernies Wohnwagen aufgehen, und dann erschien er auf den Stufen und blickte sich um. Armer Teufel.

»Wenn es so schön bleibt, bekommen wir vielleicht Besucher«, sagte Sophie und rührte in ihrem Tee. »Wir könnten eine Weihnachtsparty machen.«

»Und Schweine können fliegen«, sagte Mary.

Ernie kam die morschen Stufen herunter. Eines Tages würde er sich ein Bein brechen. Er stand da und schnupperte in die Luft, und die Hunde kamen aus ihren Verschlägen; Janice sah, wie er hinüberging und sie begrüßte. Ihre Schwänze wedelten aufgeregt, sie leckten ihm durch den Draht hindurch die Hände. Das war das Gute an Hunden, es war ihnen egal, wie einer aussah: Das war vielleicht schon die halbe Miete.

Ernie überquerte den Hof und wich den Pfützen aus, um nicht die Nässe ins Haus zu tragen. Wo waren seine Gummistiefel, der alte Narr? Der Wind verwehte ihm Jacke und Schal, Haarsträhnen hingen unter der Wollmütze hervor. Gräßlich. Sie hörte, wie er die Hintertür öffnete und sein unzulängliches Schuhwerk auszog. Dann schlurfte er durch den Korridor.

»Was willst du?« fragte Mary schroff.

»Nur mal reinschauen. Heut bißchen freundlicher draußen.« Er tapste über den steinernen Küchenboden, lange gelbe Fußnägel ragten durch löcherige Socken. »Gibt's Tee?«

Ein paar Schwänze klopften auf den Boden vor dem Kamin. Er bückte sich, um sie zu begrüßen. »Guter Kerl, lieber Kerl. Gibt es Tee?«

»Er ist kalt geworden«, sagte Mary.

»Ich mach 'ne frische Kanne«, sagte Sophie und stand auf.

»Mach ihn schön stark.« Er richtete sich auf und sah Janice, die Tee trank und ihre Selbstgedrehte rauchte. »Mein Tabak ist alle«, ließ er sie wissen.

»Ach ja?« Sie griff nach ihren Zigarettenpapieren und der Dose.

Er sah ihr zu, wie sie sie aufschraubte. »Nette kleine Dose haste da.«

»Genauso wie deine, was?«

»Meine ist alt. Wie ich. Und leer.« Er schlurfte zum Sessel vor dem Kamin, ließ sich hineinplumpsen und rieb sich die Hände. »Bald ist Weihnachten. Danke schön«, fügte er hinzu und nahm die hauchdünne Selbstgedrehte in Empfang. »Haste Feuer?«

»Immer schnorren«, sagte Mary, als Janice ihm das Feuerzeug reichte. »Immer am Abstauben.«

»Wenn ich nicht wäre«, sagte Ernie, genüßlich inhalierend, »dann gäb's kein Museum, kein Einkommen, nichts.« Er zupfte einen Tabakkrümel von seiner Lippe.

»Das war vor langer Zeit, als du das gemacht hast.«

»Ist aber noch da, oder?« Er sah Sophie zu, die in der Kanne rührte. »Lockt immer noch massenhaft Besucher hierher. Paar Kekse da?«

»Du alter Mistkerl«, sagte Mary und öffnete die Dose.

»Wie viele Besucher habt ihr in diesem Jahr denn gehabt?« fragte Janice und dachte an das trostlose Trio, das in der vorigen Woche hiergewesen war.

»Wir hatten einen guten Sommer.« Sophie reichte Ernie seinen Becher. »Wir haben alles ins Buch eingetragen.«

»Du meinst, *ich* habe«, sagte Mary, stand auf und holte es von der hinteren Fensterbank. »Ich bin es, die hier die Buchführung macht.«

»Bist immer die Schlauste gewest.«

»Bist immer die Schlauste *gewesen*.«

»Nein, ich nicht. Ich war immer das Schlußlicht.« Er bedachte Janice mit einem unanständigen Augenzwinkern. »Nur meine Kunst hat mich gerettet. Hat das Familienvermögen gerettet.«

Mary zog das letzte aus einer kleinen Reihe von roten Woolworth-Schulheften heraus, das zwischen alten Jahrgängen der Gelben Seiten und einer Reihe von 1950er *Milchmanns Tage* steckte.

»Wem haben denn die gehört?« fragte Janice, die sie zum ersten Mal bemerkte.

»Waren Vater seine.« Ernie trank seinen Tee. »Er war jahrelang Melker in Broxwood Hall.«

»So hat er Mutter kennengelernt«, sagte Sophie ehrfürchtig. »Wie sie dort im Dienst war.«

»*Als* sie im Dienst war.« Mary setzte sich wieder und strich die linierten Seiten glatt.

Janice sah auf die tief eingedrückte Schrift des Kugelschreibers, die Kolumnen der Daten und Zahlen und auf den Brief aus London mit seiner exquisiten Handschrift. Etwas wie Neugier, sogar Interesse, regte sich in ihr. Verriet eine solche Schrift ein ebensolches Leben? Hatte die herrische alte Mary recht – sollte sie im nächsten Jahr von hier abhauen? Gerade, wo sie und Eric ...

Gerade wo sie und Eric – was?

Tatsache war, sie hatte ihn seit dem verregneten Morgen, der jener wilden, verregneten Nacht folgte, nicht mehr gesehen. Er hatte sie den Berg heruntergefahren und sie, das war die nackte Tatsache, vor dem Cloud Nine abgesetzt, wo Steve ihr einen bezeichnenden Blick zuwarf.

»Kümmere dich um deinen eigenen Kram«, zischte sie ihn an und wischte die Theke ab. Die Harley-Davidson war wieder davongeknattert, und sie war nicht wieder zurückgeknattert. Kein einziges Mal in einer Woche. Ziemlich schlechtes Zeichen, hätte ihr Dad gesagt, wenn er es gewußt hätte.

»Und wo warst du letzte Nacht?« hatte ihre Mutter gefragt, als sie rechtzeitig zu ihrer Mikrowellen-Tagliatelle für drei wieder auftauchte. Ach Gott, wie kam sie dazu, immer noch zu Hause zu wohnen? Sie könnte in den Bergen leben, in einer Schäferhütte, hingestreckt vor dem Kaminfeuer in Reichweite eines Baumchirurgen. Ein Fachmann auf diesem Gebiet, sozusagen.

Tief verletzt, wie sie war, hörte Janice sich plötzlich laut auflachen.

»Was ist denn in dich gefahren?« fragte Mary und blickte von ihren Berechnungen auf. »Bis jetzt waren es fünfundfünfzig, die meisten im Juli und August.«

»Sommerferien«, sagte Ernie weise. »Die bringen die Besucher.«

»Was du nicht sagst.«

»Und wieviel Geld hast du damit verdient?« fragte Janice und zwang sich, in die Gegenwart zurückzukehren. »Wenn ich so unverschämt sein darf, zu fragen.«

»Fast hundert Pfund. Familienrabatt senkt die Preise.« Mary schürzte die Lippen.

»Aber es ist eine Attraktion«, sagte Sophie. »Das kannst du nicht leugnen.«

»War es deine Idee?« fragte Janice sie, der nicht entging, daß sie vor Stolz glühte.

Sophie lächelte verschämt. Sie trug heute eine ihrer hübschesten Haarspangen, ein türkisblaues Delphinpaar, das freundlich auf einen Kochtopfhaarschnitt, einen grünen Turtleneckpullover und eine Schürze mit rosarotem Blumenmuster herablächelte. Sollten wohl Gänseblümchen oder Margeriten sein. Mit Schrägband eingefaßt.

»Wo bekommst du diese Haarspangen?« fragte Janice.

»Bei Healing Arts, hinter der Kathedrale«, sagte Sophie prompt. »Sie haben ein gutes Sortiment.«

»Kinkerlitzchen und fauler Zauber«, sagte Mary. »Kräutertees. Reflexologie. Psychodynamische Sternzeichen. Beratung.« Sie schnüffelte heftig. »Holistischer Hokuspokus.«

Ernie prustete.

»Aber sie haben sehr hübsche Haarspangen«, sagte Sophie. »Und sie sind immer so freundlich zu mir, das muß ich sagen. Ich hoffe, ich finde da was Hübsches für Weihnachten.«

»Bißchen spät dafür«, meinte Ernie und zupfte Tabakkrümel von seiner Zungenspitze. »Also, wenn ich noch mal jung wäre ...« Er warf Janice einen anzüglichen Blick zu und schnipste den Tabak zum Kamin. Er landete auf einem Windhund und blieb, nach einem kleinen gereizten Zucken der Haut, auf ihm liegen.

»Das warst du mal und bist es nicht mehr, und niemand hat es gemerkt«, sagte Mary.

»Nicht mal ich«, sagte Ernie. »Hehe. Na ja.« Er leerte seinen Charles-&-Diana-Becher mit Schwung. »Ist denen auch nichts genützt, den beiden.«

»*Hat* ihnen nichts genützt.« Mary stand auf. »Wenn *du* dich aber nützlich machen willst, kannst du ins Hinterzimmer gehen und die Hunde entflöhen. Wenn nicht, dann raus mit dir.«

Ernie erhob sich resigniert. »Wo ist das Flohpulver?«

»Draußen im Gang auf dem Regal, wo es immer steht. Jetzt hau schon ab.«

Er schlurfte hinaus, kam mit einer riesigen Dose und einer mottenzerfressenen Bürste wieder und schwenkte sie in Richtung Kamin. »Kommt jetzt mit. Hinterher dürft ihr raus.«

Sie sprangen auf und schüttelten sich. Pfoten klickten über die Fliesen. Ernie lockte sie durch die Tür zum Hinterzimmer und schloß sie. Plötzlich brach ein mißtönendes Gebell und Geheul aus.

»Ruhig jetzt, Ruhe, ihr Köter!« Seine Stimme war, wenn er sie hob, wie eine durchlöcherte Orgelpfeife, pfeifend und keuchend, unterbrochen von plötzlichem lauten Räuspern. »Platz, sag ich!«

»Heiliger Moses«, sagte Janice. Sie packte ihr Zigarettenpapier und die Dose ein und stellte ihren Becher neben den Brief. Wie war eine Blutsverwandtschaft möglich zwischen dem gebildeten, eleganten William Harriman und diesem verrückten Harriman-Trio? Wie entfernt konnten Cousins und Cousinen miteinander verwandt sein?

»Hat Ernie wirklich alle diese Dioramas gemacht?« fragte sie, schob ihren Stuhl zurück und dachte an die Huskies, die durch den sonnenhellen Schnee rasten, und die tapferen Bernhardiner unter den Gipfeln der Berge.

»Ja«, sagte Mary und reichte Sophie mit einer Handbewegung zur Spüle die leeren Becher. »Das hat er wirklich geschickt gemacht, das muß ich ihm lassen. Nicht, daß es lang gedauert hätte, aber eine Zeitlang hat es ihn beschäftigt.«

»Er war sehr glücklich«, sagte Sophie, die die Becher unter dem Messinghahn kalt abspülte. Sie stellte sie auf das Abtropfbrett, das von Silberfischchen wimmelte. »Damals ging es ihm am besten. Wir haben die Hütten mit Mutters Erbe gebaut, und Ernie hat sie alle ausgestattet.«

Janice setzte ihre Wollmütze auf. »Und liegt das in der Familie? Ich meine ...« Sie deutete auf den Brief mit dem flüchtigen Einblick in eine andere Welt. »Ich meine, ist euer Cousin William künstlerisch veranlagt?«

»Er ist schlau«, sagte Mary. »Er ist Beamter, oder vielmehr, er war es. Sehr schlau, was Geld betrifft.«

»War es das Postamt, wo er gearbeitet hat?« fragte Sophie und stellte den letzten schartigen, teefleckigen Becher ab. »War es das?«

»Das Finanzministerium, dumme Gans.«

»Das Finanzministerium«, seufzte Sophie. »Ist das nicht ein schönes Wort?«

Oswestry war weihnachtlich, mit Lichterketten um die Laternenpfähle. Pfützen reflektierten Rot, Grün und Gold, die Fenster von Past Times waren vollgestopft mit bernsteinfarbenen Seidenkissen und Pokalen mit eingravierten Stechpalmenblättern und lateinischen Wörtern. Janice stieß auf Tracy Keenan, die mit fiebrigen Kleinkindern und einem Kinderwagen aus Lo-Cost kam.

»Und schon wieder eins unterwegs«, sagte sie mit einer Kopfbewegung hinunter zu ihrer in grelles Acryl gehüllten Rundung.

»Gut gemacht«, sagte Janice. »Phantastisch.«

»Es ist ein Haufen Arbeit«, sagte Tracy, »aber es lohnt sich.«

Janice war bewußt, wie sie selbst aussehen mußte – wie eine Rockerin, was sie in einem Aspekt ihres Daseins ja auch war: hochgewachsen, biegsam, unverantwortlich egoistisch und sorglos in ihren schwarzen Lycra-Leggings und Doc-Martens-Rockerstiefeln, ihrer Jacke mit zugezogenem Reißverschluß und der flotten, knapp sitzenden Wollmütze. Sie klatschte in die ringlosen Hände ihres Single-Daseins und strahlte herunter auf die Kinder, die mit laufenden Nasen von einem Fuß auf den anderen traten.

»Was wünscht ihr euch zu Weihnachten?« fragte sie, und sie fingen an, ihre furchterregenden Listen aufzuzählen. Vielleicht wäre es ja anders, wenn es ihre eigenen wären.

»Und was machst du?« fragte Tracy und schob sie alle zur Seite, um einem alten Weibchen mit Laufgestell Platz zu machen. Was machte die denn hier in der Kälte und Nässe? Vielleicht brauchte sie jemanden, der für sie die Weihnachtseinkäufe machte? Janice stellte fest, daß sie diesen Gedanken sofort verscheuchte. Genug von schrulligen Alten mit ihren Konserven und Rich Tea Bisquits. Genug davon, getoastete Sandwiches zu servieren und ganze Rudel Hunde auszuführen. War das alles, was das neue Jahrtausend ihr zu bieten hatte?

Etwas ist mit mir passiert, dachte sie, als sie zwischen den kommenden und gehenden Kauflustigen stand und den Rotarierklub mit seinen Rotarierbüchsen rasseln hörte. Im Jahr 2001 heißt es: Baumchirurg oder vor die Hunde gehen.

»Was machst du denn jetzt so?« fragte Tracy. Ihre Mutter war früher mit Janice' Mutter befreundet gewesen, in den fernen, unvorstellbaren Tagen, als sie beide noch junge Mädchen mit Hippieketten und Räucherstäbchen waren.

»Ich arbeite immer noch im Cloud Nine und mache alles andere«, sagte Janice. »Weißt ja. Einkäufe. Hunde. Immer noch dasselbe. Ich gehe mit einem Baumchirurgen«, fügte sie hinzu und hoffte, es sei wahr.

»Was du nicht sagst«, sagte Tracy. »Wie heißt er?«

»Eric.« Janice dachte an Keith, Tracys Elektriker-Mann mit seinen komischen Zähnen und Kabelrollen im Lieferwagen. »Er sieht wahnsinnig gut aus«, sagte sie grausamerweise.

»Doch nicht Eric Lammering«, sagte Tracy. »Nicht der Eric Lammering mit dem Motorrad?«

»Warum? Stimmt was nicht mit ihm?«

»Oh, nichts. Er ist halt nur einer von der Sorte, weißt ja schon.«

»Ich mag diese Sorte«, sagte Janice, der plötzlich ganz übel wurde. »Was meinst du damit?«

»Ach, nichts. Du weißt ja, wie sich solche Sachen herumsprechen. Er ist halt von der Sorte, die … na ja, wie ich schon sagte.« Neben ihr fingen die Kinder an zu quengeln. »Mam, Ma-ma!«

»Ich geh mal lieber, bevor sie sich den Tod holen«, sagte Tracy strahlend. »Es war furchtbar nett, dich wiederzusehen. Tschüschen, bis bald mal wieder, frohe Weihnachten.«

Sie drehte den Kinderwagen herum und verschwand in der Menge.

»Tschüschen«, sagte Janice und blickte ihr nach.

Nanu, was hatte denn das zu bedeuten? Was war *einer von der Sorte*? Sie stand auf der Hauptstraße, während die Straßenlaternen zu verblassen begannen und der Regen wieder an den bunten Weihnachtslichtern vorüberwirbelte.

Einmal im Taxi, einmal im Auto, hörte sie in ihrem Innern aus respektlosen Schultagen. Jetzt klang es irgendwie ziemlich jämmerlich.

Einer auf'm Roller, und bläst sein …

Ich hab mich mit einem Weiberhelden eingelassen, dachte Janice, die keinen einzigen Einkauf gemacht hatte, weder für Weihnachten noch sonstwas. Sie schlug den Kragen hoch und betrat Lo-Cost, eine so trostlos neonbeleuchtete Einkaufshölle, wie man sie sich nur wünschen konnte. Ein radikaler Tapetenwechsel hätte durchaus etwas für sich.

»Was, hast du gesagt, hast du Weihnachten vor?« fragte William Buffy am nächsten Wochenende. Sie saßen am Stand, wo lustige Stechpalmen- und Mistelzweige hier und da in kleinen Vasen steckten. Danny lag zusammengerollt auf einem Klappstuhl, sein Halsband mit einer roten Schleife geschmückt. William wußte, daß allein dies ihm gestattete, auf jeden Gegenstand am Stand noch einmal fünf Pfund aufzuschlagen.

»Ach, ist der nicht süß?« rief jeder einzelne Kunde.

»Ich habe nichts gesagt«, antwortete Buffy und verrückte einen Satz Eierbecher. »Und was hast du vor?«

»Oh ...« William ließ seine Antwort unbeendet. Er dachte an Claire und Jeremy, ihre Wut über den Puter hinweg, die überdrehten Kinder, die keine Notiz von ihm nahmen. Er dachte an seinen geliebten Jungen, der stumpfsinnig vor dem Weihnachtsfernsehen saß, und wie sie beide freudlos an einem Knallbonbon zogen. Trostlos. Sollte es nicht sein, aber dieses Jahr war es so. Hatte er sich all die anderen Weihnachten seit Eves Tod etwas vorgemacht? Warum empfand er es dieses Jahr als so besonders schrecklich?

»Du hättest wohl keine Lust, zu mir zu kommen?« fragte er und faßte das sorgfältige Arrangement des feinen Porzellans ins Auge. Nicht sehr praktisch als Eierbecher. »Wir könnten ein Kaminfeuer anzünden und ein Glas zusammen trinken. Vielleicht sogar zwei.«

»Oh, William.« Buffys Hände in ihren fingerlosen haarigen Handschuhen schwebten wie Schmetterlinge über dem Stand. »Würdest du wirklich ...«

»Ich würde mich freuen«, sagte William. »Bitte komm. Natürlich nur, wenn du frei bist.«

»Seit Mutter 1989 starb, bin ich freier, als es mir lieb ist«, sagte Buffy, und sie erinnerte sich an den Fall der Berliner Mauer, sie allein vor dem Fernseher, in dem es plötzlich furchtbar laut wurde, während der Novembernachmittag in die Novembernacht überging. »Es wäre himmlisch, William.«

Weihnachten kam und ging, und es war bei weitem erfreulicher, als William es sich vorgestellt hatte. Das Haus war warm. Der Boiler summte. Buffy erschien am Heiligabend mit einem Korb voller Päckchen, darunter ein Pudding, den sie während der Sendung *Any Questions?* am Radio selbst zubereitet hatte, und eine Dose mit Mince Pies ebenso, aber bei *Home Truths*. Er holte sie an der Haltestelle ab und hielt auf dem ganzen Weg seinen Schirm über sie, denn die Straße war überflutet von dem schlimmsten Wolkenbruch seit Tagen. Buntbeleuchtete Weihnachtsbäume standen hinter regengepeitschten Fenstern, der Rinnstein gurgelte.

»Ich kann dir sagen, William«, sagte Buffy und wechselte ihren Korb von einem Arm zum anderen, während er ihre Reisetasche trug, »ich kann dir sagen, deine Enkel werden uns einmal verfluchen.«

»Sag so was nicht.«

»Aber es ist wahr. Unsere Sünden und Torheiten werden Generationen nach uns heimsuchen. Ein Loch in der Ozonschicht so groß wie Timbuktu, die Flüsse schäumen von Reinigungsmitteln und toten Fischen, der Globus aufgeheizt bis zum Siedepunkt.«

»Ach, komm, komm.«

»Dürre. Zerstörte Regenwälder. Östrogen im Trinkwasser, Männer sind keine Männer mehr ...« Vor ihr lag ein großer See in einer Vertiefung des Gehsteigs.

»Hier, nimm meinen Arm«, sagte William und führte sie auf die strömende Straße.

»Siehst du? Wir können nicht einmal auf dem Bürgersteig gehen. Fluten. William, Flut und Pestilenz stehen uns bevor.«

»Na ja, Noah hat es auch überstanden«, sagte William. »Jetzt mach mal einen Punkt.«

Zu Hause nahm er ihr den triefenden Mantel und die Kunstpelzmütze ab und hängte sie zum Abtropfen in die Diele. Durch die offene Wohnzimmertür sah sie Danny von seinem Platz beim knisternden Feuer aufstehen. Sofort begann sie sich besser zu fühlen.

»Nun setz dich in diesen Sessel«, sagte William, »es sei denn, du willst zuerst mal verschwinden ...«

»Ja, vielleicht geh ich mal schnell.«

Unten im Waschraum zog Buffy ihre Schildpattkämme aus dem Haar und steckte sie wieder hinein. Sie schürzte die Lippen für den letzten – den allerletzten Rest – ihres Lizzie-Arden-Petal-Pink-Stifts. So. Sie puderte sich die Nase und warf einen letzten Blick in den Spiegel. Na ja. Zu spät, um jetzt noch etwas zu ändern.

»Komm und nimm einen Drink«, sagte William, als sie zurückkam.

Karaffe und Gläser blinkten im Feuerschein; eine riesige Schale mit Nüssen stand auf dem Tisch.

»Himmel«, seufzte Buffy und machte es sich mit ihrem Whisky bequem, Danny zu ihren Füßen.

»Cheers«, sagte William.

»Cheers, William. Und herzlichen Dank für die Einladung.«

»Ganz meinerseits. Du bist meine Rettung.« Er ließ sich in seinem eigenen Sessel auf der anderen Seite des Kamins nieder. Buffy wußte, daß sie jetzt auf den Plätzen saßen, die Eve und er während ihres ganzen Ehelebens eingenommen hatten, wenn sie nicht Hand in Hand auf dem Sofa vor dem Fernseher saßen. O Gott. Na ja. Sie hob wieder ihr Glas.

»Was hast du heute gemacht?« fragte sie ihn.

»Heute morgen habe ich eine Menge Getränke gekauft und eine kleine Pute aus artgerechter Haltung. Am Nachmittag habe ich die *Nine Lessons and Carols* gehört und eine Kastanienfüllung vorbereitet.«

»Tatsächlich? Wie herrlich.«

»Es hat mir Spaß gemacht.« William fügte nicht hinzu, daß er bei den allerersten Noten von »Once in Royal David's City« geweint hatte, in Tränen aufgelöst bei dem reinen, lieblichen Knabensopran und dem Gedanken an Matthew, der im Schulchor so schön gesungen hatte und den Musik jetzt kaltließ. Bei der ersten Lektion hatte er sich noch zusammengerissen und dann während »O little Town of Bethlehem«, Eves Lieblingslied, laut geschluchzt. Hätte er nicht die Aussicht auf Buffys verregnete Ankunft um halb sechs an der U-Bahn-Station gehabt, er wußte nicht, was er getan hätte. Vielleicht die Samariter angerufen: Er ertappte sich bei diesem Gedanken, und dann schämte er sich, weil er so viel hatte, wofür er dankbar sein konnte.

»Was hältst du von der Mitternachtsmesse?« fragte er Buffy und füllte ihr Glas auf.

»Oh, hör auf, William, ich werde sturzbetrunken sein«, sagte sie vergnügt. »Ach, ganz wie du willst, mein Lieber. Ich würde natürlich gerne hingehen, vorausgesetzt, daß ich bis dahin meine Beine noch gebrauchen kann.«

»Warten wir ab, wie das Wetter bis dahin ist. Nicht, wenn es herunterprasselt. Und jetzt, Abendessen. Ich dachte, wir essen etwas Leichtes. Ich habe ein Stück Wildlachs ...«

Wie wunderbar der Abend verstrich. Abendessen. *Christmas from Around the World.* Und wunderbarerweise ließ der Regen nach, und um Viertel nach elf, betrunken, warm und entschlossen, wankten sie die Treppe hinunter und hinüber zu St. Matthews, die schon fast voll besetzt und voll Herzenswärme war.

»Das einzige ist«, sagte William, als sie zwei Plätze weiter hinten fanden, »ich fürchte, ich könnte ein bißchen weinerlich werden. Dieses Knabensolo hat es mir angetan – die ersten Noten von ›Once in Royal‹, und es ist um mich geschehen. Wenn das passiert, darfst du keine Notiz davon nehmen; ich bin eben ein sentimentaler alter Narr.«

»Du bist nicht der einzige«, sagte Buffy und setzte sich kerzengerade. Es war lange her, seit sie sich erlaubt hatte, sich einmal richtig auszuweinen. Und sie wollte sich jetzt um keinen Preis lächerlich machen.

Als dann schließlich der Chor beim Kerzenschein einzog, mit dem erhobenen schimmernden Kreuz, liefen ihnen beiden die Tränen übers Gesicht. Dann hatten sie sich wieder gefaßt und kamen in die richtige Stimmung, und Buffy, deren Stimme im Mary-Ward-Over-Sixties-Chor gut geschult war, sang aus voller Kehle.

Als sie durch den Mittelgang hinausgingen und Leute begrüßten, die William sein ganzes Leben lang gekannt hatte, sah er plötzlich Jeremy, den er völlig übersehen hatte; er stand im Hintergund und sah müde und juristenhaft aus.

»Hallo, mein Lieber.« William klopfte ihm auf den Arm. »Schön, dich zu sehen.«

»Dich auch«, sagte Jeremy und schob sich neben ihnen durch die Menschenmenge zum Portal und dem lächelnden Diakon. »Claire sagte schon, daß ich dich hier vielleicht treffen würde.«

»Sie ist sicher zu Hause bei den Kindern. Kennst du Buffy

Henderson, meine alte Freundin, die mit mir zusammen den Stand betreibt? Mein Schwiegersohn, Jeremy Wright.«

»Natürlich. Wir sind uns schon öfter begegnet.« Lederhandschuh begrüßte Wollhandschuh in weihnachtlicher Begeisterung.

»Tatsächlich? Ich werde allmählich vertrottelt«, sagte William. »Jedenfalls freue ich mich, dich am zweiten Feiertag wiederzusehen, alter Freund. Es bleibt doch dabei?«

»Ja, ja, natürlich.«

Sie waren draußen im Kirchhof, wo elektronisch gesteuerte Glocken läuteten und der Regen niederprasselte. Alle Schirme öffneten sich.

»Matthew kommt morgen zu uns«, sagte William. »Claire hat es dir wahrscheinlich gesagt.«

»Ja, das hat sie. Hoffentlich geht alles gut. Und fröhliche Weihnachten.«

Er gab ihnen noch einmal die Hand und ging dann schnell fort.

»Der arme Kerl sieht ganz bekümmert aus«, sagte Buffy, als sie durch den Park nach Hause gingen. »Was ist denn los mit ihm?«

»Weiß nicht«, sagte William. »Ich weiß es nicht genau. Der Streß des modernen Lebens oder noch etwas Schlimmeres. Ich versuche, nicht an das Schlimmste zu denken.«

»Man sollte nie an das Schlimmste denken.«

»Also spricht die Prophetin des Weltuntergangs.«

»Das ist etwas anderes. Globale Katastrophen sind nicht mit familiären Problemen zu vergleichen.«

»Ach, ich weiß nicht.«

Aber der Weihnachtstag verlief glücklich. Eier und Speck zum Frühstück, Geschenke beim Kaminfeuer. Buffy schenkte William einen *Friends-of-the-Earth*-Kalender und ein Geschirrtuch mit scharlachroter Borte und einer Weihnachtsgans im Schnee. Und eine Flasche Scotch und ein Päckchen Hundeleckerli aus Schokolade.

»Guck mal, Danny, was ich hier habe.«

Er brauchte ihn nicht zweimal aufzufordern.

William schenkte Buffy die Millenniumsausgabe von Lyles *Antiques Review* – »Oh, wie herrlich, ich werde Stunden damit verbringen.« – und ein Kistchen von Crabtree & Evelyn mit Elizabethan-Garden-Seife und schäumendem Badezusatz. »Oh, welcher Luxus! Und ein Massagehandschuh ist auch dabei, sieh mal.«

»Du meine Güte!« Er starrte darauf, chinablau und ziemlich klein. »Benutzt du Massagehandschuhe?« fragte er erstaunt.

»Von jetzt an.« Sie stand auf, um ihn zu küssen. »Danke, William. Wunderschön alles.«

»Du warst viel zu großzügig. Allein schon dieser Scotch. Meinst du ...« Er warf einen Blick auf die Stiluhr auf dem Kaminsims.

»Wir können nicht um halb elf schon zu trinken anfangen«, sagte Buffy.

»Bist du sicher?«

Als es Zeit wurde, die Pute in den Ofen zu schieben, waren sie bereits ziemlich hinüber.

»Ich muß wieder nüchtern werden«, sagte William. »Um zwölf hole ich Matthew ab.«

»Trink einen schwarzen Kaffee. Ich putze inzwischen den Rosenkohl.« Buffy band sich die Greenpeace-Schürze vom vorigen Jahr um, die sie eigens für diesen Moment mitgebracht hatte. Gestern abend, beim Auspacken im Gästeschlafzimmer, von Eve gemütlich und mit viel Geschmack eingerichtet, hatte sie sich für verrückt gehalten, daß sie ihren Busen mit Pottwalen und Eisschollen schmückte. Aber immer noch besser als ein Blumenschürzchen. Sie hängte sie neben ihren Morgenrock, der, kaum zu glauben, aus den Haaren eines Pyrenäenhundes gewebt und hellblau gefärbt war. Heute morgen kam die Schürze zu ihrem Recht, perfekt zum Schälen und Kochen und Bratenbegießen, über ihrem Pullover aus dem Ausverkauf des vorigen Jahres.

»Mach dir nur keine Sorgen«, sagte sie zu William und goß seinen Kaffee in einen Copeland-Spode-Becher. »Der ist hübsch.« Sie betrachtete ihn genauer: Spode-blaue Gießkännchen, Schaufeln und Rasenwalzen. Sogar eine kleine Harke.

»Aus ihrem Gärtner-Sortiment«, sagte William und nahm ihr den Becher ab. »Mein Geburtstagsgeschenk von Claire.«

»Sie hat Geschmack.«

»Oh, Claire hatte immer ein gutes Händchen für diese Dinge. Ihr Haus ist perfekt.«

»Da stimmt doch was nicht. Ein Haus mit drei Kindern sollte nicht perfekt aussehen. Es sind doch drei?«

»Ja.« Er trank den heißen Kaffee aus und erhob sich von seinem Küchenstuhl. »Bis ein Uhr also.«

»Wir hätten warten sollen. Mit den Geschenken. Ich hab etwas für Matthew.«

»Nein, nein, das ist zuviel für ihn, der ganze Umtrieb, wir haben es früher schon probiert. Viel besser, wenn alles ganz einfach zugeht. Ein paar kleine Dinge am Kamin zum Tee – da wird er sich freuen.«

Matthew kam an Williams Arm die Treppe herauf. Um sie herum tropfte der Garten, und irgendwo auf der Straße sang eine Amsel, fröhlich und rein.

»Hör dir das an«, sagte William. »So, da sind wir.« Auf der obersten Stufe angelte er seine Schlüssel aus der Tasche und schloß die Haustür auf. Zur Begrüßung zog ein köstlicher Duft von gebratener Pute aus der Küche herauf. »Buffy!« rief er und wandte sich wieder an den stillen, schweigsamen Matthew. »Komm herein, Liebling, willkommen zu Hause.«

Matthew trat in die Diele und sah sich um. Stechpalmzweige hingen über den Bildern, im Wohnzimmer flackerte das Kaminfeuer. »Danny?« rief William. »Guck mal, wer da ist.«

Danny trottete heraus, sah Matthew und stürzte auf ihn zu, um ihn zu begrüßen. Matthew schenkte ihm ein langsames, liebes Lächeln, das William das Herz zerriß vor Liebe und Hoffnung. »Ja nun, jetzt sind wir alle da. Komm herein zum Feuer; gib mir deine Sachen.«

Matthews Hände glitten hinauf zu seinem Schal und blieben dort. Buffy kam aus der Tiefe herauf. »Wir sind da«, sagte William wieder. »Matthew, erinnerst du dich an unsere Freundin Buffy?«

»Hallo, Matthew.« Buffys Gesicht war gerötet vom Herdfeuer, sie trug immer noch die Pottwale, ihr Haar löste sich aus Kämmchen und Knoten. »Fröhliche Weihnachten. Wie nett, dich wiederzusehen.«

Matthews Hände lagen immer noch auf seinem Schal, sein Mantel war feucht.

»Komm rein zum Feuer«, sagte William und führte ihn sanft am Ellbogen. »Du kannst dort deine Sachen ausziehen. Buffy ...«

»Ich komme gleich zu euch.«

Alles ging unendlich langsam. Es brauchte zehn Minuten, um Matthew ins Wohnzimmer zu bekommen, ihm Zeit zu lassen, sich umzuschauen und noch einmal das herzzerreißende Lächeln des Wiedererkennens zu zeigen, Handschuhe, Schal und Mantel auszuziehen, sie aufzuhängen und, als er wieder hereinkam, ihn noch genauso dastehen zu sehen, ihn zum Sessel am Kamin zu führen, hinzusetzen und ihm ein Glas in die Hand zu drücken. Er sah es an und ließ es vor sich in der Luft schweben, unbeweglich.

»Nichts Alkoholisches«, sagte William. »Man nennt es Norfolk-Punsch. Viele Kräuter und Gewürze. Sehr gut.« Er ging zur Tür. »Buffy!«

»Komme schon!«

Sie hoben ihre Gläser. »Fröhliche Weihnachten.«

»Cheers.«

»Fröhliche Weihnachten, Liebling.« William stieß mit Matthew an. »Möchtest du einen Schluck versuchen?«

Der Norfolk-Punsch näherte sich langsam seinen Lippen. Er trank einen winzigen Schluck, dann noch einen.

»Ich dachte, das würdest du mögen. Hab ich mir gedacht. Genau das richtige, he?« William hörte sich selbst, aufgeräumt und geschwätzig. Wenn Claire da wäre, würde sie ihn scharf zurechtweisen. Na gut, sie war nicht da. Das würde morgen auf ihn zukommen. »Cheers«, sagte er wieder, und dann: »Wie steht's unter Deck?«

»Läßt sich gut an«, sagte Buffy, ohne den Blick von Matthew zu wenden, der sein Norfolk-Glas zentimeterweise dem Kamintisch näherte. Dann gab sie sich einen Ruck und sagte munter: »Demnächst werde ich euch beide zu Tisch bitten.«

»Kann ich etwas helfen? Ich will nicht, daß du dich so abrackerst.«

»Ich ruf dich, um die Pute herauszuholen.«

Das Mittagessen war perfekt: die Pute frisch und zart, der Rosenkohl knackig, die Kartoffeln genau richtig, die Füllung, obwohl er selbst es sagte, köstlich. Buffys Soße rutschte hinunter wie Wein, was kaum überraschend war, denn daraus bestand sie, angereichert mit Innereien und Pilzen. William goß Claret in Bleikristallgläser und weißen Amé für Matthew und fühlte sich weihnachtlich und zufrieden, mit seiner alten Freundin am anderen Ende des polierten, mit silbernen Kerzenhaltern und Stechpalmzweigen geschmückten Eßzimmertischs, seinem Hund am Kaminfeuer und seinem Sohn zu Hause.

»Wunderbar, dich hier zu haben«, sagte er zu ihm. »Wunderbar, daß ihr beide hier seid.«

Matthew nickte. Er brauchte eine halbe Stunde, um eine halbe Kartoffel, zwei Kohlröschen und ein Scheibchen Fleisch zu essen. Jedesmal zwischen zwei Mundvoll legte er Messer und Gabel hin und starrte vor sich auf die Kerzen, das Porzellan, auf ein Stäubchen, das sich in der Hitze des Kerzenscheins drehte.

»Probier noch ein kleines bißchen«, sagte William. »Nur ein bißchen.«

Es führte ihn zurück in die Tage im Kinderstühlchen. Claire hatte jeden Bissen gegessen und mit Hingabe Zwiebackstückchen um sich verstreut. Matthew hatte nur herumgestochert.

»Davon kann nicht mal ein Vogel leben«, sagte Eve, weiß vor Sorge. »Wie kann er da wachsen?«

Hatte es damals schon angefangen? Sich vom Essen abzuwenden, vom Leben, sich in eine andere Welt zurückzuziehen? Als er in die Schule kam, wurde es besser. Bald aß er wie ein Scheunendrescher. Sie vergaßen seine Spatzenportionen, bis er von Durham zurück nach Hause kam.

»Matthew! Mittagessen! Kommst du runter?«

Eine furchtbare Stille.

Als William ihn jetzt beobachtete, wie er auf Stäubchen von Nichts starrte, in unendlichem Zeitlupentempo ein Pilzscheibchen aufspießte, fragte er sich zum millionsten Male, ob es immer noch so sein mußte. War es die Krankheit, oder waren es die Medikamente? War Matthew ohne seine Medikamente immer noch zum Mord fähig?

»Er ist bis obenhin mit Medikamenten vollgepumpt«, sagte Buffy später. »Es tut mir leid, das zu sagen, aber so ist es.«

»Schsch!«

»Mein Lieber, er kann dich nicht hören. Ich bin nicht einmal sicher, daß er dich hören kann, wenn er wach ist.«

Es war Spätnachmittag. Das Mittagessen hatten sie schließlich doch hinter sich gebracht, mit einem Häppchen Pudding und einem Teelöffelchen Sahne für Matthew, der auf den flambierten Brandy starrte, als sei es der Heilige Gral. Sie hatten am Kamin Kaffee getrunken und den Schluß der Ansprache der Königin gehört, bevor sie die Geschenke auspackten. Dann war Matthew eingeschlafen, während er sich von William helfen ließ, ein Paar gefütterte Lederhandschuhe auszupacken.

»Für Winterspaziergänge«, sagte William und zeigte auf den Hund und den Winterhimmel draußen vor dem Fenster. Matthew nickte, ohne den Kopf zu heben. Sanft nahm ihm William das Geschenk aus der Hand und brachte seinen Kopf in eine bequeme Lage an der Backe des Sessels. »Schlaf gut, mein Junge«, murmelte er. »Wird dir guttun.«

Jetzt war es fast dunkel, die Amsel, kaum zu glauben, fing noch einmal an zu singen, doch mehr in der Nähe, vielleicht sogar in seinem Garten vor dem Haus.

»Hör dir das an.«

»Ach, ja«, sagte Buffy. »Der schönste aller Singvögel. Fast der letzte – wir vergiften unsere Tierwelt. Wann hast du zuletzt eine Singdrossel gehört?«

William konnte sich nicht erinnern. Er sah auf den schlafenden Matthew. »Meinst du, ich sollte ihn wecken? Oder vielleicht braucht er seinen Schlaf.«

»Er ist bis obenhin mit Medikamenten vollgepumpt«, sagte

dann Buffy. »Das siehst du doch, William. Tut mir leid, aber so ist es.«

William zuckte zusammen. »Schsch! Sotto voce.« Er sah seinen Sohn an, seine ehemals feinen Gesichtszüge – die Harriman-Nase, der volle, sensible Mund, Eves feingezeichnete Augenbrauen – verwischt von Jahren des Leidens.

»Er hätte Akademiker werden können«, sagte er leise. »Er hätte alles erreichen können, was er wollte. Er ist mit einem Musikstipendium nach Durham gegangen.« Seine Stimme brach.

»Ich weiß«, sagte Buffy leise. »Ich weiß. Es tut mir so schrecklich leid.«

William schüttelte den Kopf. »Glaubst du wirklich, er ist überdosiert? Ich meine, daß sie ihm eine Überdosis verabreichen?«

»Jedenfalls stimmt was nicht.« Buffy stellte ihre leere Kaffeetasse ab. »Er bewegt sich wie ...« Sie verkniff sich zu sagen, wie ein Untoter. »Wie ein Roboter«, sagte sie vorsichtig. »Er spricht kaum. Ich meine, in seinem Alter ...«

»Sie haben es doch versucht. All die Jahre hindurch ging es immer auf und ab. Manchmal ging es ihm ein wenig besser, aber wenn sie die Dosis zu sehr verringern, wird er so unruhig und unglücklich. Er schläft nicht, und das macht alles noch schlimmer, und dann ...« Er brach ab. »Ach, ich weiß auch nicht.«

»Warum sprichst du nicht noch einmal mit ihnen? Im neuen Jahr. Schlage vor, daß sie ihm nur ein bißchen weniger geben.«

»Das werde ich tun«, sagte William. »Ich werde verlangen, daß sie den Fall noch einmal überprüfen. Das ganze Team. Sie haben es nicht mehr getan, seit – seit ich weiß nicht wann. Ich frage mich, ob sie jetzt alles als selbstverständlich betrachten. Langjähriger Patient, keine Probleme, du weißt schon.«

»Ja«, sagte Buffy. »Ich würde mit ihnen reden. Soll ich eine Kanne Tee machen?«

»Ich mache das.« William stand auf. »Du hast mehr als genug getan. Haben wir noch Platz für den Weihnachtskuchen, was meinst du?«

»Sündhaft«, sagte Buffy. »Warum nicht? Und wie steht's mit dem Hund? Sollte er vor dem Tee nicht noch mal raus?«

»Sollte er wirklich.« William pfiff. »Komm her, alter Freund.«

Hund und Herr gingen zusammen die Treppe hinunter ins Untergeschoß. Sie hörte, wie die Tür zum Garten, die sich durch das nasse Wetter verbogen hatte, gewaltsam aufgestoßen und wieder zugeworfen wurde. Von weitem hörte sie, wie der Kessel gefüllt wurde, und dann, aus dem Vorgarten, das Lied der Amsel, das noch ein letztes Mal in den Winternachmittag emporstieg.

Buffy erhob sich. Sie trat zu den riesigen hohen Fenstern und sah hinaus. Da saß sie, auf dem höchsten Ast der Magnolie, perfekt von Kopf bis Schwanz, ein Vogel aus jedem Buch ihrer Kindheit – er sang durch A. A. Milne und E. H. Shepard, dunkel zwischen den Apfelblüten; trällernd in James Reeves Wasserwiesen, an Grahames Flußufer. Ach, wie hinreißend und traurig es klang.

»Du bist so schön«, sagte Buffy laut, als das letzte Weihnachtslicht am Himmel verblaßte und der Regen an dem dunkler werdenden Glas herunterrieselte. »Du bist genau so, wie du sein solltest.«

Hinter ihr ein kleiner Laut. Sie drehte sich um und sah Matthew, der aufgewacht war und sie anstarrte. »Komm und hör dir das an«, sagte sie und nahm seine Hand. Er überließ sie ihr. Langsam streckte er seine langen, ehemals eleganten Glieder – seines Vaters Glieder, wohlgeformt und perfekt proportioniert – und ließ sich von ihr zum Fenster führen. Und sie standen da, als der Amsel klare Stimme die trillernde, rieselnde, flötende Melodie erprobte, dieses ganze, aus voller Kehle strömende Wunder.

»Du bist musikalisch«, sagte Buffy endlich und sah Matthew an. »Dein Vater sagt, du bist sehr begabt.«

»Früher war ich mal musikalisch«, sagte Matthew langsam, den klarsten und vollständigsten Satz, den er den ganzen Tag gesprochen hatte. Sie bemerkte, daß seine Hand noch in der ihren lag. So hätte sie sich um einen erwachsenen Sohn gesorgt, wenn er ihr eigener wäre. Williams Sohn.

Sie unterdrückte den Gedanken, noch bevor er Gestalt angenommen hatte, und wandte sich um, als er mit dem Teetablett hereinkam. Sie sah seinen Blick, voller Erstaunen und Freude, während die Amsel den Schnabel öffnete und einen letzten Jubelgesang zum Himmel schickte. Dann brach die Dunkelheit herein.

2001

II

Besuch

8 Dann hörte es auf zu regnen, und der große Frost kam. Kurz vor Neujahr erwachte William bei einem anderen Licht, spürte die Stille um sich her, zog die Schlafzimmervorhänge auf und sah Schnee. Garten, Dächer und Bäume waren verwandelt; er dachte an Monet und Pissarro, deren Gemälde *Winter in Giverny* und *South Norwood under Snow* in diesem Jahr auf Weihnachtskarten zu sehen waren. Er dachte daran, wie in früheren Jahren, als es öfter geschneit hatte, die Kinder draußen Schneemänner bauten, wie sie die Straße herunter und durch den Park rannten und ihn und Eve kreischend mit Schneebällen bewarfen. Wann hatte es zum letzten Mal geschneit?

Er stand da in seinem Morgenrock und zählte die Jahre – was man in seinem Alter besser nicht tun sollte. Wo waren sie geblieben, und wie waren sie so schnell vergangen? Aber er rechnete rückwärts und stellte fest, daß Schnee, richtiger, ordentlicher Schnee, in London im Januar 1990 gefallen war, als Eve zwei Monate tot und sein erster Enkel, Piers, noch nicht geboren war. Also würde der Junge jetzt zum ersten Mal Schnee sehen – unglaublich. Seine eigene Kindheit schien immer voller Schnee gewesen zu sein, Winter um Winter.

Es begann wieder zu schneien, leicht, aber beharrlich. Wie vollkommen schön es war und wie gut, daß er rechtzeitig den Boiler hatte reparieren lassen. Zeit fürs Frühstück. Etwas für die Vögel ausstreuen. Vielleicht würde er später Danny mit zur Klinik nehmen und mit Matthew und seinen Weihnachtshandschuhen in den Park hinausgehen. Weiße Felder. Schneelicht. Gut für die Seele.

Einen Moment lang, als er das Wirbeln der Flocken betrachtete, sah er wieder Matthew am Weihnachtstag, sein Gesicht, das bei dem perlenden Gesang der Amsel aufleuchtete. Mein geliebter Junge, dachte er mit einem Aufflackern von Sehnsucht. Wir werden dafür sorgen, daß du wieder gesund wirst.

Unten in der Küche brodelte der Kessel. Oben fiel die Zeitung auf die Matte. Draußen im Garten schnupperte Danny in die Luft und schüttelte aufgeregt Schneeflocken vom Fell. Der Weidenbaum, jeder seiner Äste scharf umrissen, war makellos. Wie immer – in seiner Knabenzeit, mit seinen eigenen Kindern, bei jeder Gelegenheit, außer in den schwarzen Jahren nach Eves Tod, als Matthew, unfaßbar, ihn umbringen wollte – spürte William mit dem Schnee neuen Mut, ein plötzliches Aufkeimen von Hoffnung.

Noch ehe das neue Jahr begann, war das Land lahmgelegt. Das Fernsehen zeigte feststeckende Autos in Nordirland und Glasgow; in London war die Temperatur auf minus zehn Grad gefallen; Schneestürme fegten vom Westen herein. Mit jeder Stunde wurden die Nachrichten schlechter: stellenweise gefrorener Nebel, Glatteis, ganze Autobahnstrecken gesperrt.

»Gott sei Dank gehen wir nirgendwo hin«, sagte William zu Danny und drehte den Boiler höher. »Das ist das Gute am Altwerden: Du mußt nicht irgendwo hin.« Er zündete das Feuer an und goß sich ein großes Glas von Buffys Weihnachts-Scotch ein. »Cheers, alter Junge. Frohes neues Jahr.«

Er rief die Familie an: Claire hob ab.

»Ein frohes neues Jahr, mein Liebling.«

»Oh, hallo.«

»Wie geht's euch allen?« fragte er und dankte ihr noch einmal für den zweiten Weihnachtstag, der eine Strapaze gewesen war.

»Du brauchst mir nicht immer wieder zu danken«, sagte sie.

»Was habt ihr heute abend vor?«

»Ein paar Leute kommen auf Drinks herüber. Die meisten hier aus der Straße.«

»Das wird sicher nett.«

Sie gab keine Antwort.

»Claire ...«

»Was?«

»Nur ... ein frohes neues Jahr«, sagte er wieder, zögernd. »Ich meine ... ich hoffe, es wird gut für dich, Liebes. Weniger ... na ja, du weißt schon ...«

»Weniger was?«

»Nun, angespannt«, sagte er und sah im Geist einen Schlittschuhläufer, der sich viel zu nah zum Warnschild vorgewagt hatte.

Claire erwiderte scharf: »Ich wünschte, du würdest das nicht sagen. Wenn ich deine banalen Lebensweisheiten hören will, dann frage ich dich danach.«

William sah, wie das Eis unter dem Schlittschuhläufer zerbarst, über einer schrecklichen Schwärze. Einen Moment lang konnte er nicht sprechen.

Dann sagte er ruhig. »Na gut.« Er hätte gern mit Jeremy gesprochen, um seinem Schwiegersohn, für den er und Eve immer dankbar gewesen waren und den er ehrlich liebgewonnen hatte, ein gutes neues Jahr zu wünschen, aber er wußte, er durfte nicht nach ihm fragen. Jedenfalls traute er sich nicht zu, noch ein weiteres Wort sagen zu können.

Eine Weile herrschte Schweigen. Dann sagte Claire: »Gut, also frohes neues Jahr. Ich muß weitermachen«, und sie legte den Hörer auf.

William legte auf, er zitterte.

Buffy rief kurz nach zehn an. »Ich bleibe nicht bis Mitternacht auf«, sagte sie entschieden. »Letztes Jahr hab ich es getan, weil ich mir das verflixte Millennium-Spektakel ansehen mußte. Dieses Jahr werde ich mich zu einer vernünftigen Zeit ins Bett legen.«

»Richtig so.« William, immer noch zittrig, beugte sich vor, um den Fernseher leiser zu schalten.

»Was siehst du dir gerade an?«

»Ich kann es dir wirklich nicht sagen.«

»William? Ist alles in Ordnung? Du klingst ein bißchen …«

»Schon gut«, sagte er, so entschieden wie er konnte. »Laß mich einer sehr lieben Freundin ein frohes neues Jahr wünschen.«

»Und auch dir ein sehr gutes neues Jahr, William. Und ich danke dir noch einmal für Weihnachten – es war perfekt.«

»Es war schön, nicht wahr? Hat mir mächtig gutgetan. Das müssen wir wiederholen.«

»Das wäre schön.« Buffys Stimme klang zurückhaltend warm. Warum diese Vorsicht, wunderte er sich, doch er hatte nicht die Kraft zu fragen. »Und wie geht es der Familie? Hast du mit Claire gesprochen?«

»Ja.«

»William? Irgendwas stimmt doch nicht, oder? Sag es mir.«

»Ach – du weißt ja. Familien.«

»Du meinst Claire.« Buffy klang wieder energisch. »Was hat sie getan? Sie hat dich verletzt, ich spüre es.«

William lehnte sich in seinem Sessel zurück und schloß die Augen. Er spürte Tränen aufsteigen – lieber Gott, er wurde wie ein Mädchen, Tränen beim geringsten Anlaß. Er schluckte sie herunter und räusperte sich.

»William?«

»Nur ein Kratzen im Hals.«

»Dieses Mädchen braucht eine ordentliche Tracht Prügel«, sagte sie mit Nachdruck. »Tut mir leid, mein Lieber, ich möchte mich nicht einmischen, aber ich mag es nicht, wenn du dich aufregst.«

»Ist schon in Ordnung«. Er wischte sich die Augen. »Es liegt wohl an dieser Jahreszeit. Man ist ganz durcheinander. Alle sind viel zu emotional. Oder hormonell. Weißt ja. Frauensache.«

»Ich bin eine Frau, aber ich glaube nicht, daß ich herumlaufe und Menschen weh tue, wie Claire es fertigbringt. Sie braucht psychologische Beratung oder so was.«

»UHT, vielleicht.«

»Das ist Milch, William. Du meinst HRT, Hormone Replacement Therapy. Also wirklich.« Sie prustete vor Lachen.

Sofort begann William sich besser zu fühlen. Er putzte sich die Nase und legte noch ein Scheit aufs Feuer. »Laß uns das Thema wechseln. Ist der Schnee nicht herrlich?«

»Es ist verdammt kalt.«

»Ich dachte, du hättest gesagt, es wird wärmer. Global.«

»Mach dich nicht lustig. Du steckst den Kopf in den Sand.«

»Oder in den Schnee«, witzelte William.

»Das ist nicht zum Lachen.«

Manchmal klang sie wie Claire. Aber anders. Buffy hatte etwas Felsenfestes, immer gehabt, das wußte er. Claire, die aussah, als sei sie von allen möglichen Felsen auf Erden gepanzert, lebte, wie ihm nun bewußt wurde, über einem Sumpf unsäglichen Elends.

Aber warum? Hatte sie nicht alles, was sie sich immer gewünscht hatte?

Janice saß in ihrem Schlafzimmer in 33 Curlew Gardens. Das Zimmer war klein und im Winter stickig. Sie lehnte, ein paar Kissen in den Rücken gestopft, auf dem schmalen Bett an der Wand und schrieb einen Brief. Es war Sonntag nachmittag, und unten brüllte der Fernseher. Draußen hatte der Neujahrsschnee alle Geräusche gedämpft, und es war, als ob kein Mensch auf der ganzen Welt jemals wieder irgend etwas tun würde.

Lieber Mr. Harriman, schrieb sie, *darf ich Sie um Ihre Hilfe bitten? Ich würde gern nach London kommen, um mein Leben zu verändern.*

Sie strich das sofort durch.

Lieber Mr. Harriman, wenn ich nicht von hier fortkomme, werde ich …

Was um alles in der Welt sollte sie schreiben? Wahrscheinlich sollte sie alles mit Steve durchgehen, aber der Höhenzug war unpassierbar, das Café geschlossen, und Steve war für eine Woche nach Marrakesch abgereist. Manche Leute konnten sich das leisten.

Lieber Mr. Harriman, wir kennen uns nicht, aber Ihre spinnige alte Cousine hat Ihnen sicher über mich geschrieben. Ich würde gerne nach London kommen und …

Und was?

Lieber Mr. Harriman, ich hoffe, Sie haben nichts dagegen, daß ich Ihnen schreibe, obwohl Sie mich nicht kennen, aber Ihre Cousine Mary meinte freundlicherweise, daß Sie mir vielleicht helfen könnten.

So. Das klang doch ziemlich normal, oder? Sie war doch ziemlich normal, oder nicht?

Janice legte den Kuli hin und starrte zum Fenster hinaus. Gott, es war totenstill da draußen. Kein Summen von der Umgehungsstraße, keine Schafe auf den Bergen. Wenn sie so auf dem Bett kauerte, konnte sie nur die schneebedeckten Kuppen unter einem gnadenlos trüben grauen Himmel sehen. Irgendwo in einer Bodenfalte darunter war Eric, in seiner Schäferhütte, und wärmte seine Füße in dicken wollenen Wandersocken vor einem phantastischen Feuer.

Sie trennte das Blatt aus ihrem Block und zerriß es.

9 Alles war langsamer geworden durch den Schnee. Der Himmel war dunkel und niedrig; die Milch kam spät, ebenso die Zeitung. Die Post kam fast gar nicht mehr. Zwei oder drei Tage lang blieb William bei dem frostkalten Wetter zu Hause und fühlte sich eingeschlossen, aber es störte ihn nicht. Er streute Futter für die Vögel aus, zündete Feuer an, spielte Brahms und Schubert. Er stand vor den Bücherregalen, blätterte in Büchern und zog vergessene Bände heraus. Dachte wieder an Monet und Pissarro, wie an dem Morgen, als er in einer neuen, weißen Welt erwacht war, er zog Kunstbände heraus, für die er seinerzeit ein Vermögen ausgegeben hatte. Einen ganzen Nachmittag lang las er in einer Biographie von Matisse, der während einer Krankheit in seiner Jugend, deprimiert bei der Aussicht auf ein Leben als Kleinstadtanwalt, von seiner Mutter einen Malkasten geschenkt bekommen hatte.

»Von dem Augenblick an, als ich den Farbkasten in der Hand hielt, wußte ich, das war mein Leben …«

William blätterte die Seiten um, verlor sich in Fenstern zum Meer, dem schattigen Garten; in dunkelroten, grünen und preußischblauen Interieurs – Teppichen, Wandschirmen, Samovaren; er starrte auf Frauen in gemusterten Seidengewändern oder nackt auf Ruhebetten, nackt unter den Bäumen. Da war der Schimmer von Zitronen in einer blauglasierten Schale; hier war die Fotografie von Cartier-Bresson, die jeder kannte: Matisse im Alter, in einer Ecke seines sonnenhellen Ateliers, die Brille auf der Nase, Kappe auf dem Kopf, die friedliche Taube in der Hand, während er zeichnete. Die Gefährten der Taube, aus ihrem Käfig freigelassen, saßen herum und sahen murmelnd zu. Das Alter; ein zufriedener Morgen, arbeitend bis zuletzt.

Als William aufblickte, sah er, daß es fast dunkel war, die schneebedeckten Bäume geisterhaft im verdämmernden Nachmittag, alles gedämpft und still. Kein Vogel, keine Schritte. Er stand auf, um die Vorhänge zuzuziehen, sah hinaus auf die leere Straße. Matisses leuchtende Interieurs verschwanden: Dies war ein Ölgemälde von einem Londoner Maler, Weiß zu Grau verwischt in der Abenddämmerung, hier und da ein erleuchtetes Fenster. Winterstraße, etwas von einem Künstler der Camden Town Group vielleicht – London in den Zwanzigern, in gedämpfter Palette. Whistler hätte alles aufgelöst zu Schwarz und Weiß und Gold. Ich hätte Maler werden können, dachte William, erinnerte sich an versunkene Nachmittage in Malklassen vor Jahrzehnten, bevor man ihn aufforderte, sich ernsten Dingen zuzuwenden. Dann hätte ich alles nicht nur angesehen, ich hätte einen Pinsel zur Hand genommen. Und er stand dort, wo Matthew an Weihnachten gestanden hatte, einen Moment lang verzaubert vom Lied der Amsel, und ließ die Tiefe des Nachmittags in sich einsinken.

Am Abend saß er an seinem Schreibtisch – seines Vaters altem Schreibtisch – in der Wohnzimmerecke, er schrieb an Matthews Arzt und bat ihn um ein Gespräch. Der Brief fing an als eine kurze Bitte und wurde ein leidenschaftliches Plädoyer – für ein junges Leben, das vergeudet wurde, verschüttete Intelligenz, eine Begabung, die neu entdeckt werden mußte. Er las ihn durch, erinnerte sich dabei, wie beschäftigt er selbst einmal gewesen war, damals im Finanzministerium, als er sich gewünscht hatte, daß Briefe und Memos kurz und sachlich blieben, damit er vorankam. Einen Moment lang wollte er den Brief zerreißen und nur eine kurze Notiz schreiben. Dann unterzeichnete er und steckte ihn in einen Umschlag mit einer Briefmarke für Eilzustellung.

Er lehnte sich in seinem Stuhl zurück – seines Vaters altem Stuhl, einem Windsor –, tippte mit dem Füllfederhalter an die

Lippen, hörte das Feuer knistern und Danny davor seufzen und überlegte, ob er an Claire schreiben sollte. Vielleicht würde es dadurch besser zwischen ihnen?

Ich möchte mich nicht einmischen, mein Liebes, aber ich bin da, wenn du mich brauchst, ich bin immer da, für euch beide.

Nein. Er spürte ihre Gereiztheit, sogar, als er nur daran dachte. Er würde sie in Ruhe lassen, sie zu ihm kommen lassen, wenn sie dazu bereit war. So war es am besten.

Beim Abendessen, Suppe auf einem Tablett, stellte er fest, daß er seit zwei Tagen mit keinem Menschen mehr gesprochen hatte, und es hatte ihm nichts ausgemacht. Das war der Schnee: er fiel wie eine Meditation, schloß das Haus und ihn darin ein. Im Bett, im Dunkeln, in tiefster Stille, schloß er die Augen zu Matisse' Fenstern, Matisse' Frauen – sich ganz ihrer Schönheit bewußt, die sie für sich behielten. Es war lange her, seit William an weibliche Schönheit gedacht hatte – an Haut, unbekleidet, an einen Blick, eine Berührung – in bezug auf irgend jemand anderen als Eve, die ihn sein ganzes Leben lang glücklich gemacht hatte, wenn er sie nur ansah. Im Bett war er sich noch jetzt immer ihrer Abwesenheit bewußt, des Platzes, auf dem sie liegen sollte, neben ihm, ihre Füße unter die seinen gesteckt, den Arm um seine Mitte, wenn sie einschliefen. Jetzt, in dieser Winternacht, begann er, nicht an sie zu denken, nicht einmal an eine Person, sondern an eine Idee von etwas Vollkommenem – ein Zimmer, eine Gestalt, bekleidet oder nackt, ein Arrangement von Farben.

Jetzt bin ich gestärkt, dachte er, die Hände hinter dem Kopf verschlungen, und lauschte auf das Ticken der Uhr. Vielleicht waren es diese ruhigen, unerwarteten Momente nach all den Emotionen von Weihnachten und Neujahr, die man als Genügsamkeit des Alters bezeichnete – und er hatte sie erreicht, ohne mit einer Menschenseele zu sprechen.

Besonders, weil er nicht mit Claire gesprochen hatte. War deshalb diese Ruhe über ihn gekommen?

Habe ich sie verloren? fragte er sich, als er sich umdrehte und sich das Kissen unter den Kopf zog. So lange Zeit hatte er das Gefühl, seinen Sohn verloren zu haben – aber seine Liebe zu ihm war geblieben, war sogar tiefer geworden: rein, schmerzhaft, unbeirrbar. Aber Claire – wie schwer war es, sie zu mögen. Als er in Schlaf versank, schwebten noch einmal die Bilder ferner, geheimer, doch unbeschwerter Weiblichkeit vor ihm. Claire hatte als junge Mutter für kurze Zeit etwas von diesen Eigenschaften besessen – ein sicheres Wissen um ihren Platz in der Welt, um ihre Körperlichkeit. Jetzt – er schlief ein, bevor er es enträtselt hatte.

Am nächsten Morgen war der Himmel klar. Als William bei einem späten Frühstück die Zeitung durchgelesen hatte, lag der verschneite Garten in strahlendem Sonnenschein. Er trank seinen Kaffee aus, machte eine Einkaufsliste und nahm die Leine vom Haken.

»Ausgang«, kündigte er an, als ob das nötig wäre, denn Danny kam beim ersten Klirren der Kette die Treppe hinaufgerannt.

Die Diele war voller Sonnenschein, der durch das Sturzfensterglas und durch die Buntglasscheiben hereinströmte wie farbige Lutscher, die auf die Fliesen fielen. Als William seinen Brief an den Arzt vom Tisch aufhob, erblickte er sich im Spiegel und dachte, für einen erschrockenen Moment, er sähe seinen Vater. Fast begrüßte er ihn laut – Vater? Dann stand er da und betrachtete sich eingehend, während der Staub in dem flutenden Sonnenschein vor dem Glas tanzte.

Gelichtetes weißes Haar, doch ein gutgeformter Kopf – das konnte er nicht leugnen. Die Harrimansche Nase, kräftig und knochig; Augen von verblaßtem Blau mit dem hellen Kreis um die Iris, der sich bei allen älteren Menschen zeigte – wenn der einmal kam, dann war es soweit: Dann wußte man, daß es bergab ging. Und doch, noch war er nicht soweit, und wie sein Vater sah er im Alter noch einigermaßen gut aus, fand er, steckte seinen Schal in den Mantel und zog die Handschuhe an.

Danny sah zu ihm auf, aufmerksam und erwartungsvoll.

»Was meinst du?« fragte er ihn. »Genüge ich noch den Ansprüchen?«

Dackelschwanz schlug auf viktorianische Fliesen. William

nahm seinen Hut vom Haken und warf noch einen Blick in den Spiegel. »Hallo«, sagte er zu seines Vaters Augen und begegnete seines Vaters Lächeln. Neben ihm ein kurzes, aufgeregtes Bellen; wie lange sollte das noch dauern?

»Gut.« Hut, Einkaufstasche. »Gehen wir.«

Der Schnee schmolz bereits auf den Stufen: Er ging vorsichtig hinunter, und an der Pforte knipste er Dannys Leine ans Halsband. Die Luft war belebend, aber sehr kalt. Er holte tief Atem und fing sofort an zu husten. Mal lieber langsam, er machte sich auf den Weg und überlegte, ob er sich eine Grippeimpfung verpassen lassen sollte, etwas, wogegen er sich immer gesträubt hatte, als er noch aktiv und fit war, weil er es für ein Zeichen von Hinfälligkeit hielt.

Menschen waren wie er zu den Geschäften unterwegs, sie kratzten den Schnee von den Gartenwegen. Da war Edith Horsley von Nummer siebzehn, in wollenen Handschuhen und Gummistiefeln, die genau das tat. Er lüftete den Hut, und sie fanden beide, es sei ein schöner Morgen. Das Klirren von Schaufeln auf Stein erfüllte die Luft, ein Zug fuhr in die Station ein, Türen schlugen. William ging weiter. Das Dunkelrot des Briefkastens an der Ecke war noch weiß umrandet: Er warf seinen Brief an den Arzt ein und dachte an Matthew in dem überheizten Aufenthaltsraum, der sich vom Fernseher abwandte – wie er hoffte –, um hinaus in den Park zu schauen, auf die dunklen Tannen vor dem glitzernden Weiß.

Er war in der Hauptstraße angelangt. Die Vierzehn rumpelte durch den Schneematsch; die Schlange an der Bushaltestelle bewegte sich schnell vorwärts; Menschen eilten in die Läden und wieder hinaus in die Kälte. Wie geschäftig alle waren. Nach den Tagen seiner Zurückgezogenheit fragte er sich, ob er irgend jemanden sehen würde, den er kannte. Er ging auf die Bank, wo Danny mitdurfte, und zu Spar für die Grundnahrungsmittel, wo er nicht mitdurfte, und dann zu den Delikatessen, die ein Dackel immer interessant fand, selbst wenn er draußen angebunden war.

Scharfgebrannte Kaffeebohnen wurden gemahlen; die elektrische Schneidmaschine glitt über den Schinkenlaib. Zeit für einen interessanten Lunch hier und da, wieder ein wenig Gesellschaft, in Ausverkäufen herumstöbern. Zeit für ein Konzert, den Besuch einer Galerie. William, in der Schlange vor der Theke, wunderte sich, daß die Gerüche von Kaffee, marinierten Oliven, Salami, Käse und frischem Brot so anregend sein konnten, aber so war es: Er machte seine Besorgungen, darunter ein Päckchen mit Spinat-und-Muskat-Suppe zum Lunch und einen kleinen Panettonekuchen in einer blaubebänderten Schachtel zum Tee.

Wer würde zum Tee zu ihm kommen? Oder zum Abendessen, wenn es soweit war?

Wenn Buffy nicht genau auf der anderen Seite Londons wohnte; wenn er einfach dann und wann einmal bei ihr vorbeischauen könnte, oder bei seiner Tochter und den Enkelkindern, was man zu dürfen hoffte, ohne daß es immer im falschen Moment war, wenn Matthew; sein lieber Matthew …

Er steckte die Brieftasche wieder in seine Innentasche und ging zur Tür. Danny auf dem Gehsteig sprang außer sich vor Freude auf. Und als William ihn begrüßte und losband und mit der behandschuhten Hand über den geliebten glänzenden Kopf strich, spürte er wieder, wie sich seine Augen plötzlich mit Tränen füllten.

Was war los? Wo war die Ausgeglichenheit seiner Einsamkeit, wo der freudig beschleunigte Pulsschlag?

Ich bin zuviel allein. Er sagte es fast laut.

Das Leben hatte seine Routine und seine Befriedigungen. Der Porzellanstand war das Herzstück der Woche, die Ausfahrten zu den Räumungsverkäufen köstlich. Es gab Zeiten – er hatte gerade eine hinter sich –, da war die Einsamkeit wunderbar.

Aber wenn die Kinder für ihn verloren waren …

Er richtete sich auf, putzte sich die Nase und raffte sich mitsamt seinen Einkäufen zusammen.

»Etwas muß mit uns passieren, alter Knabe«, sagte er, während Danny vergnügt zu ihm aufsah. »Noch geben wir nicht auf.«

Dann machte er sich auf den Heimweg, die Straße hinunter,

wo es gerade zu tauen begann, der Schnee auf den Gehsteigen war pockennarbig von Tropfen, die von den Bäumen fielen, die Geländer waren wieder schwarz und glänzend; und er schloß das leere Haus auf. Auf der Matte lag ein Brief.

Sehr geehrter Mr. Harriman ...

Er stand mit dem Rücken zum leeren Kamin, das sonnige Wohnzimmer roch nach Schlacken und kalter Asche. Der Brief war auf gutem Papier, in einer gefälligen jugendlichen Handschrift.

Lieber Mr. Harriman,
würden Sie so freundlich sein, mir zu helfen? Ich weiß, wir kennen uns nicht, doch Ihre Cousine Mary sagte, Sie wüßten vielleicht von einem Job. Ich bin dreiundzwanzig, und obwohl ich keine richtige Ausbildung habe, kann ich fast alles anpacken. Im Moment führe ich für Leute die Hunde spazieren, kaufe für sie ein und arbeite auch als Haushaltshilfe. Ich habe fast drei Jahre lang die Einkäufe für das Hundemuseum besorgt. Außerdem arbeite ich in einem Café und kann gute Kuchen backen, obwohl ich ehrlich sagen muß, daß ich nicht gerade die typische Kuchenbäckerin bin.

Ich kenne zwar London noch nicht, doch finde ich, es wird Zeit, daß ich es kennenlerne. Mary und Sophie haben mir von Ihnen erzählt, und obwohl ich noch nie jemandem wie Ihnen begegnet bin, wüßte ich sonst niemanden, an den ich mich wenden könnte. Wenn Sie jemanden kennen, der ein extra Zimmer hat und Hilfe braucht, könnten Sie es mir vielleicht mitteilen. Ich bin praktisch veranlagt, aber nicht auf den Kopf gefallen.

Ich hoffe, es geht Ihnen gut, und ich würde mich freuen, von Ihnen zu hören.

Mit freundlichen Grüßen
Janice Harper

William, in seinem langen Wintermantel, in dem großen, hellen Raum, der sein Wohnzimmer war, voller Bücher, Gemälde und Porzellan in Alkoven und einem Nußbaum-Schreibtisch, im

Licht des tauenden Schnees, das sich durch die hohen Fenster ergoß, las diesen Brief zweimal.

Was war ein Hundemuseum? Was, in Gottes Namen, konnte das sein, und warum mußte man dafür einkaufen?

Worte aus einem anderen Brief in miserabler Handschrift, der vor Weihnachten bei Hochwasser und Regengüssen angekommen war, kamen ihm ganz plötzlich wieder in den Sinn.

Die Hunde sind ein Trost, hatte Mary geschrieben, mit ihrer eigenwilligen Rechtschreibung.

Er hatte, ohne darüber nachzudenken, angenommen, daß es sich um die zwei oder drei garstigen Köter handelte, die er zuletzt nach Ednas Begräbnis gesehen hatte, aber die müßten längst tot sein. Hatte sie die ausstopfen lassen? Oder handelte es sich um einen ganz anderen Ort, eine Art Obdachlosenasyl? Er schüttelte den Kopf, als er versuchte, es sich vorzustellen.

Zunächst aber ging es um diese junge Frau. Sie wohnte in Curlew Gardens – wie reizend.

Er versuchte, sich ein Bild von ihr zu machen – jemand, der nicht aussah wie eine Kuchenbäckerin, und die Mary, wie er sich jetzt erinnerte, als groß und kräftig bezeichnet hatte. Und mit klarem Verstand – das spürte er aus dem Brief heraus, den er jetzt in der Hand hielt: Eine, die sich selbst kannte und wußte, wie man bekommt, was man sich wünscht.

Na ja.

Danny saß am vorderen Fenster, wo die Sonne auf den verblaßten Teppichboden und die Perserbrücke fiel, und guckte hinaus auf die Straße und den Garten. Klein, wie er war, war das Fenster doch niedrig genug, daß er hinausschauen konnte, und dann und wann stellte er die Ohren auf, wenn etwas Interessantes erschien. Gewöhnlich stand die Möglichkeit, daß Katzen kamen, im Mittelpunkt seines Interesses, doch heute, wußte William, war es der Wetterwechsel, er freute sich über die aufregenden kleinen Klumpen schmelzenden Schnees, die vom Magnolienbaum fielen, und die übertrieben langen Stiele der unbeschnittenen Rosen. Hoch gingen die Ohren, hierhin und dorthin, vor streckte sich die eifrige Nase, und im Sonnenschein glänzte sein kastanienbraunes Fell wie eine polierte Kostbarkeit.

»Was denkst du?« fragte William, durchquerte das Zimmer in seinem aufgeknöpften Mantel und legte den Brief auf den aufgeklappten Nußbaum-Schreibtisch. Danny drehte sich um und sah ihn an, dann wieder in den Garten, wo eine Blaumeise plötzlich angekommen war und an dem letzten Beutelchen Nüsse schaukelte. William beobachtete sie auch – ein solch knopfäugiger, kompakter, lustiger kleiner Vogel –, und er versuchte, sich einen Untermieter in seinem Haus vorzustellen, eine energiegeladene junge Frau, die ein- und ausatmete, Arbeiten anpackte, schwatzte, während der Duft von Gebackenem aus der Küche herüberwehte.

»Ach Gott, ich weiß nicht.«

Einerseits die Aussicht auf Gesellschaft, Unterhaltung, Hilfe, wo er sie brauchte. Aber wobei? Er brauchte keine Hilfe – noch nicht, nicht wirklich. Die Einkäufe waren leicht zu bewältigen, sie gaben dem Tag eine Zäsur. Zweimal die Woche morgens Mrs. T. hatte seit Jahren genügt, um den Haushalt in Ordnung zu halten. Das Haus war in manchen Ecken schäbig, aber sauber; seine Hemden waren gebügelt, das Silber poliert. Und außerdem hatte sich Janice Harper nicht als Reinigungskraft angeboten.

Es ging nicht, es paßte einfach nicht.

Ein Untermieter war *eine* Sache, er kam und ging, wenn er einen Job außerhalb des Hauses hatte. Eine ständig anwesende junge Frau: nein. Jemand, der sich unterhalten wollte, wenn er lieber lesen wollte: nein.

War er egoistisch geworden, weil er so lange allein gelebt hatte?

»Mir ist nichts recht«, sagte er zu Danny, und das stimmte. Er schwankte zwischen Selbstgenügsamkeit und Einsamkeit, labil wie ein Jugendlicher.

Nun – so war das Leben ohne Eve. Selbst jetzt, selbst nach so vielen Jahren. Wenn man im Grunde seines Wesens monogam war, war so das Witwerdasein: Nichts war einem wirklich recht.

Vielleicht sollte er es einfach akzeptieren, damit leben. Ein Untermieter könnte es nur komplizierter machen.

Und überhaupt – da war Matthew. Im Dachgeschoß war sein

altes Zimmer, am Gang entlang neben Claires Zimmer; da waren seine Bücher und Noten und seine Geige, in ihrem Kasten verschlossen. Eines Tages, wenn es ihm besserging, würde er wieder dasein – er war es, der, solange William lebte, dort wohnen sollte.

Sie müßten also abwarten. Jede andere Vereinbarung, die jetzt getroffen würde, könnte nur auf Zeit sein.

Die Blaumeise flog von den restlichen Nüssen auf und war verschwunden. Danny, jetzt gelangweilt, sah sich erwartungsvoll nach ihm um.

»Zeit für den Lunch«, sagte William, und sie gingen zusammen hinaus in die Diele, wo die volle Einkaufstasche mit der ausgezeichneten Suppe am Tisch lehnte, während Janice Harpers Brief auf dem antiken Schreibtisch in der Sonne lag, zwischen alten Füllfederhaltern und Briefen aus vergangenen Zeiten.

10

»Er hat geantwortet«, sagte Janice und schleppte die Vorräte ins Haus. Sie stellte die Taschen auf den Küchentisch, und zahllose Hunde vor dem Kamin standen auf, streckten sich und kamen neugierig herbei.

»William?« fragte Mary und drehte sich vom Spülbecken um. Es war mit riesigen, undurchdringlichen Haufen Wäsche gefüllt; ihre Ärmel waren bis zu den Ellbogen aufgerollt, ihre Schürze durchnäßt.

»Ja. Du brauchst eine Waschmaschine«, fügte Janice hinzu und schubste drei haarige Spürhunde und den rotäugigen Bassethound weg. Sie packte die Dosen mit Saversoup und riesige Pakete mit dünnen, billigen Rollen Toilettenpapier aus, dann stapelte sie die Dosen mit Hundefutter auf. »Niemand auf dem ganzen Planeten macht noch Handwäsche.«

»Schön blöd sind die.« Mary hob eine von Ernies Hosen hoch. Pechschwarzes Wasser strömte aus den Aufschlägen.

»Igitt«, machte Janice. »Pfui. Wie kannst du nur?«

»Klopfen und schlagen«, sagte Mary und warf sie wieder ins Becken. »So kriegt man den Schmutz heraus. Wir können uns keine Waschmaschine leisten.«

»Quatsch.« Janice stapelte die Dosen mit Kochpudding, stellte die Säcke mit Hundebisquits in ihre Ecke und schubste die schmale Nase eines Collie beiseite. »Ich hab dir eine Million Mal gesagt, du kriegst sie auf Raten. Bei Argos oder Curry's. Überall, verdammt noch mal.«

»Mietkauf.« Mary war voller Abscheu. »Der Anfang vom Ende.«

»Du brauchst nicht mal Zinsen zu zahlen. Nicht mehr.«

»Warum verschenken sie sie dann nicht?«

Schritte hallten oben auf den knarrenden Dielen und kamen die Treppe mit dem gefährlichen stangenlosen und ausgefransten Teppich herunter. Der Riegel am unteren Ende wurde mit einem Klick gehoben: Sofort tapsten die Hunde herbei.

»Was hast du den ganzen Morgen da oben gemacht?« fragte Mary barsch.

Sophie schloß die Tür und lächelte Janice aus ihrem Kreis von Hunden freundlich zu. Sie trug einen himmelblauen Rollkragenpullover aus Nylon unter einer Kittelschürze mit lila Borte, und ihr Haar war mit einer lustigen neuen Spange hochgesteckt, auf der zwei Kakadus mit enormen gelben Kämmen unter einem Bogen von glänzendem Laub auf einer Stange schaukelten.

»Du siehst hübsch aus«, sagte Janice und packte Vanillesoße und Bourbonkekse aus.

»Herausgeputzt.« Mary planschte heftig im Spülbecken herum. »Putzt sich vor dem Spiegel. Wen interessiert das? Wer interessiert sich dafür, wie du aussiehst? Es gibt genug Arbeit hier unten.«

»Du könntest eine Waschmaschine haben, dann hättest auch du Zeit, dich herauszuputzen.« Janice schüttelte die letzte Fahrradtasche aus und faltete sie zusammen.

Mary rümpfte die Nase. »Es ist lange her, seit ich vor dem Spiegel gesessen habe.«

»Ist auch besser so.« Ernies Grabesstimme ertönte durch den

Gang. Ein Windstoß mit schneebeladener Luft blies hinter ihm herein, und alle Hunde stürzten darauf zu. Er schlug die Tür zu.

»Oh, laß sie raus«, schrie Mary und zog den Stöpsel aus dem Spülbecken.

»Ein schöner Tag, um Wäsche zu machen, muß ich sagen.« Ernie trottete über die Dielen, während alle Hunde an ihm vorbeirasten.

»Warum machst *du* sie dann nicht?« fragte sie ihn und drehte die Hähne auf. Die Hunde sprangen wie verrückt herum.

»Warum kaufst du keine Maschine«, frage Janice aufs neue.

»Schulden!« schrie Mary, und alle traten einen Schritt zurück. »Schulden und dann das Armenhaus!«

Sophie schlug sich beide Hände vor den Mund.

»Was soll das?« fragte Ernie und ging zu seinem Stuhl.

»Mutter«, sagte Sophie und biß sich auf die Lippe. »Mutter hat uns gewarnt, niemals, nie ...«

»Niemals Schulden zu machen«, ergänzte Mary und drehte energisch die laufenden Hähne zu. »Und sie hatte recht.«

»Das hatte sie.« Ernie ließ sich in seinem Sessel nieder, und die Hunde, die geblieben waren, ein kleines braunes Ding von undefinierbarer Rasse und Flossie, der uralte Spanielmischling, legten sich ihm mit einem Seufzer zu Füßen. »Wenn wir etwas haben wollen, warten wir eben«, erklärte er Janice.

»Kreditkarten sind nichts für uns«, sagte Sophie und beäugte die Bourbonkekse.

»Du sollst nichts borgen und nichts verleihen.« Mary machte sich mit Nachdruck an das Spülen ihrer Wäsche.

»Du hast wohl keinen Tabak für mich?« fragte Ernie Janice.

»Nein«, sagte sie, zerrte die klemmende Schublade des Küchentischs auf und stopfte die Falttaschen hinein. »Ich glaub nicht, daß ich welchen habe.«

London konnte nur besser sein als das.

»Möchte denn niemand von meinem Brief hören?« fragte sie ein wenig später, als alle sich beruhigt hatten. Die Haushunde waren draußen und schnüffelten in den Schneehaufen herum, rochen an den anderen Hunden in den Ställen und den kümmerlichen kleinen alten Tierchen, die bibbernd im Vorhof saßen. Das Feld hinter dem Zaun war eine Landkarte von Weiß und Grün, die letzten schneebedeckten Inseln schrumpften in der Morgensonne.

Drinnen war der Tee fertig, der Herd nachgefüllt, und Sophie hatte die Hundehaare vom Boden gekehrt. Der hoffnungslose Wäschehaufen lag schlaff im Spülbecken, und Mary setzte sich endlich hin und langte nach der Zuckerdose. Janice hatte Ernie ein paar Krümel Golden Virginia abgegeben, und damit war er jetzt glücklich. Sie griff in ihre Tasche und zog den Brief von William Harriman heraus.

»*Liebe Miss Harper*«, las sie laut, und alle lehnten sich zurück, um zuzuhören. Sie hatte sofort die Vision von ihnen allen als Kindern – eine Lebensphase, der sie noch immer seltsam nahe waren: drei Vorkriegskinder, die hier draußen im Nirgendwo hängengeblieben waren, sogar ohne Elektrizität, und die um den Tisch herumsaßen – war es derselbe Tisch gewesen? – und brav auf ihr Marmeladebrot warteten.

»*Herzlichen Dank für Ihren Brief, über den ich mir viele Gedanken gemacht habe.*«

Was für eine schöne, höfliche Zeile. Sie schwebte wie eine Melodie über der schneehellen Küche und den seltsamen Geschöpfen darin.

»*Ich würde Ihnen sehr gerne helfen, und da ich allein lebe, in einem geräumigen alten Einfamilienhaus, und auch nicht mehr so jung bin, wie ich einmal war, wäre es sicher vernünftig, einen Untermieter zu haben …*«

»Siehst du!« rief Mary triumphierend.

»Ein geräumiges altes Einfamilienhaus«, murmelte Sophie und starrte vor sich hin.

»Bißchen anders als dieses hier, nehm ich an«, sagte Ernie. Er rieb sich die Knie. »Es ist eiskalt da draußen im Wohnwagen.«

»Fang nicht wieder damit an.« Mary sah Janice mit ihren steinern funkelnden Augen an. »Lies weiter.«

»*Jedoch*«, las Janice und fragte sich, wie Ernie in der Tat in dieser undichten Blechbehausung überleben konnte, »*muß ich gestehen, daß ich gewisse Bedenken habe. Sie beziehen sich hauptsächlich auf meinen Sohn Matthew, an den meine Cousinen sich vielleicht von gelegentlichen Besuchen in seiner Kindheit noch erinnern.«* Sie blickte fragend auf.

»Ein lieber kleiner Junge«, sagte Sophie.

»Er und seine Schwester.« Ernie blies Rauch in die Luft und sah ihm nach, wie er sich auflöste und verschwand.

»Seit dem Tod meiner lieben Frau Eve wurden Matthew und meine Tochter mit ihrer Familie zum Mittelpunkt meines Lebens, und um Matthew mache ich mir besonders große Sorgen. Er erlitt vor einigen Jahren einen Zusammenbruch und hält sich schon seit langem in einer Klinik auf.«

Janice blickte auf, um die Wirkung dieser Nachricht zu sehen, und stieß auf allgemeine Verständnislosigkeit. »Klinik«, sagte Sophie endlich bedauernd und berührte die zwei bunten Kakadus ihrer Haarspange, die auf ihrer Stange schaukelten.

»Weiter«, sagte Mary und griff nach der Teekanne.

»Er ist noch immer nicht gesund genug, um allein zu leben«, las Janice weiter, *»doch ist es meine Hoffnung und mein Traum, daß er eines Tages nach Hause kommen wird. Und wenn dies eintreten sollte, möchte ich mich um nichts anderes mehr kümmern müssen. Andererseits, wie ich schon sagte, habe ich jetzt reichlich Platz, um mich mit Danny, dem kleinen Hund meiner Frau, hier tummeln zu können. Er ist, wie ich, nicht mehr jung, aber ich finde, wir beide haben noch immer genug Leben in uns.«*

»William war schon immer voller Leben«, sagte Mary.

»Scheint ein süßer kleiner Hund zu sein«, sagte Sophie. »Danny. Welche Rasse wohl?«

Janice drehte das Blatt um. Die Handschrift glich keiner anderen Schrift, die sie je gesehen hatte – sie mußte dabei an Museen denken, an Manuskripte beim Lampenschein.

»Dackel«, sagte Mary schroff. »Soweit ich mich erinnere. Langhaarig.«

»Es mangelt mir nicht an Interessen«, hieß es weiter, *»und von Ihnen läßt sich wohl das gleiche sagen (Ihre Kuchen klingen vielversprechend). Ich betreibe, zusammen mit der ältesten Freun-*

din meiner lieben Frau, einen Antiquitätenstand – Porzellan und Glas –, und das macht mir viel Spaß. Ich lese sehr viel und habe vor, mich demnächst auch der Malerei zu widmen. Ich besuche meine Enkel, sooft ich kann. Mit anderen Worten, ich hoffe, ich bin nicht jemand, der ›etwas aus seinem Leben machen‹ muß, wie man es heutzutage ausdrückt.«

»Was man von uns hier nicht sagen kann«, meinte Ernie und drückte den letzten Rest seiner Selbstgedrehten mit der Sohle seines bestrumpften Fußes vor dem Kamin aus.

»Tu das nicht!« schalt Mary ihn sofort. »Kein Wunder, daß sie alle voller Löcher sind.« Sie wandte sich wieder an Janice. »Also was ist der langen Rede kurzer Sinn? Wie hat er sich entschieden?«

»Was möchte ich damit sagen?« las Janice weiter, während alle drei an ihren Lippen hingen. *»Ich wäre durchaus in der Lage, Sie vorübergehend hier wohnen zu lassen, bis Sie in London Fuß gefaßt haben. Sie könnten für eine geringfügige Miete im Gästezimmer wohnen, für etwa, sagen wir, drei Monate. Ich würde erwarten, daß Sie sich nach einer Arbeit umsehen – ich hätte eine Idee, bei der Familie meiner Tochter, aber das muß meine Tochter selbst entscheiden, und ich weiß nicht, ob es Ihnen beiden passen würde. Im Grunde genommen* – jetzt kam ein langer, eleganter Strich: *Im Grunde genommen bin ich es gewohnt, das Haus für mich allein zu haben, und bin vielleicht ein wenig zögerlich bei dem Gedanken, es mit jemandem zu teilen. Wenn es also nicht zu abweisend klingt und Sie zufrieden wären mit Zimmer und Frühstück und gelegentlich einmal Abendbrot – natürlich würde ich Ihnen Ihr eigenes Fach im Küchenschrank überlassen –, dann dürfen Sie gerne kommen und hier wohnen.*

Ich erwarte, von Ihnen zu hören, und wenn mein Vorschlag Ihnen angenehm ist, dann würde ich mich sehr freuen, Sie kennenzulernen. Ich bin eigentlich ein sehr freundlicher Mensch, und Danny ist gewiß ein sehr freundlicher Hund. Mit den besten Grüßen, Ihr William Harriman.«

»Na siehst du!« sagte Mary wieder und stellte ihren Becher ab. »Ist doch famos.«

»Ich weiß nicht, warum Ihr mich so unbedingt loswerden wollt«, sagte Janice und legte den Brief auf den Tisch. »Wer wird denn dann für euch einkaufen?« Sie sah sie vor sich, wie sie bei Wind und Wetter in ihren gegürteten Mänteln und altmodischen Kopfbedeckungen an der Bushaltestelle standen und mit ihren Plastiktaschen durch Oswestry oder Shrewsbury schlurften und Säcke mit Hundekuchen schleppten. Arme alte Schrullen! Und die vielen Hunde ausführen – wie würden sie das schaffen?

»Da ist noch ein PS«, fügte sie hinzu und las es ihnen vor. *»Sagen Sie mir bitte eins – was ist ein Hundemuseum?«*

Sophie war voller Verwunderung. »Stellt euch vor, das weiß er nicht!« Sie befingerte ihre Haarspange und sagte zu Mary. »Hast du das William nicht gesagt? Als du ihm geschrieben hast? Weiß er nicht, was wir machen?«

»Er weiß, daß wir Hunde haben«, sagte sie knapp. »Ich kann mich nicht erinnern, was ich sonst noch gesagt habe.« Sie stand auf, ging zum hinteren Fenster und sah hinaus, wo die Schneemassen von den Wellblechdächern der Hütten rutschten, die über den Winter verschlossen waren. Niemand kam jemals im Winter, es war auch nicht zu erwarten. Aber im Frühjahr –

Die Hunde draußen spürten ihre Gegenwart und kamen herüber, zu zweit und zu dritt. Sie standen im Schnee unterm Fenster und sahen zu ihr hoch. Flossie bellte. Sie war ein armes altes Ding, das zu viele Würfe gehabt hatte. Mary hatte sie, in einer Scheune eingeschlossen, auf dem Grund des alten Jim Walsh gefunden – er war ein bösartiger alter Mistkerl. Sie war an einem Sommernachmittag 1997 mit dem Rudel unterwegs gewesen, als sie ein Winseln hörte. Als sie in die Scheune eindrang, wußte sie sofort, daß Welpen da waren, sie ahnte es, und dann sah sie alle, ganz hinten am Boden, ohne auch nur ein Stück Sackleinen, und die Hündin leergesaugt und knochendürr. »Ihr kommt mit mir«, sagte Mary und packte den Haufen Welpen in ihre Einkaufstasche und die Hündin, die sie Flossie nannte – gewöhnlich wußte sie ihre Namen, sobald sie sie sah –, schlich sich sofort in das Rudel ein. Den Schwanz zwischen den Beinen, die hängenden Zitzen hin- und herbaumelnd, trottete sie schwächlich den

Pfad hinunter. Die Sonne stand hoch, und die Luft war still; der Pfad war voller Kuhfladen. Mary führte die Hunde nach Hause und gab Flossie eine riesige Schüssel Milch. Die vier Welpen waren fast nicht mehr zu retten, aber sie brachte alle durch bis auf einen, den Ernie begrub. Er war daran gewöhnt, wenn er es auch nicht gern tat. Zwei konnte sie anderswo unterbringen, und der letzte war noch da: Jip, bei seiner Mutter, genau wie es sein sollte; beide waren kastriert, und das kostete jedesmal ein Vermögen. Aber es war ihre Lebensaufgabe, ihrer aller Aufgabe, und sie wollte es nicht anders haben.

»Wir werden zurechtkommen«, sagte sie zu Janice, drehte sich um und sah alle an, zwei Schwächlinge, beide nicht ganz richtig im Kopf, und ein gesundes junges Mädchen. »Mach was aus deinem Leben«, sagte sie zu ihr. »Jetzt oder nie!«

Janice ging wandern, hinauf in die Berge. Ihre schwarze Wollmütze hatte sie, so tief es ging, über die Ohren gezogen, den Schal fest um den Mund gewickelt. Sie trug zwei Paar Handschuhe und ein Unterhemd, T-Shirt und zwei Pullover unter ihrer mit dungfarbenem Fleece gefütterten Army-Surplus-Jacke. Sie wog eine Tonne. In ihren Wanderstiefeln trug sie zwei Paar Socken, ein dünnes und ein dickes. Sie wußte, wie man sich auf dem Land anziehen mußte, um in diesem Gelände zu wandern: Jetzt war ihr kochend heiß, obwohl auf der Höhe noch dicker Schnee lag, der wahrscheinlich in der Nacht gefrieren würde. Die Hunde hatte sie frei laufen lassen, die Leinen hatte sie sich um den Hals geschlungen oder in die Taschen gesteckt. Sie hatten sich in alle Richtungen verstreut, und obwohl ein paar kleine getragen werden wollten, gab sie nicht nach – noch nicht, sie brauchten Bewegung, das würde ihnen guttun, das bißchen Schnee würde ihnen nicht schaden.

Im Sommer waren immer die Schafe das Problem. Die meisten der Hunde waren gut erzogen und überhaupt nicht interessiert, aber zwei oder drei mußte sie die ganze Zeit im Auge behalten. Natürlich durften sie eigentlich nicht durch die Felder laufen, Lämmer hin oder her, aber hier oben war es im allgemeinen o. k. Dann hoben sich ein paar Köpfe oben im Adlerfarn, oder wenn man um eine Wegbiegung kam, hörte man sie die Wiese abgrasen. Sie warfen einen Blick auf die Hunde und verstreuten sich, sprangen entweder mit einem Satz den Hang hinauf oder hinunter in eine Bodensenke. Dann pfiff Janice und rief, die Hunde rannten zu ihr zurück, und die Mutterschafe grasten weiter, als sei nichts geschehen. Jetzt waren sie fast alle unten auf den niederen Hängen oder im Stall zum Lammen, nur ab und zu tauchte plötzlich ein hartes altes Schwarzgesicht mit festen Hörnern und verrückten gelben Augen aus dem Schnee auf und starrte sie an. Sie vermutete, daß einige unter Schneewehen begraben waren, doch es würde bald tauen: dann würden sie herauskommen, sich umsehen und davontrotten, als wäre nichts passiert. Stur. Sie kannte sich mit Schafen aus, so wie inzwischen auch mit alten Leuten.

Gewisse alte Leute jedenfalls. Diese hier. Ihre Oma und ihre Freundinnen. Albert Page. Sie wußte nicht, wie William Harriman war, der seine Jugend längst hinter sich hatte, aber immer noch Leben in sich hatte. Sie schritt auf dem Bergpfad aus, der Brief in seinem Pergamentumschlag steckte in ihrer Gesäßtasche.

Ich würde Ihnen sehr gerne helfen, und da ich allein lebe in einem geräumigen alten Einfamilienhaus .... ich bin ein wenig besorgt bei der Aussicht, es mit jemandem zu teilen ...

Hatte er das gesagt? Etwas in der Art. Sie spürte, daß ihr, obwohl sie den Brief nicht ganz auswendig wußte, sein Stil und der Rhythmus seiner Prosa bereits vertraut wurden, obwohl sie sonst niemanden kannte, der so schrieb oder sprach. Die würde von allen Menschen, die sie kannte, wohl nur Steve zu schätzen wissen, wenn er aus Marrakesch zurückkam.

Seit dem Tod meiner lieben Frau Eve ... betreibe ich einen Stand mit altem Porzellan, lese sehr viel und möchte mich demnächst auch der Malerei widmen ...

Eine Stimme aus einem anderen Zeitalter, urban und höflich. Ein Füllfederhalter, der über cremefarbene Seiten glitt, in seinem geräumigen Londoner Haus. Etwas, was Janice unbewußt in ihrem Leben gefehlt hatte, wurde in ihr angesprochen. Sie schritt auf dem winterlichen Pfad aus, behielt die Hunde im Auge, die die Hänge hinauf- und hinunterrasten, in frisch gefallenem Schnee ausrutschen, bellten und sich schüttelten, und ließ sich dabei geschliffene Redewendungen durch den Kopf gehen.

Und wie zog man sich in London an? fragte sie sich, schwitzend in ihren diversen Schichten von Kleidungsstücken und dem Fleecefutter. Jedenfalls kein Army Surplus. Würde sie dort wie ein Vollidiot aussehen? Würde sie jedesmal, wenn sie den Mund auftat, blöde klingen?

Der Himmel war kalt und klar, doch Wolken zogen auf. Janice ging um eine Wegbiegung, blieb stehen und blickte den Hang hinunter.

Ah. Da war es.

Zwar war sie in Gedanken mit der Aussicht auf ein anderes Leben beschäftigt, doch war ihr nicht entgangen, daß sie sich zwischen den Hügeln von Wenlock Edge befand, wo Eric Lammerings Hirtenhütte lag.

Da lag sie, in Schnee eingebettet, sein Motorrad unter dem Anbau geparkt.

Von ihrem Aussichtspunkt aus hier oben konnte sie die Rauchsäule sehen, die aus dem Schornstein des schrägen geflickten Schieferdachs aufstieg. Er war da, der Schuft, dort am flackernden Feuer mit seinem Whiskyglas und wer weiß welchem törichten Mädchen, das an einem Winternachmittag seine Kleider auszog und den Schnee und den Feuerschein so romantisch fand, genau wie sie, Janice Harper, damals den trommelnden Regen und den heulenden Wind.

Sie bückte sich und hob einen Stein aus dem schmelzenden Schnee. Sie rieb ihn an ihrer Jacke, und dann schleuderte sie ihn in hohem Bogen und beobachtete seinen fernen symbolischen Fall auf die tiefer liegenden Hügel.

»Der ist für dich!« schrie sie, und sofort waren alle Hunde um sie herum, bellten und sahen hinunter auf die Stelle, wo der Stein aufgeschlagen war, dann wieder zu ihr, mit heraushängenden Zungen und begierigen Augen.

Würde ihm recht geschehen, wenn sie sie alle dort unten von der Leine lassen würde. Das sollte sie tun: ein Rudel Hunde auf ihn hetzen.

Statt dessen –

»Hierher!« rief sie ihnen zu und drehte sich um, pfiff sie bei Fuß und sah nicht mehr zurück. Alle machten kehrt, um ihr zu folgen, und als sie sich bückte und einen anderen Stein so weit sie konnte warf, rannten sie an ihr vorbei auf dem Weg, den sie gekommen waren, zurück zum Museum. Und alle hinterher, außer dem kleinen Pip, Ernies Yorkie, der zitternd im Schnee stand und flehend zu ihr aufsah.

Dieses Mal erbarmte sie sich, bückte sich und hob ihn auf, wickelte ihn tief in ihre schwere Jacke und schritt hinter Dobermann und Dalmatinermischling, Collie und Spürhund, Windhund und Spaniel und Gottweißwas her, die durch die Hügel Shropshires strömten, während die Wintersonne unterging.

Am Abend in ihrem stickigen Schlafzimmer mit seiner Relieftapete, den gerafften Gardinen von Marks & Spencer und den Schränken mit Lamellentüren von Homebase, schrieb sie an William Harriman und dankte ihm für sein freundliches Angebot.

Ich werde mich nach einem Job umsehen und versuchen, Sie nicht zu stören, schrieb sie. *PS: Das Hundemuseum wird von Ihren Cousinen als wohltätiges Werk betrieben, um ihre Arbeit für herrenlose Hunde zu unterstützen. Es ist wahrscheinlich das einzige seiner Art. Ich werde Ihnen darüber erzählen. PPS: Ich bin Veganerin.*

»Ich habe es getan«, sagte William zu Buffy. Es war Samstag morgen, sie saßen am Stand. Der Schnee war geschmolzen, es regnete wieder, und alles war wieder ziemlich normal.

»Was denn?« fragte Buffy und schraubte die Thermosflasche auf.

»Der Untermieterin zugesagt. Dem Mädel aus Shropshire.«

»Oh.« Buffy goß konzentriert brühheißen Kaffee in den Plastikbecher. Ihr Griff war nicht so sicher wie sonst. Sie reichte William den Becher. »Na, das ist ja ein Ding. Und wann kommt sie?«

»In vierzehn Tagen – sie wird dort wohl noch einiges zu regeln haben, und ich muß hier auch Vorbereitungen treffen. Platz in den Schränken schaffen und so.«

»Ja, ja, natürlich.« Buffy lehnte sich mit ihrer Tasse zurück. Der Stand sah heute ein wenig spärlich aus, und der Markt war ruhig. Niemand gab nach Weihnachten viel Geld aus, und außerdem war Schlußverkauf. Und jetzt wieder der verflixte Regen. Selbst Danny rollte sich auf Williams altem Jackett auf dem Klappstuhl neben ihr zusammen und blickte ein wenig düster drein. Sie gab ihm einen leichten Klaps.

»Welches Zimmer gibst du ihr?« fragte sie und dachte an das hübsche Gästezimmer, in dem sie über Weihnachten geschlafen hatte, mit der weichen Satin-Daunendecke und den Gardinen von Ruffle and Tuck.

»Claires Zimmer«, sagte William und streckte seine langen Beine unter dem Stand aus. »Das wird am besten passen. Ich möchte das extra Zimmer behalten, für alle Fälle, und natürlich kann sie Matthews Zimmer nicht haben.«

»Nein, natürlich nicht. Claire hat doch nichts dagegen?«

»Ich glaube nicht. Warum sollte sie?« William setzte den Becher ab und sah Buffy an. »Meinst du, vielleicht doch? Meinst du, ich sollte ihr das Gästezimmer geben?«

»Oh, William. Nein. Tu, was du willst, mein Lieber, es ist dein Haus. Claire hat jetzt ihr eigenes Leben – was könnte sie denn dagegen haben?«

William schwieg. »Es wäre schrecklich für mich, sie wieder aufzuregen«, sagte er endlich.

»Das wirst du nicht«, sagte Buffy entschieden. »Und überhaupt, es soll ja nicht für immer sein, oder?«

»Nein, nein, nur für eine gewisse Zeit. Das habe ich ihr ganz klar gesagt. Nur, bis sie einen Job gefunden und sich eingelebt hat. Sie wird nicht mit einem alten Kauz wie mir herumsitzen wollen, wenn sie erst einmal junge Leute kennengelernt hat.«

Buffy berührte seine Hand in ihrem fingerlosen Wollhandschuh. »In einer Million Jahren«, sagte sie, »würde niemand dich jemals einen alten Kauz nennen.«

Er schenkte ihr sein anrührendes, bezauberndes Lächeln.

Eine Woche später verabschiedete sich Janice von Steve, der von Marrakesch zurück und aufgekratzt war, bis sie es ihm sagte.

»Das kannst du nicht«, sagte er. »Du hast ja nicht mal gekündigt.«

»Das tue ich hiermit«, sagte Janice strahlend. Der Schnee war jetzt ganz verschwunden, und der Regen fegte wieder in großen dunklen Massen über den Höhenzug. Die Fenster vom Cloud Nine waren fast schwarz, und die Teemaschine hatte noch nie so gemütlich gesummt. »Seien wir ehrlich«, sagte sie und holte tief Luft, »wochenlang wird niemand hierherkommen. Du brauchst mich nicht. Du brauchst mich nicht«, wiederholte sie mit Nachdruck, als sie sein Gesicht sah. »Wenn du nicht zweimal in der Woche Tee und Sandwiches machen kannst, dann bist du nicht dazu geschaffen, ein Café zu betreiben.«

»Die Kuchen«, sagte er bekümmert. »Woher bekomme ich die Kuchen?«

»Es sind noch zwei im Kühlschrank.«

»Ich hab eigentlich nie verstanden«, sagte er, sonnengebräunt und umwerfend unter seiner Igelfrisur, »wie du als Veganerin solche Kuchen backen kannst. Sie sind das schwierigste. Es gibt keinen Ersatz für Eier in einem Kuchen.«

»Erzähl das Albert Page«, sagte Janice. »Er hat durch zwei Weltkriege hindurch von Eipulver gelebt.« Es hatte ihr leid getan, ihm Lebwohl zu sagen.

»Vielleicht seh ich dich nie wieder«, hatte er gesagt, als er zitternd vor der Tür stand.

»Aber sicher doch«, sagte sie und gab ihm ein Küßchen auf seine faltige alte Wange. »Und morgen kommt die Sozialarbeiterin.«

»Sozial«, knurrte er. »Ich will nichts Soziales. Sie werden mich in ein Heim stecken.«

»Nein, das werden sie nicht«, sagte Janice, die wußte, daß sie es wahrscheinlich tun würden.

»Eipulver ist immer noch Ei«, sagte Steve. »Wie kannst du mit Eiern und Milchprodukten backen und dich Veganerin nennen?«

»Ein Veganer ist, was ein Veganer tut.« Janice trank ihren Tee. »Ich esse ja das ganze Zeug nicht. Es kommt mir nicht über die Lippen.«

»Das nenne ich nicht eine richtige Veganerin.«

»Ich muß schließlich leben, nicht wahr? Jetzt hör schon damit auf. Wen hast du denn in Marrakesch kennengelernt?«

»Niemanden.« Er nahm ihre Hand. »Bitte, bleib da.«

Janice sah auf die Hand. »Ich dachte, du wärest schwul.«

»Bin ich auch. Ich mag dich eben, das ist alles.«

»Ich mag dich auch, und ich gehe nach London.«

Sie sagte auf Wiedersehen zu Mary, Sophie und Ernie, und das war schwer.

»Aber du tust das Richtige«, sagte Sophie tapfer. Sie trug heute ihre Delphine, die vergnügt über die Wellenkämme hüpften. »Es wird dir sicher gefallen.«

»Sicher wird es das«, sagte Ernie. »Werd nur nicht zu fein.«

»Sie wird machen, was sie will«, sagte Mary.

Alle hatten sich auf der Veranda versammelt. Regen tröpfelte von den Dachziegeln, die Hunde standen herum und sahen hinaus. Janice zählte neun Köpfe, die ihre Nasen zwischen Schürzen und ausgefranstes Tweedjackett schoben.

»Auf Wiedersehen und alles Gute«, sagte sie schnell. »Paßt auf, in einer Woche bin ich wahrscheinlich wieder zurück.«

Sie drehte sich um, rannte geduckt zu ihrem Fahrrad und fuhr durch das hoch aufspritzende Wasser davon.

»Dulwich?« fragte ihre Mutter. »Wer wohnt denn in Dulwich?«

»William Harriman. Er ist ein pensionierter Beamter. Vom Finanzministerium. Er hat einen Dackel und zwei erwachsene Kinder und sammelt altes Porzellan.«

»Und wie hast du ihn gefunden?«

Janice erklärte es, und ihre Eltern erbleichten.

»Ein Verwandter von diesen verdrehten alten ...«

»Er ist anders«, sagte Janice. »Er ist ganz anders, und ich gehe, und damit fertig.«

Sie brachten sie an einem windigen Nachmittag zum Bahnhof. Regen peitschte stoßweise vom Dach des Bahnsteigs und tropfte von den Körben mit rankendem Efeu. Janice, mit ihrer Apex-Einwegfahrkarte, setzte sich in eine Ecke des einzigen Raucherabteils und winkte mit dem größten Gefühl der Erleichterung, das sie je in ihrem Leben empfunden hatte.

11

»Na, dann mal los«, sagte Buffy, als der Tag anbrach. »Los jetzt.«

Was für eine Plage es war, in Schwung zu kommen. Sie setzte sich auf den Schlafzimmerstuhl und kämpfte mit sich.

Man mußte eine Routine befolgen: Das war ihr schon vor Jahren klargeworden, fast sofort, nachdem sie in Rente gegangen war. Solange man arbeitete, war die Aussicht auf freie Tage, an denen man ausschlafen konnte, wann immer man wollte, die reine Seligkeit. Aber sie hatte nicht lange gebraucht, um festzustellen, daß Ausschlafen und Sichgehenlassen ein großer Fehler war. Fast mit Entsetzen blickte sie auf diese erste Zeit zurück, als sie traurig hinaus auf den Verkehr und die Tauben auf den Dächern starrte und ihre Geranien in den Blumenkästen pflegte, als gäbe es nichts Wichtigeres. Der Porzellanstand hatte sie gerettet, ein ganz neuer Lebensabschnitt hatte begonnen, und der Mary Ward Over-Sixties Club war eine Offenbarung.

Wenn sie gewollt hätte, hätte sie jeden Tag mit Aktivitäten auf dem Queen Square ausfüllen können: Fitness, Computerkurse, Modellieren, Schreiben als Freizeitbeschäftigung, Musik, Volkstanz. Sogar Fahrten nach Paris wurden veranstaltet. Sie entschied sich für Chorsingen und den Computerkurs – hätte sie letzteres früher getan, wäre sie erst später in Rente gegangen, aber sie war sich im Büro so dumm vorgekommen, wenn sie auf den Bildschirm starrte und versuchte, auf die richtige Stelle zu klicken und es immer die falsche war, während die anderen seufzten und sagten, sie müßten zum Lunch. Seit sie einmal in ihrem eigenen Tempo vorgehen konnte, wo es nicht darauf ankam, nicht so wie dort, wo man dafür bezahlt wurde, fand sie sich ziemlich genial. Na ja, sie konnte es: ins Netz gehen, etwas tippen und ausdrucken, Dateien anlegen und sogar Anhänge versenden, obwohl sie niemanden kannte, an den sie sie senden konnte. Sie hatte sogar eine E-Mail-Adresse: buffy@hotmail.com. Anfangs benutzte sie sie sehr selten, öffnete sie mittwochs im Computerraum von Mary Ward und fand nichts, außer dann und wann ein ermutigendes Wort von ihrem Tutor.

Guten Morgen, Buffy. Freut mich, Sie heute bei uns zu haben.

Es war sehr nett gemeint, aber sie hatte auf mehr gehofft. Von wem denn? Wem sollte sie etwas schicken? Niemand, den sie kannte, hatte E-Mail zu Hause, und obwohl sie ein- oder zweimal triumphierend ans Büro gemailt hatte, wo jetzt alle den ganzen Tag auf ihre Bildschirme starrten, und obwohl Mr. Lawson zurückgeschrieben hatte *Hallo, Buffy, toll, von Ihnen elektronisch zu hören! Wie gefällt Ihnen der Ruhestand?*, wußte sie, daß sie die Leute in Ruhe lassen mußte. Nichts war schlimmer, als sich wie eine Klette an sie zu hängen. Wenn man einmal fort war, war es vorbei. So war das Berufsleben. Vierzig Jahre, und niemand scherte sich einen Dreck um einen. Und E-Mail war für sie sowieso nur ein Spaß, sie brauchte das nicht.

Dann, eines Nachmittags, gerade als sie vom Seniorenzentrum zurückgekommen war und den Kessel auf den Herd stellte, klingelte das Telefon.

»Guten Tag. Ist da Miss Henderson?«

Die Stimme war jung und angenehm, männlich.

»Wer ist da?« fragte Buffy und zerbrach sich den Kopf.

»Hier ist Friends of the Earth«, sagte die Stimme. »Ich heiße Nick und rufe Sie aus unserer Fundraising-Abteilung an. Haben Sie einen Moment Zeit?«

Buffy sah den Hörer an, so wie sie es in Filmen taten. Jetzt wußte sie, warum.

»Woher haben Sie meine Nummer?« fragte sie streng.

»Aus dem Telefonbuch«, sagte der nette Nick milde.

»Was wollen Sie?«

»Das wollte ich Ihnen gerade erklären. Wir suchen neue

Abonnenten, Menschen, denen die Umwelt am Herzen liegt und die für eine bessere Welt arbeiten wollen. Haben Sie von unserer Arbeit gehört?«

Buffy sagte: »Das ist ja unerhört.« Sie hörte, wie das Wasser im Kessel zu sieden anfing, und lechzte nach einer Tasse Tee. »Was fällt Ihnen ein, so einfach Leute anzurufen und in ihrem Privatleben zu stören?«

»Es tut mir furchtbar leid«, sagte Nick. »Wäre es Ihnen lieber, wenn wir Ihnen per Post Material zuschickten? Es ist nur, weil die Leute heutzutage soviel Post bekommen – manche ziehen einen persönlichen Anruf vor.«

»Nun, ich nicht«, sagte Buffy, die den Kessel jetzt pfeifen hörte. »Ich finde es unverschämt. Genau wie die Leute, die Doppelverglasung oder feuchtigkeitsundurchlässiges Material verkaufen und anrufen, wenn man beim Abendessen sitzt. ›Wir sind gerade in Ihrer Gegend, dies ist ein unverbindlicher Anruf‹?«

»Hier handelt es sich um etwas anderes«, sagte Nick mit seiner angenehmen jungen Stimme. »Es geht um etwas Wichtiges.«

Und ganz plötzlich wußte sie, daß es stimmte.

Damit hatte es angefangen. Bevor sie es sich versah, verstand sich Buffy, die sich selbst ein gut Teil ihres Lebens als am Rande des Geschehens empfunden hatte – in Jobs arbeitete, die sie nicht besonders mochte, ihrer Mutter half, ihren Vater zu pflegen, und dann ihre Mutter pflegte –, als einen Menschen mit Interessen und einer Mission. Als sie die Wohnung ihrer Mutter leerräumte, das Porzellan abwusch und in Kisten verpackte, hatte sie festgestellt, daß sie Porzellan schon immer geliebt hatte, und ihr war die Idee zu einem Stand gekommen, einfach so. Jetzt wußte sie alles über Spode. Bei Mary Ward stellte sie fest, daß sie eine Maus klicken und singen konnte. Sie kam nach Hause und summte Händel, entspannte sich im Bad bei Chorälen von Hubert Parry und lernte, Britten zu mögen.

Dann, mit Friends of the Earth, wurden ihr die Augen geöffnet. Wozu singen, wenn die Vögel an Pestiziden erstickten? Blei war im Benzin, Ölteppiche auf den Weltmeeren. Das Loch in der Ozonschicht wurde immer größer, Chemikalien sickerten in den Boden, auf dem Getreide wuchs. Sogar Brot war ein Risiko.

Sie stürzte sich mit Feuereifer in alle neuen Aktivitäten.

Sie war voll beschäftigt mit Demonstrationen, an Straßenecken zu sammeln und in ihrem Stadtteil Handzettel zu verteilen, sie hatte, wenn nicht die Welt, so doch sich selbst gerettet in den langen dunklen Monaten nach Eves so plötzlichem, schrecklichem Verfall in Krankheit und Tod. Arme, süße Eve – ihre älteste und treueste Freundin! William, der arme William, der auf der Beerdigung so verzweifelt aussah, mit diesem gebrochenen Jungen an seiner Seite und der hemmungslos schluchzenden Claire. Die Gefährtin seines Lebens war tot – für William hatte es nie jemand anderen gegeben als Eve. Glückliche Eve, gestattete sich Buffy später zu denken, wie schon damals bei ihrer Hochzeit, als sie dem abfahrenden Wagen Konfetti nachgeworfen hatte und dann zum Tee mit Mutter nach Hause gegangen war. Und ich Arme, dachte sie, obwohl sie Selbstmitleid haßte.

Aber ohne die fröhlichen Samstage in Portobello, ohne die Fahrten zu den Räumungsverkäufen mit Kisten und dem Picknickkorb hinten im Auto – wie trostlos war die Woche jetzt ganz plötzlich! Es gab nichts Besseres als alte Freunde. Es gab nichts Besseres, als auf irgendeinem staubigen, auf Böcken aufgestellten Tisch eine perfekte Mintonschale ohne eine Scharte zu finden. »Komm mal her und sieh dir das an!« So vertraut miteinander, so viel Spaß! Natürlich könnte sie den Stand alleine führen, aber es war nicht das gleiche: Sie hatte es versucht, und wenn sie hinterher alles zusammenpackte und die Kisten zurück in ihre leere Wohnung schleppte, hatte sie sich schrecklich einsam gefühlt.

Der Einsatz für die Umwelt half ihr über diese Zeit hinweg. Als Schriftführerin ihrer örtlichen FoE-Gruppe hielt sie Verbindung mit anderen Gruppen, sie stand auf Adressenlisten für Meetings. Wenn sie ihre E-Mails öffnete, hatte sie viel Post.

Im Rückblick dachte Buffy jetzt, daß jene Tage in den Achtzigern noch recht unschuldig gewesen waren, verglichen mit dem, was sich jetzt abspielte. Sie war Friends of the Earth beigetreten, bevor genetische Manipulation in aller Munde war, vor BSE, bevor Dolly geklont worden war oder das Wetter sich so alarmierend zu verändern begann.

»Wir ruinieren unser Klima, William«, sagte sie zu ihm. Warum konnte er das nicht einsehen?

Seit kurzem jedoch waren es nicht nur – nur! – der unaufhörliche Regen und die Fernsehbilder von sturmgepeitschten Küsten und gebrochenen Dämmen, die Buffy nachts wach hielten. Ihr Körper, den sie seit Jahrzehnten wenig beachtet hatte, machte auf verschiedene beunruhigende Art und Weise auf sich aufmerksam. Selbst ohne ein heißes Getränk vor dem Schlafengehen – und ihr fehlte der tröstliche Kakao – mußte sie dauernd nachts aufstehen. Als sie Weihnachten bei William übernachtete, mußte sie in den frühen Morgenstunden zum Badezimmer stolpern und fürchten, ihn durch die Spülung aufzuwecken – nicht einmal, sondern zweimal. Sehr peinlich, obwohl er natürlich zu wohlerzogen war, um es zu erwähnen.

Jetzt – o Graus – litt sie an Verstopfung. Sie hätte nie gedacht, daß sie eine Flasche Senakot anschauen würde, als wäre sie ein Freund, aber so war es. Selbst das wirkte nicht immer. Und ihre Kleider waren ihr unbequem, mehr als gewöhnlich nach Weihnachten. Sie mußte sich damit abfinden, ihre Röcke in der Taille nicht zuknöpfen zu können, und wenn sie von ihren Kursen nach Hause kam, konnte sie es kaum erwarten, die Füße hochzulegen. Auch mit ihren Füßen stimmte etwas nicht – selbst die breiteste Größe mußte gedehnt werden. Sie fror viel leichter: Wenn sie samstags am Stand saß, mußte sie sich wärmer anziehen und sich eine Decke über die Knie legen. Und auch mit ihren Knien war etwas nicht in Ordnung – oh, wie mühsam war es, die Treppe zu ihrer Gesangsstunde oder die Stufen zu ihrer Wohnung hinaufzusteigen.

Kurz und gut, meine Gute, sagte sie sich an diesem Morgen und kämpfte sich in ihre Strumpfhosen, kurz und gut, du bist nicht mehr so, wie du mal warst. Nicht, daß es früher so weltbewegend gewesen wäre.

Sie stand auf und zerrte eine Strumpfhose, 60 den, von

Marks & Spencer über ihr pralles Hinterteil. Die Vorhänge waren noch zugezogen; die Nachttischlampe warf ihren Schein über das Zimmer und reflektierte im Spiegel des Kleiderschranks den Deckenhaufen, das Teetablett, die *Antiques Review*, die kalte Wärmflasche und Buffy beim Ankleiden. Plötzlich sah sie sich und war einen Moment lang entsetzt. So sah sie doch sicher nicht aus! Ihr Bauch war doch noch nie – und auch jetzt nicht – so dick! Sie ging schnell zur Schranktür, um sie zu öffnen und ihren Rock und die Strickjacke herauszuholen. Im großen und ganzen betrachtete sie diesen Spiegel als Freund. Natürlich zeigte er ihr, in der vertrauten Umgebung ihres Schlafzimmers, eine unendlich schmeichelhaftere Version ihrer selbst als die in der rundum verspiegelten Kabine eines Kaufhauses, wo man, ehrlich gesagt, besser nicht hineinsah, bevor man die Kleider anhatte. Sich von allen Seiten zu sehen, unter diesem erbarmungslosen Neonlicht …

Buffy zog den Reißverschluß ihres Rockes zu, so weit es ging. Den Knopf des Rockbunds konnte sie vergessen – wieso war sie so fett geworden?

»Ich habe mich immer als mittelgroß betrachtet«, sagte sie laut und zog über dem Thermo-Unterhemd ihre Nadelstreifenbluse an, darüber die graue Kaschmirjacke. Dann warf sie die Tür wieder zu und betrachtete sich noch einmal. So – das war schon besser, das war gar nicht so schlecht. Mit Kaschmir konnte man nichts falsch machen, auch nicht mit Grau und silbernen Ohrringen. Sie bürstete ihr Haar, befestigte ihren Knoten mit der Schildpattspange, legte ihre Perlenkette um, die sie seit etwa einem Dutzend Jahren täglich trug – macht nichts, sie ist klassisch, und klassisch paßt zu dir – und steckte die Ohrringe an. Wenn sie ihr Make-up aufgetragen hatte, könnte sie sich der Welt zeigen. Aber erst nach dem Frühstück, ihr Magen knurrte schon.

Sie zog die Vorhänge zurück und sah hinaus auf die verregnete Straße. Halb neun an einem Mittwoch morgen, und London ging zur Arbeit, wie auch Buffy es vierzig Jahre lang getan hatte, stand Schlange an der Bushaltestelle, kämpfte sich durch die U-Bahn – nie, nie wieder –, kaufte sich in der Mittagspause seine Mohnbrötchen mit Weichkäse in der Sandwichbar, aß sie an seinem Schreibtisch bei einem Roman von Anita Brookner – von der sie nie wieder etwas lesen würde! – und hämmerte jahrein, jahraus auf Remingtons, Adler, Olivettis ein, in den Tagen, als Olivetti noch wie etwas klang, das man in Islington zum Lunch essen würde. Stenogramme aufnehmen und abtippen für alle diese Männer – Bauinspektoren, Anwälte, Häusermakler, Versicherungsagenten. Keiner von ihnen hatte sie einmal eingeladen. Nein, das stimmte nicht. Es gab Einladungen zum Lunch an Geburtstagen – *deren* Geburtstag – und manchmal zu einem schnellen Drink am Ende eines Tages. Alles in allem jedoch – nein. Mr. Lawson, für den sie in ihren letzten zehn Jahren im Sattel eine recht gute persönliche Assistentin gewesen war: Er war nett gewesen, der einzige, der sie jemals gefragt hatte, wann sie Geburtstag hatte, obwohl er es gleich im nächsten Jahr vergessen hatte. Aber er führte selbst ein alles andere als flottes Leben, das sah man ihm an. Fünfunddreißig Jahre hin und zurück von Haywards Heath: Was war das für ein Leben für einen Mann?

Aber das alles lag längst hinter ihr, und wenn sie unten das Gewimmel von Notting Hill sah, wo der Schnee längst geschmolzen war und der Regen niederprasselte, war Buffy froh. Sie beobachtete den Ansturm auf die Zeitungshändler, die Hetze die Treppen hinunter zur U-Bahn, das triefendnasse Warten auf den Bus, und dann trug sie ihr Tablett und die kalte Wärmflasche durch die kleine Küche, schaltete das Radio an und kochte sich ein wunderschönes Ei von freilaufenden Hühnern.

Mittwochs war Choralsingen: himmlisch.

»Blest pair of sirens, pledges of heav'ns joy …«, sang Buffy beim Geschirrspülen.

Die Probe begann um zwei, und hinterher tranken sie alle zusammen Tee im Untergeschoß. Die eleganten, miteinander verbundenen Häuser am Queen Square, die das Mary-Ward-Seniorenzentrum beherbergten, gehörten sicher zu den segensreichsten Einrichtungen Londons. Vom Künstleratelier im obersten Stockwerk bis zum vegetarischen Café im Erdgeschoß platzte es aus allen Nähten von Leben und Aktivitäten. In der Klasse für kreatives Schreiben konnte man den Chor hören; auf der Treppe – breit, niedrig, aber ehrlich gesagt, anstrengend – roch man Ölfarben und Frischgebackenes. Im Frühling sah man Lernbehinderte zufrieden Petunien eintopfen; und wenn man im Sommer bei weitgeöffneten Fenstern über den Innenhof ging, wehten die Klänge von Klavier und Blockflöte herüber. Man lernte Französisch und Italienisch; man konnte online Englisch als Zweitsprache studieren und erhielt kostenlose juristische Beratung. Die Mädchen am Empfang waren nett und lächelten, die Tutoren waren freundlich.

Dann und wann verirrten sich ein paar melancholische Studenten in eine der Veranstaltungen. Sie kamen von einem nahe gelegenen College der London University, wo man das Studium ernster nahm. Einer der am schwermütigsten aussehenden Männer, die Buffy je in ihrem Leben gesehen hatte, erwies sich auf der Weihnachtsfeier als Student von Psychoanalyse & Literatur. Er begann, über Freud zu sprechen, und sie ergriff die Flucht.

»Where the bright Seraphim, in burning row,/ Their loud, uplifted angel-trumpets blow …«, sang sie jetzt beim Abwaschen des Frühstücksgeschirrs. Sie stellte Eierbecher und Untertasse in den Schrank und ging ins Wohnzimmer.

Informationsmaterial türmte sich auf dem Schreibtisch, Flugblätter auf der einen Seite, Umschläge auf der anderen, Briefmarken und die lange Liste mit Namen und Adressen in der Mitte. Das würde sie bis zur Mittagszeit beschäftigen, keine Frage. Und danach würde sie sich auf den Weg machen, trotz des Regens.

Sie räumte ein wenig auf und setzte sich an den Schreibtisch.

Gewächshäuser, die Gase ausströmen – beunruhigt Sie das nicht?

Buffy saß im Lampenschein ihres kleinen Westlondoner Wohnzimmers mit den altrosa Wänden und aufgeschüttelten Sofakissen, leckte an den Umschlägen und klebte sie zu. Das Schlafzimmer war nicht groß und Küche und Bad nahezu winzig, aber das Wohnzimmer mit seinem bequemen Sofa vor dem Fernseher und den Porzellantellern an der Wand, mit Mutters

Intarsienschreibtisch und dem Sutherlandtisch an der Wand – die Einrichtung hier drinnen, dachte Buffy, während sie eine Adresse in Shropshire schrieb, könnte wesentlich schlechter aussehen.

Die übermäßige Verbrennung von Öl, Gas und Kohle treibt die Temperatur unseres Planeten unerträglich in die Höhe.

Würden sie in Shropshire überhaupt begreifen, wie schlimm die Situation war? fragte sich Buffy, als sie den Umschlag auf den Stapel legte. In Herefordshire waren die Überschwemmungen schrecklich gewesen – vor zwei Jahren war eine ganze Schweinefarm ertrunken. Aber in Shropshire? Sie dachte an eine weniger dramatische Gegend, sanfter, nicht so uralt und wohlhabender.

Der Kampf gegen die Kohlenstoff ausstoßenden Unternehmen hat begonnen …

Buffy griff nach dem nächsten Umschlag und strich die letzte Adresse durch. Wo war sie jetzt? Northumberland. Kahle zerklüftete Hügel, Schafe zusammengekauert in Schneeverwehungen, graue steinerne Farmhäuser, dickwandige Scheunen. Das war das Angenehme an Versandlisten – in einer unbeschwerteren Gemütsverfassung konnte man an einem einzigen Morgen durchs ganze Land reisen.

Der Regen klatschte in ihre Blumenkästen, aus denen die ersten Keime der Krokusse und Narzissen hervorschauten.

»Hymns devout and ho-ly, devout and ho-ly psalms«, sang Buffy und hob das klingelnde Telefon ab.

»Guten Morgen, Buffy.«

»William.« Sie legte den Stift aus der Hand. »Wie nett, daß du anrufst.«

»Scheußlicher Morgen.«

»Nicht wahr? Ich gehe gerade meine Adressenliste für Treibhausgas-Emissionen durch.«

»Ach, ich störe dich.«

»Nein, nein«, beteuerte sie schnell, »das habe ich nicht gemeint. Wie geht es dir?«

»Gut. Sehr gut. Ich wollte dir nur sagen, daß sie angekommen ist.«

Für einen Moment, mit dem Kopf voll von fossilen Brennstoffen und dem Gipfeltreffen in Kyoto, wußte Buffy nicht, was er meinte.

»Die Untermieterin«, sagte William. »Das Mädel aus Shropshire. Sie ist gestern abend angekommen. Sie gefällt mir sehr gut.«

»Oh.«

»Sie ist alles andere als eine Londonerin, aber ich glaube, sie wird sich ganz gut anpassen. Danny mag sie. Sie sagt, an Hunde sei sie gewöhnt.«

»Oh. Gut.«

»Ich werde sie wahrscheinlich später ein wenig herumführen, damit sie sich zurechtfinden kann.«

»Das ist eine gute Idee.«

Sie klopfte mit dem Kugelschreiber auf der Löschpapierunterlage herum, während sie die Neuigkeit auf sich einwirken ließ. »Erzähl mir ein bißchen mehr über sie.«

»Nun also«, begann William einigermaßen begeistert, »sie ist ein erfreulicher Anblick. Groß und offenbar ziemlich sportlich. Sie ist viel radgefahren. Kurzes dunkles Haar, frische Gesichtsfarbe – ich weiß nicht, was sonst noch. Aber nett anzusehen, ein bißchen jungenhaft.«

»Jungenhaft«, sagte Buffy.

»Irgendwie. Vielleicht ist das nicht das richtige Wort – sie ist durchaus nicht maskulin.« Er lachte kurz. »Wenn Claire hier wäre, würde sie sagen, ich bin auf Geschlechterrollen fixiert.«

»So was sagt sie also heutzutage? Kein Wunder, daß sie unglücklich ist.« Buffy hörte, daß ihre Stimme etwas scharf klang.

»Alles in Ordnung?« fragte William.

»Ja, bestens.«

»Du klingst nur ein bißchen …«

»Mir geht's gut. Vielleicht sollte ich jetzt weitermachen – ich muß das Zeug zur Post bringen, und heute nachmittag habe ich Chorprobe.«

»Wie tüchtig du bist! Ich will dich nicht länger stören. Ich seh dich am Samstag. Ich habe ein sehr hübsches Milchkännchen samt Zuckerdose gefunden.«

»Sehr gut«, sagte Buffy und legte den Hörer auf. Sie griff zum nächsten Handzettel.

Die Eiskappen im Nordpolarmeer schmelzen schnell ...

Sie steckte ihn in den Umschlag für Northumberland und klebte eine Marke darauf. Von dem Leim wurde ihr allmählich etwas übel – sie müßte eines dieser Schwämmchen in der Dose haben. Nun, sie hatte keins. Sie drehte sich in ihrem Stuhl, um ein wenig Luft zu holen. Der Regen fiel schneller, und der Himmel war pechschwarz. Sie knipste noch eine Lampe an. Lampenlicht am Morgen – welche Verschwendung, und das alles trug dazu bei. Die Eiskappen schmolzen, und sie, die sich darum Sorgen machte, benutzte bei Tag elektrisches Licht. Es war ein Teufelskreis.

Buffy erhob sich und schaltete die Lampe neben dem Sofa an. Das war etwas besser. Aber, oh – wie ruhig es hier oben war! Nur der fallende Regen, das Ticken von Mutters Standuhr. Sie sah auf ihren Schreibtisch mit dem Stapel schrecklicher Nachrichten. Als sie zu ihm zurückging, erblickte sie sich im Spiegel über dem Sutherlandtisch und sah eine Person, die ohne ihren Lippenstift so grau aussah, daß man ihr keinen zweiten Blick gönnen würde. Sie leckte sich die Lippen, die trocken vom Briefmarkenleim waren.

»Ich war doch eben noch ganz glücklich«, sagte sie laut.

»Where the bright Se-ra-phim, in burn-ing row,/Their loud, uplift-ed an-gel Trum-pets blow ...«

Ihre Stimmen stiegen in den hell erleuchteten oberen Raum; das Klavier triumphierte; der Regen blies über den Queen Square.

»Oh, may we *soon* again re-*new* that *song*,/and *keep* in tune with Heaven ...«

Michael, ihr junger Dirigent, war ekstatisch und riß sie mit.

Doch dieser Teil war wie der Anfang achtstimmig, und Buffy begann zu stocken:

»To live with *Him* ...«

Ein Ais oder einfach ein A? Was es auch war, sie schaffte es nicht.

Und sie gab auf und ließ die Stimmen um sie herum zuversichtlich und freudig zur Decke aufsteigen.

»And sing in end-less *morn*, in/*end*-less *morn* …«

»Gut!« sagte Michael und sah auf seine Uhr. »Das war's – gut gemacht, wir sehen uns nächste Woche wieder.« Und alle strömten hinunter ins Café.

»Ein solches *Labsal!«* sagte Sylvie Strauss, die neben Buffy in der Schlange vor der Theke stand. »Lieben Sie nicht auch Parry?« Sylvie war aus New York und war in den siebziger Jahren nach London gekommen, als ihr Mann den Standort seiner Firma gewechselt hatte, und sie hatte sich sofort in die Stadt verliebt. Der arme Ray war 1992 gestorben, aber sie hatte hier ein schönes Leben und dachte kaum noch daran zurückzukehren.

»Ich mag ihn auch«, sagte Buffy und nahm sich ein Stück Karottenkuchen. »Aber ich fürchte, die achtstimmigen Passagen schaffe ich nicht ganz.«

»Sie sind ein zweiter Alt? Ich finde, der ist auch schwieriger. Ganz vorne bei den ersten – da sind wir ja auch zahlenmäßig etwas stärker. Ich nehme einen Earl Grey, bitte«, sagte Sylvie zu dem Mädchen hinter der Theke. »Nur einen Schluck Milch, so ist's richtig, vielen Dank.«

Sie trugen ihre Tabletts zu den letzten freien Fensterplätzen. Dorothy und Stanley waren schon dort, sie hatten ihre Regenmäntel über die Stuhllehnen drapiert; alle Tische um sie herum füllten sich, sie hörten die Eingangstür auf- und zuschlagen und das Donnern der Füße treppauf, treppab auf den teppichlosen Stufen. Stanley, der früher in den städtischen Parkanlagen von Camden gearbeitet hatte, blieb noch zum Volkstanz; er hatte schon am Morgen die Zeichenklasse nach lebendem Modell bei Elsbeth Fermor, einer Absolventin der Slade School, besucht. Er öffnete seine Schultertasche, legte sie auf den Tisch und steckte seine Noten hinein. Buffy sah flüchtig eine Schachtel mit Bleistiften, eine Blockflöte, einen Zeichenblock und einen Haufen Kassetten. Mit einem Schwung zog er den Reißverschluß zu und machte Platz für die Teetassen.

»So ein lieber alter Knabe«, hatte Buffy zu William gesagt, als sie an Weihnachten, auf dem Heimweg von der Mitternachtsmesse unter seinem Schirm, die verschiedenen Chormitglieder beschrieb. »Hat mit vierzehn die Schule verlassen, sein ganzes Leben bei jedem Wetter draußen gearbeitet, nie geheiratet, sich nie viel gegönnt – und jetzt können wir uns alle ein Beispiel an ihm nehmen.«

»Klingt großartig«, sagte William und schloß die Haustür auf, »genau wie du, meine Liebe. Wie wär's mit einem kleinen Schlaftrunk, bevor wir gute Nacht sagen?«

Sie saßen mit ihrem Brandy gähnend vor dem langsam brennenden Feuer.

Na gut, dachte Buffy jetzt, und schüttelte Süßstoff in ihren Tee. Na gut. Ist ja egal.

Der Regen hatte aufgehört, doch das Licht verblaßte; sie sah hinaus auf den dunkler werdenden Square und das Hin und Her der Studenten auf der Straße. Eine Gruppe junger Italiener stand rauchend auf der Treppe: Sie waren geschmeidig und dunkel und modisch, legten einander lässig die Arme um die Schultern, drückten ihre Zigaretten aus, lehnten lachend an dem nassen Geländer.

»Alles in Ordnung?« fragte Dorothy, der älteste Sopran im Chor.

Buffy drehte sich zu ihr um, sah ihren gütigen Blick.

»Sind nicht ganz Sie selber heute, wie?«

»Mir geht es ausgezeichnet«, sagte Buffy und riß sich zusammen. Das stimmte ja auch, wieso denn nicht? »Und ich muß jedem von Ihnen eins von denen hier geben.« Sie kramte in ihrer Tasche nach den Flugblättern, fegte die Krümel hinunter und legte sie auf den Tisch. »Bitte nehmen Sie eins – ich starte eine neue Kampagne.«

Mitten zwischen den Teetassen stieg aus brennendem Öl eine giftige Rauchwolke zum Himmel empor. Erstickender dunkler Qualm zog über einen winzigen Mond.

12

Er hatte sie auf dem Bahnsteig erwartet. Sie erkannte ihn sofort, als die U-Bahn einfuhr: Der hochgewachsene, grauhaarige, wohlproportionierte Mann im Wintermantel und elegant gebundenem seegrünen Schal, der an dem grauen Nachmittag mit dem munteren kleinen Dackel an der Leine wartete. Und William sah, bei auf- und zuschlagenden Türen, eine magere junge Frau in Jeans und schwarzer Wollmütze, die eine Nylonreisetasche heraushob und mit großen Schritten auf ihn zuging – natürlich, das mußte sie sein, wer sonst? Er wartete, die nervöse Anspannung, die er den ganzen Morgen über verspürt hatte, wich sofort seiner angeborenen Höflichkeit.

»Miss Harper?« Er streckte ihr seine lederbehandschuhte Hand entgegen.

»Die bin ich.« Sie sah frisch und gesund aus, und sie hatte einen festen Händedruck, nicht wie ein zimperliches Mädchen.

»William Harriman. Guten Tag, wie geht es Ihnen?«

»Guten Tag, Mr. Harriman, danke, gut.«

»Darf ich Ihnen Ihre Tasche abnehmen?«

»Nein, nein, das ist nicht nötig. Ich bin es gewohnt, schwere Sachen zu schleppen.«

Sie erblickte Danny, der aufmerksam und mit glänzenden Augen zu ihr aufsah. »Hallo.« Sie bückte sich und tätschelte ihn, während Leute an ihnen vorbei zum Ausgang gingen und der Zug wieder abfuhr. »Du bist ein netter Kerl.« Danny stellte die Ohren auf und bellte kurz, nur einmal.

»Er freut sich über Besuch«, sagte William. »Er ist aber kein Kläffer.«

»Das ist gut.« Sie richtete sich wieder auf, und sie gingen den Bahnsteig entlang. »Dort, wo ich herkomme, gibt es jede Menge Kläffer.«

»Sie haben Hunde zu Hause?«

»Nein, nein, nur Mamas Goldfisch. Ich meine im Hundemuseum. Bei Ihren Cousinen.«

»Ach so, natürlich«, sagte William. »Davon müssen Sie mir erzählen.«

Sie verließen die Station und gingen die baumgesäumte Straße entlang. Janice sah sich um, betrachtete aufmerksam die hohen, gut erhaltenen Häuser mit den gepflasterten Gartenpfaden, den Blumenkästen vor den Fenstern und den lackierten, schweren Haustüren. Sie öffnete den Mund, um zu bemerken, wie vornehm es hier sei, aber sie machte ihn wieder zu.

»Und hier sind wir«, sagte William und nickte nach der Querstraße am Ende. Janice sah die glänzende Reihe der Pfeilspitzengeländer, die Treppen, die winterlichen Flieder- und Tulpenbäume.

»Wow«, entfuhr es ihr.

»Unser Haus ist das mit der schwarzen Eingangstür und der Magnolie.« William zog Danny bei Fuß. »Die sieht im Frühjahr prächtig aus.«

»Das kann ich mir vorstellen.«

Der Januarnachmittag wurde dunkler; die Lichter gingen an.

»Zeit für den Tee«, sagte William und zog seine Schlüssel heraus.

»Klingt gut.« So klang es auch – nicht nur die Aussicht auf Earl Grey in feinem Porzellan, das hatte sie sich genauso vorgestellt, sondern allein schon der Satz: so präzise und kultiviert. Sie hörte im Geist ihre Mutter über den ganzen Garten herüberschreien – »Janice, dein Tee steht auf dem Tisch!« Sie sah Mary Harriman zwischen Dosen mit Hundefutter in der braunen Emaillekanne rühren. Als sie die Stufen hinaufstieg, erhaschte sie durch das glänzende hohe Fenster einen Blick auf Kaminfeuer und einen riesigen vergoldeten Spiegel in der Tiefe eines endlosen Raums.

»Mögen Sie Muffins?« fragte William und schloß die Tür auf.

Er zeigte ihr ihr Zimmer und erklärte, daß es das seiner Tochter gewesen war, beide Kinder hatten hier im Dachgeschoß des Hauses geschlafen, nachdem sie aus dem Babystadium heraus waren.

»Claire hat jetzt natürlich ihre eigene Familie«, sagte er, während er die weißgestrichenen Schranktüren öffnete. »Aber sie hat noch ein paar ihrer Sachen hiergelassen.«

Da war ein kleines Regal mit Büchern und ein anderes mit Trachtenpuppen – ein prächtiger spanischer Tänzer mit einem

Fächer und ein Highlander mit Dudelsack, Kilt und winziger Felltasche. »Ich erinnere mich noch, wie ich sie kaufte«, sagte William, der Janices Blick folgte. »Zu ihrem zehnten Geburtstag – wir verbrachten ihn in einem Haus an einem Loch an der Westküste. Ein schöner Sommer – bis auf die Mücken natürlich.« Er schloß die Schranktüren. »Hoffentlich haben Sie genug Platz für alles. Kommen Sie herunter, wenn Sie fertig sind – es hat keine Eile.«

»Danke.« Janice hörte ihn langsam wieder hinuntergehen und über den breiten Flur, wo sich, er hatte es ihr gezeigt, sein Zimmer, das Gästezimmer – »Es war das Nähzimmer meiner Frau« – und das Bad befanden. »Unten ist eine Garderobe«, fügte er hinzu, »wir werden uns also nicht allzusehr im Weg sein.« Sie hörte ihn zu Danny murmeln, und dann konnte sie nichts mehr hören, als sie hinunterstiegen zu dem, was sie zu Hause ein Kellergeschoß nannten, was aber William als »das Unterirdische« bezeichnete.

Sie stand in dem Dachzimmer und sah sich um. Er hatte einen kleinen Strauß Schneeglöckchen auf die Kommode gestellt: Sie roch daran, und sofort fühlte sie sich zurück in die Waldlandschaft von Shropshire versetzt. Ein Kinderzimmerteppich lag vor dem Bett – dicke Baumwolle in Hellblau und Weiß mit einer Borte von Tieren, die in die Arche gingen, wieder und immer wieder. Das Bett selbst stand unter der Dachschräge, weiß und schmal mit einem hellblauen Quilt und einer Nachttischlampe auf einem weißgestrichenen Schränkchen. Auf der Fensterbank stand ein Benjamin Bunny aus Porzellan, mit seiner Tam-O'Shanter-Pudelmütze, dem rotgepunkteten Halstuch und seiner Zwiebelschnur. Beatrix Potter hatte auch zu Janices Kindheit gehört. Auch die Vorhänge am Fenster hatten ein Tiermuster: Pandas auf himmelblauem Chintz, die Bambus mampften.

Janice, dreiundzwanzig Jahre alt, ein Mädchen vom Lande, selbständig, doch unerfahren im Reisen, stand im Zimmer einer anderen Kindheit und war verwundert, daß William sie hier untergebracht hatte anstatt in dem leerstehenden Nähzimmer. Wie seltsam, einer Fremden das alte Zimmer seiner Tochter zu geben, wenn es nicht sein mußte. Vielleicht dachte er, es sei tröstlich. Man sollte keinen Trost nötig haben, wenn man dreiundzwanzig war. Aber irgendwie doch.

Sie trat ans Fenster zur Straße. Der Himmel war jetzt ganz dunkel, und sie konnte an ihm, wohin sie sich auch wandte, den Natriumschein der City sehen. Durchs Fenster ihres Zimmers in Curlew Gardens hatte sie im Winter nur die Schwärze der leeren Felder jenseits der Straße und manchmal auch die Sterne gesehen. Die Umgehungsstraße dahinter war nachts unbeleuchtet und die Straßenlaternen von Shrewsbury weit weg. Hier, selbst in diesem abgelegenen Stadtteil, drängte sich ihr die ungeheure Größe Londons ins Bewußtsein.

Konnte man sie auch hören, die City? Sie öffnete das Fenster und lehnte sich hinaus. Nur ein Zug, der aus der Station hinausratterte; als er fort war, war es totenstill. Außer – sie lauschte. Ja, da war er wieder, der leise, hohle Schrei einer Eule. Eine Londoner Eule, das gab ihr ein heimatliches Gefühl. Sie lauschte, aber die Eule rief nicht noch einmal, und es wurde kalt. Sie schloß das Fenster, zog die lustigen Pandas davor, zurrte den Reißverschluß ihrer Tasche auf und legte ihre Lycra-Leggings und Wandersocken in Claires alte Kommode.

Sie tranken Tee am Kamin, und die Muffins wurden, wie es sich gehörte, in einer silbernen Muffinschüssel mit Deckel serviert.

»Nur zum Vergnügen«, sagte William. »So lebe ich nicht jeden Tag.«

»Ach so. Danke.« Janice bediente sich. Sie saß auf der Kante eines Kaminsessels, dessen Federung längst hinüber und dessen Bezug ausgefranst und schäbig war. Er war das einzige im Haus, das sie an die Cousinen erinnerte, obwohl die Bezüge hier offensichtlich einmal sehr gut gewesen waren. Sie strich Erdbeermarmelade auf ihren Muffin, lehnte sich ein wenig zurück und sah sich um. Weil sie so groß war, kam Janice sich in Häusern meist riesig vor – in Curlew Gardens mußten sie einander immer ausweichen, und wenn sie sich alle drei im Wohnzimmer aufhielten, wurde es ihnen zu eng. In Erics Hütte … sie weigerte sich, daran zu denken. Bei Albert mußte sie sich auch unter den Türen ducken, im Cloud Nine war die Küche winzig. Im Hundemuseum – na gut, es war voller Hunde. Aber hier …

»Keine Butter?« fragte William.

»Ich bin doch Veganerin«, sagte sie, »deshalb wollte ich auch keine Milch.«

»Oje«, sagte William. »Oje. Ich fürchte, ich weiß nicht viel über Veganer. Ich habe mich mit dieser Sicht der Dinge nie auseinandergesetzt.«

»Macht nichts«, sagte Janice und fragte sich, ob in den Muffins Molke war. Na ja, sie konnte jetzt nicht bitten, die Verpackung zu sehen, nicht wo sie gerade erst angekommen war. »Wir werden sicher keine Probleme damit haben.«

»Aber …« Er beobachtete sie, wie sie milchlosen Earl-Grey-Tee aus einer rosa-grünen Mintontasse trank: sein Lieblings-Teeservice. »Wie sollen wir …« Er würde über jede Zutat nachdenken müssen. Was sollte er ihr zum Abendbrot anbieten? Er hatte den ganzen Morgen in der Küche verbracht und gerade einen Leber-und-Speck-Auflauf in den Backofen geschoben. »Ich werde alt und vergeßlich«, sagte er. »Ich will es nicht wahrhaben, aber mein Gedächtnis läßt mich manchmal im Stich.«

Er sah so bekümmert aus, daß Janice schnell sagte: »Bitte – bitte machen Sie sich keine Sorgen. Ich erwarte nicht, daß Sie für mich kochen. Und ich habe mir für den Anfang etwas von diesem Zeug mitgenommen.«

»Zeug?« fragte William und griff nach der Teekanne.

»Sojamilch. Sojaprotein und Aufstrich.«

»Aber ist das nicht alles …« Er schenkte ihnen beiden noch einmal Tee ein und dachte dabei sofort an Buffy. »Ist das nicht alles genetisch manipuliert?«

»Nicht alles. Es steht auf den Etiketten: GM-frei. Wo liegt hier der nächste Bioladen?«

William hatte keine Ahnung.

»Ich werde ihn schon finden«, sagte Janice. »Irgendwo muß es ja einen geben.«

»Die Gewißheit der Jugend.« Er hob den Deckel von der

Muffinschüssel, wie seine Mutter es seine ganze Jugend hindurch getan hatte. »Nehmen Sie noch einen.«

»Nein, danke, ich habe genug.« Sie lehnte sich im Sessel zurück, der erstaunlich bequem war, und ließ das Zimmer auf sich einwirken. Eingebaute Bücherschränke, voll mit gebundenen Büchern; sanft beleuchtete Nischen mit Teetassen, Untertassen, Milchkännchen und Kaffeekannen; ein geschnitzter eichener Eckschrank, ein von Papieren überquellender Schreibtisch, ein abgenutztes Sofa, der Kamin mit der Standuhr und den Kerzenständern, dunkle, gewebte Teppiche über einem alten, hellen Teppichboden, das flackernde Feuer, die schweren Vorhänge – und die Höhe dieser Fenster, diese Geräumigkeit! Sie sah sich langsam von einem Ende zum anderen gehen, beim Bücherschrank stehenbleiben, ganze Nachmittage lesend auf dem Sofa verbringen mit all dem Raum und der Stille um sie her. Es war, als könne man in einem solchen Raum sein ganzes Bewußtsein erweitern, auf eine Art, die sie bisher nur geahnt hatte, wenn sie im Sommer mit dem Rad über die Hügel gefahren war, wo sich unter ihr das Tal erstreckte und der Himmel so groß. Sie setzte ihre Tasse ab und war plötzlich in Hochstimmung.

»Noch Tee?« fragte William, der sie beobachtete.

»Nein danke, ich habe genug«, sagte sie wieder.

Auf dem Kaminteppich zwischen ihnen zuckte Danny ein wenig im Schlaf, dann noch einmal. Sie beugte sich herunter und tästchelte ihn, und er öffnete zufrieden ein Auge.

»Kommt mir komisch vor, nur einen Hund zu haben.«

»Ach so, dieses Museum«, sagte William. »Erzählen Sie mir davon.«

Sie begann. Sie erzählte von den baufälligen Hütten mit ihrer ungewöhnlichen Einrichtung: den Jagdszenen, den dramatischen Rettungen und den Helfern im Haushalt, den farbenprächtigen Hintergrundmalereien in den Nischen und den riesigen ausgestopften Spielzeughunden mit ihren Führern: Jäger, Hausfrau – taube Hausfrau, fügte sie hinzu –, Zirkusdirektor, Eskimo. Sie beschrieb den riesigen Bernhardiner mit seiner Filzzunge, den buschigen Ohren und dem Brandyfäßchen, der den gestürzten Bergsteiger in einem Haufen Polystyren-Schnee bewachte, und die brennende afrikanische Steppe hinter der ertrinkenden Tochter.

»Und *Ernie* hat das alles gemacht?« fragte William und setzte seine Teetasse ab. »*Ernie?*« wiederholte er.

»Ja, wirklich«, sagte Janice. »Vor langer Zeit. Jetzt wohnt er in einem heruntergekommenen alten Wohnwagen draußen im Hof.«

Und sie erzählte ihm von den Ställen, dem provisorischen Hundezwinger, den zahllosen Hunden draußen am Maschendrahtzaun, die sie, zusammen mit den Haushunden, spazierenführte ...

»*Wie* viele?« unterbrach William sie. »Wie viele insgesamt?«

»Ungefähr vierzig? Fünfzig? Es wechselt dauernd, sie kommen und gehen, sie sind immer auf der Suche nach einem Heim für sie, jede Woche bringen sie eine Anzeige im *Shropshire Star* in der Haustier-Kolumne.«

»Wer bezahlt das denn?«

»Weiß der Himmel. Sie sparen es sich vom Munde ab, von der Rente der drei. Und im Sommer bekommen sie Besucher. Wir haben eine Anzeige oben im Cloud Nine aufgehängt.«

»Cloud Nine?«

Sie beschrieb ihm auch das Café oben auf der Höhe, aber nur kurz, denn er war natürlich mehr interessiert an den armen alten Verwandten, die in diesem Moment die Hühner für die Nacht einsperrten und die Haushunde zu einem letzten Auslauf über den Feldweg herausließen.

»Sie führen doch diese Hunde nicht alle auf einmal aus?«

»Nein, nein, schichtweise.«

»Und alle waren Streuner?«

Sie sah, wie er versuchte, sich das Ganze vorzustellen. »Hauptsächlich. Einige sind dort geboren – es ist teuer, sie kastrieren zu lassen, und außerdem ...«, sie hielt inne, als sie sich an einen Morgen im letzten Frühjahr erinnerte, als Ernie herausgekommen war, um sie zu begrüßen, und die sanften Gesichter zweier Welpen unter seinem Jackett hervorschauten. Sie hatte ihn noch nie so glücklich gesehen.

»Sie können wohl den Welpen nicht widerstehen?« erriet William. Er schüttelte den Kopf. »Oje, oje. Und wie sieht das Haus jetzt aus?«

Janice war noch nie oben gewesen, sie konnte nur erraten, wie die Schlafzimmer aussahen, und an das Bad mochte sie gar nicht erst denken. Sie schilderte ihm die Küche, den Haufen Hunde, die vor dem Kamin schnarchten, Mary, die unmögliche Kleidungsstücke im Spülbecken wusch, Sophie, die die Fliesen wischte. Die Wände waren schief, und die Farbe war abgeblättert; dann und wann erblickte man ein Huhn, das auf einem Stapel Lokalzeitungen nistete, und auf den Abflußbrettern wimmelte es von Silberfischchen.

»Barmherziger Himmel«, sagte William. »Du meine Güte.«

»Sophie hat versucht mir zu erklären, wie Sie miteinander verwandt sind«, sagte Janice und streichelte Dannys Hinterbacken mit ihrem Fuß. »Aber leider hab ich es nicht so richtig kapiert.«

»Da sind Sie nicht die einzige«, sagte er. »Irgendeine entfernte, uralte Verbindung – ich fürchte, ich habe mich nie für die genauen Verwandtschaftsverhältnisse interessiert. Doch wie dem auch sei ...« Er lächelte ihr von der anderen Seite des Kamins zu. »Hier sind Sie nun, meine Liebe, durch eine seltsame Verkettung von Umständen. Und wie halten wir es mit dem Abendessen?«

Winter. Zur Teezeit war die ganze verflixte Welt zugeschneit. Ernie zündete draußen in seinem Wohnwagen die Paraffinlampe an und rührte in seinem Emaillebecher. Beide Gegenstände waren seit Generationen in der Familie: Sein Dad und sein Granddad hatten diese Lampe auf stockdunklen Feldwegen geschwungen, wenn sie zu gottverlassener Morgenstunde zum Melken aufbrachen und bei ihrem Schein durch vereiste Pfützen und gefrorenen Schlamm hierhin und dorthin gingen und sie in der Molkerei von Broxwood und noch vielen anderen Kuhställen an den dafür bestimmten Nagel hängten. Sie mußten hingehen, wo es Arbeit gab, wenn auch Dad das Glück gehabt hatte, sich schließlich in Broxwood niederlassen zu können. Ein anständiger, fester Job zu guter Letzt. Aber verdammt, was für ein Leben, Woche um Woche bei jedem Wetter.

Oh, das Landleben, das Landleben
Das hab ich ja so satt!
Versuch mal auf dem Land zu leben,
Dann willst du in die Stadt

Nettes Liedchen, wenn er sich auch nicht daran erinnern konnte, wo er es gehört hatte. Sicher irgendwann im Radio, und er schaltete es an und wartete bis zum Ende irgendeiner albernen Geschichte auf die Nachrichten, rauchte und trank seinen Tee. Mußte vierzig Jahre alt sein, dieser Becher, den Dad zusammen mit seinen Butterbroten zu den Farmen mitgenommen hatte und den er sich in den Häusern füllen ließ. »Vielen Dank, Ma'am.« Damals hatten sie noch Manieren.

Unter dem Tisch lag Pip zu seinen Füßen und wärmte sie; durchs Fenster konnte er über den Hof zum Haus hinübersehen, wo ein einziges Licht in der Küche brannte. Die alte Mary saß am Tisch, kratzte Futter aus den Dosen in die Näpfe und rief die Hunde. Sie setzten sich alle um sie herum, doch ihre Vorräte nahmen ab. Er beobachtete, wie sie Reste aus einem Topf herausschüttete, sie mußte sie strecken, bis sie wieder in die Stadt konnten.

Jetzt mußten sie alles selber machen. Kein fröhliches Schellen der Fahrradklingel kam mehr den Feldweg herauf, keine flotten Schritte in die Küche mit den Taschen. Kein Schwätzchen mehr, kein Krümelchen Tabak mehr für ihn.

»Warum wollte sie nur fort und wozu?« fragte er und schubste Pip mit dem Fuß. »Wir sind doch gut miteinander ausgekommen.«

William aß den Auflauf, Janice Vollweizenpasta. Er öffnete eine Flasche Wein, sie aßen in der Küche.

»Hätten Sie etwas dagegen, wenn ich rauche?« fragte sie ihn nachher, als er Kaffeebohnen in die Mühle schüttete.

Das war noch etwas, das er nicht in Betracht gezogen hatte.

Hatte sie in ihren Briefen erwähnt, daß sie rauchte? Er verschloß die Packung mit dunkelgeröstetem italienischen Kaffee und verstaute sie wieder in der Dose – eine recht hübsche Dose, Schwarz mit Gold und Zinnoberrot. »Es wäre mir lieber, wenn Sie im Schlafzimmer nicht rauchten.«

»Oh, natürlich nicht«, sagte Janice, die sich genau das vorgestellt hatte: es sich auf der blauweißen Steppdecke mit ihrer Tabaksdose und einem Buch gemütlich zu machen. »Ich rauche auch jetzt nicht, wenn es Sie stört.«

»Nein, nein. Rauchen Sie ruhig. Bitte.« Er fand einen Aschenbecher für sie und knipste die Kaffeemühle an. Der Raum füllte sich mit den angenehm vermischten Gerüchen des Auflaufs, dem Rest des ausgezeichneten Clarets, frisch gemahlenem Kaffee und Zigarettenrauch. Er beobachtete sie, wie sie sich in ihrem Stuhl zurücklehnte, an einer Selbstgedrehten zog, die sie fertig gerollt aus ihrer Golden-Virginia-Dose hervorgeholt hatte. Sie sah aus, als fühle sie sich ganz zu Hause.

»Und was haben Sie geplant?« fragte William sie, als sie mit winzigen Coalport-Kaffeetäßchen am Kamin saßen: sie waren zuletzt an Weihnachten benutzt worden, als er mit Buffy und Matthew bei Kerzenlicht an dem polierten Eßzimmertisch saß. Janice hielt ihre Tasse überaus vorsichtig; das war erfreulich, und sie hatte gute Hände, bemerkte er, kräftig und schlank, mit flachen, gepflegten Nägeln.

»Ich weiß noch nicht genau«, sagte sie und setzte die Tasse ab. »Es ist noch zu früh.«

»Ja, ja, natürlich. Keine Eile. Aber gibt es etwas Bestimmtes, was Sie morgen gerne tun würden?«

»Mich ein wenig hier im Viertel umsehen? Geschäfte anschauen?« Sie gähnte. »Entschuldigung. Vielleicht sollte ich mal in die Zeitung gucken. Eine Stellenvermittlung oder so was finden.«

»Hm, Stellenvermittlung«, sagte William. »Die Zeitung. Ja – das wird wohl das richtige sein. Ich frage mich, ob vielleicht meine Tochter … na ja, mal sehen. Noch Kaffee?«

»Ich glaube, ich werde schlafen gehen, wenn es Ihnen recht

ist.« Janice nahm einen letzten Zug und drückte die Zigarette aus. »Darf ich abwaschen?«

»Nein, nein, wir haben eine Maschine.« Er sah sie an, als sie ihre Tabaksdose nahm und aufstand. »Sie möchten doch sicher ein Bad nehmen nach einem so langen Tag. Bitte nehmen Sie sich, was sie dort oben brauchen. Haben Sie die Handtücher gefunden?«

»Ja.« Sie lächelte ihn unbefangen an. »Danke für alles. Alles ist toll.«

»Ich freue mich, daß Sie da sind. Schlafen Sie gut.«

Oben lag Janice in einem duftenden Schaumbad und sah die Dampfwolken über den bemalten Kacheln aufsteigen. Die Seife lag in einer Muschel, auf deren Rand eine lächelnde Putte saß. Die geblümte Tapete schälte sich von den Ecken, und auf dem weißgestrichenen Bücherbord neben dem Handtuchhalter stand eine Reihe dieser alten orange-grünen Penguin-Taschenbücher, die man in der Second-hand-Buchhandlung in Welshpool bekam: Hier sahen sie aus, als wären sie seit Jahrzehnten nicht angerührt worden, ihre Rücken waren fleckig vom Wasserdampf. Ein Teil der Möbel, wie der weiße Korbsessel, stammten wohl aus Claires und Matthews Kindheit.

Abgesehen von der kurzen Erklärung der Trachtenpuppen hatten sie seit ihrer Ankunft kaum über Williams Kinder gesprochen. Im Wohnzimmer standen Fotos, aber sie hatte sie nicht richtig wahrgenommen, und William hatte sie ihr nicht gezeigt. Tatsächlich hatten sie fast ausschließlich über Leute gesprochen, die er seit zwanzig Jahren nicht mehr gesehen hatte und deren Sonderbarkeit er sich bei aller Mühe kaum vorstellen konnte.

Nach weniger als vierundzwanzig Stunden konnte sie selbst sie sich kaum noch vorstellen.

Sie ließ sich von dem heißen, duftenden Wasser umspülen. Wessen Duft? Durch die Dampfwolken sah sie die hübschen Glasflaschen auf dem Rand der Badewanne. Eine alte Wanne mit kalkgefleckten Hähnen und abgestoßenem Emaille. Und ziemlich altes Badeöl, als sie jetzt näher hinsah, die Etiketten waren verblichen und die Flaschen fast leer. Ob sie wohl

Williams Frau gehört hatten? War sie nicht schon vor Jahren gestorben?

Als sie aus der Wanne stieg und sich mit einem riesigen lavendelfarbenen Badetuch abtrocknete, wußte Janice, daß die Flaschen wirklich Eve gehört hatten, die wie William bewußt nur Dinge kaufte, denen das Alter nichts anhaben konnte, die ewig hielten.

Aber seltsam, die alten Badezusätze seiner Frau aufzubewahren. Ob er – nein, sicher nicht – er benutzte sie doch nicht, oder? Erhitzt vom heißen Bad, in das Badetuch gehüllt, bückte Janice sich, um sich die Flaschen genauer anzusehen. Ihre Glasstöpsel saßen fest: Sie hatte nur einen unter Schwierigkeiten herausgezogen, erinnerte sie sich. Nein – er benutzte sie nicht, er behielt sie nur, um sie zu sehen und sich zu erinnern.

Rührend.

Wie phantastisch, einen solchen Menschen zu kennen.

Sie zog ihr Nachthemd an, putzte sich die Zähne, bürstete ihr feuchtes Haar, rieb den Dampffilm vom Spiegel und betrachtete sich. Sie sah ganz anders aus, als sie zu Hause ausgesehen hatte.

Etwas später, nachdem er alles erledigt hatte – die Spülmaschine gefüllt, Danny hinaus in den Garten geschubst, die Milchflaschen hinausgestellt, Danny wieder hereingepfiffen, abgeschlossen, das Feuer geschürt, das Schutzgitter geschlossen hatte – mein Gott, wieviel man machen mußte, nur um ins Bett zu kommen –, stieg William langsam die Treppe hinauf und schaltete die Lichter aus. Auf dem Flur blieb er stehen, plötzlich von Erinnerung und Sehnsucht überwältigt.

Liebling?

Fast rief er es, tat es aber nicht, er stand nur da, während Eve, vor vielen Jahren, ihr Bad nahm, das Radio murmelte, ihr Badeduft ihm entgegenwehte und, wie ihr Lachen bei einem Fernsehspiel – damals, als es noch Fernsehspiele gab, über die man lachen konnte – durch den Flur in ihr Schlafzimmer zog, wo er sich auskleidete, Pyjama und Morgenrock anzog, ins Bad ging, um sich die Zähne zu putzen, sich auf den Badezimmerstuhl setzte und mit ihr plauderte.

Oh, mein Liebling.

Er schloß die Augen, während der letzte Rest des Dampfes, erfüllt von Rosen und Lavendel und etwas Unbestimmbarem, Unverwechselbarem durch sein winterliches Haus zog und verschwand.

13

Innerhalb von drei Tagen hatte Janice einen Job gefunden. Sie arbeitete in einer Weinbar im Village, wo, wie der Zufall es wollte, gerade vor einer Woche eine junge Polin namens Danuta, die experimentelle Filme machen wollte, gekündigt hatte. Sie war von einer kleinen unabhängigen Produktionsfirma eingestellt worden.

»Sie konnte sich die Chance nicht entgehen lassen«, erklärte die Geschäftsführerin, als Janice sich bei ihr vorstellte. Im Fenster hing eine Anzeige für eine Teilzeitstelle. Das könnte ich machen, dachte Janice. Mit Leichtigkeit. Und sie spazierte hinein und bekam die Stelle, einfach so. »Sie nennen sich Egret Films«, sagte die Geschäftsführerin, eine Frau in den Vierzigern namens Sandra, die ihr Lebtag zuviel geraucht und getrunken hatte. Man sah es auf den ersten Blick – große Poren, Tränensäcke. »Haben Sie schon mal von denen gehört?« Janice sagte nein, nie. »Sehr hip«, sagte Sandra geheimnisvoll. »Wahrscheinlich sieht sie sich schon mit einem erotischen Kurzfilm auf dem Londoner Filmfestival.« Janice hatte keine Ahnung, wovon sie sprach. »Jedenfalls war sie fort, zwei Tage nachdem sie mir gekündigt hatte. Während der Woche ist es nicht so schlimm, aber an den Wochenenden …« Sie blies ausdrucksvoll Rauch aus der Nase, eine Anspielung auf Gedränge und Drama. »Was wissen Sie über Weine?«

»Nicht viel«, sagte Janice, »aber ich lerne schnell. Und ich habe viel Erfahrung im Restaurantbetrieb. Ich kann gut mit Kunden umgehen. Kunden aller Art«, fügte sie hinzu, was ja auch stimmte.

»Referenzen?«
»Sind unterwegs.«
»P45?«
»Was?«
»P45 – von Ihren letzten Arbeitgebern.«

»Oh, richtig, ja, natürlich. Ich war im großen und ganzen selbständig.« Und sie lieferte ihr eine bearbeitete Version ihres bisherigen Berufslebens, wobei sie den Wohltätigkeitsaspekt herausstrich. Das war alles. Freitag bis Sonntag, Mittagstisch und abends, und dienstags und donnerstags abends, wenn es nicht so viel zu tun gab. »Montags haben wir geschlossen, und den Lunch kann ich meist allein schaffen, da ist es ziemlich ruhig. Für Mittwoch habe ich einen jungen Mann. Sozusagen. Na gut.« Sie streckte ihr die mit Modeschmuck beladene Hand entgegen. »Bis morgen also. Ziemlich Hals über Kopf, aber Sie machen einen tüchtigen Eindruck.«

»Das bin ich auch«, sagte Janice. »Gehört Ihnen die Bar?« fragte sie, als sie zusammen aus dem raucherfüllten Büro über die Hartholzdielen nach vorn gingen. Da standen kleine Marmortischchen, auf jedem stand eine schmale Vase mit einem Zweig weißer Freesien, und die Bar war hoch und sah todschick aus. Alles war neutral oder weiß auf weiß, und die Stühle waren schwarz mit Chrom.

»Jetzt gehört sie mir«, sagte Sandra und blieb stehen, um einen Stuhl geradezurücken. »Ich habe sie mit meinem Mann zusammen gekauft, aber er hat mich wegen eines zwanzigjährigen Mädchens verlassen, der Lump. Ich hab darauf bestanden, daß die Bar mir überschrieben wurde, aber er hat die Wohnung bekommen, das Schwein. Jetzt wohne ich über dem Laden.« Sie riß die Spiegelglastür auf. »Er hat immer die Bedienung betatscht. Danuta hat mir erzählt, er hätte es mal bei ihr versucht, aber sie ist ein harter Brocken, hätte sich was Besseres ausgesucht als einen gescheiterten Schauspieler.« Sie trat zur Seite, um die ersten Lunchgäste einzulassen. »Ich komme gleich zu Ihnen«, sagte sie mit strahlendem Lächeln. »Egal, gut, daß ich ihn los bin, so denk ich heute«, sagte sie zu Janice. »Gott sei Dank haben wir keine Kinder.« Sie sah Janice an, die sich wieder gegen die Kälte wappnete und ihre schwarze Wollmütze aufsetzte. »An Sie hätte er sich nicht herangewagt.«

»Ja, genau«, meinte Janice, die nicht sicher war, wie sie das auffassen sollte. »Bis morgen also.«

»Tschüs.« Und Sandra schloß die Tür.

Janice ging weiter durchs Village. Sie kaufte in einem Bioladen eine Spinat-und-Zwiebel-Samosa und einen kleinen Riegel Veganerschokolade und ging in die Bibliothek. Sie erkundigte sich nach den Anmeldebedingungen und fragte, ob sie Bücher über Wein hätten, was sie bestätigten. Sie ging nach Hause und aß unterwegs die Schokolade.

»Ich habe einen Job«, erzählte sie William beim Lunch. »Und können Sie dies hier unterschreiben, um meine Adresse zu bestätigen?«

»Wie clever Sie sind«, sagte William und setzte seine Brille auf. »Und das ist für die Bibliothek?«

»Ich bin fertig mit *Große Erwartungen,* und ich muß etwas über Wein herausfinden.«

»Wein«, sagte William glücklich. »Darüber kann ich Ihnen alles erzählen, was Sie wissen müssen.«

Innerhalb einer Woche hatten sie zu einer Routine und einer Form des Zusammenlebens gefunden. Janice verstaute ihre Vorräte in ihren Küchenschrankregalen, aus denen William eine Menge längst vergessener Gläser mit Marmite, uralten Brühwürfeln, Currypulver und mit blassem, pelzigem Schimmel überwachsenen Marmeladen herausgeholt hatte. »Du lieber Himmel!« Er warf alles weg und bat Mrs. T., auf einen Stuhl zu steigen und alles gründlich zu reinigen. Er fürchte, daß Rüsselkäfer sich darin eingenistet hätten.

»Wahrscheinlich«, meinte sie, als sie hinaufkletterte, um nachzusehen. »Ich würde mich nicht wundern, wenn Sie Mäuse hätten.«

»Alle alten Häuser haben Mäuse«, sagte William entschieden, während er Tee für sie kochte. »Das gehört zu ihrem Charakter.«

Jetzt waren die Regale mit Päckchen biodynamischer Rosinen, Vollkornnudeln, Tüten mit Sojahack, Kichererbsen, Linsen und Dosenbohnen bestückt. Letzteres zumindest erkannte er. Seine Magermilch stand im Kühlschrank neben Kartons mit Sojamilch, angereichert mit Vitaminen und Kalzium. Eine Schachtel Sonnenblumenaufstrich von fröhlichem Gelb ruhte auf Sojawürstchen mit Gartenkräutern und Tomaten-Knoblauch-Geschmack. In der Brotbüchse lag eine Packung Vollkornmehl, und das Gemüsefach war voller als je zuvor. Er hatte noch nie so viele Steckrüben und Pastinaken auf einmal gesehen. Und was die Obstschale betraf …

»Ich muß zugeben, von all den Sachen sehen Sie gesund aus«, sagte er zu Janice bei ihrem Frühstück von Kaffee, Toast und frisch gepreßtem Orangensaft.

»Es ist eine sehr gesunde Ernährung«, sagte sie. »Die Leute haben keine Ahnung.«

»Aber das Eisen«, murmelte er und dachte dabei an seinen Leberauflauf.

»Spinat hat eine Menge Eisen.«

Er dachte an Popeye und die Kinder, wie sie sich vor Lachen krümmten.

»Sie müssen meine Tochter kennenlernen«, sagte er und langte nach der Kaffeekanne. »Und meinen Sohn.« Wie viel arrangiert und überlegt werden mußte. »Und eines Tages müssen Sie kommen und uns am Stand besuchen. Er würde Ihnen gefallen. Und überhaupt müssen wir Ihnen etwas von London zeigen.«

Nach dem Frühstück ging jeder seiner Wege, doch waren sie am ersten Wochenende zusammen in den Park gegangen, um Dannys Gesundheit willen. »Jetzt wissen Sie, wo der Park ist«, sagte William und warf ein Stöckchen. »Vielleicht möchten Sie ihn mal alleine hierherbringen, wenn Sie ein wenig frische Luft schnappen wollen.«

»Ich hab gedacht, meine Hundeausführtage hätte ich hinter mir«, meinte Janice und beugte sich hinunter, um Dannys eifrige kleine Gestalt zu tätscheln, als er zurückgerannt kam. Aber sie nahm ihn manchmal mit, wenn sie sich die Beine vertreten mußte nach den Tagen, die sie ganz ungewohnt mit Lesen oder hinter der Weinbar verbracht hatte. In ihrer marineblauen Jacke,

Leggings und einer Veganerversion von Doc-Martens-Schuhen, die Mütze tief über die Ohren gezogen, schritt sie schnell aus, Dannys teure Leine in der behandschuhten Hand.

»Sie könnten sich Stoffleinen besorgen«, empfahl sie William nach ihrer Rückkehr. »Sie brauchen nicht aus Leder zu sein.«

»Ich liebe Leder«, sagte er in bestimmtem Ton, und damit hatte es sich.

Zwei Abende lang belehrte er sie über Weine, zog Bücher über französische Weinberge und über die Weingegenden Italiens hervor, die Bodenbeschaffenheit, die Sonne. Natürlich, meinte er, gäbe es gute australische und kalifornische Weine, ohne Zweifel, aber die europäischen Weine – die waren eben legendär. Und er erzählte ihr von Sommerferien mit seiner Frau, als sie mit dem Auto in die Auvergne gefahren waren, in sonnenglühenden Dörfern Rast machten, stundenlang beim Mittagessen saßen, er sprach über Käsesorten und die alten Männner, die Boule unter den Bäumen spielten, über die abblätternden verblichenen blauen Fensterläden. »Entschuldigen Sie«, sagte er endlich, klappte die Bücher zu und warf ein Scheit ins Feuer. »Ich habe mich von meiner Begeisterung hinreißen lassen.«

Nachdem Janice angefangen hatte zu arbeiten, aßen sie nur noch selten zusammen. Sie kam spät herunter, lange nachdem William zeitunglesend gefrühstückt hatte und mit Danny einkaufen gegangen war. Mittwochs war er am Stand in der Camden-Passage – da könnten Sie einmal vorbeikommen, sagte er, weil heute Ihr freier Tag ist, und sie sagte ja, gerne, eines Tages, und er hatte das Gefühl, sie zu bedrängen, und erwähnte es eine Zeitlang nicht mehr. Aber eines Abends kam er vom Stand zurück, und das Haus war von interessanten Gerüchen erfüllt. Er stellte seine Porzellankisten in der Diele ab und ging mit Danny hinunter, wo Janice in der Küche stand, und auf dem rotkarierten Tischtuch war für zwei gedeckt. Ein Topf mit Pastinakensuppe stand dampfend auf dem Herd, und eine Schüssel Pasta wartete im Ofen. »Sieh mal an«, sagte er und zog den Korken aus einer Flasche 1998er Beaujolais. »Das ist ja erfreulich.« Er erzählte ihr vom Stand und vom Verkauf eines 1976er strohgedeckten Porzellan-Cottages von Denby für fünfundsechzig Pfund.

»Das klingt wie etwas, was meine Oma mal hatte«, sagte Janice und schöpfte die Suppe aus, die er köstlich fand. Danach kochte sie ihm jeden Mittwoch ein veganisches Abendessen. Sie saßen zusammen am Tisch, und es war, als hätte er sie schon immer gekannt.

Und dann erhielt er endlich eine Antwort von Matthews Arzt, der sich für die Verzögerung entschuldigte und ihm einen Termin für Ende Februar vorschlug. Er sah auf den Kalender. Dann rief er Claire an, um es ihr zu sagen – etwas Konkretes, worüber sie sprechen konnten, ohne daß sie sich von ihm belästigt fühlte. Als er die Nummer wählte, wurde ihm klar, daß sie seit fast drei Wochen nicht mehr miteinander telefoniert hatten. Mein Gott.

»Hallo, Liebling.«

»Oh. Hallo.«

»Ich wollte nur mal anrufen, um mit dir zu plaudern. Wie geht es dir?«

»Gut. Und dir?«

»Sehr gut«, sagte er und meinte es auch so. »Wirklich sehr gut. Es gibt ein paar Neuigkeiten.« Und er erzählte ihr von dem Brief aus der Klinik und las ihn ihr vor, während er in der Diele saß und mit dem Fuß wippte. »Du würdest wohl nicht mitkommen wollen?« fragte er unverbindlich. »Jemand anderer aus der Familie – könnte ihm vielleicht ein Bild davon vermitteln, wie Matthew früher war.«

»Die wissen, wie er früher war, du hast es ihnen oft genug erzählt.«

William holte lange und tief Luft.

»Was gibt es sonst noch an Neuigkeiten?« fragte Claire. »Ich muß nämlich in einer Minute aus dem Haus. Eigentlich sollte ich schon fort sein.«

»Ich habe eine Untermieterin«, sagte er, während der Schlüssel sich im Schloß drehte. Ah, da war sie ja, sie kam herein, dicht gefolgt von Danny und mit einem Armvoll Bibliotheksbüchern.

Und direkt hinter ihr kam Mrs. T. schnaufend die Stufen herauf. Gleich ein ganzes Haus voll.

»Was?« Sie war plötzlich ganz Ohr.

»Ich habe eine Untermieterin«, wiederholte er und lächelte allen zu, während Janice mit einem vergnügten Kopfnicken die Treppe hinaufging und Mrs. T. mit Danny hinunter in die Küche. Und er berichtete ihr alles. »Erinnerst du dich an die verrückten alten Cousinen?«

»Ja«, sagte sie kurz. »Ich erinnere mich. Und wo schläft dieses Mädchen?«

Er spürte eine leichte Beklommenheit. »Ich habe ihr dein altes Zimmer gegeben«, sagte er munter.

»Was?«

»Es ist so hübsch und sonnig dort oben. Du weißt doch wie das Gästezimmer ist. Diese hinteren Zimmer bekommen nie Sonne.«

»Sie kriegen genug Sonne. Das ist mein Zimmer.«

»Oh, Liebling ...«

»Nix Liebling. Wie kannst du es wagen, mein Zimmer ohne meine Erlaubnis zu vermieten?«

»Ach, komm, komm schon ...«

»Nix da, komm schon. Es ist *mein* Zimmer.«

Obwohl es noch nicht Zeit zum Lunch war, verspürte William ein starkes Verlangen nach einem Scotch. Und nach einer Unterhaltung mit Buffy. »Dieses Mädchen«, konnte er sie mit ihrer forschen Stimme sagen hören, »braucht tüchtig eins hintendrauf.« Er würde sie zur Teezeit anrufen.

»Es ist doch nur für kurze Zeit«, sagte er jetzt zu Claire mit immer noch fester Stimme.

»Was heißt hier kurze Zeit? Ein Untermieter ist ein Untermieter. Hat sie einen Job?«

»Allerdings.« Er begann, von der Weinbar zu berichten, doch Claire schnitt ihm das Wort ab.

»Offensichtlich hat sie sich da eingenistet. Wenn sie von diesen Spinnern in Shropshire kommt, werden wir sie nie wieder los.«

Dieses *wir*, wurde William mit einem schmerzhaften kleinen

Ziehen in der Herzgegend bewußt, war das erste Mal seit Jahren, soweit er sich erinnerte, daß seine Tochter sie beide unter diesem Pronomen vereint hatte. Wir, dachte er sehnsüchtig, und sein Fuß wippte jetzt langsamer. Wie lang ist es her, seit wir das waren?

»Ich komme herüber«, sagte Claire. »Nach dem Lunch komme ich und sehe sie mir an.«

»Ich dachte, du wolltest ausgehen.«

»Das ist wichtiger. Ich komme, bevor ich Geraldine abhole.«

»Wie geht es ihr?«

»Ausgezeichnet.« Und damit legte sie auf.

William ging ins Wohnzimmer und schenkte sich den Scotch ein. Das Zimmer war von blasser Februarsonne erfüllt, winterlich, doch heller, entschieden heller, und ihm wurde bewußt, daß es seit Tagen nicht mehr geregnet hatte. Oder doch? Er hatte in den letzten paar Wochen nicht so sehr auf das Wetter geachtet. Mit zitternder Hand hielt er das Glas ins Licht.

»Du *darfst* dich nicht so über sie aufregen«, würde Buffy sagen, aber wie konnte er es verhindern? Deine Kinder sind deine Kinder – alles, was sie taten, war wichtig, alles hatte Bedeutung. Und wenn sie sich gegen dich wandten …

»Mr. Harriman? Soll ich eine Dose Suppe aufmachen?« Mrs. T. stand in der Tür. Sie trug heute eine braune Strickjacke mit Zopfmuster und Taschen. Sie war immer eine großartige Strickerin gewesen; sie und Eve hatten über Muster gesprochen, wenn sie gemeinsam das Silber putzten.

Er legte die Hand über die Augen.

»Entweder Wintergemüse oder Tomatensuppe«, fuhr Mrs. T. ungerührt fort.

»Vielleicht …« Er wußte, daß frische Kartoffel-Lauch-Suppe da war, die Janice gestern zubereitet hatte, mit Koriander- und Dill-Schnipseln bestreut, aber er hatte weder die Kraft noch den Mut, es ihr zu sagen.

»Was Sie wollen.« Und er nahm sein Glas mit ans Fenster und drehte ihr den Rücken zu.

Einen Moment lang war Mrs. T. still. Dann sagte sie: »Dann mache ich eben die Tomatensuppe« und stapfte hinaus.

Er erholte sich langsam. Scotch half immer. Beim Lunch, während er Janice' Kartoffel-Lauch-Suppe aus einer blauen Cornish-Ware-Schüssel aß und Mrs. T. ihr Brot in die Heinz-Tomatensuppe tunkte, sagte er zu Janice: »Claire kommt heute nachmittag herüber.«

»Wirklich? Wie nett.« Mrs. T. wischte ihre leere Schüssel mit der Brotkruste aus und stand auf. »Möchte jemand Tee?«

»Ich nicht, danke.« Janice griff nach der Fruchtschale. »Sie hat doch nichts dagegen, daß ich in ihrem alten Zimmer wohne?« fragte sie William.

»Nein, nein, natürlich nicht.« Denn was sollte er sagen? »Warum auch?«

»Es könnte ja sein. Man hängt doch irgendwie an seinem Kinderzimmer, nicht wahr?« Nicht, daß es sie interessierte, wer jetzt ihr Zimmer in Curlew Gardens bewohnte, sollte er doch, bitte sehr!

»Meinen Sie?« Vielleicht war es ja so. Er hätte sicher nie daran gedacht, Matthews Zimmer zu vermieten, aber das war etwas anderes, Matthew würde eines Tages wieder nach Hause kommen. Mein Gott, wie rücksichtslos er Claire gegenüber gewesen war – kein Wunder, daß er sie gegen sich aufbrachte.

Und hatte sie recht mit ihren Vorwürfen, was die Familie betraf? War es möglich, daß er Matthew überhaupt nicht gekannt hatte? War das wirklich der Grund, daß er …

»Jedenfalls freue ich mich, sie kennenzulernen«, sagte Janice. »Dann gehe ich aus.«

»Wohin?« O Gott – wie unhöflich das klang!

»Ich finde, es wird Zeit, daß ich mal über die Brücke fahre und mir die Sehenswürdigkeiten ansehe.« Sie kaute an einem Bio-Apfel. »Sonst werden sie zu Hause nicht glauben, daß ich in London war.«

»Wie geht es ihnen denn? Zu Hause? Kommen sie gut ohne Sie zurecht?«

»Oh, ja.«

Sie hatten einmal miteinander telefoniert.

»Wie ist es?« Ihre Mutter war atemlos vor Spannung.

»Es ist toll, wirklich nett.« Sie stand in der geräumigen Diele,

Licht flutete durch die Buntglasscheiben. »Es ist … ich werde euch schreiben und alles erzählen.«

»Er ist doch nicht verrückt? Wie seine …«

»Nein«, sagte Janice. »Das ist er bestimmt nicht.«

Und wenn sie jetzt William ansah, ihr gegenüber am Küchentisch, dachte sie, wie schlau von der alten Mary, zu wissen, daß es ihr hier gefallen würde und daß sie, so unwahrscheinlich es schien, auch hierhin paßte.

Gleich nach zwei klingelte es an der Haustür.

»Soll ich aufmachen?« rief Mrs. T., die noch in der Küche war.

»Nein, nein, nicht nötig.« William, der am Feuer saß und sich wappnete, stand auf. Er dachte, wenn Claire und er sich näherstünden, dann hätte sie einen Schlüssel – früher hatte sie einen, klar; als Eve noch lebte, ging sie hier ein und aus, umarmte ihre Mutter in der Diele. »Tut mir leid, daß ich so schnippisch war.« – »Liebling, das macht doch nichts, ich verstehe das. Du hast so viel um die Ohren.« Damals hatte sie noch nicht einmal die Kinder.

Er stand in der Diele; er sah ihre stämmige, entschlossene Gestalt vor der Tür.

»Liebling, komm rein.«

»Hallo.« Sie fegte an ihm vorbei und sah sich um. Sie trug eine graue Jacke und einen langen grauen Schal – ein guter Schal, ein sehr guter, aber sie sah damit irgendwie aus wie ein Schulmädchen oder zumindest eine Studentin, während alles übrige an ihr genauso aussah, wie sie war: eine tüchtige, gutbetuchte Mittelstandsmutter, die ihre beste Zeit gerade hinter sich hatte. Schwierig, sich Claire in ihrer besten Zeit vorzustellen – für einen wilden, unloyalen Moment ertappte er sich dabei, während er ihr ins Wohnzimmer folgte, an Clare Short zu denken, was er sofort verwarf. Aber gewiß hatte sie nichts von Eves zierlichem Knochenbau oder ihrer rosig-weißen Haut oder ihrem sanften Wesen. Matthew hatte die Körpergröße der Harrimans und auch die Nase. Bevor er krank war, hatte er auch den Charme – hatte ihn immer noch, irgendwo begraben;

dann und wann leuchtete er auf in diesem lieben, vagen Lächeln.

Aber Claire …

»Nun?« Sie sah sich im Wohnzimmer um. »Hast du ihr nicht gesagt, daß ich kommen und sie kennenlernen wollte?«

»Sie ist oben – ich rufe sie.«

»Sie ist in meinem Zimmer.«

»Oh, Liebling«, er ging zurück in die Diele. »Janice! Janice, hören Sie mich? Bitte kommen Sie doch für einen Moment herunter.«

»Komme schon!« rief Janice, die gerade das Fenster öffnete, um den Zigarettenrauch zu vertreiben. Hatte es geholfen? Sie ließ das Fenster offen, die frühe Nachmittagssonne mit der leisen Frühlingsahnung fiel auf das blauweiße Bett, die blauweißen Tiere, die auf dem Bettvorleger im Kreis herum in die Arche gingen. So etwas würde man vor das Bett seines eigenen Kindes legen, wenn man es seine ganze Kindheit hindurch geliebt hatte, Namen für die Tiere erfunden hatte, darauf kniete, um seine Gebete zu sprechen, wenn man so etwas tat. Aber Claire hatte ihn zurückgelassen.

»Ich komme!« rief sie wieder, wedelte ein letztes Mal den Geruch der Golden Virginia weg und rannte die Treppe hinunter.

Verdammt, sie sah genauso aus wie Mary.

»Meine Tochter Claire«, sagte William und ließ seine Hand über ihren Schultern schweben, »Claire, das ist Janice Harper.«

»Guten Tag, wie geht es Ihnen?«

»Sehr gut, danke«, sagte Janice und ging auf sie zu. Sie drückte Claire die Hand auf diese feste, herzliche Art, die teils instinktiv und teils beabsichtigt war, weil sie wußte, daß sie damit die Menschen für sich gewann. »Ich freue mich, Sie kennenzulernen. Und wie geht es Ihnen?«

»Oh – gut, danke«, sagte Claire.

Es entstand eine kleine Pause, in der sie alle der scharfe Geruch des Putzmittels daran erinnerte, daß Mrs. T. unten ihrer

Arbeit nachging. Sie konnten sie Stühle verrücken und herumplanschen hören.

»Na ja«, sagte William. »Na gut. Kaffee?«

»Nicht für mich, danke«, sagte Janice.

»Du kannst doch gar keinen machen, oder? Nicht, wenn Mrs. T. unten ist. Egal, ich hab gerade einen getrunken.«

Janice sah ihre scharfen braunen Augen, ihre unterdrückte Wut. Marys Ebenbild.

»Es ist furchtbar nett von Ihrem Dad, daß er mich hier wohnen läßt«, setzte sie an und meinte es auch so. »Es kann nicht so einfach sein, das Haus mit jemandem zu teilen, wenn man so lange allein gelebt hat.«

»Es tut mir sehr gut«, sagte William herzlich. »Es ist sehr schön, wieder einen jungen Menschen im Haus zu haben.«

»Ich höre, sie arbeiten hier in der Gegend«, sagte Claire, immer noch kampflustig, und ließ Janice nicht aus den Augen.

»Ja, richtig. In einer Weinbar. Es gefällt mir.«

»Im Village? Doch nicht bei Drake's?«

»Genau. Gehen Sie da manchmal hin?«

»Nur gelegentlich. Man geht nicht oft in Weinbars, wenn man drei kleine Kinder hat.«

»Das glaube ich gern.«

Sie standen immer noch mitten im Zimmer. Unten, im Erdinnern, begann Mrs. T. zu singen.

»Oh, I want to be alone, oh, I want to be alone,/Oh, I want to be alone with Mary Brown ...«

»Du meine Güte«, sagte William, »das hab ich lange nicht mehr gehört. Ich kann mich noch erinnern, daß mein Vater es in der Badewanne gesungen hat.« Er sah die zwei Frauen an, die eine so stämmig und furchteinflößend, die andere hochgewachsen und langbeinig, so voller Jugend und Verheißung.

»When I see her in the park, when I *kiss* her in the dark,/Then I tell her she's the nicest girl in town ...«

Mrs. T. war jetzt in Fahrt.

»Das haben wir auf den achtundsiebziger Platten gespielt«, sagte er wehmütig. »Sie haben sicher noch nie eine Achtundsiebziger gesehen«, sagte er zu Janice.

»Das war ein bißchen vor meiner Zeit. Wir haben jetzt alle CDs.«

»Wirklich?«

»Oh, um Himmels willen«, sagte Claire, aber sie klang jetzt eine Spur weniger agressiv, und ihr plötzliches, freundlicheres Lächeln erinnerte Janice an eine milder gestimmte Mary, wenn sie einen der kleineren Hunde tätschelte oder das ganze Rudel begrüßte, wenn sie vom Ausgang zurückkamen.

»Hallo, meine Schönen, so ist's recht, wedel, wedel.«

»Aber bitte, setzt euch doch« sagte William, wieder in der Gegenwart. »Warum stehen wir hier herum?«

»Ich hab dir doch gesagt, ich komme nur auf einen Sprung vorbei«, sagte Claire, den Blick auf Janice gerichtet. »Mein Vater sagt, Sie haben mein altes Zimmer gemietet«, fuhr sie fort, aber obwohl William innerlich zusammenzuckte bei dem Gedanken, wozu dies führen würde, war ihr Ton weniger nörglerisch und schrill. Janice hatte diese Wirkung auf Menschen, wurde ihm bewußt, als er ihr unbefangenes »Ja, richtig« hörte. Ich habe mich sofort in ihrer Gesellschaft wohl gefühlt, sie kann sich gut anpassen.

»Kommt Ihnen sicher komisch vor«, fuhr sie fort. »Möchten Sie raufkommen und es sich ansehen? Ich habe nichts verändert, eigentlich nur meine Sachen verstaut.«

»Mußten Sie ja wohl«, sagte Claire freundlich. Sie sah auf ihre Uhr. »In einer halben Stunde hole ich meine Jüngste ab.«

»Wie alt ist denn Ihre Jüngste?«

»Erst vier. Sie geht noch in den Kindergarten, im September kommt sie in die Vorschule.«

»Ah, gut.«

»Geraldine«, sagte William. »Ein reizendes Kind. Und wie geht es den Jungs?« fragte er Claire und wünschte dann, er hätte es nicht getan, als sie einen vollständigen Bericht vom Stapel ließ: über Tests, Standards, unterschwellige Ängste, die sich in Ungezogenheit manifestierten und alle elterlichen Fähigkeiten erforderten.

Gott, hatte es denn früher jemals solche Mütter gegeben wie heutzutage? Als Eve und er junge Eltern waren, hatten sie nie über so etwas gesprochen, da war er sich sicher. Schule war eben Schule, und zu Hause war zu Hause, und damit fertig, war es nicht so? Was für ein Getue das heutzutage war!

Und *deshalb* hatte Matthew einen Zusammenbruch, konnte er Claires anklagende Stimme hören, wieder und wieder. Weil *du* ja *nie* etwas bemerkst!

»Ich hab dir schon gesagt, daß ich von Matthews Arzt gehört habe, nicht wahr?« sagte er zerstreut, um den Redefluß zu stoppen.

»Ja, das hast du, das weißt du genau, und nein, ich will diesmal nicht mit zu einer Besprechung kommen.« Sie wandte sich wieder an Janice, die höflich zugehört hatte. »Also gut. Gehen wir hinauf.«

»Nach Ihnen«, sagte Janice und trat an der Tür zur Seite.

»Nein, gehen Sie vor – es ist jetzt Ihr Zimmer.«

»Eigentlich nicht.«

»Na, Sie wissen, was ich meine.«

Irgendwie gelangten sie in die Diele.

»On Ilkley Moor bah't'at«, sang Mrs. T. und schleppte den Staubsauger die Treppe hinauf. »Oh, hallo, Claire, ich hab Sie lange nicht mehr gesehen. Alles in Ordnung?«

Sie erklommen die Treppe mit dem abgeschabten nilgrünen Teppich unter den Messingkufen. An den Wänden hingen den ganzen Weg hinauf Aquarelle, kleine Ölbilder, Familienfotos in Sepia. »Das ist mein Vater, als er gerade als Anwalt zur Bar zugelassen worden war«, hatte William Janice erklärt, als er sie eines Abends zu einer Führung die ganze Treppe hinauf begleitet hatte.

»Zu *was*?« hatte sie gefragt und die komische weiße Perücke und Halsbinde betrachtet.

»Ah«, sagte er mit seinem liebenswürdigen Lächeln. »Eine andere Art Bar als die, in der Sie arbeiten, natürlich«, und er erklärte es ihr so nett wie nur möglich. Bei jedem anderen wäre sie sich idiotisch vorgekommen.

»Und das ist Eves Großmutter ...« Er zeigte auf eine zarte junge Frau mit hochgestecktem Haar in einem wunderschönen

Kleid, so zart und duftig. »Chiffon – das waren noch Zeiten. Ich glaube nicht, daß irgend jemand von euch jungen Dingern so etwas noch trägt.«

»Nein«, sagte Janice, in ihrer Lycrajacke mit dem gelben Streifen. »Eigentlich nicht.«

Es gab keine Fotos von den Cousinen, und sie hatte eine Bemerkung darüber gemacht. William schüttelte den Kopf. »Ich weiß nicht, warum. Ich bin sicher, irgendwo hatte ich eines von Edna … Edna war ihre Mutter«, fügte er hinzu.

»Ja«, sagte Janice und erinnerte sich an die grimmige, scharfgeschnittene Physiognomie auf dem Kaminsims.

Und wenn es Bilder von Edna und ihrem absonderlichen Nachwuchs gegeben hätte, wurde ihr jetzt bewußt, dann hätte William vielleicht die unverwechselbare Familienähnlichkeit zwischen Mary Harriman und seiner jetzt erwachsenen Tochter festgestellt. In der Kindheit war es natürlich schwer zu sagen, wem jemand einmal ähnlich sehen würde. Vielleicht war das auch gut so.

»Himmel, was für eine Kletterpartie«, sagte Claire, als sie oben angelangt war. »Früher sind wir immer die Treppen hinauf- und hinuntergerannt.« Die Winternachmittagssonne strömte aus der offenen Tür von Janices Zimmer auf den Teppichboden. Claire warf einen Blick auf Matthews Zimmer, dessen Tür geschlossen war. Einen Moment lang entdeckte Janice einen flüchtigen, ganz anderen Ausdruck auf ihren scharfen Zügen – eine Traurigkeit, Zärtlichkeit und etwas Undefinierbares, das sofort wieder verschwand, als sie auf ihr eigenes, lange unbewohntes Schlafzimmer wies.

»Gehen Sie vor«, sagte sie mit einem leicht verzerrten Lächeln.

Und Janice ging voraus, stieß die Tür weit auf und hielt sie zur Seite – sie konnte sich nicht erinnern, daß sie sich jemals so befangen gefühlt, so sehr auf ihre Manieren geachtet hatte –, und Claire trat über die Schwelle.

Für einen Moment sagte sie nichts. Sie sah sich um: Auf das Regal mit den Beatrix-Potter-Büchern und Ardizzones *Little Tim*, auf die Trachtenpuppen, die mit leerem Lächeln in die

Sonne starrten, auf den Bettvorleger mit der Arche und den Tieren, auf das offene Fenster zum Stadtgarten und das Amsellied, das unten wegen Mrs. T. niemand gehört hatte; Janice hatte die Amsel schon öfter gesehen, ganz oben auf der Magnolie, die zwischen den bemoosten Steinplatten emporwuchs.

»Na ja«, sagte Claire endlich. »Wenigstens haben Sie es nicht ruiniert.«

»Ich hoffe nicht«, sagte Janice vorsichtig. Sie sah mit Claires Augen den Bücherstapel auf dem Nachttisch – Emily Dickinson, die sie von zu Hause mitgebracht hatte, *Große Erwartungen* ebenso, und die Bücher aus der Bücherei von Dulwich – Peter Ackroyds *London* und *Hawksmoor*, und Williams Bücher über Wein, die er ihr geliehen hatte und die sie, wie ihr bewußt war, als erste seit vielen Jahren geöffnet hatte. Den Aschenbecher hatte sie ausgewaschen und in die Schublade gesteckt, und nicht die leiseste Spur von Rauch war mehr da. Sie sah Claires Augen über die Buchrücken huschen, über die Jacken, die an der Tür hingen, ihre Mütze auf dem oberen Haken, die Turnschuhe und Stiefel in der Ecke, ein paar Papiere auf dem Schreibtisch, aber sonst war wirklich nichts zu sehen, oder? Sie war kaum fünf Minuten im Zimmer gewesen.

»In Ordnung?« fragte sie, und Claire sagte ruhig: »Ja, natürlich, es ist gut.« Sie ging hinüber zu dem schmalen Bett und wollte sich setzen, dann zuckte sie schnell zurück. »Entschuldigung, was fällt mir ein?«

»Macht doch nichts. Das ist in Ordnung, wirklich.«

Aber Claire sah wieder auf ihre Uhr. »Ich muß gehen. Ich lasse Geraldine nicht gerne warten.«

»Muß viel Arbeit machen«, sagte Janice höflich. »Drei Kinder.«

»Sie haben ja keine Ahnung. Ich muß sagen, ich hatte selbst keine Ahnung.« Claire stand am Fenster und sah hinunter. »Da waren Gitter davor, als wir noch klein waren«, sagte sie. »Als ich zehn war, habe ich darauf bestanden, daß sie entfernt wurden.« Sie lehnte sich hinaus, an Benjamin Bunny vorbei, mit seinem rotgetupften Halstuch, das im Sonnenschein leuchtete. »Ganz schön hoch, muß ich sagen.« Für eine Sekunde war ein

Schaudern in ihrer Stimme; dann ging sie wieder zurück in die Mitte des Zimmers und lächelte Janice an, warm und direkt.

»Danke, daß Sie mich hereinschauen ließen. Hat mich in alte Zeiten zurückversetzt.«

»Aber gerne«, sagte Janice, »jederzeit.« Hinter dem offenen Fenster war die stille Winterluft und die ruhige, leere Straße vom Gesang der Amsel erfüllt – mein Gott, wie dieser Vogel singen konnte! Sie hätte nicht gedacht, daß ein Londoner Vogel das fertigbrachte.

Claire war schon an der Tür und sah wieder auf die Uhr. Sie gingen zusammen die Treppe hinunter.

»Sie hätten wohl keine Zeit, einmal auf die Kinder aufzupassen?« fragte sie auf dem unteren Treppenabsatz. »Wahrscheinlich haben Sie genug in der Weinbar zu tun.«

»Allerdings«, sagte Janice, als sie um die Ecke gingen. »Aber ja – irgendwann einmal, warum nicht?«

Ihr Herz tat einen Sprung, als sie seine Stimme hörte.

»Mein Lieber. Wie nett, von dir zu hören.«

»Hallo, Buffy«, sagte William noch einmal herzlich. »Hallo, altes Mädchen.«

Sie wünschte wirklich, er würde sie nicht so nennen.

»Wie steht's bei dir?« fragte sie ihn und beugte sich vor, um den Fernseher leiser zu stellen. Es war die Tierwelt-Sendung: Zebras stoben bei gräßlicher Techno-Musik an einem lauernden Löwen vorbei. Gleich würden sie das ganze Blutvergießen zeigen: das Zerreißen der Glieder, die Schreie, das rollende Auge – manchmal sah es aus, als hätten sie die Kamera direkt unter das Kinn des Löwen montiert. Sie würde es ihnen zutrauen. In früheren Zeiten, bei David Attenborough, hatten sie den Tötungsakt herausgeschnitten, sie wären zu den Flamingos oder etwas Ähnlichem übergegangen. Gnus vielleicht. Und auch die Musik war noch richtige Musik. Heute mußte man jeden schrecklichen Moment mit ansehen, mit dem ganzen furchtbaren Rumm-tata, als wäre man in einem Club.

»Was hast du gesagt?« fragte sie ihn und konnte den Blick nicht vom Bildschirm wenden.

»Ich sagte, alles geht sehr gut«, sagte William, und sie ahnte, daß er ein Glas in der Hand hielt, genau wie sie. Sie hob es für ihn.

»Cheers.«

»Cheers.« Er klang ganz fröhlich. »Wollte dich nur einmal anrufen – war einiges los heute.«

»Oh.« Es war Montag. Mrs. T.'s Tag, wenn sie sich recht erinnerte. Was konnte an einem Tag mit Mrs. T. los sein? Sicher hat es etwas mit diesem Mädchen zu tun, dachte sie, dem Shropshire-Mädel. Sie wappnete sich.

»Claire war da«, begann William. »Sie hat sich am Telefon schrecklich aufgeregt, du weiß ja, wie sie ist – ich habe es nur überstanden, weil ich dabei an dich dachte.«

Wenigstens zu etwas bin ich zu gebrauchen, dachte Buffy. Und sie klammerte sich an ihren Drink, während sich Schakale um den Kadaver drängten, sah wieder weg und hörte ihm zu.

»Sie ist ein besonderes Mädchen«, sagte William zum Abschluß seiner Geschichte. »Als Claire wieder ging, war sie ein anderer Mensch, ganz von ihr eingenommen. Sie gab mir sogar einen Abschiedskuß.« In Wahrheit hatten ihre Lippen nur flüchtig seine Wange gestreift, kaum als Küßchen zu bezeichnen – aber immerhin. Es war ein Fortschritt – im Vergleich zu dem Telefongespräch war es sogar ein Wunder. Er hatte auf den Stufen gestanden und ihr nachgesehen, wie sie zur Pforte hinauseilte und ins Auto stieg, sich umdrehte und mit einem Nicken die Hand hob, bevor sie losfuhr. Und er blieb stehen, mit Danny neben sich auf der Stufe, und hörte in dem schwindenden Tageslicht die Amsel, perlend und vollkommen. Von tief aus dem Haus kamen das Geräusch des Staubsaugers und Schritte, die die Treppe hinunterrannten. Es war fast wie in alten Zeiten – wo jeder mit seinen Dingen beschäftigt war, höflich und liebevoll.

War es so gewesen?

»Ich gehe jetzt«, sagte Janice, und er wandte sich nach ihr um; sie stand im Flur und zog sich die Handschuhe an.

»Es wird schon dunkel«, sagte er zu ihr und hob die Hand. »Sie wollen doch nicht im Dunkeln in die Stadt fahren.«

»Oh, ich bleibe nicht lange. Ich wäre schon früher gegangen, aber ...«

»Wir haben Sie aufgehalten. Es tut mir so leid.«

»Nein, nein, es war toll. Also dann.« Sie beugte sich herunter, um Danny zu tätscheln.

»Ich begleite Sie zur Haltestelle«, sagte William. »Er freut sich auf einen kleinen Spaziergang, nicht wahr, alter Knabe?«

»Das müssen Sie aber nicht.«

»Ich tue es gern.« Und er nahm die Leine von Haken und seine Sachen vom Kleiderständer, und sie brachen auf, hinter ihnen sang die Amsel aus voller Kehle, und überall gingen zum Tee die Lichter an.

»Sie sollten den drei Uhr fünfundvierzig erwischen«, sagte William mit einem Blick auf seine Uhr. »Ich hatte gehofft, Ihnen selbst einige Sehenswürdigkeiten zu zeigen. Was haben Sie vor?« Schließlich war sie eine junge Frau von dreiundzwanzig, und er durfte nicht ein solches Getue um sie machen. Er brauchte keine Angst um sie zu haben, wenn sie im Dunkeln in die Stadt ging.

»Ich wollte mich nur ein bißchen umsehen.«

»Eine prachtvolle Skyline von der London Bridge«, sagte er. »St. Paul's, der NatWest Tower. Und die Millenniumsbrücke natürlich, obwohl niemand sie benutzen kann.« Und er begann es ihr zu erklären: das beunruhigende Knirschen und Schwanken, und wie sie plötzlich gesperrt wurde.

»Du meine Güte«, sagte Janice, und dann: »Sehen Sie! Da kommt der Zug! Bye!« Und sie rannte davon wie ein Hase, die letzte Strecke die Straße hinauf und durch die Sperre der Station, und weg war sie.

»Eine richtige Sprinterin«, sagte er jetzt zu Buffy und griff nach seinem Whisky. Er lehnte sich im Sessel zurück. Das Feuer brannte, und das Haus roch angenehm nach Möbelpolitur.

»Wir haben keine Staubsaugerbeutel mehr«, hatte Mrs. T. ihm erklärt, als sie ihr Geld in Empfang nahm.

»Morgen hole ich welche.« Er ging mit ihr zur Tür und winkte ihr freundlich nach.

Buffy war ziemlich still geworden, bemerkte er, als er sich nachschenkte. »Hallo?« rief er.

Die Tierwelt Sendung war zu Ende, und jetzt kam *Panorama*: die Titelmusik, Wagner, eines seiner aufwühlendsten Motive. Ganz unerwartet standen ihre Augen voller Tränen.

»Buffy? Bist du noch dran, altes Mädchen?«

»Ja«, sagte sie leise. »Ich bin noch dran.«

Und als nächstes war Matthew an der Reihe. William dachte mit neuem Mut an den Termin in der Klinik. Schneeglöckchen wuchsen überall im Garten – büschelweise unter der Magnolie vor dem Haus, zwischen den Steinplatten, in den Ecken unter den dunklen Efeuranken, an der Mauer und im Rosenbeet; in atemberaubenden Gruppen im Gras hinter dem Haus und dort, direkt unter dem Weidenbaum. Er konnte sich nicht mehr daran erinnern, wann sie so dicht, so weiß und grün, so schneeig ausgesehen hatten. Er bückte sich und pflückte ein paar, strich mit dem Finger über die reinen vollkommenen Blüten, die Blütenblätter noch fest eingerollt. Im Wohnzimmer stellte er sie in eine Vase; er sah, wie sie sich in der Wärme des Hauses öffneten, die äußeren Blütenblätter wie Flügel um das winzige Glöckchen in der Mitte, eingefaßt von zwei zarten, kleinen, grünen, zusammengewachsenen Herzen.

Als er an seinem Schreibtisch saß und sie betrachtete, in der kannelierten Glasvase, die er auf einem Ausverkauf entdeckt zu haben glaubte, die vielleicht aber auch seiner Mutter gehört hatte, nahm er plötzlich Bleistift und Papier und machte eine Zeichnung. Er lehnte sie an ein von Rechnungen überquellendes Schreibtischfach. Nicht schlecht. Sehr hübsch, das mußte er ihnen lassen.

Sollten sie hübsch aussehen? Mackintosh hätte sie zu etwas Strengem stilisiert. Und Dürer – ach ja, Dürer.

Vielleicht sollte er sie lieber malen. Wo waren seine Aquarellfarben? Er öffnete Schubladen, fand Akten und Zeitungsausschnitte und die Schulzeugnisse der Kinder, mit einem rosa Gummiband zusammengehalten. Keine Farben, keine Pinsel. Vielleicht sollte er welche kaufen, wenn er das nächste Mal in die

Stadt kam – bei Cornelissen's hereinschauen, wenn er mit Janice ins Britische Museum ging.

Wollte sie denn ins Britische Museum? Er saß da, hörte mit einem Ohr *Composer of the Week* und machte eine Liste all der Dinge, die sie vielleicht sehen wollte, all der Dinge, die sie sehen sollte. Das Britische Museum, das Victoria & Albert, die Tate Gallery. Er hielt inne. Nicht mehr »die Tate«. Tate Britain – er dachte, das war wahrscheinlich eher etwas für ihn. Tate Modern – wahrscheinlich für sie. Er war noch nicht dort gewesen.

Die Wallace Collection, die National Gallery. The Courtauld: Er sah sich mit ihr über den eisigen Innenhof von Somerset House gehen. Aus den Brunnen plätscherte Wasser auf die Pflastersteine, er nahm ihren Arm. Sie würden den ganzen Morgen mit Cézanne, Monet, Pissarro verbringen, dann würden sie zum Lunch gehen, am eiskalten Fluß entlangspazieren, zum Tee nach Hause fahren.

Er tippte sich mit dem Bleistift an die Lippen.

Es war Dienstag morgen, und Janice war mit Danny im Park. Keine Weinbar heute: Wenn sie zurückkam, würden sie zusammen den Lunch einnehmen, und dann …

Greenwich Maritime Museum, schrieb er auf, und dann dachte er an das Hundemuseum, wie seltsam.

»Ich geh gern mit Danny spazieren«, sagte Janice. »Dann erinnere ich mich an meine ganze Hundeerfahrung und komme nicht aus der Übung.« Sie lächelte ihm zu und holte die Leine herunter.

Was konnte er ihr zeigen, das nichts mit Hunden zu tun hatte?

Die *Cutty Sark*, schrieb er auf, das alte Segelschiff. Ganz in der Nähe. Die Behälter mit Schiffszwieback. Skorbut. Den Millennium Dome. Das strich er sofort durch; er sollte verkauft werden. Es hätte nie soweit kommen dürfen. »Ich habe es ja gewußt«, hatte er wiederholt zu Buffy gesagt, »ich wußte, daß es nie gutgehen würde.«

»Und warum nicht?« hatte sie gefragt, klebte den Deckel einer Butterdose mit Tesafilm fest und stapelte Art-Deco-Teller.

»Weil eine Kuppel«, belehrte William sie, »auf etwas anderem drauf steht. Dafür ist sie da. Sie überragt. Sie ist die Krönung, der architektonische Gipfel sozusagen. Sie ist ein Wunder aus Bögen, Spannung, Strebepfeilern. St. Paul's. Von Christopher Wren.« Er gestikulierte. »Brunelleschi, Florenz, Prag. St. Petersburg. Eine Kuppel, um Himmels willen – eine vergoldete Kuppel! Wie kann sie auf dem Boden sitzen? Mit all diesen albernen Pfeilern, die herausragen. Wie eine fliegende Untertasse. Das ist doch lächerlich.«

»Du hast vollkommen recht«, sagte Buffy.

Na gut. Der Dome nicht. Gut, daß wir ihn loswerden.

Chris de Souza murmelte aus der Anlage in der Ecke. Das Morgenkonzert: Was gab es heute? Da war das übliche Stimmen der Instrumente, das Einnehmen der Plätze, das Hüsteln. De Souza quasselte weiter, dann der plötzliche Applaus, den seine Stimme übertönte, als der Dirigent eintrat und …

Und ganz plötzlich war der winterliche Raum mit den blattlosen Bäumen hinter dem hohen klaren Glas von unsagbarer Schönheit erfüllt.

William lehnte sich in seinem Schreibtischstuhl zurück, schloß die Augen und ließ sich von der Kreutzersonate überfluten.

Er sah sich mit Eve auf Herbstkonzerten; er sah Matthew vor seinem Notenständer, hier, in der Mitte des Zimmers, das Gesicht konzentriert, die lange Hand, anmutig und ausdrucksvoll, auf dem Bogen, Finger, die über die Saiten glitten, die aufsteigenden Tonfolgen.

Er blieb sitzen bis zum Ende des ersten Satzes, und dann, in der Pause, dem erneuten Hüsteln und Rascheln, schrieb er auf: Wigmore Hall, Purcell Room. Festival Hall. Einen Moment lang überlegte er, dann fügte er die Proms, die Promenadenkonzerte, hinzu. Warum nicht? Wenn sie hierblieb, warum nicht?

War sie musikalisch? Nun ja, wenn nicht, würde er sie einführen, er würde sie zu Konzerten mitnehmen, ihr etwas vorspielen, er würde sie einführen.

Und Matthew …

Ich war so dumm, dachte William, als der zweite Satz begann.

Ich habe mich damit abgefunden – mit dieser Apathie, diesem halbtoten Zustand, dieser ganz abhanden gekommenen Persönlichkeit. Ich bin hinaufgegangen in diese verdammte Klinik und habe ihn mit hierhergeschleppt, und nicht *einmal* in all den Jahren habe ich mich weiter vorgewagt. Es gibt eine Welt. Es gibt Galerien und Konzerte. Ich werde ihn mitnehmen – ich werde ihn wieder zum Leben erwecken. Ich werde sie beide mitnehmen.

Er hörte den Schlüssel in der Haustür. Er drehte sich auf seinem Stuhl um, als sie hereinkam; frisch von der Kälte und voller Energie, ließ sie Danny von der Leine, damit er zu ihm rennen und sich begrüßen lassen konnte. Die Musik war …

»Ich muß Sie mit Matthew bekannt machen«, sagte er. »Wir dürfen es nicht länger aufschieben.«

III

Andeutungen

14

»Valentinstag«, brummte Ernie, während sie in den Geschäften herumstapften. »Verflixter Valentinstag.«

Sophie fuhr mit der Hand über ihre Haarspange, ein scharfer jungen Pointer mit funkelnden gelben Augen.

»Vergiß es«, sagte Ernie. Er schob einen Fünfkilosack Hundekuchen von einer Hand in die andere. »Denk nicht mal dran.«

Im Postamt scherte er aus der Warteschlange aus, um einen Blick auf den Kartenständer zu werfen. Er starrte auf gepolsterte Satinherzen, überflog kunstvolle Verse. Wo waren die frechen Verse? Die frechen waren in Ordnung. Er fand sie weiter unten und zog sie heraus, eine nach der anderen, und fing an zu lachen.

»Sei still«, sagte Sophie. »Die Leute gucken schon.« Sie zerrte ihn zurück in die Reihe.

»Ich könnte auch solche Verse schreiben«, sagte er und fingerte an seinem spärlichen Schnurrbart. »Mit Leichtigkeit. Ich könnte auch solche Zeichnungen machen.«

Sophie beachtete ihn nicht. Sie wartete, bis die freundliche Stimme verkündete, daß sie jetzt an der Reihe waren.

»Schalter Nummer sechs bitte!«

»Meine Schwester konnte heute nicht kommen«, sagte sie und schob Marys Rentenausweis unter der Glasscheibe durch.

»Wie schade«, sagte die Frau freundlich. Sie zählte achtundsechzig Pfund vierunddreißig ab und drückte einen Stempel auf den Ausweis. »Das wär's.« Und sie drückte auf ihren Summer.

»Schalter Nummer sechs, bitte!«

»Auf Wiedersehen«, sagte Sophie. »Vielen Dank.« Sie zählte das Geld nach und steckte es in ihren Geldbeutel.

»Ich nehme es«, sagte Ernie.

Es war jede Woche das gleiche. Zwei von ihnen fuhren am Markttag in die Stadt, und einer mußte zu Hause bleiben und sich um das Museum kümmern.

»Es darf nie unbeaufsichtigt bleiben«, sagte Mary, und sie

wußten, daß sie recht hatte. Jede Woche unterschrieb eine von ihnen den Rentenausweis, der dem anderen die Erlaubnis gab, das Geld abzuholen: Mary mit ihren wilden Großbuchstaben, Sophie mit ihren großen verschlungenen S und H und Ernie mit seiner guten klaren Handschrift. Ernest William Harriman, las sich Ernies Unterschrift, und man könnte denken, daß dahinter ein gebildeter Mensch stand, ein Architekt vielleicht oder ein Künstler.

»Das bin ich ja auch«, sagte er von Zeit zu Zeit. »Ich hätte aufs College gehen sollen. Hätte nach London aufs Royal College of Art gehen sollen.«

»Die hätten dich gar nicht angenommen, dich alten Spinner«, sagte Mary.

Heute war sie es, die das Haus hütete. Gewöhnlich wechselten die Schwestern sich ab, denn seit Janice fort war, brauchten sie Ernie, um die Sachen zu schleppen. Er und Sophie gingen wieder hinaus, standen auf der eiskalten Hauptstraße und hakten ihre Liste ab. Kekse zum Verzehr für Mensch und Hund. Teebeutel. Toilettenpapier. Wenn das Geld knapp wurde, behalfen sie sich mit zerrissenen Stücken der *Shropshire Times*, wie es während des Krieges schon ihre Eltern tun mußten, als sie noch Kinder waren. Nicht alle Fetzen wurden heruntergespült: Manchmal starrte Ernie, wenn er in seinem Wohnwagen pinkelte, auf Teile einer Schlagzeile, von der noch verrückte, seltsame Wörter in der Schüssel herumschwammen. Im Lauf der Zeit hatte er auf *Viehbestand*, *Auf frischer Tat*, *Fünfzig glückliche* und *Kleinkind* gepinkelt.

Jetzt hakten sie Bohnen, Saversoup, Mother's Pride und Chum ab. Käse, Speckstreifen, Kochäpfel. Glühbirnen. Waschpulver, Erbsenpüree. Zucker. Sardinen. Kochpudding mit Rosinen.

Sogar bei Lo-Cost gab es Valentinskarten.

»Aufgepaßt!« sagte Ernie und schob seinen Einkaufswagen auf ein paar kichernde Mädchen zu. »Ich hab gesagt, aus dem Weg!«

Sie drehten sich um und starrten ihn an, dann guckten sie wieder auf die Karten und krümmten sich vor Lachen.

»Ich seh mich noch ein bißchen um«, sagte Sophie, als sie an der Kasse standen.

»Oh, nein, kommt nicht in Frage.« Er stapelte die Konserven auf das Laufband.

»Doch«, sagte sie eigensinnig.

»Du wirst uns alle ins Armenhaus bringen.«

»Ich habe mir jeden Pfennig abgespart.«

Diese Unterhaltung fand alle paar Wochen statt. In der Zwischenzeit füllte sich das Marmeladenglas auf Sophies Toilettentisch mit klitzekleinen Münzen.

»Dann geh schon«, sagte Ernie, als sie wieder draußen in der Kälte standen. »Ich hol mir meinen Tabak.«

»Wir treffen uns an der Bushaltestelle.« Und fort war sie, abseits der Hauptstraßen und in der Nähe der Kathedrale, vorüber an allen Touristen und den Dohlen im Gras; sie nickte den Geistlichen zu und roch auf der anderen Seite, unten in dem verborgenen Gäßchen, die berauschende Mischung von Lavendel, Teebaum, altrosa Rosen und Rosmarin, Sandelholz und Myrrhe.

Sie öffnete die Tür und atmete alle Düfte ein. *Healing Arts.* Heilende Künste. Wunderbar.

Zerbröckelnde Räucherstäbchen standen in kleinen Messinghaltern; Kisten mit Seifen, Regale, gefüllt mit sinnbetörenden Ölen: Alles hier drinnen war gesund und heilsam und freundlich. Sie stand da in ihrem gegürteten grünen Mantel und der erdbraunen Baskenmütze und nahm alles in sich auf.

Naturluffa, getrocknete Blumen, natürliche Pfefferminz-Fußcreme. Entspannende Hörkassetten, hilfreiche Bücher. Streß, Tiefenmassage, Biomassage, Angst und Depression, Phobien, Herbalismus, Kristalle, Sternzeichen. Homöopathie. Aromatherapie. Bioenergetische Therapie. Lebensverlängernde Ernährung. Hier fand man für alles eine Kur.

Und dort, auf der Theke, standen all die hübschen Kleinigkeiten: Lavendelsäckchen, glückbringende Marienkäfer, glitzernde Aufkleber mit Monden und Sternen. Die Karten mit den Haarspangen.

»Guten Morgen, Sophie.«

Ach, wie freundlich sie hier waren!

»Wie geht es Ihnen heute?«

»Ganz gut«, sagte Sophie, während ein paar Leute ihr auswichen. »Man darf nicht klagen.« Ihre Finger in den froschgrünen Wollhandschuhen strichen über die Spangen, fuhren dann an ihre Lippen und kehrten entschlossen zurück. Sie spürte, wie ihr Herz zu rasen begann. Kein anderes Geschäft auf der Welt hatte solche Dinge. Pudel und Boxer und eine herrliche Dänische Dogge. Die war neu. Ihre Finger zitterten. Ein Rüde. Er war prachtvoll: Von der Spitze seines glatten grauen Schwanzes bis zu seinen glänzenden Ohren, den Muskeln, die sich unter dem pilzfarben glänzenden Fell abzeichneten – was für ein herrliches Tier!

»Haben Sie die Vögel schon gesehen?« fragte Daphne hinter der Theke mit ihrer warmen, ausdrucksvollen Stimme. »Wir haben ein paar neue hereinbekommen.«

Sophie betrachtete sie. Nicht nur Kakadus und Papageien und Wellensittiche, sondern herabstoßende Schwalben und gurrende weiße Tauben. Ein Rotkehlhüttensängerpärchen im Flug – Bluebirds. Liebesvögel. Waren sie das? Sie starrte sie an.

»Sind die nicht hübsch? Extra zum Valentinstag – wir haben schon eine ganze Menge verkauft.«

»Bißchen spät für mich, an Valentines zu denken« sagte Sophie nüchtern.

»Oh, sagen Sie das nicht. Es ist nie zu spät für die Liebe.« Gepflegte Hände nahmen das Kärtchen vom Ständer herunter; silberberingte Finger entfernten das Gummiband. »Hier. Warum probieren Sie sie nicht an?« Und sie legte ein Liebesvogelpärchen in Sophies ausgestreckte Hand. Sie lagen auf den froschgrünen Bommeln wie Geister aus einer anderen Welt.

»Was hast du dir gekauft?« fragte Ernie, der rauchend im Busunterstand am Markt auf sie wartete. Die Winterluft war erfüllt vom Geruch der Schafe und Rinder. Strohhalme, Papierschnitzel und Zigarettenstummel wirbelten in dem eisigen Wind; sie konnten das Klirren in den Pferchen, die Rufe, das Muhen und

Blöken hören. Toms Trailer servierte heißen Tee und Suppe, aber sie hatten keinen Penny mehr übrig.

»Ach«, sagte sie, »Es war eine schwere Entscheidung.«

Ernie prustete.

»Eine Dänische Dogge oder Liebesvögel«, berichtete sie ihm. Oh, wie sie bei dem Hund gezögert hatte. »Ich lege ihn für Sie zurück, wenn Sie wollen«, sagte die reizende Daphne. »Sie können ihn kaufen, wenn Sie das nächste Mal herkommen.« Und sie steckte ihn in eine Tüte und legte ihn unter die Theke. Sophie wußte, daß Mary das als gleichbedeutend mit Kredit betrachten würde, aber wie konnte sie es ablehnen?

»Ich habe die Liebesvögel genommen«, sagte sie und griff in ihre Tasche.

»Zeig sie mir im Bus«, sagte Ernie, während der Bus gerade herbeirumpelte.

Sie kletterten hinauf, hoben Tasche um Tasche hinein. Es begann zu regnen. Eine Konservendose rollte hinaus auf den Boden.

»Diese Janice«, sagte er. »Diese verflixte Janice Harper.«

Sie hatte ihnen eine schöne Karte vom Tower of London geschickt.

»Ich hoffe, ich bekomme eine Valentinskarte von dem Mädchen«, sagte er und ließ sich auf seinem Sitz nieder.

Die Scheibenwischer begannen über die schmutzige Windschutzscheibe zu zischen. Sophie zog die Vögel aus ihrer Seidenpapierverpackung und zeigte sie ihm.

Er verdrehte die Augen himmelwärts. »Da kannst du lange warten, bis die dich finden.«

»Hast du dir was gekauft?«

»Vielleicht.«

»Was? Sag's ruhig, ich verrate nichts.«

Aber er zog die Zeitung hervor und vertiefte sich in die Marktpreise.

Auf der ganzen Heimfahrt schaute sie durch die strömenden Fenster hinaus auf die durchweichten, graugrünen Felder und dachte über die Wahl nach, die sie getroffen hatte. Sie befühlte die irisierenden blauen Flügel und zärtlich ineinander verschlungenen Schnäbel und dachte an die mächtigen Schultern und Hinterbacken, an einen edlen Hundekopf.

Er war ein Prinz, und wenn sie ihn endlich nach Hause bringen durfte, würde sie ihn so nennen.

Den Rest des Tages regnete es. Ernie, nach einem Lunch aus verbilligten Creme-Crackers, mildem holländischem Edamer und einem Becher Tee, schloß seine wacklige Eingangstür ab und machte es sich bequem. Der Paraffinofen war angezündet, und ein gemütlicher Mief breitete sich aus. Er saß an seinem Klapptisch mit der Formica-Platte am Fenster und öffnete die braune Papiertüte.

Da! Genau das Richtige.

Der Yorkie zu seinen Füßen drehte sich zweimal herum und legte sich hin. Er begann zu schnarchen. Ernie fuhr mit den Fingern über den glänzenden Metalldeckel. Die richtige Größe und ein gutes Schnäppchen. Er öffnete ihn mit seinen gelblichen Fingernägeln; er holte kurz Luft.

Ja.

Ultramarin. Himmelblau. Moosgrün. Wintergrün. Knallrot, Blutrot, Bernsteingelb, Umbra und Ocker. Tiefschwarz, Kalkweiß. Und hier, in der schimmernden Metallrille vorn, zwei Pinsel.

Wenn Ernie auf das Royal College of Art in London gegangen wäre, hätte er einen Eichhörnchenpinsel gehabt, das wußte er. Eichhörnchen oder sogar Zobel, für die ganz feinen Arbeiten. Er hatte die Hütten mit einem Gelegenheitskauf Dulux-Farben gemalt – er hatte keine andere Wahl für eine Arbeit von so großem Ausmaß, was sonst hätte er benutzen können? Aber jetzt …

Er nahm die schmalen roten Pinsel und ließ die Borsten zwischen dem aufgesprungenen Finger und Daumen hindurchgleiten. Weich wie ein flauschiger Welpe, zart wie das Ohr eines jungen Hundes. Er sah genauer hin. Wahrscheinlich synthetisch, wahrscheinlich Nylon, die Welt ging vor die Hunde – ha.

Egal. Vorläufig mußte er sich damit behelfen.

Aus der anderen braunen Altpapiertüte zog er den Zeichenblock heraus. Es war nicht das hochwertige Künstlerpapier, das ihm zustand, aber es würde genügen. Für das, was er im Sinn hatte, für den Anfang.

Ernie stand an seinem Spülbecken und wusch ein Marmeladenglas aus. Die Spüle war aus Edelstahl, aber das war nicht zu erkennen. Etwa einmal im Jahr kam Mary wild entschlossen mit einer Dose Vim und einer Scheuerbürste über den Hof. Gewöhnlich im Frühjahr. Er sah aus dem hinteren Fenster hinaus auf das regengepeitschte Feld: Im April brachte es ein paar Schillinge ein, als Weide. Im Sommer würde er noch ein paar Schilling hinzuverdienen, wenn er einmal in Fahrt gekommen war. Er sah es schon vor sich: eine nette kleine Ausstellung irgendwo in einer Teestube, besucht von allem, was Rang und Namen hatte.

Ernie wischte das Marmeladenglas an seinem Ärmel ab und stellte es auf den Tisch. Einen Moment lang, als er so dasaß und alles vor ihm bereitlag, alles an seinem Platz und fertig, erlebte er reine Freude. Er griff nach seiner Tabaksdose, rollte eine auf, zündete sie an und schloß die Augen. Das Bild Janice Harpers schwebte vor seinen Augen, der einzigen Rauchergefährtin, die er viele Jahre lang gehabt hatte, wie sie so strahlend und vergnügt hereinkam – ein Hauch von frischer Luft. Dann lebte jeder Hund auf dem Hof auf, selbst ein alter Köter wie er selbst. Ha. Er merkte, daß er anfing einzudösen, und gab sich einen Ruck. Hier drin mit einer Zigarette einzuschlafen – und es wäre aus mit ihm.

Los, reiß dich zusammen. Da war der Malkasten, da waren die Pinsel, Papier und Wasser. Genau wie in alten Zeiten. Den ganz alten Zeiten. Wie er so an seiner Selbstgedrehten schmauchte und sich alles ansah, sah er einen längst vergessenen Knirps in der Zeichenstunde sitzen, in der vordersten Reihe, die Heizkörper knallten, das Klassenzimmer, vollgestopft mit Kindern, roch nach Schweiß und Bauernhof. Pulverisierte Farben in den Primärfarben – die zu mischen, das machte Spaß.

Vermische sie und mach Grün und Gold und Purpurrot. Um ihn herum schnüffelten die Kinder und traten einander, verschütteten Wasser aus 1940er Marmeladengläsern und wurden gescholten. Vorne, oben auf dem Pult des Lehrers, standen ein

Glas mit Weidenkätzchen und ein Krug mit buttergelben Osterglocken. Es war endlich Frühling geworden. Blasse Sonne schien durch die Schulhoffenster, eine Drossel saß oben in einem Apfelbaum, noch eine halbe Stunde, bis die Mittagsglocke läutete. Er tauchte seinen Pinsel ein, er starrte auf den Krug, auf die Kätzchen: er fing an.

Wann war er das letzte Mal so glücklich gewesen?

Regen trommelte auf das Dach des Wohnwagens; unter dem Klapptisch lag Pip, seufzte und schnarchte. Ernie packte ihn, zog ihn hervor und setzte ihn aufs Fenstersims.

Wach auf, sagte er zu ihm, du hast eine Aufgabe. Jetzt guck mich mal an.

Sonntag morgen. Der Regen war vom Wind verjagt worden, der Tag war heller, die Kirchenglocken läuteten. Damals, mit Mutter, waren sie immer in die Kirche gegangen. Bevor Vater starb, waren sie alle zusammen gegangen, regelmäßig wie ein Uhrwerk gingen sie immer in derselben Reihenfolge den Pfad hinunter: Die beiden Eltern vorn, dann Ernie, dann sie und Mary, die sich an der Hand hielten und Ernie im Auge behielten. In dieser Jahreszeit war es noch immer frisch gewesen, aber sie hörten die Lämmer blöken, blieben stehen und spähten durch die Gatter, sahen einen frühen Vogel oder zwei mit einem Heuhalm oder einem Zweiglein im Schnabel in den Hecken herumhuschen. Und die Glocken klangen so schön, hoffnungsvoll und fröhlich. Nicht wie diese furchtbaren Begräbnisglocken, die sie für Vater und dann für Mutter geläutet hatten. Die wollte man nicht wieder hören.

Doch nach Mutters Tod war es auch mit den Kirchgängen vorbei. Nicht sofort. Eigentlich sprach niemand darüber oder faßte den Entschluß, aber es gab immer noch Arbeit von der Woche her, die sie jetzt sonntags tun konnten. Die Ställe auskehren, die Hütten saubermachen – das waren schon anderthalb Jobs. Die Hunde konnten sonntags morgens und auch nachmittags ausgeführt werden; sie konnten es schichtweise tun. Sie war die einzige, die am Kirchgang festhalten wollte, aber irgendwie hatten sie einfach aufgehört.

Es waren die Hymnen, die sie am meisten vermißte.

Sophie saß in ihrem Schlafzimmer vor ihrem Toilettentisch. Er war, wie vieles vom Haushaltsmobiliar, ein Nachkriegsprodukt aus lackiertem Sperrholz. Über die Jahre war etwas von dem Lack abgebröckelt und hatte dünne Furchen hinterlassen. Sie erinnerten sie manchmal an ein gepflügtes Feld, manchmal an eine Wüste nach einem Sandsturm. Der Sand in Falten gerafft, wie sie es einmal im Schaufenster eines Reisebüros in Shrewsbury auf einem Plakat gesehen hatte, unter einem herrlichen Sonnenuntergang. Manchmal, wenn sie hier oben vor sich hin träumte, erinnerten die Schrammen sie an den Sand eines Strandes, die zurückweichenden Wellen hatten Rillen hinterlassen, die, wenn man rannte, hart unter den bloßen Füßen waren. Es war lange her, seit Sophie irgendwo herumgerannt war, doch als Kinder hatten sie einmal ihre Ferien mit Vater und Mutter an der See verbracht; das hatte einen unauslöschlichen Eindruck hinterlassen. Sie erinnerte sich an den Sand und das ledrige dunkle Maul eines Hundshais, der am Strand angeschwemmt war; sie erinnerte sich an die geheimnisvollen Tiefen eines Felsentümpels und den fransigen, saugenden Mund einer Seeanemone, in die sie nicht gewagt hatte, ihren Finger zu stecken, trotz Ernies Drängen und Marys Verachtung. Manchmal dachte sie immer noch an ihren gerüschten Badeanzug, der so hübsch gewesen war, und wie Mutter ihr die weiße Gummibademütze heruntergezogen hatte und wie weh es getan hatte, wenn sie ihr Haar darunter stopfte, und wie eng der Riemen mit der Schnalle unter ihrem Kinn saß.

Irgendwo im Haus lag ein Fotoalbum mit winzigen, in klebrige Papierecken gesteckten Schwarzweißfotos von diesen Ferien. Da standen sie alle in einer Reihe mit Rover, ihrem allerersten Hund, sie lächelten in die Sonne und kauten an ihren sandigen Butterbroten.

Sie hatten viel Spaß gehabt, damals.

Manchmal, wenn sie vor ihrem Spiegel saß, fuhr Sophie mit der Spitze ihrer Nagelfeile über den Lack und schabte noch etwas mehr davon ab, schuf Seen und Lagunen und fremde Länder. Als Mary einmal hereingekommen war und sie, meilenweit fort, herumkratzen sah, hatte sie sie angeschrien und des Vandalismus beschuldigt. Seitdem hatte Sophie der Versuchung widerstanden. Es war schließlich ihr liebstes Möbelstück, etwas, von dem sie das Gefühl hatte, es sei eigens für sie hergestellt worden.

Da war der dreiteilige Spiegel. Häßlich, wie er war, das Glas mit rostigen Klammern am Sperrholzhintergrund befestigt, war er doch etwas wie ein Luxus für sie. Sich von jeder Seite zu sehen – hierhin und dorthin zu blicken, um zu prüfen, ob alles in Ordnung war, ohne den Hals recken oder schielen oder jemanden bitten zu müssen, den Spiegel hinter sie zu halten – da fühlte sie sich wie ein Filmstar. Da war auch die unendlich interessante Beschäftigung, die Seitenflügel zu drehen, so daß, wenn man sich vorbeugte und nach links oder rechts sah, das eigene Spiegelbild sich weiter und weiter entfernte, in endloser Wiederholung. Das hatte sie schon getan, als sie noch klein war, und manchmal tat sie es heute noch, die Seitenflügel ausrichten und sich vorbeugen, den Kopf drehen und da! Sophie nach Sophie nach Sophie erwiderte ihren Blick, weiter und weiter zurückweichend, bis zu dem Ort, wo sie, Sophie, begonnen hatte.

Was für ein sonderbarer Gedanke.

Der Toilettentisch hatte zwei Etagen und bestand aus drei Fächern; auch das empfand sie als eine Art Luxus. In dem tieferen mittleren Fach befanden sich ihre Haarbürste, Kamm und eine kleine Dose mit Deckel, in der sie ihre Knöpfe, Strumpfhalter und Druckknöpfe aufbewahrte. Auf den Aufsätzen zu beiden Seiten, jedes mit einer kleinen Schublade, standen ihr Marmeladenglas mit Kleingeld und die kleinen Porzellandosen, über viele Jahre gesammelt und jede mit einer ausgeprägten Persönlichkeit. Die waren für ihre Haarspangen, und eine war für Broschen.

Glocken läuteten: Irgendwo auf dem Treppenabsatz tröpfelte etwas.

»Dear Lord and Fa-ather of Mankind/Forgive our foolish ways«, sang Sophie leise und hob den Deckel einer Porzellandose mit rosa Rosenmuster. Darin verwahrte sie die Vögel, und jetzt hatten sie neuen Zuwachs bekommen: Liebesvögel – was für ein schönes Wort. Nur daran zu denken machte einen glücklich. Sie nahm sie zärtlich heraus, hielt sie in ihrer hohlen Hand, streichelte ihre blaublauen Flügel. Wie sie herabschossen und umherflitzten, wie sie schnäbelten und girrten. Liebesvögel. Bluebirds. Beide so reizende Geschöpfe.

»Re-clothe us in our right-ful mind, in purer lives Thy ser-vi-ice find ...«

Sie öffnete die Klammer, beugte sich vor und schob die Spange in eine Strähne ihres dunklen Haars. Wirklich wunderschön; sie war nicht grau geworden. Immer noch jung im Grunde ihres Herzens, im Grunde immer noch ein junges Mädchen.

Sie drückte die Spange zu, ordnete ein paar Haarsträhnen, sie beugte sich in die Tiefen des dreiteiligen Spiegels. Und da war sie, zog sich mit den Vögeln zurück ins Unendliche, in immer neuen Spiegelungen, weiter und weiter, tiefer und tiefer, weit, weit weg, aber nie – nein niemals; sie spürte ein plötzliches Rauschen ihres Blutes, ein furchtbares Erschrecken – niemals würde sie sich in Luft auflösen.

Janice war auf Besichtigungstour. Bei ihrem ersten Ausflug war sie allein zur London Bridge gegangen – ein ausgezeichneter Anfang, hatte William gemeint, wenn man die Atmosphäre der Themse in sich einsaugen wollte. London! Sie war nicht in Oswestry oder Welshpool oder in einer sozialen Wohnungsbausiedlung hinter der Abzweigung von Shrewsbury. Sie war von zu Hause fortgegangen. Endlich, Gott sei Dank, endlich!

Es war schon dunkel. Sie stand unter einer Straßenlaterne vor der Station, den Kopf über den Stadtführer *A–Z* gebeugt. Sie stand zwischen zwei monumentalen Gebäuden: Guy's Hospital, das sich riesig über die ganze Straße ausdehnte, und Southwark Cathedral. Na gut. Sie wollte doch nicht um ein Krankenhaus herumstreichen, oder? Selbst wenn es berühmt war. Auch war sie nicht darauf erpicht, im Dunkeln eine Kathedrale zu betreten. Choralsingen bei Kerzenlicht? Nein danke, heute nicht. Außerdem war sie wahrscheinlich abgeschlossen. Was sonst? Das Old Operating Theatre. (Mus.) Folterinstrumente, ohne Anästhesie – also bitte! Das Clink-Gefängnis? Wo war sie da hingeraten?

Doch am ganzen Embankment entlang eilten Menschen in die Pubs und Weinbars, um aus der Kälte zu kommen. Sie sah noch einmal in den Stadtführer. Shakespeare's Globe. Ah. Steve würde gerne etwas darüber hören. Aber es war ein ziemlich weiter Weg zu Fuß, und überhaupt ... Sie hatte eine plötzliche Vision ihrer selbst, wie sie in Jacke und Jeans und der Veganerversion der Doc-Martens-Stiefel in ein Foyer mit lauter eleganten Leuten marschierte, alle in großer Robe, und über Shakespeare redeten. Vielleicht ein andermal. Als sie sich bei diesem Gedanken ertappte, wußte sie, es war genau die Formulierung, die William benutzen würde. Sie konnte ihn hören, wie er es mit einem leichten Lächeln sagte.

Na gut. Was sollte sie tun?

»Haben Sie Feuer, Schätzchen?«

Janice blickte auf zu dem Mann mit schütteren Haar, der vor ihr stand. Er grinste auf eine ekelhaft anzügliche Art und Weise, und sie sagte kühl: »Nein, hab ich nicht, und nennen Sie mich nicht Schätzchen«, und sie blieb stehen und wartete, daß er weiterging.

»Na denn nicht, du blöde Kuh.« Und als er wegging, wußte sie in einem lichten Moment genau, warum ihre Mutter nicht gewollt hatte, daß sie nach London zog. Aber er war fort, und sie konnte sich wehren, sie würde o. k. sein.

Und sie drehte sich um und ging hinunter zum Fluß, der Weg führte durch Seitenstraßen, aber sie achtete darauf, daß sie sich immer in Reichweite von Menschen befand. Und als sie am Geländer lehnte und hinaus über das Wasser blickte, wo der beleuchtete Schiffsrumpf der HMS *Belfast* lag, begann sie wieder gleichmäßig zu atmen und sich sicher zu fühlen. Sie suchte in ihrer Jackentasche nach ihrer Zigarettendose und zündete sich eine an. Schon besser. Lastkähne tuckerten auf und ab, und unter ihr plätscherte das Wasser gegen die Mauer; der Mond ging auf, die Themse war silbrig schwarz und wie verzaubert. William hatte recht. Die angestrahlte Kuppel von St. Paul's, die Wolkenkratzer und Brückenbögen – und dort, ganz unten rechts, war die Tower Bridge. Dieser Anblick, vertraut von jeder Ansichtskarte und aus jedem Buch über London, das sie jemals aufgeschlagen hatte, erfüllte sie jetzt mit Erregung und Genugtuung. Sie war hier, sie hatte ihn gesehen. Die mächtigen Steinmauern des Tower waren in Flutlicht gebadet – Gott, es war phantastisch!

Und sie lehnte am Geländer, nahm alles in sich auf, der Rauch ihrer Zigarette wehte hinaus über das Wasser, und ein Flußschiff hupte, tief und volltönend, hinauf zum Londoner Himmel.

Wohin als nächstes?

»Ich würde Ihnen gerne die Dulwich Picture Gallery zeigen«, sagte William. »Ich möchte auch mit Ihnen ins Horniman Museum gehen, wenn es etwas wärmer ist – bezaubernde Gartenanlagen. Ein wunderbares Gewächshaus. Wir könnten dort Tee trinken.«

»Das wäre nett.«

Sie saßen mit einem Drink am Kamin. Janice, die an Halbe in einem Pub und eine Runde Darts gewöhnt war, begann sich jetzt daran zu gewöhnen, daß William an den Abenden, an denen sie zu Hause war, um sechs Uhr herum das Feuer anzündete, einen Blick in den Getränkeschrank warf und zwei Gläser herausholte.

»Whisky? Sherry? Trinkt ihr jungen Leute überhaupt Sherry? Oder hätten Sie lieber ein Glas Wein? Im Kühlschrank steht ein recht ordentlicher Chablis, wenn ich mich recht erinnere. Oder einen kleinen Beaujolais Nouveau?«

»Nicht alle Weine sind veganisch«, sagte Janice und klärte ihn über Blut und Eier auf und über Koschenille, das aus zerstoßenen Insekten gewonnen wurde.

»Du lieber Himmel!« Er beobachtete sie, wie sie ihren Whisky mit Ginger Ale trank und Danny vor dem Kamin mit dem Fuß übers Rückgrat strich.

»Dann gibt es die vielen Konzertsäle«, sagte er, womit er das Thema der nichtveganischen Weine fallenließ. »Ich würde nämlich unbedingt gerne, wenn es ein wenig heller wird, mit Ihnen und Matthew zusammen ein Konzert besuchen. Natürlich« – und er lächelte nachdenklich – »muß ich Sie zuerst miteinander bekannt machen.«

»Das wäre nett«, sagte Janice wieder. »Ich verstehe nicht viel von Musik«, fügte sie hinzu. »Schon gar nicht von klassischer.«

»Nun, dem können wir abhelfen.« Er stand auf, ging hinüber zur Anlage und fuhr mit den Fingern die Fächer mit den LPs entlang.

»Die kann man nicht mehr kaufen«, sagte sie zu ihm. »Haben Sie keine CDs?«

»Ein paar. Aber ich liebe meine alte Sammlung. Eve und ich haben immer Musik gehört – einige dieser Platten sind schon jahrzehntealt. Das ist kein Schaden. Einige davon sind berühmt – Karajan, Kurt Masur, Lorin Maazel – große Namen.«

Sie hatte keinen davon gehört, aber das machte nichts. Das war eben das Besondere an William: Er machte alles leicht; man hatte das Gefühl, so ziemlich alles sagen zu dürfen, und er würde alles richtig verstehen.

»Welche Art Musik mögen Sie denn?« fragte er sie, aber als sie anfing, es ihm zu sagen, merkte sie, daß er es gar nicht aufnahm.

»Nun also«, sagte er, zog eine LP aus ihrer Hülle und legte sie auf die Drehscheibe – sie war hier das Heiligtum. »Was halten Sie davon?«

Die ersten Töne erklangen, Klavier und Geige, und es durchrieselte sie. Teils war es ein Wiedererkennen – hatte sie das nicht schon einmal gehört? Mußte sie wohl – Steve hatte oft in der Küche vom Cloud Nine den Klassiksender eingeschaltet. Sie lehnte sich im Sessel zurück, ließ sich davon überfluten, hörte das Anschwellen …

Mein Gott. Ja – ja, sie hatte es schon einmal gehört, sie erinnerte sich, wie sie mit dem Abwaschen, oder was immer sie gerade tat, innehielt und dieser phantastischen Musik lauschte, hinausschaute auf die sonnenbeschienenen Hügel, über denen die Mauersegler kreisten, und …

Sie schloß die Augen.

»Die Kreutzersonate«, sagte William leise und ging wieder zurück zu seinem Sessel, und dann: »Matthew hat sie früher gespielt.«

Mein Gott, hatte er das wirklich?

Die Geige war etwas Lebendiges, exquisit, zart und wild, wie Regen auf einem Fluß, wie – den ganzen ersten Satz hindurch lauschten sie schweigend; etwas, das Janice nie zuvor in ihrem Leben getan hatte, woran sie nicht einmal gedacht hatte, obwohl sie es jetzt ganz natürlich fand. Dann, als die letzten Noten verklungen waren, öffnete sie die Augen und sah, daß William sie beobachtete, während der Feuerschein über der verstreuten Asche vor dem Kamin, dem Schutzgitter, dem schlafenden Hund spielte.

Er hob eine Augenbraue. Sie nickte.

»Ja, es ist großartig.«

»Sie sind musikalisch«, sagte er zu ihr und beugte sich vor, um noch ein Scheit aufs Feuer zu werfen.

Na ja. Das war wieder etwas, was sie noch nicht gewußt hatte.

Dann begann der nächste Satz.

Innerhalb einer Woche besuchte er mit ihr die Dulwich Picture Gallery und das National Maritime Museum in Greenwich. Vor dem Dulwich, das sie nach einem gemächlichen Spaziergang durchs Village erreichten, banden sie Danny draußen an einem Ring fest.

»Dies ist die erste Kunstgalerie in England, die eigens zu diesem Zweck erbaut wurde«, erklärte ihr William. »1811 nach einem Entwurf von Sir John Soane. So, jetzt sind Sie im Bilde.« Es war kalt, und Danny, der ahnte, daß man ihn allein lassen wollte, begann zu winseln. »Wir bleiben nicht lange, alter Knabe.«

Janice war froh, das zu hören, und William spürte es.

»Ich weiß«, sagte er und führte sie durch die blaugestrichene Tür unter dem hellen Steinbogen. »Galerien können anstrengend sein. Wir werden uns nur ein paar Bilder ansehen. Also dann«, er hatte an der Pforte einen Plan mitgenommen und geleitete sie jetzt in den ersten Raum.

Poliertes Parkett und vergoldete Rahmen: Sie sah sich um, mit einem Ohr hörte sie William über Canaletto, Watteau, Poussin reden – Maler, von denen sie noch nie gehört hatte, und keiner von ihnen sprach sie an mit diesen großen langweiligen Gebäuden, überfüllten Blumenbeeten, schmachtenden Mädchen in Gärten und den übergroßen, in Rosa und Blau drapierten Nymphen und Flußgöttern.

»Nein?« fragte William, als er ihr Gesicht sah.

»Nein«, sagte sie. »Tut mir leid.«

»Es braucht Ihnen nicht leid zu tun. Sehen wir, was Sie von den Niederländern halten. Ich glaube, die sind eher nach Ihrem Geschmack.«

Und er hatte recht. Zunächst einmal hatte sie einige von ihnen schon auf Geburtstagskarten gesehen: Riesiger, hochgewölbter Himmel spiegelte sich in den stillen Gewässern der Deiche in diesem flachen, flachen Land – man mußte vom Hals aufwärts tot sein, um die nicht zu mögen. Und die ruhigen Innenhöfe mit verwitterten Backsteinmauern, die Frauen mit ihren schlichten schwarzen Kleidern und adretten weißen Hauben, die sich unterhielten: Fast konnte man ihre Stimmen hören, während sie ihrer Arbeit nachgingen, fegten und wuschen und in der Sonne saßen und nähten.

»Besser?«

Sie nickte.

»Sehen wir uns noch den Rembrandt an, und dann gehen wir zum Lunch.«

Der Rembrandt, den er ihr zeigte, hieß *Mädchen am Fenster*. Es war dunkel und wie in Nahaufnahme; das Mädchen mit seinem zerzausten Haar und der schlichten Baumwollbluse und Jacke, das sich aus einem schattigen dunklen Hintergrund an ein rauhes, steinernes Fenstersims lehnte, nahm fast die ganze Leinwand ein. Sie war – wie alt? Fünfzehn? Vielleicht etwas älter. Sie war ganz und gar menschlich – nicht wie diese gezierten Mädchen und Nymphen, sondern stämmig und praktisch. Es war auch etwas an ihr, das Janice nicht genau ausmachen konnte, aber es hatte damit zu tun, wie sie vor diesem schattigen Hintergrund beleuchtet war: Es bewirkte, daß sie zugleich durchschnittlich und einmalig aussah.

»Ich habe mir gedacht, daß sie Ihnen gefallen würde«, sagte William.

Vor dem National Maritime Museum ließen sie Danny von der Leine und durch das hügelige Gelände laufen und warfen Stöckchen. Er rannte hinterher, bis sie unten angelangt waren. Es war noch kalt und ziemlich windig. Wolken rasten über die Dächer, eine launische Sonne spielte auf den mit Säulen geschmückten Fassaden und traf auf das Glas des Observatoriums.

»Also das«, sagte William, »nenne ich eine Kuppel.«

Sie gingen über den knirschenden Kiesboden und banden Danny noch einmal an. Diesmal hatte William ihm sein Dackelmäntelchen angezogen, und er kramte einen Hundeknochen aus seiner Tasche. Danny ignorierte ihn und bellte, bis sie außer Sichtweite waren.

Drinnen, in dem riesigen Hauptgebäude, wanderten sie durch Räume voller Modelle und Landkarten, Sextanten, Uniformen, Flaggen. Sie ging zu der Ausstellung der Polarexpeditionen, und Janice, die im vergangenen Herbst mit ihrem Vater ein erstaunliches Fernsehprogramm über Shackleton und die *Endurance* gesehen hatte, betrachtete sich jetzt noch einmal die Fotografien: Die skelettartigen, eisverkrusteten Masten und Takelungen, die frostgeschädigten Männer und die auf See geborenen Huskywelpen, die über die Schneewüste tollten.

»Gott«, sagte sie plötzlich. »Wissen Sie, woran ich dabei denken muß?«

»Woran?«

»An Ernie«, sagte sie und fing an zu lachen. »Eine dieser Hütten. Die Eskimos. Ich habe Ihnen davon erzählt.«

»Tatsächlich. Was wohl der alte Ernie dazu sagen würde?«

»Irgendwie kann ich ihn mir hier nicht recht vorstellen.«

Aber wie seltsam, dachte sie, während sie beide weitergingen, diese verschiedenen, doch ähnlichen Leidenschaften der Harrimans – Museen, Galerien, Bilder in ihren ach so verschiedenen Erscheinungsformen.

»Das Observatorium?« fragte William, als sie Scott und Shackleton hinter sich ließen. »Haben Sie noch genügend Kraft für ein Achtundzwanzig-Zoll-Teleskop und die Meridianlinie?«

»Gerade noch.«

Sie banden Danny los und führten ihn hinüber zum Observatoriumsgebäude, wo sie ihn noch einmal draußen ließen. Drinnen betrachteten sie sich die Linie, schritten darüber und wieder zurück.

»Wußten Sie«, fragte William und las ihr aus dem Führer vor, »daß bis zum späten neunzehnten Jahrhundert eine Tasse Tee, die um halb fünf in London getrunken wurde, in Norwich um fünf Uhr getrunken wurde? Und nichts und niemand hat es in Übereinstimmung bringen können.«

»Wie komisch«, sagte Janice und stellte sich die seltsame Disharmonie der Glocken und Turmuhren im ganzen Land vor. Dann wäre das Hundemuseum immer aus dem Takt.

»Während heute alles in Ordnung ist«, fügte William hinzu. »Mehr oder weniger.« Und er stellte seine Uhr an dem Schweinslederband mit ihrem schlichten weißen Blatt, den römischen Zahlen, feinen Goldzeigern und dem vergoldeten Gehäuse. »Sie hat meinem Vater gehört«, sagte er zu Janice, die ihm zusah. »Natürlich habe ich das Band mehrmals ausgewechselt, aber ich habe diese Uhr seit dem Tag seines Todes getragen. Vielmehr seit dem Tag danach.«

Er warf einen Blick auf ihr Handgelenk, an dem die Digitaluhr von Argos perfekt und pulsierend pünktlich ging.

»Geht Ihnen das nicht auf die Nerven?« fragte er sie. »Das ständige Aufblitzen?«

»Nein, eigentlich nicht.« Sie hatte noch nie darüber nachgedacht.

»Ich finde es sehr ermüdend. Gehen wir Tee trinken.«

Die Tage vergingen. Sie fand sich allmählich zurecht. Oben in ihrem Schlafzimmer, an Claires weißgestrichenem Schreibtisch, machte sie eine Liste der anderen Sehenswürdigkeiten nördlich der Themse.

Tate Modern. The London Eye. Sie sah sich und William, wie sie sich langsam über den bewölkten Himmel drehten.

15 Valentinstag: das ganze Land erwartungsvoll. Wenige, außer ein paar schamlosen Schulmädchen, gaben es zu, aber es war wirklich so. Hoffnung hat ein zähes Leben, und selbst in den Altersheimen wurden kleine Scherze gemacht und schlugen die Herzen ein wenig schneller. Würde, könnte vielleicht eins für mich kommen?

William und Eve hatten einander selten Valentines geschickt, aber er hatte ihr immer Blumen gekauft und sie ausgeführt und überhaupt die Gelegenheit wahrgenommen. Nach ihrem Tod empfand er den Tag als so schmerzlich, daß er ihn in gewissem Sinne abgeschafft und die Seiten der Zeitung mit den Kolumnen voller sentimentaler Ergüsse und milder Pornographie, die heutzutage als romantisch galten, schnell überschlagen hatte. Nach einer Zeitlang war er mit der Abschaffung so erfolgreich, daß er kaum noch an den Tag dachte, außer daß er am Stand die Preise erhöhte. Wunderbar, wie eine rote Satinschleife den langweiligsten Krug kostbarer machte oder ein Stapel ziemlich alltäglicher Untertassen sich verkaufen ließ. Binde sie zusammen, schneide das Preisschild in Herzform, und fertig ist die Laube.

»Kommen Sie nur, machen Sie sie glücklich«, drängte er mit einem gewinnenden Lächeln. »Genau das richtige als Untersetzer für den Blumentopf.«

Romantisch bis in die Knochen, stellte William gewöhnlich einen Blumentopf auf den Tisch, von Dulwichs Floristen mit winzigen Osterglocken oder Narzissen bepflanzt – ein himmlischer Frühlingsduft, der jeden aufheiterte und es wert war, alles zumindest um ein paar Kröten zu erhöhen. Was nützte einem die ganze Romantik ohne den Geschäftssinn?

»Das wär's denn«, sagte William am Ende des Tages zu Buffy, während er die Einnahmen aufteilte. »Kein schlechter Tagesabschluß.« Er trug die Kisten zum Auto und fuhr sie nach Hause. Aber obwohl sie nach Eves Tod oft zusammen zum Abendessen ausgegangen waren, taten sie es nie am Valentinstag, stellte Buffy fest. Er trug ihr Porzellan die Treppe hinauf, blieb auf einen Drink, und dann mußte er fort, Babysitten für Claire, als die Kinder noch kleiner waren, oder – er ging einfach.

Buffy hatte in ihrem ganzen Leben noch keine Valentinskarte

bekommen. Sie sagte sich, daß sie sich seit langem damit abgefunden hatte und keinen Gedanken mehr daran verschwendete. Aber dieses Jahr –

Dieses Jahr, in den Tagen davor, überließ sie sich den gemischten Gefühlen von Kummer und Hoffnung. Am Abend vor dem Valentinstag saß sie strickend vor dem Fernseher. Sie brachte auf einem Tablett ein Omelett mit Pilzen und ein Glas Sauvignon herein und ließ das meiste vom Omelett übrig; sie nahm ein heißes Bad und las im Bett zwei Kapitel von *The 1940s House*, das sie und William an den entgegengesetzten Enden Londons – auf dem Bildschirm oder als Buch – genossen. Und die ganze Zeit lief durch ihren Blutkreislauf die beharrliche, hoffnungslos beharrliche leise Frage: Würde er – könnte er – vielleicht –

Sie versank in einen unruhigen Schlaf, wachte um zwei Uhr mit schwerem Kopf auf und mußte dringend ins Bad. Die Heizung war natürlich aus, und es war schauderhaft kalt. Um zwei Uhr morgens, mitten im Februar, fand man überhaupt alles ganz und gar schauderhaft.

»Wie kommt es«, fragte William Janice, als der gewisse Tag sich näherte, »daß ein nettes junges Mädchen wie Sie keinen Freund hat?«

Sie saßen bei einem späten Frühstück: Sie hatte heute frei. Er beobachtete sie über die Zeitung hinweg, dahinter konnte er den Rückzug antreten, falls er zu weit gegangen war.

»Junge Frau«, sagte Janice, während sie eine Banane auf ihre Schüssel mit ballaststoffreichen Getreideflocken schnippelte. »Niemand ist heute noch ein Mädchen.«

War es wirklich so? Wie schrecklich. Er ließ stirnrunzelnd die Zeitung sinken.

»Es sei denn«, sagte sie und leckte sich die Finger ab, »Sie sprechen über Girl Power, natürlich.«

»Und was ist das?«

»Power«, sagte Janice und stand auf, um die Bananenschale in den Abfalleimer zu werfen. Sie kam zurück und streute braunen Zucker darauf. »Daß man tut, was man will. Sich nichts gefallen läßt. Sich nimmt, was man haben will. Und zwar immer.«

»Eine beneidenswerte Lage der Dinge«, sagte William. Er sah sie an, mit ihrer frischen Haut, noch ein wenig verschlafen, eifrig mampfend. Es stimmte – sie war kein Mädchen, nicht was er unter diesem Begriff verstand. Ein Mädchen war – wie sollte er es ausdrücken? Ein Mädchen war romantisch, trug Kleider, war leichtfüßig, war wie – er durchforschte sein Gedächtnis – die Mädchen, die in blauen Musselinkleidern am Pier entlangliefen auf diesem Gemälde von Philip Wilson Steer in der Tate. Tate Britain, vielmehr. Mädchen waren diese jungen Dinger, die in der Sommerbrise am Strand lachend ihre getupften Kleider herunterhielten, wie auf dieser wunderbaren Fotografie aus den Fünfzigern, von – von wem nur?

Er gab es auf, sah die junge Frau vor sich, die ihre Schüssel ein wenig kippte, um die Sojamilch auszulöffeln, so vernünftig und organisiert, und die ein gesundes Frühstück aß.

»Wie kommt es also, daß eine junge Frau wie Sie, wenn ich es anders formulieren darf, keinen Freund hat?«

»Was weiß denn ich«, sagte Janice. »Toast?«

»Lassen Sie mich ...«, er wollte sich erheben.

»Schon gut, ich mache ihn.« Sie stand auf und öffnete den Brotkasten. »Eine Scheibe oder zwei?«

»Zwei, bitte.« Er sah ihr zu, wie sie das Brotmesser schwang. »Gab es etwa einen jungen Mann in Shropshire?«

»Sie sind doch nicht etwa neugierig?« fragte Janice und steckte zwei Scheiben steingemahlenes Honig-Sonnenblumen-Brot in den Toaster.

William zog sich hinter die Zeitung zurück, so wie es Männer seit Generationen zu tun pflegen.

Nach dem Frühstück gingen sie getrennte Wege.

Oben in ihrem Schlafzimmer setzte sie sich an Claires alten Schreibtisch und zog die Valentinskarte aus der Papiertüte. Sie nahm sie aus ihrer Zellophanhülle und betrachtete sie. Es war die coolste, die sie auftreiben konnte: reinweiß mit einem einzigen Wort in kleinen roten Buchstaben: Hallo? Innen war sie leer, bis auf ein winziges rotes Herz. Sie nahm eine Briefmarke heraus und klebte sie auf den Umschlag. Das war der leichte Teil.

Dann nahm sie ihren Kugelschreiber. Natürlich, die Leute würden sich heutzutage ihre Valentinsgrüße per E-Mail schicken, aus irgendeinem coolen Internet-Café oder einem Loft oder von einem Büroschreibtisch aus. Niemand, den sie zu Hause kannte, hatte E-Mail, aber das war nur eine Frage der Zeit. Jeder hier hatte E-Mail, außer William natürlich. Sandra, in ihrem Büro hinter der Weinbar, ging ewig fluchend und zigarettenqualmend ihre Mails durch.

»Was will der denn schon wieder, dieser verdammte Idiot?«

Würde Sandra eine Valentinskarte bekommen?

Würde Janice?

Ihre Finger strichen über den Buchstaben E. E für Eric. Nicht viel Verwendung für E-Mail, da oben in der Schäferhütte oder auf einem Baum.

Sollte sie?

Würde er?

Was bedeutete »Hallo?« mit einem kleinen Herzen?

Hallo, erinnerst du dich? Hallo, lang nicht mehr gesehen, aber ich denke immer noch …

Tat sie das? Und selbst wenn, sollte sie es ihm sagen?

Wenn sie ihre Adresse nicht angab, konnte er ihr nicht antworten. Wenn sie ihre Adresse angab, würde sie anfangen, auf Post zu warten. Und wenn er nicht schrieb …

Natürlich, er könnte jederzeit eine Karte nach 33 Curlew Gardens schicken, hatte sie vielleicht schon abgeschickt, in diesem Fall würde sie, wenn sie ihr nachgeschickt würde, zumindest erst einen Tag später hier ankommen. Sie brauchte also nicht vor dem 15. oder 16. Februar auf die Matte zu gucken, und bis dahin könnte allerlei passiert sein.

Ach ja?

Was denn?

Na ja, vielleicht …

Sie sah sich im Geist in der Weinbar um – nur Nieten. Bis jetzt jedenfalls. Bis jetzt war sie unverbindlich von einem Immobilienmakler angequatscht worden, bis seine Freundin ankam, und von dem Typen von der Weingroßhandlung, der, sein Klemmbrett auf die Bar gestützt, ihr schöne Augen gemacht hatte, während er auf Sandra wartete, die dem schnell ein Ende setzte. »Willst du mit ins Büro kommen, Jon? Janice, machst du uns einen Kaffee?« Das war alles, wenn man den bärtigen Typen namens Derek nicht mitzählte, der sie vage an jemanden erinnerte und der gesagt hatte, er sei freiberuflicher Graphiker, was immer das war. Er hatte sich tüchtig an der Bar gestärkt, bis seine Frau aufgetaucht war. Und sonst noch – Anwälte kamen und gingen, ebenso Buchhalter, und nicht einer von ihnen hatte diese glühende, sehnige, alles andere ausschaltende Präsenz, die Eric ...

Fast hätte sie seinen Namen laut gesagt, und es fast zu tun – nur fast! – machte sie schwindlig.

Nein. Sie lehnte sich in ihrem Stuhl zurück, in ihrem neuen Pullover von Gap, von ihrem ersten Wochenlohn gekauft, und weigerte sich, der Versuchung nachzugeben. Sie war nach London gegangen, um fortzukommen, nicht wahr? Um etwas Neues zu finden, etwas anderes. Sie hatte einen guten Anfang gemacht.

Also dann.

Kein Schwindel. Keine sehnsüchtigen Blicke zurück in die Vergangenheit mit ihrer regengetränkten, leidenschaftlichen Nacht.

Und sie beugte sich wieder vor und schrieb mit ihrem Kugelschreiber in die aufgeschlagene Karte.

Lieber Steve,
erinnerst Du Dich noch an mich? Ich vermisse Dich und das Cloud Nine und alles, und ich hoffe, Du kommst gut zurecht. Es gefällt mir hier, und ich bin froh, daß ich hergekommen bin. Willst Du mich nicht einmal hier besuchen?
Alles Liebe – Janice

So. Geschrieben, ohne nachzudenken, und ganz und gar risikolos. Sie schrieb die Adresse, klebte den Umschlag zu und fühlte sich viel besser.

Aber es war doch zu schade, dachte sie später, als sie auf dem Weg zur Arbeit die Karte in den Briefkasten warf, daß nicht eine einzige Person, die sie bisher kennengelernt hatte, sie wirklich interessierte. Kein anhaltendes »Ich-möchte-dich-besser-kennenlernen-und-mal-sehen-wohin-es-führt«-Interesse.

Außer natürlich …

Und bei diesem Gedanken blieb Janice stehen und war für einen Moment ziemlich betroffen, dann riß sie sich zusammen und ging mit schnellen Schritten weiter.

William verbrachte den Morgen damit, Kataloge von Auktionsräumen und Auktionatoren durchzusehen. Er hatte seinen Terminkalender aufgeschlagen und bereits Guildford vermerkt, wohin er und Buffy noch fahren mußten; jetzt trug er Chichester ein und Anfang März ein Offenes Haus in Ippenham und einen Flohmarkt. Er blätterte die Kataloge von Phillips und Sotheby's durch, markierte in jedem ein paar Dinge und fragte sich, ob Janice wohl gerne auf eine Auktion gehen würde, nur um es einmal zu erleben. Er kochte sich eine Tasse Kaffee, las das neue Programm des National Theatre, das gerade gekommen war, erwog einen Abend mit einer Bühnenbearbeitung von Proust und wollte gerade Danny herbeipfeifen, um einkaufen zu gehen, als es zu regnen anfing. Dann würden sie eben nach dem Lunch gehen. Er machte sich noch einen Kaffee und ging damit zu den Bücherregalen. Gab es noch etwas über Weine, was hilfreich für Janice sein könnte? Er ließ seine Finger über die Buchrücken gleiten, doch nach einer kleinen Weile waren sie in die Regale mit den Kunstbüchern abgewandert, er nahm wieder den Matisse heraus und blätterte darin, als der Regen heftiger fiel und der Himmel sich verdunkelte. Er knipste eine Lampe an.

Mädchen oder junge Frauen?

Nicht für *einen* Moment würde er diese Geschöpfe als Mädchen bezeichnen. Sie räkelten sich auf Ottomanen, halb nackt, die Arme hinter dem Kopf verschränkt; sie saßen vor Toilettentischen, träge und langgliedrig; sie reckten sich vor einem Wandschirm, gehüllt in Zinnoberrot und Zitronengelb und Blau – oh, diese singenden Farben!

Er konnte sich nicht annähernd irgendein Mädchen oder eine junge Frau oder eine Frau, die er je gekannt hatte, in dieser Situation vorstellen. Ganz gewiß gehörte Janice mit ihrem ungezwungenen Ausschreiten, ihren Selbstgedrehten und ihrer gewissen – Unschuld? – nicht hierher.

Aber sie waren … sie waren …

Sie müssen etwas sein, was ich mir unbewußt gewünscht habe, dachte er und ließ sich im Sessel nieder, als im selben Moment das Telefon klingelte. Er stand auf, um abzunehmen. Danny folgte ihm.

»Hallo?«

»Dieses Mädchen«, sagte Claire. »Deine Untermieterin. Ist sie da?«

»Sie ist zufällig nicht da. Hallo, Liebling, wie geht's?«

»Gut, danke. Würdest du sie bitten, mich anzurufen? Sie hat gesagt, sie würde eventuell für mich babysitten.«

»Hat sie das gesagt? Ich würde mit Vergnügen für dich babysitten, jederzeit – wirklich gerne. Du brauchst nur zu fragen.«

»Ja. Na gut. Vielleicht, wenn sie keine Zeit hat. Trotzdem, kannst du sie fragen?«

»Ja, ja natürlich.«

»Danke. Tschüs.«

Und das war alles, und es war fast Mittagszeit. Er ließ eine Nachricht für Janice auf dem Tisch im Flur und ging hinunter, um eine Dose aufzumachen.

Valentinstag. Die Weinbar war überfüllt. Auf jedem Tisch eine einzelne rote Rose in einer opalisierenden Vase, schwimmende Kerzen, ein spezieller Valentinsdrink – ein Gespritzter, blutrot mit Kirsch, und Sandra in etwas, das sehr kurz und sehr tief ausgeschnitten war. Janice wurde von dem Moment ihrer Ankunft an herumgehetzt, was ihr nur recht war, da natürlich am Morgen keine Karte auf der Matte gelegen hatte, und sie war nicht imstande, ein plötzliches Tief der Enttäuschung zu überwinden, obwohl sie es doch schon immer gewußt hatte, oder etwa nicht?

Inzwischen kannte sie schon ziemlich viele Stammkunden und schwatzte munter mit ihnen, während sie gekühlten Chardonnay öffnete, Eiskübel füllte und Champagnerkorken durch den Raum sausen ließ. Das war in Ordnung. Sie füllte Oliven, Dips und Knabberzeug in die Schälchen, sie sauste mit einer schneeweißen Serviette über dem Arm von einem Marmortischchen zum anderen und fühlte sich ganz in ihrem Element. Jemand ließ einen Knallbonbon platzen. Sandra flirtete hinter der Bar mit Jonty, der zur Aushilfe da war; ein Pärchen küßte sich selbstvergessen auf einer der Wandbänke, und dann ging noch einmal die Tür auf und herein kam Derek, der Graphiker, mit seiner traurigen kleinen Frau, ganz in Schale.

Sie blickten sich suchend nach einem freien Tisch um und fanden ihn, und einen Moment lang dachte Janice, sie kämen ihr bekannt vor, was sie schon einmal gedacht hatte, als er zum ersten Mal hereinkam. Sie ging zum Tisch, um ihre Bestellung entgegenzunehmen.

»Kenne ich Sie nicht von irgendwoher?« fragte sie ihn und bereute es sofort, als Dereks Augen bei dieser uralten Anmachformel aufleuchteten und seine Frau zu schrumpfen begann.

»Ja, ich habe mir schon den Kopf darüber zerbrochen, als wir uns zum ersten Mal gesehen haben«, begann er. »Kennst du diese junge Dame nicht, Jenny?« Aber gerade als er begann, die endlosen Möglichkeiten zu erwägen, die zu nichts führen würden, öffnete sich glücklicherweise die Tür noch einmal, und herein kam Claire Harriman, die heute weniger wie Mary aussah, und mit ihr – ja, das mußte er wohl sein – ihr gutaussehender Ehemann.

»Entschuldigen Sie mich bitte einen Moment«, sagte Janice, ließ Derek und Jenny mit der Weinkarte allein und ging hinüber, um sie zu begrüßen.

»Janice.« Claire begrüßte sie mit einem freundlichen Lächeln. »Ich habe mich schon gefragt, ob Sie wohl heute abend Dienst hätten. Darf ich Ihnen vorstellen …«

»Jeremy Lewis«, sagte der nette, hochgewachsene Ehemann und gab ihr die Hand. »Ich habe von Ihnen gehört. Sie wohnen bei William.«

»Ja, es ist großartig.« Und sie zog die Stühle für sie heraus und nahm ihnen die Mäntel ab.

»Hat mein Vater Ihnen Bescheid gesagt?« fragte Claire und reichte ihr ihren sehr guten Seidenschal. Sie sah zu, wie Janice ihn in den Ärmel ihres Mantels steckte, so wie Sandra es ihr beigebracht hatte. »Wegen Babysitten?« fügte sie hinzu, als sie sich setzte.

»Ach du dickes Ei«, sagte Janice verlegen. Er hatte es getan, ja, wirklich. »Entschuldigung. Ich war ein bißchen abgelenkt. Aber ja, gerne. Wann, hatten Sie gedacht?«

»Oh, ich hätte einige Termine«, sagte Claire. »Aber wir wollen uns darüber jetzt keine Gedanken machen, Sie haben so viel zu tun.« Und sie wandte sich wieder an Jeremy, der die Weinkarte überflog. »Was wollen wir trinken?«

Erst sehr viel später am Abend hatte Janice, die allen half, betrunken zu werden, und selbst allmählich leicht angesäuselt war, Gelegenheit, hinter der Bar zu stehen und schemenhaft die Vorgänge im Raum zu beobachten. Sie sah, wie das Pärchen von der Wandbank hinauswankte, hilflos vor Lachen und Verlangen, und dachte, das müßte doch schön sein. Sie sah, wie sich zwischen Derek und Jenny ein Krach zusammenbraute, und erinnerte sich daran, wo sie die beiden, unglaublicherweise, schon einmal gesehen hatte. Im Hundemuseum, bei strömendem Regen im vergangenen Herbst! Sie waren zusammen mit ihrem Kind, einem pausbäckigen Jungen, aufgetaucht, als Janice gerade gehen wollte. Es war in den Herbstferien, ein scheußlicher Tag, und sie waren fast die einzigen Besucher gewesen. Gott, wie komisch. Na ja – sie würde sie nicht daran erinnern. Aber als sie an diesen Tag und ihr damaliges Leben dachte, überkam sie plötzlich eine Welle der Sehnsucht nach allem dort: den Häusern und Menschen, die sie so gut kannte, all den alten Sonderlingen in den verregneten Bergen und Tälern, dem Radfahren und Hundeausführen und Kuchenbacken, nach Steve und sogar ihren Eltern, die eigentlich gar nicht so übel waren, nur langweilig wie alle Eltern.

Und doch, dachte sie, als sie sich auf die Bar stützte und sah, wie Sandra sich lächerlich machte, ich möchte um die Burg nicht versäumt haben, hierhergekommen zu sein. Sie naschte ein paar Oliven und nahm eine Bestellung von einem jungen Mann entgegen, der schwankte wie ein Baum auf dem Leinthall Ridge. Sie hätte ihm gerne gesagt, daß er genug hatte, aber das ging sie nichts an, und überhaupt, was soll's! Es war Valentinstag, verdammt noch mal: Jemand mußte schließlich seinen Spaß haben. Sie selbst hatte jedenfalls auf eine verrückte Art und Weise mehr Spaß, als sie für möglich gehalten hätte. Und sie zündete sich ausnahmsweise eine richtige Zigarette an, die ihr von dem betrunkenen jungen Mann angeboten worden war, und sah ihm nach, wie er ungeheuer vorsichtig zu seinem Tisch zurückging, an dem noch ein anderer junger Mann saß. Dabei mußte sie wieder an Steve denken, und sie fragte sich, was er wohl heute abend tat. Kein besonderer Anlaß für Valentinspartys im Cloud Nine an einem Februarabend. Er war wahrscheinlich unten im Pub wie alle anderen, wie sie auch, wenn sie dort geblieben wäre.

Es wurde unglaublich verräuchert und laut. Janice schenkte sich noch ein Glas ein, während Sandra, die auf jemandes Schoß saß, sich zurücklehnte und in unanständiges Gelächter ausbrach. Sie stellte fest, als sie die Menschenmenge nochmals überblickte, daß Claire und Jeremy ebenfalls Derek und Jenny kannten und sie mieden. Derek hatte ihnen mit der Weinkarte zugewinkt, und Jenny hatte ihnen fröhlich zugerufen, »Wie geht's in der Schule?«, und dann – nach einem leichten Nicken beim Wiedererkennen und einem Lächeln – ein deutlich wahrnehmbares Sichzurückziehen. Nun, du würdest dich auch von Derek zurückziehen, nicht wahr? Schwer zu sagen, warum, aber du würdest es. Es gab keinen Grund, weshalb ein freiberuflicher Graphiker langweilig sein mußte, aber …

Claire und Jeremy unterhielten sich. Janice lehnte an der Bar und genoß ihre Zigarette und das Glas Wein und beobachtete sie. Claire hatte ihr gesagt, sie gingen nicht oft aus wegen ihrer drei kleinen Kinder. Sie hatte es sowohl Janice als auch William deutlich zu verstehen gegeben, daß das Leben mit drei kleinen Kindern furchtbar anstrengend war. Dann sollte man denken, daß sie jetzt, wo sie ihnen einmal entkommen waren …

Na ja, vielleicht war es das, was bei der Ehe und drei Kindern und Überarbeitung herauskam. Gott, sah er geschlaucht aus! War sicher schrecklich, Rechtsanwalt zu sein! Aber er sah auch irgendwie lieb und freundlich aus, und als er Claire zuhörte und gähnte, wunderte sie sich, daß sie nicht Händchen hielten oder … na ja, lachten oder so etwas. Vielleicht war eines der Kinder krank oder war durch eine Prüfung gefallen, oder vielleicht hatten sie im Keller Trockenfäule entdeckt. Oder was es auch war, das Leuten mit Hypotheken schlaflose Nächte bereitete. Oder vielleicht …

Rauchschwaden zogen durch das überfüllte Lokal. Die Rosen auf den Tischen waren in der Wärme aufgegangen, und ihr Duft, vermischt mit dem Geruch von Wein und Zigaretten, war überall. Über die Lautsprecher klang Billy Holliday unerträglich heiser und allein.

Claire blickte auf. Sie schielte nach der Bar, wo Janice lehnte, und ihr Blick blieb auf ihr haften, ihrem kurzgeschnittenen dunklen Haar, ihrem Drink und der schwelenden Zigarette zwischen den schlanken Fingern. Für einen Moment begegneten sich ihre Blicke. Für einen Moment waren ihre Augen voller Wärme und Freundschaft. Und dann, als ob sie sich wieder erinnerte – denn Janice wußte, daß Claire ein schrecklicher Snob war und sich wohl kaum Vertraulichkeiten mit ihres Vaters Untermieterin gestatten würde und überhaupt eine schwierige, komplizierte Person war –, sah sie wieder ihren Mann an und nahm seine Hand, und er, freudig überrascht, beugte sich vor und küßte sie auf die Wange.

Valentinstag. Er kam und ging. Auf der Matte lagen nichts als Rechnungen für Buffy, und für einen Augenblick fühlte sie sich ganz krank vor Enttäuschung. Und als sie sich mit ihrer Mahnung vom National Trust und der vierteljährlichen Nebenkostenabrechnung des Hausbesitzers wieder aufrichtete, überkam sie ein plötzlicher Schwindel, und sie mußte sich an der Wand anlehnen.

Meine Güte, da stimmte etwas nicht. Sie ging vorsichtig zurück in die Küche, sank auf ihren Stuhl und stützte den Kopf auf die Hände. Nach einer kleinen Weile hörte die Welt auf, sich zu drehen, und nach ein paar Schluck Tee durchströmte sie das wunderbar warme, wohlige Gefühl, das manchmal einem schlimmen Anfall folgt. Sie schlitzte den Umschlag vom National Trust auf, blätterte durch das Heftchen mit den Angeboten von Seifen, Schals und mit Vögeln bemalten Küchentüchern, das der Rechnung beilag, und erholte sich allmählich.

Aber sie aß nur eine Scheibe Toast, sie hatte nirgendwo mehr Platz für einen einzigen Krümel, und als sie das Frühstücksgeschirr abwusch und an den vor ihr liegenden Tag dachte – die Fahrt quer durch die Stadt bis zum Angel, den Gang hinunter zur Camden Passage, das Aufstellen des Stands und den Morgen, an dem sie dort in der Februarkälte und Nässe sitzen mußte –, war sie fast entmutigt. Obwohl sie William sehen würde, obwohl es der Höhepunkt der Woche war – sie war müde, sie war schrecklich müde.

Aber warum? War es, weil sie in der Nacht öfter hatte aufstehen müssen und es schwierig gewesen war, wieder einzuschlafen? Unternahm sie zu viel? Nicht mehr, als sonst auch. War es vielleicht etwas Psychisches?

Buffy hatte nie viel Zeit für das Psychologische gehabt. Was ihrem Interesse daran am nächsten gekommen war – oder war es Scharfblick? –, hatte mit dem armen Matthew zu tun, dessen Leiden William das Herz zerriß. Wer weiß, wie es mit dem armen Jungen einmal enden würde, aber zumindest war sie an Weihnachten so vernünftig gewesen, William aufzurütteln und darauf zu dringen, daß er eine nochmalige Überprüfung verlangte. Aber dazu hatte nicht viel gehört. Jeder Idiot konnte sehen, daß etwas nicht stimmte.

Buffy stellte den Toastständer beiseite. Sie stellte die Marmelade in den Küchenschrank und die Butter zurück in den Kühlschrank. Sie prüfte ihre seelische Verfassung, und ihr war klar, daß sie sich seit Weihnachten und Neujahr, als sie so glücklich gewesen war, in einer neuen Anspannung, einer veränderten Stimmung befand. Die Neun-Uhr-Nachrichten kamen und rauschten an ihr vorbei. Sie ging ins Wohnzimmer, wo die Sonne sich durch den Regen kämpfte. Sie schien auf die nasse Fensterscheibe, den Blumenkasten, wo die Krokusse gerade Knospen zeigten; sie schimmerte auf dem leuchtendgelben Plakat für das Mary-Ward-Konzert und fiel auf ihren Schreibtisch, wo ein Stoß gelber Handzettel für das Konzert darauf wartete, verteilt zu werden. Sie steckte sie immer in die Briefkästen der Nachbarschaft, verteilte sie in den umliegenden Geschäften und der Kirche und nahm sie auch jedesmal mit zum Stand. Der Angel war schließlich nicht weit von Bloomsbury, und die Leute, die kamen, ließen sich gerne über Musikveranstaltungen informieren, es heiterte sie auf.

Aber, o Gott, dachte Buffy und steckte sie in einen Umschlag und diesen in ihre Handtasche, selbst der Gedanke an das Konzert, den erhebenden Parry und die aufregenden Chöre von Masefield und Kipling vermochte jetzt irgendwie nicht, sie aufzuheitern.

»Hallo, altes Haus.« William war in guter Stimmung, er baute bereits den Stand auf, auf dem, wie sie bemerkte, eine neue Tischdecke lag, verblichener purpurroter Damast, von dem jedes Stück wie eine Kostbarkeit abstach. Er küßte sie auf beide Wangen; er zeigte auf Danny, der an anderer Leute Ständen herumschnüffelte und mit einer scharlachroten Schleife geschmückt war. »Das wird die Kunden in die nötige Kauflust versetzen.« Er griff in eine Tragetasche auf seinem Klappstuhl, zog einen Topf papierweißer Narzissen heraus und stellte ihn mitten auf den Tisch. »So. Frühling. Valentinstag. Ein Traum von junger Liebe.«

»Wo hast du das Tischtuch gefunden?« fragte Buffy und stellte ihre Tasche ab.

»Hinter der Bügelmaschine im Gästezimmer. Bin mitten in der Nacht aufgewacht und dachte: Jetzt weiß ich, was wir brauchen. Eine Abwechslung nach all dem Schwarz – das Silber sticht so schön davon ab, aber heute …« Er kramte in seinen Kartons, holte verschiedene Päckchen heraus und schälte sie aus dem Zeitungspapier. »Wie findest du das?«

Buffy sah eine Teekanne, hell cremefarben mit geriffelten Seiten, einem breiten Schnabel und schmalen Henkel. Sie war mit Zentifolien übersät, der Henkel und der Knopf auf dem Deckel waren blaßgolden. »Sehr hübsch«, sagte Buffy, und das war sie der Tat. Sie hob sie hoch und drehte sie um, hielt den Deckel fest, bis sie sah, daß er ihn bereits mit Klebeband gesichert hatte. »Staffordshire. Hab ich mir doch gleich gedacht.«

»Tatsächlich? Schlau von dir.« William setzte seine Brille auf und starrte angestrengt auf die Marke. »Etwa um 1880. Was meinst du?«

»Gute hundert Pfund«, sagte Buffy, die jetzt auf Automatik schaltete und langsam wieder in Schwung kam. Das bewies mal wieder: Man darf sich nicht gehenlassen. Stimmungen. Müdigkeit. Raus und unter die Leute – so war es richtig. Einfach weitermachen.

»Das dachte ich auch«, meinte William. »Sollen wir es mit hundertzwanzig versuchen?«

»Warum nicht?« Und sie setzte sich hin und wartete, was er als nächstes auspackte. Das war an guten Tagen eine der Freuden am Stand. Es waren nicht nur die gemeinsamen Tage unterwegs, die Funde auf Flohmärkten, in Scheunen und Landhäusern. Es waren die individuellen Entdeckungen, die man mitbrachte, um sie einander zu zeigen; das Herumstöbern in kleinen Läden und Verkaufsräumen an verregneten Nachmittagen. Manchmal war sie es, die etwas fand, wenn sie im Oxfam Laden von Chiswick herumstöberte, auf dem Trödelmarkt und in den Westlondoner Auktionsräumen. Oft fand man gar nichts: zum Beispiel war ganze vierzehn Tage in Notting Hill nichts gewesen, aber manchmal …

»Jetzt paß auf«, sagte William und wickelte etwas anderes aus. »Die hatten es mir angetan.«

Der Verkehr auf der Essex Road wurde dichter; Leute rannten hinter dem Bus her; der Mann im türkischen Antiquitätengeschäft an der Grünfläche schüttelte einen Kelim in der Sonne aus. Die Welt kam ihr wieder normal und alltäglich vor, vergessen waren das morgendliche Elend, der Schwindelanfall und die Schwäche. Schließlich kannte sie William seit vielen Jahren, und was letztlich zählte, war Freundschaft. Es war einfach töricht, sich etwas mehr zu wünschen, es verdarb alles.

»So«, sagte er und trat um des Effekts willen zurück.

Zwei weiße Porzellantauben lagen Seite an Seite. Ihre gefiederten Flügel waren gefaltet, ihre Köpfe in die Brustfedern gesteckt, die Augen im Schlaf sanft geschlossen.

Sie hob eine hoch. Sie war hohl: eigentlich nur eine halbe

Taube, der Schwanz zu einem glatten weißen Fächer entfaltet, der Körper in Ruhestellung.

»Puddingformen«, sagte William. »Puddingformen aus den dreißiger Jahren. »Sind ziemlich viel wert.« Er sah ihr zu, wie sie die eine, die sie aufgehoben hatte, wieder hinstellte. »Besonders heute, meinst du nicht?« Und behutsam, mit seinen schönen Fingern in den ledernen Winterhandschuhen, die ihr immer so gefallen hatten, rückte er die beiden Tauben eng zusammen, so daß ihre schlafenden Köpfchen zärtlich nebeneinander ruhen konnten, liebevoll, als sei es für ihr ganzes Leben.

»Du bist schrecklich still geworden, altes Mädchen«, sagte William später. »Ist alles in Ordnung?«

»Ja«, sagte Buffy, »vollkommen in Ordnung.«

Die Staffordshire-Teekanne war verkauft, auf fünfundsiebzig Pfund heruntergehandelt, an jemanden, den sie für einen Händler hielten, aber vielleicht auch nicht. Die entzückenden Tauben gingen an ein Rentnerehepaar; als sie weitergingen, hielten sie sich an den Händen, trotz ihres Alters. Buffy sah ihnen nach, dann beschäftigte sie sich eingehend damit, ihre Decke wieder in Ordnung zu bringen Und so nahm der ganze miserable Valentinstag seinen Lauf, und dann war er vorbei, und das war gut so.

William und Janice gingen zu Fuß den Hügel hinauf zur Klinik. Der Morgen war freundlicher, heller, die Luft frisch: Wieder einmal konnte man trotz der Kälte einen Hauch von Frühling ahnen.

»Es ist sehr lieb von Ihnen, daß Sie mitkommen«, sagte William und zog Danny von einer Haustür weg. Er hatte es schon mehrmals gesagt.

»Das mach ich gerne«, versicherte Janice wie schon zuvor. »Ehrlich.«

»Ich meine, natürlich wäre es viel netter für Sie, ihn zu Hause kennenzulernen«, fuhr er fort, »und ich hoffe sehr, er wird bald einmal sonntags zum Lunch oder so kommen, aber ich kann nie mit Sicherheit sagen, ob es ihn nicht durcheinanderbringt. Zumindest wissen wir, daß er sich hier sicher fühlt.«

Sie waren beim offenen Tor angelangt; er blieb stehen und legte eine Hand auf ihren Arm, als ein Auto einfuhr. Dann gingen sie hindurch.

Danny, auf vertrautem Gelände, trottete an seiner Leine flott voraus und steuerte auf das Gras am Rande des asphaltierten Pfades zu. William zog ihn zurück. »Du mußt noch ein bißchen warten, alter Knabe, so wie jedesmal.«

Janice, die behandschuhten Hände in den Jackentaschen, sah sich um. Sie war noch nie in einer Klapsmühle gewesen. War das hier eine? Sie stellte sich vor, daß die Patienten, wenn es wärmer wurde, hier draußen herumspazierten, Gartenarbeit-Therapie und Kunsttherapie machten oder Ball spielten – taten sie so etwas? Jetzt sah man nur Rasenflächen, die riesigen dunklen Tannen mit den auf dem Rasen verstreuten Zapfen, und ein Gärtner arbeitete in den Blumenbeeten, wo schon die Zwiebeln hervortrieben. Oh, und da war ein Eichhörnchen, es hüpfte auf die Tannenzapfen zu. Danny sah es auch, bellte kurz und aufgeregt, und wie der Blitz war es den Stamm hinauf, umrundete ihn und war verschwunden, einfach so. Wieder fühlte sie sich einen Moment lang nach Shropshire zurückversetzt, mit dem ganzen Wald voller Eichhörnchen und den Schafen oben in den Hügeln, die plötzlich hinter einem Strauch oder Felsblock hervorkamen oder wie Steine auf den Hängen auseinanderstoben, und hier und da ein paar Krähen, die über das Tal flogen.

»Da wären wir«, sagte William.

Sie standen vor Spiegelglastüren, ein paar Besucher kamen heraus, andere gingen hinein. Sie sah einen weißen Mantel vorüberhuschen, eine Krankenschwester, ein endloser Korridor, der sich über die Empfangshalle hinaus erstreckte, und hörte von ferne das plötzliche Heulen einer Ambulanz. Und dann, als William sich bückte, um Dannys Leine an dem Haken an der Wand zu befestigen, unter dem ein Wassernapf stand, überkam sie zum ersten Mal eine Anwandlung von Nervosität. Was ging hier drinnen eigentlich vor? Was zum Teufel wußte sie denn über Geisteskrankheit? Wie krank war Matthew, und wollte sie ihn denn überhaupt kennenlernen?

»Alles in Ordnung?« fragte William und richtete sich auf.

»Ja, sicher.«

Er trat beiseite, als ein Arzt mit einem Bündel Notizen herauskam; eine besorgt aussehende Frau begleitete ihn, und sie stellten sich ein paar Schritte entfernt unter ein Fenster und sprachen mit gedämpften Stimmen.

William war wieder neben ihr und legte die Hand auf ihre Schulter. »Haben Sie keine Angst«, sagte er. »Wir brauchen nicht lange zu bleiben, wenn Sie nicht wollen.«

Sie sah zu ihm auf, sah die Wärme in seinen Augen und rief sich zum x-ten Male die Jahrzehnte, die zwischen ihnen lagen, ins Gedächtnis.

Als dann die automatischen Türen zurückglitten, führte er sie hindurch, und sie roch diesen Geruch, der alle Krankenhäuser kennzeichnet, er erinnerte sie an ihren Besuch bei Albert Page vor zwei Jahren, der nach einem Sturz für kurze Zeit im Krankenhaus von Shrewsbury lag: Desinfektionsmittel, Blumen, Schulmahlzeiten und Reinigungsflüssigkeit, und irgendwo auch verbotene Zigaretten. Gott, sie könnte jetzt eine brauchen!

Die Cafeteria war voll besetzt und hell: das Blumengeschäft ebenso, voller Treibhaustulpen und früher Osterglocken in Eimern. In dem endlosen Korridor hing ein Bild neben dem anderen; ein Wärter schob eine alte Frau im Rollstuhl vorüber; das Telefon am Empfang klingelte und wurde abgehoben. Bis jetzt war alles bekannt, bis jetzt könnte es jedes andere Krankenhaus sein.

Dann hörte sie es. Dann sah sie es.

Ein Mann in den Vierzigern – Fünfzigern? – kam ihnen auf dem Korridor entgegen. Sein Haar hatte die Beschaffenheit von Fiberglas oder etwas Ähnlichem – leblos und verblichen und trocken, weder weiß noch von einer bestimmten Farbe, und sein Mund stand offen, erstarrt, als sei er tot: Ein gähnendes schwarzes Loch in einem talgfarbenen Gesicht, das völlig ausdruckslos war. Er bewegte sich mit einem steifen, seltsamen Gang vorwärts, dann und wann fuhr ein Arm heraus, oder eine Hand flog über sein Gesicht, oder sein Kopf zuckte wild, wie von einer Schnur gezerrt. Und aus dem aufgesperrten, totenartigen Loch eines Mundes kamen in Abständen Rufe oder Schreie, sehr laut, als sei er draußen im Freien, im Gebirge vielleicht oder in einem verschollenen Zeitalter, und riefe von einem Gipfel zum anderen, ein Wahnsinniger, der dort verlassen worden war, um mitten unter Steinen und Schafen und kreisenden Vögeln zu sterben.

Sie spürte, wie sie erbleichte.

»Ist schon gut«, sagte William ruhig, legte seine Hand unter ihren Ellbogen und führte sie durch den Korridor mit seinen Stilleben und Landschaften und Londoner Szenen.

Sie kamen an eine Art Kreuzung: mehr Korridore rechts und links, mit Zeichen für Stationen, für Kliniken und Abteilungen.

»Dorthin«, sagte William, und sie bogen rechts ein. Eine Krankenschwester stieß eine Schwingtür auf, und Janice sah im Vorübergehen eine kleine Gruppe, die schweigend im Kreis saß. Dann schwang die Tür zu.

»Sind Sie in Ordnung?« fragte er sie.

»Ja, klar. Großartig.«

»Wir sind gleich da. Ich weiß, es ist erschreckend, wenn man zum ersten Mal hierherkommt.«

»Ich brauche eine Zigarette, um ehrlich zu sein.«

»Ah«, William lächelte. »Dann sind Sie hier in guter Gesellschaft.«

»Sind die hier ...« Sie zögerte. Wie sollte sie es ausdrücken?

»Sind sie wie der arme Kerl, den wir gerade gesehen haben? Nein.«

Sie gingen schweigend weiter. William fragte sich: Warum tue ich das? Warum, um alles in der Welt, bringe ich dieses arme Mädchen hierher? Was habe ich mir nur dabei gedacht?

Janice dachte: Wenn Claire mich an Mary Harriman erinnert hat, an wen dann Matthew? Sekundenlang sah sie Ernie vor sich, der im Hundemuseum durch die Küche schlurfte in seiner schäbigen alten Jacke und den durchlöcherten Socken, wie er lachte und eine Kippe von ihr schnorrte. Sie spürte ein Aufwallen von Zuneigung: Was für ein seltsamer alter Bursche er war. Verletzlich wie eine Pusteblume, aber schlau wie ein Frettchen. Ernie legte man nicht so leicht rein, aber wenn man ihn in der Stadt herumlungern sah, dann sah er ... na ja, da sah er doch ziemlich bescheuert aus, nicht wahr?

»Schneid nicht so eine Fratze«, hörte sie plötzlich ihre Mutter sagen, als sie, sieben oder acht Jahre alt, am Küchentisch saß und unausstehlich war. »Wenn es zwölf Uhr schlägt, bleibt dein Gesicht so stehen.«

»Wir sind da«, sagte William.

Und mit einem Ruck kam sie wieder auf die Erde, als sie durch den offenen Eingang einer Station mit der üblichen Ausstattung gingen – Betten, Schließfächer, Schwestern, Blumen in scheußlichen Vasen.

Ein Mädchen – eine junge Frau –, neunzehn oder zwanzig Jahre alt, saß ganz still auf dem Rand ihres Bettes. Ihr Haar war oben auf dem Kopf in einen Dutt gezerrt; grellrosa Schlappen baumelten an den bloßen Füßen; sie trug einen rosageblümten Morgenrock über einem weißen Nachthemd. Ihre Haut war teigig und bleich. Der linke Ärmel des Morgenrocks war hochgekrempelt, und sie starrte unverwandt auf ihren Arm und befingerte eine lange Reihe von … einen Haufen von …

Mein Gott.

»Er wird im Aufenthaltsraum sein«, sagte William, der den Arm um sie gelegt hatte, und sie ließ sich von ihm führen, aber ihre Beine waren wie Pudding.

Mein Gott, gab es wirklich Menschen, die …

Die obere Hälfte der Tür zum Aufenthaltsraum war aus Glas, und auf der anderen Seite führten Spiegelglastüren hinaus in den Park. Als sie näher kamen, war daher dieser Bereich der Station voller Licht. Und wenn Janice, viel später, zurückblickte, erinnerte sie sich an diese Augenblicke – an den Wendepunkt dieses Tages, ja, ihrer ganzen Zeit in London –, an eine plötzliche Lichtflut, eine Helligkeit: Sie kam von den Wänden der Station, von dem plötzlichen Durchbruch der Februarsonne durch die Wolken, die das Wintergras, die großen dunklen Bäume erleuchtete, die Gesichter der Menschen, die dort rauchend und gedankenverloren um die flackernden Farben des Fernsehbildschirms herumsaßen, mit seinen Bildern aus einer anderen Welt, Millionen von Meilen entfernt. Was ging in ihnen vor? Die schrecklichen Eindrücke des schreienden Mundes, dieses verbrannten, durchlöcherten Arms waren noch in ihr, sie wußte im Rückblick, daß sie entsetzt war und zitterte und deshalb vielleicht mehr offen für alles und verletzlicher, als sie es je in ihrem Leben gewesen war. Aber um sie herum, an diesem Ort zerstörter Seelen, war jetzt, ganz plötzlich, dieses Strahlen, als sie mit William über die Schwelle in den Aufenthaltsraum schritt, und ein Mann, der genauso aussah wie er, doch um Jahrzehnte jünger, sich in seinem Stuhl umdrehte und sie ansah, mit diesem langsamen Lächeln von unbeschreiblicher Schönheit.

16

»Maul- und Klauenseuche«, sagte Buffy. Sie zitterte vor Kummer. »Maul- und Klauenseuche – sieh dir das an.« Sie schleuderte die Zeitung auf den Stand, wo William einen Satz Eierbecher im Kreis aufstellte.

»Ich weiß«, sagte er. »Es ist grauenvoll.«

»Es ist unsäglich. Hör auf herumzufummeln. Ist dir klar, was die ganze Zeit passiert ist?« Sie ließ ihre Tasche auf ihren Klappstuhl fallen, stand da und zupfte an den Enden ihres wollenen Schals.

William warf einen Blick auf die Zeitung. Buffy las natürlich den *Guardian*, während er bei der *Times* geblieben war, obwohl sie sich seit ihren glorreichen Tagen sehr verändert hatte. Aber in der Berichterstattung über diese Katastrophe gab es zwischen beiden keinen nennenswerten Unterschied.

»Vorbei sind die Tage«, sagte Buffy, an ihrem Schal zwirbelnd, »vorbei die Tage, als ein Farmer seine Mutterschafe noch selbst ablammte, die Lämmer zum nächstgelegenen Markt fuhr und dort verkaufte und sie … na ja, in einem Schlachthaus am Ort schlachten ließ. Heute werden sie kreuz und quer durchs ganze Land verfrachtet. Man schickt sie aufs Festland, man schickt sie bis ans Ende der Welt. Wußtest du, daß ein Lamm, das in Northumberland geboren wurde, in *Beirut* landen kann?«

William schraubte die Thermosflasche auf.

»Und wir importieren so viel – warum müssen wir unbedingt

importieren? Warum müssen unsere Schafe diese fürchterlichen Reisen machen, während anderes Fleisch eingeführt wird? Verseuchtes Fleisch gerät in die Nahrungskette, und das kommt dann dabei heraus! Jetzt müssen wir kräftiges, gesundes Vieh abschlachten – diese Scheiterhaufen, diese entsetzlichen Scheiterhaufen, hast du sie in den Nachrichten gesehen? Ich kann es nicht ertragen, William, ich kann es einfach nicht ertragen!«

William nahm ihre Tasche vom Klappstuhl und stellte sie auf den Boden. Er legte die Hand auf ihren Arm und zeigte auf den Kaffee.

»Mein Vater«, sagte er, »hatte immer seinen Flachmann bei sich. Sehr weise. Wenn ich jetzt einen dabeihätte, würde ich dir einen Schlückchen davon in den Kaffee geben. Du siehst aus, als könntest du es gebrauchen, meine Liebe. Setz dich doch.«

»Ein Schlückchen?« Sie gestikulierte wild nach der Plastikkaffeetasse und fegte sie fast herunter. »Denkst du, ich fühle mich besser, wenn ich ein *Schlückchen* zu mir nehme? Ehrlich, William, manchmal könnte ich verzweifeln.«

Es war noch früh, nicht viele Leute waren unterwegs, und Buffys Empörung begann bis zu den anderen aufgestellten Ständen durchzudringen. Ein paar Köpfe drehten sich um; William hüstelte. Er zog den Stuhl noch weiter heraus und tätschelte wieder ihren Arm.

»Tätschele mich nicht«, blaffte Buffy. »Bitte nicht.« Sie sank auf ihren Klappstuhl und schüttelte den Kopf.

»Arme Buffy«, sagte William. »Wie mitfühlend du bist.«

»Bitte erzähl mir nicht, daß du keine Gefühle hast.«

»Mehr, wenn es um Dinge geht, die mich persönlich angehen«, sagte er. »Ich fürchte, so bin ich nun einmal. Ich habe nicht deinen Weitblick. Ich wünschte, ich hätte ihn.«

»Wie kannst du, der sein gesamtes Berufsleben im Herzen der mächtigsten Institution des Landes verbracht hat, kein Gefühl dafür haben, was draußen in der Welt vor sich geht?« Buffy, etwas ruhiger, trank ihren heißen Kaffee und spürte, daß er ihr wohltat. »Nein, antworte nicht. In der Antwort darauf liegen alle Probleme dieses Landes.«

»Es ist nicht *ganz* so.«

»Aber nicht weit davon entfernt«, entgegnete Buffy. »Der Beamte mit Scheuklappen.« Sie hob die Zeitung von einen Stapel Winton-Tafelteller, die in der letzten Woche nicht verkauft worden waren. Sie bemerkte, daß William den Preis herabgesetzt hatte. Wahrscheinlich klug von ihm. Bis zum Frühjahr war jetzt eine ruhige Zeit. Im Frühjahr, wenn alles wieder in Gang kam, konnte man fast jeden Preis verlangen. Sie trank ihren Kaffee aus und hielt ihm die Tasse zum Nachfüllen hin. Ein scharfer Wind spielte um ihre Knöchel. Sie hätte die Stiefel anziehen sollen – wie unvernünftig, beim geringsten Sonnenstrahl zu glauben, diese alten Treter würden genügen?

Sie faltete die Zeitung mit den herzzerreißenden Fotos von Lämmern mit sanften Gesichtern und den Landkarten von entsetzlichen Reisen zusammen und steckte sie in ihre Tasche. Danny streckte den mit rotem Damast drapierten Kopf unter dem Tisch hervor. Sie streichelte seine Ohren. »Hallo, alter Knabe, wie geht's?«

Andere Standinhaber kamen an, parkten fünf Minuten auf den doppelten gelben Streifen und schleppten die Kisten heraus, bevor der Aufseher angeschlendert kam. Normales Leben in London. Nicht so normal auf dem Land, mit seinen versiegelten Gattern und Fußwegen und desinfiziertem Stroh in jeder Einfahrt.

»O Gott«, sagte sie laut. »O Gott.« Und dann, weil es nicht den ganzen Morgen so weitergehen konnte, wandte sie sich an William und erinnerte ihn an das Konzert im Mary-Ward-Zentrum, das in drei Wochen stattfinden sollte. »Ich hab dir vorige Woche einen Handzettel gegeben«, sagte sie. »Weißt du noch?«

»Ja, das hast du«, sagte William, der ihn pflichtschuldigst an seinem Wohnzimmerfenster befestigt hatte, obwohl er wußte, daß, ehrlich gesagt, niemand in Dulwich den ganzen weiten Weg nach Bloomsbury auf sich nehmen würde, nur um die lieben alten Leutchen vor sich hin trällern zu hören. Er war oft genug in solchen Konzerten gewesen. Er wußte, wie sie waren.

Dann kam ihm plötzlich ein Gedanke. Etwas Leichtes zum Anfang für Matthew! Irgendwo, wo die Leute ihn kannten. Buffy kannte ihn gut genug.

»Vielleicht nehme ich Matthew mit«, sagte er und schenkte sich zum zweiten Mal ein. »Vielleicht bringe ich Matthew und Janice mit. Das wollte ich dir noch erzählen. Sie haben sich kennengelernt.«

»Oh?«

»Ich habe sie mit in die Klinik genommen.«

»Oh.«

»War etwas riskant, sie einfach so ins kalte Wasser zu werfen, aber tatsächlich ...« Er hielt inne, als er an dieses seltene bezaubernde Lächeln dachte, und wie Janice, in dieser vollkommen ungewohnten Umgebung, den verrauchten Aufenthaltsraum mit dem plärrenden Fernseher betreten hatte und sein Lächeln erwiderte. Als William sie einander vorstellte, ergriff sie Matthews Hand, kniete sich neben ihn auf den Boden und sagte: »Ich freue mich so, dich kennenzulernen.«

»Sie war also tatsächlich der Situation gewachsen?« fragte Buffy und beugte sich vor, um ein Paar Art-déco-Vasen zurechtzurücken. Gipspapageien. Die hatte sie noch nie leiden können.

»Ja«, sagte William. »Das heißt, da waren ein paar Patienten, die sie erschreckt haben, glaube ich – es gibt dort natürlich so manchen traurigen Anblick. Aber mit Matthew – irgendwie scheinen sie sich von Anfang an gut verstanden zu haben. Wir haben mit Danny einen kleinen Spaziergang in den Park gemacht, wir haben Lunch gegessen, dann haben wir ihn in seine Beschäftigungstherapie gebracht und uns verabschiedet.«

»Sehr nett«, sagte Buffy. »Und was machen sie derzeit in der Beschäftigungstherapie? Körbe flechten?«

»Nein«, sagte William, verwundert über ihren Ton. Sie konnte manchmal ziemlich scharf werden, die gute Buffy, besonders, wenn etwas sie aufregte. Maul- und Klauenseuche – natürlich war das schrecklich, aber ...

»Im Moment malen sie gerade«, sagte er. »Dabei juckt es mich, einen Pinsel in die Hand zu nehmen.«

»Dann tu es doch«, sagte Buffy. »Nichts hindert dich daran.«

Eine Frau näherte sich dem Stand, sie hatte ganz eindeutig ein Auge auf die Papageien geworfen. Buffy fixierte sie unverwandt. »*Guten* Morgen«, sagte sie fröhlich.

»Ich hab eine Idee«, sagte Ernie zu den Mädchen. »Eine Inspiration, sozusagen.« Es war beim Sonntagslunch, sie saßen zusammen in der Küche. Draußen war das übliche scheußliche Wetter, aber Hunde waren eben Hunde und brauchten Auslauf, und er hatte sein Pensum absolviert. Kurz nach zehn war er von Mary, die mit einem von Vaters Spazierstöcken unter viel Gezeter an sein Fenster gehämmert hatte, zur Tür hinausgescheucht worden.

»Wach auf, alter Faulpelz! Raff dich auf!«

»Schon gut, schon gut, du brauchst nicht so zu schreien.«

Er kam zur Tür und glupschte hinaus. Was für einen komischen Anblick sie bot!

»Weißt du, wieviel Uhr es ist?« herrschte sie ihn an.

»Genau die richtige Zeit für ein bißchen Ruhe und Frieden.« Er blieb stehen und öffnete die Tür nur einen Spalt. Wenn sie erst einmal hier drinnen war, gab es kein Halten mehr, sie würde mit Mop und Eimer herumfuhrwerken und seinen Schlafsack herauszerren. »Ich hab nicht geschlafen«, sagte er zu ihr. »Ich hab gearbeitet.«

Sie prustete. »An was denn gearbeitet?«

»Warte nur ab.«

»Diese Hunde haben schon wer weiß wie lange gewartet. Komm jetzt, raus mit dir, zieh deine Stiefel an.« Sie drehte den Stock verkehrt herum, er beäugte die Krücke.

»Tu das Ding weg.«

Er schloß die Tür, zog seine Stiefel an und nahm seinen Regenmantel vom Haken. Dann ging er hinaus zu den Ställen. Hinter dem Maschendraht sprangen und kratzten die Hunde und bellten vor Freude.

»Hier bin ich, meine Süßen«, sagte er zu ihnen, während Mary die Vorhängeschlösser aufsperrte. Er bückte sich, um sie zu liebkosen und ihr drahtiges Fell zu küssen. »Raus mit euch, los!«

Und alle trabten sie hinaus in die Nässe, die Schnauzen gesenkt, mit wedelnden Schwänzen. An jeder Ecke hoben sie das Bein.

»Paß auf das Auto auf! Flossie. Paß auf, das Auto!«

Er bückte sich, um sie am Genick und am Halsband festzuhalten, er zog sie an den Leinen herbei. Kombiwagen und Landrovers verlangsamten ihr Tempo: Er lächelte und nickte, bis sie vorüber waren. Dann rief er ihnen nach.

»Ihr denkt wohl, euch gehört hier alles! Ihr wollt uns alle umbringen!«

Einmal war es passiert: Jessie, eine lebhafte junge Springerhündin, war aus dem Stall geschlüpft, bevor sie die Vorhängeschlösser hatten, und war losgerannt, über die Eingangspforte gesprungen und bis hinunter zur Kurve gerast, als gerade …

Es war unerträglich, daran zu denken.

Er führte sie alle über den Zauntritt und auf die holprige leere Weide. Bald würden die Lämmer herauskommen, das wäre gut, aber dann durften sie nicht mehr hier durchgehen. Also jetzt noch das Beste daraus machen. Er stapfte mit gesenktem Kopf über den matschigen Boden, der Regen rann an seiner wasserdichten Kapuze herunter, während die Hunde vergnügt herumtollten.

Jetzt war Mittagszeit. Mary ließ ihn herein. Er hatte genug von Käse und Crackers, davon konnte kein Mann leben. Zeit für ein bißchen heiße Suppe. Zeit für ein ordentliches Schweinekotelett. Wär' ein Wunder! Er ließ sich am Tisch nieder und wartete, während sie in der Suppe rührte.

»Wo ist Soph?«

»Kommt gleich runter.«

Er versuchte, sich vorzustellen, wie sie da oben herumhantierte. Er ging nur hinauf, wenn er ein Bad nehmen wollte, und das war nicht allzuoft: zu kalt in diesem verdammten Badezimmer, zu zugig. Als sie noch Kinder waren, hatten sie natürlich alle oben geschlafen, um sechs Uhr wurden sie von Mutter ins Bett gesteckt, Licht aus, Vorhänge zu.

»Und ich will keinen Ton mehr von euch hören.«

All das Gekicher, nachdem sie draußen war! Das waren noch Zeiten.

Etwas legte sich unter dem Tisch auf seine Füße. Er bückte sich, um nachzusehen, sah das Huhn und verhielt sich still. Das

Ei könnte er zum Abendbrot essen, wenn Mary nichts merkte. Er trommelte mit den Fingern auf dem Tisch.

»Riecht gut.«

Mary rümpfte die Nase. Sie ging zum Fuß der Treppe und rief.

Als Sophie herunterkam, erzählte er es ihnen.

Die Frau, die die Papageien kaufte, schrieb ein Buch.

»Ich bin sozusagen Expertin für Art déco«, sagte sie zu ihnen. »Eine Art Sammlerin.«

Sie versuchte, sie herunterzuhandeln, aber William wollte nichts davon hören.

»Tut mir leid, meine Liebe«, sagte er mit seinem gewinnenden Lächeln, »aber ich kann mich von niemandem ruinieren lassen, nicht einmal von Ihnen. Erzählen Sie mir mehr über das Buch, das Sie schreiben, es klingt faszinierend.«

Als sie gegangen war, trug er die Summe in sein Buch ein und steckte ihren Scheck weg.

»Also dann«, sagte Buffy, »wo waren wir stehengeblieben?«

»Ich kann mich nicht mehr erinnern.«

Der Markt belebte sich jetzt ein wenig, alle Stände waren aufgestellt, und die Leute schlenderten am Pizza Express vorüber auf die Upper Street und in das kleine afghanische Café um die Ecke. Aber oh, wie kalt es war!

»Aber du«, sagte William. »ich bin sicher, daß wir über etwas Wichtiges gesprochen haben.« Er legte nachdenklich die Hände zusammen. Wie intelligent und interessant er aussah, dachte Buffy, besonders mit diesem Schal. Er *war* intelligent und interessant, auch wenn er seine wunden Punkte hatte. Sie stieß einen kleinen unfreiwilligen Seufzer aus.

»Oje«, sagte er sofort. »Wie traurig das klingt! Was ist denn, liebe Buffy? Maul- und Klauenseuche? Oder etwas anderes?«

Und der Blick, mit dem er sie ansah, war so zärtlich und gütig, daß sie fast zerfloß.

»William«, begann sie mit unendlicher Vorsicht.

»Ich hab's!« sagte er plötzlich. »Wir haben über Matthew und Janice gesprochen. Weißt du, ich finde, sie ist etwas ganz Besonderes. Sie ist vernünftig und praktisch, aber sie ist auch viel sensibler, als ich gedacht hätte. Und sie hat Prinzipien. Habe ich dir schon erzählt, daß sie Veganerin ist?«

Buffy erhob sich. »Ja«, sagte sie. »Das hast du. Mehr als einmal, wenn ich mich recht erinnere. Ich werde mir ein wenig die Beine vertreten und mich umsehen, wenn du nichts dagegen hast, die Stellung zu halten.«

Und sie schob ihren Klappstuhl zurück und ging an ihm vorbei. Danny, unter dem Tisch, war sofort munter und wollte ihr folgen, aber William hielt ihn zurück.

»Bleib hier, alter Junge«, murmelte er. »Bleib mal sitzen. Tut mir leid«, sagte er zu Buffy. »Ich muß ein schrecklicher Langweiler sein.«

Aber sie konnte ihm nicht antworten und schlängelte sich vorsichtig zwischen den Ständen hindurch, bis sie den überdachten Teil des Marktes hinter sich gelassen hatte, dann ging sie etwas mühsam durch das Gedränge der Passage und am Pub vorbei. Aus dem Schaufenster des winzigen Ladens an der Ecke starrten sie antike Teddybären mit ihren Glasaugen an. Einer von ihnen hatte etwas Besonderes, Charakteristisches an sich. Einen schrecklichen Moment lang wünschte sie sich nichts sehnlicher, als ihn in den Armen zu halten und in sein tröstliches altes Fell hineinzuweinen.

»Seht ihr?« sagte Ernie, der sich mehr und mehr für sein Thema erwärmte. »Das könnte immer so weitergehen.«

Die Suppenteller waren vom Tisch abgeräumt; er war draußen im Wohnwagen gewesen und, die volle Plastiktasche an die Brust gedrückt, zurückgekommen. Er stellte alles auf, lehnte es an die Teekanne, die Keksdose und das Marmeladenglas, eine richtige Ausstellung sozusagen, jetzt, wo er die Bilder auf Karton aufgezogen hatte. Sie saßen da und starrten: Vom Labrador Ned bis zum kleinen Pip; vom Windhund zum Jack Russell, von Flossie, schon so alt, aber immer noch heißgeliebt, zu Benjy, so verspielt und munter. Es ging nichts über einen jungen Boxer, unübertroffen an Persönlichkeit. Paßt auf … Sophie beugte sich vor und strich über die Schnauze eines seelenvollen jungen Schäferhundes. War das Flash oder Gerry? Sie überlegte.

»Paß auf«, sagte Ernie. »Mach keine Krümel drauf.«

»Ich hab überhaupt keine Krümel dran«, sagte Sophie und zog ihren Finger zurück. Sie sah wieder hin. »Ist das nicht ein süßes Gesicht?«

»Was ist das in deinem Haar?« fragte Mary plötzlich. Sie lehnte sich herüber und starrte darauf. »Wann hast du dir das gekauft?«

Sophies Hand flog zu der Dänischen Dogge. Endlich hatte sie ihn, und wie hätte sie ihn nicht tragen können, jetzt, wo er endlich zu Hause war?

»Er war nicht so teuer«, sagte sie, und sofort sah sie Mutter mit ihrem Nudelholz vor sich stehen. »Lüg mich nicht an, kleines Fräulein.«

»Firlefanz«, sagte Mary. »Nichts als Firlefanz!« Sie schlug auf den Tisch, daß alles durcheinanderpurzelte. »Wir haben nicht das Geld dafür, wir haben nicht die Mittel.«

»Ruhig«, sagte Ernie und rettete einen Collie-Mischling, der fast auf den Boden gefallen wäre. Er stellte ihn wieder auf. Er war eines seiner besten, das mußte er selbst sagen. »Ich mag keinen Streit, ich will kein Gezänk. Hier liegt ein gutes Stück Arbeit vor euch, und ich will ein paar ernsthafte Vorschläge hören.«

Es wurde still. Er saß da und drehte das Ei in seiner Tasche herum.

»Du bist diejenige mit dem besten Geschäftssinn«, sagte er zu Mary. »Hier komme ich mit einem großartigen Plan, und alles, was du tun kannst, ist herummeckern.«

»Sag uns noch mal, was du dir vorgestellt hast«, fragte Sophie zaghaft.

»Konzentrier dich jetzt mal.« Verflixt, jetzt könnte er eine Zigarette brauchen. Kein Fitzelchen Tabak mehr übrig, und keinen Penny bis Montag. »Es nützt nichts zu träumen und zu sagen, wie hübsch sie sind – wir alle wissen das schon, das ist klar. Es geht darum, einen breiteren Markt dafür zu finden. Und gutes Geld damit zu verdienen.«

»Gutes Geld«, sagte Sophie gedehnt.

»Wir brauchen einen Geschäftsplan«, sagte Mary und wandte den Blick von der Dänischen Dogge ab, die über Sophies Kochtopffrisur tänzelte.

»Das läßt sich hören.«

»Wir brauchen ein anständiges Marketing.«

»Das hätten wir schon immer gebraucht.«

»Wir brauchen einen Geldgeber.«

»Ich schlage vor«, fing er wieder an, als er sah, wie Sophies Gedanken schon wieder abzuschweifen begannen, »wir fangen mit einer netten Ausstellung in der Stadt an. Die Frage ist nur, wo. In einer Teestube? Im Kino? In der Stadthalle?«

»Wie wär's mit der Kirche? Der Gemeindesaal wäre doch nett, die stellen alles aus.«

Ernie warf Sophie einen verächtlichen Blick zu. »In der Stadt, hab ich gesagt. Wo die Leute auch hingehen. Wenn sie es dann sehen, nehmen sie die Handzettel mit.«

»Das perfekte Geschenk«, sagte Mary nachdenklich.

»Ihr Hund in Ihrem Speisezimmer«, sagte Ernie. »Aufträge werden angenommen.« Er sah alles vor sich: Das Tor zur Kieseinfahrt steht offen, die Begrüßung an der Tür, Kaffee und Tee werden angeboten. Bewundernde Blicke auf die Mappe unter seinem Arm, das Herbeispringen des Hundes, das sofortige Zutrauen. Er wird ins Wohnzimmer geführt, auf einen Platz in einer Ecke vor hohen Fenstern mit Blick auf den Rasen. Holt Farben und Pinsel heraus, Rover sitzt vor ihm und schaut hingebungsvoll zu ihm auf. Die langen, befriedigenden Stunden. Die Mahagonitür wird leise geöffnet. »Darf ich mal sehen?« Schritte über den Teppich, das kurze Luftschnappen. »Oh, Mr. Harriman ...« Sein Name ist gemacht, sein Name ist in aller Munde, er verlangt – wieviel? Fünfzig? Hundert? Erhöhe die Preise, und die Leute respektieren dich, laß sie nie denken, du wärst billig!

»Für immer bei Ihnen«, sagte er laut, »Ihre bleibende Erinnerung.«

»Ich hab's«, sagte Sophie ganz plötzlich. »Ich weiß genau den richtigen Platz.«

Buffy ging blindlings die Camden-Passage hinauf, am Camden Head vorbei, aus dem wunderbare Gerüche von warmem Lunch herauszogen und fröhliche Lachsalven erschallten. Sie ging an den Ständen mit Spitzen und Tischwäsche vorbei, Landkarten und historischen Postkarten, altmodischen Küchenutensilien. Sie ging ohne einen Blick auf die bescheideneren Waren, die auf Matten auf dem Boden lagen – sie kannte diese Dosen und billigen Schmuckstücke, diese Plastikspielsachen –, und sie marschierte an den großartigen, verglasten Fronten der seriösen Antiquitätengeschäfte vorbei, mit ihrer phantastischen Innenausstattung und den phantastischen Preisen. Im Fenster von Beck's, diesem entzückenden Spielzeugladen, lief die kleine Hornby-Eisenbahn unermüdlich im Kreis herum, wie schon in all den Jahren, seit sie und William ihren Stand hier hatten. Sie kannten diese Gegend in- und auswendig, kannten jede Schaufensterfront und die meisten Händler. So lange sie da waren, hatten sie unzählige Male zusammen im Camden Head beim Lunch gesessen, waren zwischen den Läden und Ständen herumgebummelt, hatten dies und jenes gekauft. Sie hatten Danny mit Poppy bekannt gemacht, der kleinen weißen Terrierhündin, die in ihrem Körbchen auf Beck's Theke saß, und, nachdem sie den Stand zusammengepackt hatten, im Angel Bookshop herumgestöbert.

Glückliche Tage. Ganz gewöhnliche, zufriedene Tage.

Buffy bog jetzt in die zweite überdachte Passage ein, vollgestopft mit Ständen mit Papiermessern, Briefbeschwerern und kleinen albernen Markenzeichen-Reproduktionen. Vielleicht konnten sie einem ja, wenn man in der richtigen Stimmung war, ein Lächeln entlocken. Sie war nicht in der Stimmung. Sie betrat die Pierrepoint-Arkade und ging hindurch, ihr war kalt, und sie kämpfte gegen ihren Kummer an. Auf dem Steinboden vor den winzigen Geschäften waren Tische aufgestellt. Das meiste in der Arkade war Porzellan, und das meiste kannte sie auswendig. Sie ging langsamer, ihr Blick blieb an einem hübschen grüngoldenen Teegeschirr haften; automatisch versuchte sie, die Werkstatt und das Entstehungsdatum zu erraten. Sie blieb vor dem Schaufenster stehen. Es war vollgestopft.

Das Innere des Ladens war etwa drei mal zwei Meter groß. Ein winziges Heizöfchen brannte in der Ecke, der Inhaber war nirgends zu sehen. War vielleicht auf einen Sprung hinaus aufs Klo – ja, da war das Schild an der Tür: Bin gleich zurück. Das konnte alles heißen. Buffy preßte ihr Gesicht an das Glas und spähte hindurch. Ein bequemer niedriger Stuhl mit einem Kissen stand vor dem Tisch, auf dem ein offenes Buch lag. Kein Zoll Platz war ungenutzt: Tische, Wände, Regale waren bis obenhin vollgestellt.

Und oh, wie warm es aussah, mit dieser kleinen hellen Flamme, die Lichtreflexe auf Sauciere und Suppenschüssel warf. Die Strickjacke hing über der Stuhllehne; was für ein hübsches Chintzkissen! Sie konnte sich selbst in diesem Lädchen sehen. Mit nur einem Zoll mehr Platz konnte sie auch William sehen …

Nein, sie konnte es nicht. Er war zu groß, sie würden doppelt soviel Platz brauchen, damit beide hineinpaßten, und überhaupt …

»Entschuldigen Sie.«

Jemand versuchte in der engen Passage an ihr vorbeizukommen. Sie lehnte sich an die Tür, und eine hochgewachsene junge Frau in Jeans und Jacke ging mit großen Schritten vorüber.

War sie das? Sicherlich nicht. Sicherlich würde sie nicht ohne Vorwarnung hierherkommen. Wenn William sich mit ihr verabredet hätte, hätte er es ihr gesagt.

Buffy starrte ihr nach. Nein – dieses Mädchen war blond, und das Shropshire-Mädel war dunkel, das hatte sie sich gemerkt. Sie stieß einen Seufzer aus und blieb im Türrahmen stehen. Es fing an zu regnen. Sie fing an zu weinen.

Das war fürchterlich. Auf offener Straße an einem Samstagmorgen zu weinen! Am hellichten Tag die Fassung zu verlieren! Was war mit ihr los, wo sollte das alles enden?

Sie fummelte in ihrer Tasche, fand ein Taschentuch. So. Sie putzte sich die Nase. So, schon besser so.

»Mein Vater«, hörte sie William sagen, mit seiner freundlichen, schönen Stimme, »hatte immer seinen Flachmann dabei.«

Sie hatte ihn angeschnauzt, es war schrecklich. Und ja, sie könnte jetzt wirklich einen kleinen Schluck vertragen.

Sie zwang sich, ruhiger zu werden. Sie würde sich das nicht durchgehen lassen. Sie wischte sich die Augen, und sie wußte, daß niemand es bemerkt hatte, und ehrlich gesagt, wer auch? Sie war draußen im Gedränge an einem betriebsamen Samstag, die Leute hatten mit ihrem eigenen Leben zu tun, sie sahen sich altes Porzellan an, nicht alte Schrullen wie sie. Und sie drehte sich an der Tür um und ging langsam weiter und sah vor ihrem inneren Auge – oh, es war entsetzlich, entsetzlich! – ein armes, verängstigtes Mutterschaf, das über die Rampe eines riesigen dunklen Lastwagens stolperte, zusammen mit all ihren Gefährten, es wurde angeschrien, gegen andere schwer atmende Leiber gepreßt, hörte, wie die Tür zuschlug und die Riegel vorgeschoben wurden; spürte, wie der Motor startete und die lange, lange Reise begann.

17

William war ausgegangen, mit Danny. Janice war zu Hause. Sie verließ ihr blauweißes Zimmer im Dachgeschoß, ging die Treppe hinunter, vorbei an den Familienfotos und hinunter in die Diele. Es war Nachmittag, sie hatte ihre Mittagsschicht hinter sich; in ein paar Stunden mußte sie wieder in der Bar sein, um die Abendschicht anzutreten. Jetzt – hatte sie das Haus für sich. In der Stille konnte sie von unten das Ticken der Küchenuhr hören.

»Aus meines Großvaters Schulzimmer, glaube ich«, sagte William, der sie jeden Sonntagabend aufzog. Er fuhr mit dem Finger über das Mahagonigehäuse, klappte die Tür zu und stupste das Pendel an. Los ging es, gleichmäßig und zuverlässig; der große Messingschlüssel wurde wieder obendrauf gelegt. »So. Ich würde ja gerne sagen, sie geht genau, aber sie ist langsam, so wie ich. Wir werden alt.« Er nahm seine Brille ab und lächelte sie an. »Also dann, was wollen wir zu Abend essen?«

Sie konnte jetzt die antike Uhr auf dem Kaminsims im Wohnzimmer hören, das leise Surren der Rädchen, wie ein Atemholen, unmittelbar bevor sie zu schlagen anfing. Eins, zwei, drei Klänge in der Stille. Die Tür war angelehnt, sie trat ein.

Nahm sie sich zuviel heraus? Hätte er etwas dagegen? Er hatte gesagt, sie solle sich hier zu Hause fühlen. Sie ließ die Tür zufallen, blieb stehen und ließ die Größe des Raumes auf sich einwirken, es war der größte, den sie je betreten hatte. Sie erinnerte sich an ihr Gefühl am Tag ihrer Ankunft, als sie am Kamin saßen und Tee tranken: daß sie hier wachsen und sich entfalten, ihren Geist wandern lassen, mit sich im reinen sein könnte. Die Kaminuhr tickte leise; sie ging von einem Ende zum anderen.

Der Winternachmittag war trübe und kalt; nichts am Himmel ließ auf den Frühling hoffen, in den Gärten vor und hinter den Häusern waren die Schneeglöckchen verblüht. Und obwohl die Blumenzwiebeln bereits ihre Lanzetten durch die Beete und die Ritzen zwischen den Steinplatten gebohrt hatten, war noch keine Knospe zu sehen; dafür hatte der Frost gesorgt. Doch dieser Raum war von Licht erfüllt, das durch die enorm hohen Fenster vorn und hinten blaß und gleichmäßig alles durchflutete, und sie ging zwischen den Fenstern hin und her, über den knarrenden Fußboden, roch die Asche des Feuers vom vergangenen Abend und sah die Patina auf Buchumschlägen, Porzellan, Schreibtisch, Eichenschrank und Klavier, mit den vielen Familienfotos, die abgestaubt werden müßten, und auf dem Matthew, bevor er krank wurde, gespielt hatte. Sie blieb davor stehen.

Da waren sie alle.

Da waren William und Eve an ihrem Hochzeitstag, er im Frack, sie in einem blütenweißen Kleid, den Schleier zurückgeworfen und die Hand in seiner Armbeuge, und die beiden waren, man konnte es sehen, wirklich verliebt. »Dieser seltene Seinszustand« – würde William es so beschreiben? Sie standen unter diesem alten Steinbogen, von Sonne überflutet, und … nun, da waren sie, und es mußte gewesen sein wie …

Da waren die Kinder: Eve mit dem neugeborenen Baby Claire, die sich über das großäugige Gesichtchen beugte, der lange, schneeweiße Fall des Schals, das kleine Fäustchen. Da war Claire, zwei- oder dreijährig, die vergnügt in die Sonne blinzelte, mit Bubikopf und in einem buntgestreiften Sonnenkleid, das auf der Schulter geknöpft war, sie drückte einen Teddybären an sich.

Janice hielt inne: War der Bär oben, bei all den anderen Dingen, die sie dort zurückgelassen hatte? Nein, sicher nicht – er war wohl fort: in einem neuen Zuhause, bei einer Familie mit drei Kindern. Dann, ein oder zwei Jahre später, kam das Brüderchen, es schlief unterm Verdeck in seinem Kinderwagen unter den Bäumen, und Claire, in Sandalen und auf Zehenspitzen, guckte hinein.

Und dann, danach, waren sie beide immer oder fast immer zusammen: am Strand mit ihren Eimerchen und Schaufeln, sie glitten die kleine Rutschbahn im Garten hinunter, ihre Arme um seine Mitte; auf einem Studioporträt, Seite an Seite und lachend – zwei gesunde, zufriedene, geliebte und gutgekleidete Kinder, mit allen Voraussetzungen für ein ausgewogenes, zielstrebiges Leben.

Und hier war Matthew allein in einem Rahmen, in seiner neuen Schuluniform. Janice nahm es hoch.

Konnte man aus dem Gesicht eines Kindes ablesen, was die Zukunft ihm bringen würde? Er hatte ein offenes Gesicht, wenn auch nicht mit Claires kantigem Kinn, dem direkten, entschlossenen Blick. Er lächelte – und er sah bereits ein wenig wie William aus, man konnte es sofort sehen, an seiner Größe, der ungezwungenen Körperhaltung, seinem Charme. Und war da, in diesen lächelnden Augen unter der klaren Stirn, dem zerzausten Schopf blonden Haars, ein Schatten? Er war dünn, man konnte es sehen, aber das war auch alles.

Sie stellte die Fotografie zurück; sie nahm eine andere zur Hand, dann noch eine: Matthew mit acht, mit seiner Geige; Matthew, zwölfjährig, am Klavier, mit fünfzehn oder sechzehn wieder mit seiner Geige, hier, in der Mitte des Familienwohnzimmers, vor seinem Notenständer, das Kinn ruhte leicht auf dem Instrument, die ungewöhnlich schönen Finger auf den Saiten, den Bogen in seiner langen rechten Hand zurückgezogen, den

Blick für einen Moment von den Noten erhoben, vollkommen konzentriert, absorbiert, weltverloren.

Janice trug das Bild ans Fenster und stellte sich so, daß das Licht, winterlich und trüb wie es war, darauf fallen konnte. Sie hauchte auf das Glas, das geputzt werden mußte; sie rieb daran, und als der Dunst beseitigt war, sah Matthew sie an und durch sie hindurch und über sie hinweg: ein begabter und vollkommen schöner Junge, für den in diesem Moment kein anderes menschliches Wesen die geringste Bedeutung hatte.

Das Telefon klingelte. Irgendwo klingelte das Telefon, und das schon seit Ewigkeiten, wie ihr jetzt bewußt wurde, und sie schrak zusammen und eilte hinaus in die Diele, das Foto noch in der Hand. Sie stellte es auf das Tischchen und nahm den Hörer ab.

»Hallo?«

»Janice?« sagte Claire. »Sind Sie es?«

William warf ein Stöckchen und dann noch eins. Danny kam jedesmal über das schlammige Gras zurückgeflitzt auf den Pfad, wo er hin- und herging. Ein Winternachmittag, ein Wochentag, bedeckter Himmel – wenige Menschen draußen im Park, und das war klug von ihnen, dachte William, der die Kälte spürte und seine behandschuhten Hände zusammenschlug. Er nickte ein paar anderen Hundebesitzern zu, die er inzwischen seit langem kannte; die entrückt aussehende Frau mit ihrem Afghanen, den alten Mann mit seiner schwarzbraunen Promenadenmischung mit der spitzen Schnauze, die ein Bein über dem leeren Rosenbeet hob und zurückgepfiffen wurde.

»Wird einfach nicht wärmer.«

»Scheußlich, nicht wahr?« Er bückte sich, um Dannys Stock wieder aufzuheben. Er hielt ihn hoch. Danny sah zu ihm auf, eifrig und abwartend.

»Los, hol ihn dir.« Und er schleuderte ihn, so weit er konnte, nicht schlecht für jemanden in seinem Alter, dachte er – es steckt eben immer noch Leben in dem alten Burschen. Danny rannte los, und er ging weiter und schlug sich auf die Arme, um den Kreislauf in Schwung zu halten.

Hoch am Himmel kreisten die Londoner Möwen, scharfäugig und hungrig, über den kahlen Bäumen. Auf der anderen Seite des Parks hatte ein Gärtner ein Feuer entfacht: der letzte Rest von Laub, Reisholz und abgefallenen Ästen, bevor der Frühling kam, falls er jemals kam, es brannte in den Nachmittag hinein, Rauch in eine rauchige Wolke. Woran erinnerte ihn das, diese dunkle, aufsteigende Rauchsäule?

Maul- und Klauenseuche! Sieh dir diese Bilder an, William – hast du sie in den Nachrichten gesehen? Diese Scheiterhaufen, diese schrecklichen Scheiterhaufen – ich kann es nicht ertragen.

Arme alte Buffy: wie sie sich alles zu Herzen nahm. Hatte er es sich eingebildet, oder hatte sie, als sie vom Stand fort war, über das alles geweint? Sie hatte ihn nicht angesehen, als sie zurückkam.

»Entschuldige.« Sie ließ sich schwer auf ihren Stuhl fallen. »Ich bin schrecklich durcheinander aus irgendeinem Grund – bitte beachte es gar nicht.«

Er tätschelte ihren Arm. »Es ist meine Schuld – ich rede zu viel über mich selbst.«

»Nein, nein, bitte sag das nicht. Vergessen wir es doch, morgen geht es mir wieder gut.«

Einer der beiden zweifelhaften Kunden kam und ging wieder: Sie wollten einen Creamware-Krug und ein paar viktorianische Kacheln verkaufen. Ein recht guter Preis für die Kacheln. Aber irgendwie – nach all den Jahren der Freundschaft, den ungezwungenen Plaudereien, dem problemlosen Zusammensein –, irgendwie war es seit heute damit vorbei.

Es regnete stärker; alles sah trostlos aus.

»Machen wir Schluß für heute«, sagte er schließlich. »Gehen wir zum Lunch.«

Aber das Camden Head war zum Bersten voll, und keiner von beiden konnte es ertragen, all das laute Gelächter, die nassen Kleider.

»Ich lade dich zu Frederick's ein«, sagte er, als sie wieder hinaus in die Nässe kamen. »Komm schon, es wird uns beiden guttun.«

Aber Fredrerick's war total ausgebucht, und an diesem Punkt

sagte Buffy: »Ich bin heute ohnehin zu nichts zu gebrauchen, William, ich könnte es nicht genießen.« Und sie spannte ihren Schirm auf, und nichts, was er sagte, konnte sie umstimmen. Er brachte sie zur Bushaltestelle, Danny unter seinem Mantel, und sie hob an dem strömenden Fenster die Hand, aber oh, so düster – überhaupt nicht wie die alte, energische Buffy.

»Ich ruf dich heute abend an«, sagte er tonlos, während der Bus sich in Bewegung setzte, aber er wußte nicht, ob sie es gesehen hatte. Er ging zurück zum Auto, das in Duncan Terrace geparkt war, der Stapel Kartons lag auf den hinteren Sitzen und ein Strafzettel klebte an der Windschutzscheibe. Regentropfen perlten von dem Plastikumschlag herab; er riß ihn ab, warf ihn ins Handschuhfach und fuhr in düsterer Stimmung nach Hause.

Janice war nicht da; Mrs. T. war dagewesen und wieder fort, und das Haus war zwar sauber, aber auch kalt und leer. Er drehte die Heizung auf, nahm ein heißes Bad und zündete ein Feuer an. Etwas erholt, mit dem Glas in der Hand, rief er am Abend Buffy an.

»Mir geht's gut«, sagte sie, aber sie klang nicht so. »Denk nicht mehr daran, William, ich geh heute früh zu Bett.« Sie legte ziemlich schnell auf, und das war alles.

Oje! Er konnte nicht, wie Mrs. T. so oft zu sagen pflegte, er konnte nicht schlau daraus werden.

Oje – und gerade, als alles sich so viel besser anließ.

Und jetzt ...

Danny kam wieder zurückgerannt, den Stock fest in seine Dackelkinnlade geklemmt. Sie wurden natürlich für die Jagd gezüchtet; sie waren von Natur aus scharfe, sogar bissige Arbeitshunde. Als er sich bückte, um den Stock aufzuheben – und das war genug für heute, es war einfach zu kalt, um auch nur eine Minute länger draußen zu bleiben –, fiel ihm plötzlich das Hundemuseum ein mit seiner bunten Vielfalt an Hunderassen. Ausgestopfte und vermutlich auch Arbeitshunde und andere lagen in voller Länge ausgestreckt vor dem Kamin. Was für ein seltsamer Geschäftszweig das war. Er knipste Dannys Leine an und strebte auf das Tor zu.

Im Moment konnte er nichts für Buffy tun. Und sie würde

sich wieder aufrappeln, so wie immer. Nein – jetzt ging es zunächst einmal um Matthew, der Termin mit Fisher stand bevor – morgen, endlich!

Jetzt aber: Abendessen. Er sah auf seine Uhr. Janice müßte noch zu Hause sein, vor ihrer Abendschicht. Er würde den Kamin anzünden, den Kessel aufsetzen, sie herunterrufen.

»Komm, Danny. Richtung Heimat!« Er zerrte an der Leine und ging schneller.

Doch als er am Haus ankam, wußte er sofort, daß es leer war – kein Licht am Fenster im Dachgeschoß in Claires altem Zimmer, und die Stille in der unbeleuchteten Diele war greifbar. Er knipste die Lampe an, sah den Zettel neben dem Telefon:

Gehe Claire besuchen, dann gleich zur Arbeit. Janice.

»Kommen Sie herein«, sagte Claire. »Sie müssen halb erforen sein.«

»Ich bin o. k.« Sie streifte ihre Schuhe auf der Matte ab und betrat die geräumige Diele. Durch das Leben bei William hatte sie bereits in dieser kurzen Zeit ein Gespür für das Leben der betuchten Londoner Schichten erworben, aber in seinem Haus war alles abgenutzt, verblichen, verwohnt, seit ewigen Zeiten durch nichts Neues ersetzt. Das Haus umfing dich: du konntest darin versinken, dich wohl fühlen, leben. Hier, wo es drei Kinder gab, hingen die Mäntel ordentlich am Kleiderständer, Schuhe auf dem Regal darunter; die sauber gefegten Stufen führten hinauf zum Treppenabsatz und einem blitzblanken Fenster mit schweren Vorhängen, die mit Seidenschnüren und Quasten zurückgerafft waren. Verdammt noch mal.

Sie stopfte ihre Mütze und Handschuhe in ihre Taschen; sie ließ sich von Claire Jacke und Schal abnehmen und aufhängen und folgte ihr in die Küche, die riesig war. Meilenweise erlesenes Vinyl in einem Terrakottakachelmuster; ein schimmernder Rayburn-Herd, saubere Küchentücher über dem Handtuchhalter; der lange Familientisch war mit einem abwaschbaren Tischtuch bedeckt, aber in einem Muster, das aussah wie eine antike Tapete; wieder blitzblanke Fenster mit dem Blick auf ordentlich bepflanzte Blumenkästen und den Garten. Wenigstens dort gab es Anzeichen dafür, daß nicht alles unter Kontrolle war: In diesem Winterwetter konnte kein Mensch einen perfekten Garten instand halten.

»Setzen Sie sich doch.« Claire setzte den Kessel auf. Sie lehnte sich an die Herdstange, während Janice einen Stuhl herauszog, und lächelte sie an. »Es ist sehr nett von Ihnen, daß Sie gekommen sind.«

»Das ist o. k.«

»Ich dachte – wenn Sie einmal zum Babysitten kommen würden, wäre es nett, wenn wir uns erst einmal kennenlernten.«

»Ja.«

»Und daß Sie sich mit dem Haus vertraut machen und die Kinder kennenlernen.«

»Ja«, sagte Janice wieder. »Klar.«

Ein Schweigen entstand. Der Kessel fing an zu summen. Janice tastete nach ihrer Zigarettendose, die nicht da war. Macht nichts – wer würde es wagen, in einem solchen Haus zu rauchen? Sie sah sich unwillkürlich nach Anzeichen für ein Haustier um: einem Hundekorb, einem Napf für die Katze. Selbst ein Hamsterkäfig würde es tun. Oder ein Wellensittich. Sie blickte auf das Regal mit den Kochbüchern, den mit Etiketten versehenen Legoschachteln und Filzstiften und Warhammer Elves-Kriegsspielen.

»Um welche Zeit kommen die Kids nach Hause?«

Eine winzige Furche durchzog Claires intelligente Stirn. »Kurz nach vier. Sie kommen nicht allein – wir Eltern wechseln uns ab.«

»Oh.« Sie beobachtete das sorgfältige Ausspülen der Teekanne über einem makellos weißen Spülbecken; das Herausnehmen der Teebeutel aus einer Dose. Ganz ähnlich wie Williams Dose; schwarz und zinnoberrot – vielleicht hatte er sie ihr geschenkt. Bißchen was anderes als die Teebüchse im Hundemuseum.

Was bedeutete dann das Stirnrunzeln?

»Habe ich etwas Dummes gesagt?« fragte sie. »Ich weiß leider nicht viel über Kids.«

Wieder dieses winzige Stirnrunzeln, als Claire teuer aussehende Becher von ihren Haken nahm.

»Ich kann nur dieses Wort nicht leiden.«

»Welches Wort?«

»Kids.«

»Eh?«

»Es ist so – ich weiß nicht – irgendwie verunglimpfend. Ich muß dabei an die extra Ausgaben von *Time Out* denken: ›Kidstuff‹. Where to Take the Kids. Als ob sie eine andere Klasse Mensch wären. Und die kreischenden TV-Programme – Kids! Alles ist immer so *lustig.*«

»Und wie nennen Sie sie?«

»Kinder«, sagte Claire und nahm die Milch aus dem Kühlschrank. »Ein normales Wort. Wie Kindheit. Sie können keine *Kid*heit haben.«

»Sie sind genau wie Ihr Dad«, sagte Janice. »Ich sollte wohl sagen, Ihr Vater.«

»Das sollten Sie allerdings, und ich bin überhaupt nicht wie er.« Sie brachte alles herüber und stellte es auf den Tisch. »Nehmen Sie Zucker?«

»Nein. Auch keine Milch«, fügte Janice hinzu, als Claires Hand sich auf den grünweißen Krug zubewegte, was sie auch wieder an William erinnerte. »Ich bin Veganerin, hat er Ihnen das nicht gesagt?«

Claire setzte sich und sah sie an.

»Nein, hat er nicht. Wir sprechen nicht so oft miteinander, und überhaupt, er wird vergeßlich. Wie außerordentlich prinzipientreu Sie sind. Möchten Sie eine Zitronenscheibe?«

»Wenn Sie eine haben.«

»Natürlich.« Und sie erhob sich, nahm eine Zitrone aus dem Gemüsekorb und schnitt Scheiben in eine kobaltblaue Untertasse mit schmalem Goldrand. »Hier.«

»Danke.«

Claire schenkte den Tee ein, und Janice tat eine Zitronenscheibe hinein. Claire lehnte sich in ihrem Stuhl zurück, sah sie über den Tisch hinweg an und fragte: »Wie lange sind Sie schon Veganerin?«

»Seit ich ein Kid war«, sagte Janice und hob schelmisch eine Augenbraue, was, wie sie wußte, unwiderstehlich war, und der

Ausdruck auf Claires Gesichtszügen, die so unheimlich an die ihrer grimmigen entfernten Verwandten erinnerten, löste sich plötzlich zu einem Lächeln voller Wärme und Humor.

»Ich muß wohl ein wenig zurückstecken«, sagte sie und dann, nach einem Moment, als sie einen Schluck Tee getrunken hatte: »Irgend etwas muß mit mir passieren.«

»Wie meinen Sie das?«

Eine Pause entstand. Sie hatte einen Blick – als sei sie nahe daran, etwas Wichtiges zu sagen. Dann schüttelte sie den Kopf und winkte ab. »Ach, nichts.« Sie stellte ihren Becher ab, und das Thema, was immer es gewesen sein mochte, war eindeutig erledigt. »Wie kommen Sie hier zurecht? Sie scheinen sich sehr gut eingelebt zu haben.«

»Ja«, sagte Janice. »Das habe ich. William – ich meine Ihr Dad – ich meine Ihr Vater – er war phantastisch. Ich mag ihn sehr. Und ich hatte Glück, den Job in der Weinbar zu kriegen.«

»Wie haben Sie den gefunden?«

Sie schnalzte mit den Fingern. »Es war ein Klacks.«

Claire lächelte. »Wie tüchtig Sie sind. Und was haben Sie sonst noch gemacht?«

»Oh, na ja – ich war in ein paar Museen und so.« Sie beschrieb die Ausflüge nach Greenwich, zur Dulwich Picture Gallery. Sie spürte Claires forschenden Blick. Sie sah hinunter auf ihren teuren Becher mit schwarzem Tee und der Zitronenscheibe.

»Und?« half Claire nach.

Die Zitrone schwamm gemächlich von Rand zu Rand. Janice starrte in die Tasse, und die Erinnerung an Matthew war in ihr lebendig, schon seit Tagen, sie hatte es niemandem gesagt, als ob über ihn zu reden den Zauber brechen könnte. Aber wenn sie den Besuch nicht erwähnte – wenn Claire es später herausfand, würde sie sich da nicht wundern? Sie würde es seltsam finden.

»Wir haben Ihren Bruder besucht«, sagte sie, und zum ersten Mal fand sie, daß sie verlegen klang.

»Oh.« Eine kurze Pause entstand. »Und wie war es?«

»Es war … ich war ein bißchen geschockt vom Krankenhaus. Aber Matthew – ich mochte ihn. Ich hab mich mit ihm … ganz o. k. gefühlt.«

»Gut«, sagte Claire, aber als Janice aufblickte, sah sie wieder das Stirnrunzeln.

»Haben Sie etwas dagegen, wenn ich ihn besuche?« fragte sie und erinnerte sich ganz plötzlich an diesen Blick, den Claire durch den sonnenbeschienenen oberen Flur in Williams Haus auf ihres Bruders altes Zimmer warf, ein Blick voller Traurigkeit, der schnell wieder erlosch.

»Nein«, sagte Claire und hob den Becher an die Lippen. »Nein, durchaus nicht.«

Sagte sie die Wahrheit? War es eine Bedrohung, etwas wie eine Störung, wenn diese fremde Person in ihrer Mitte auftauchte und alles wieder aufwühlte?

War es das, was sie tat?

»Sie haben sich sehr nahegestanden, nicht wahr?« fragte sie. »Als Sie jung waren?«

Claire sah sie an, und Janice spürte, wie sie rot wurde. Was war ihr nur eingefallen, in einem leeren Haus herumzuschnüffeln und so mir nichts, dir nichts die Familienfotos zu betrachten? Das mußte Claire sich doch denken können – es war entsetzlich peinlich.

»Ich meine«, sagte sie, sich windend, »ich meine, ich könnte es mir vorstellen. Ich bin ein Einzelkind, ich weiß nicht, wie es ist, wenn ...« Ihre Stimme schwankte.

»Wirklich?« fragte Claire als Schwester und Mutter dreier Kinder. »Ich habe Einzelkinder immer für besonders interessant gehalten. Eine so komplexe Beziehung zu den Eltern, so viele innere Kraftquellen.« Sie lächelte, ganz im psychologischen Fahrwasser, und Janice spürte ihr Erröten schwinden, die Unterhaltung steuerte ganz bewußt fort von der Ursache ihrer Verlegenheit. »Man wird sehr unabhängig, stelle ich mir vor. Den Eindruck habe ich zumindest von Ihnen.«

»Na ja. Ja, kann schon sein.«

»Aber Ihre Eltern vermissen Sie doch sicher. Sind Sie zum ersten Mal für längere Zeit von zu Hause fort?«

»Ja, das stimmt. Wird Zeit, daß ich sie mal wieder anrufe.«

Und wo war Matthew inzwischen geblieben? Konnte sie es wagen, ihn noch einmal zu erwähnen?

»Darf ich Sie noch etwas fragen ...« –, begann sie. »Über Matthew. Ich meine, nämlich ...« Sie wußte nicht, wie sie es sagen sollte.

Für einen Moment reagierte Claire nicht; einen Moment lang, in dem Schweigen, hatte Janice wieder das Gefühl von etwas ganz Unergründlichem. Dann begann es wieder zu regnen, und Claire sagte langsam: »Er ist schon seit sehr langer Zeit krank. Das wissen Sie doch.«

»Ja«, sagte Janice, während der Regen in den ungepflegten Garten sickerte.

»Und es ist unwahrscheinlich, daß er wieder gesund wird«, sagte Claire mit großer Entschiedenheit.

»Ist das ...« Trotz des Zitronentees fühlte sich ihr Mund trocken an. »Ich meine – ist das sicher?«

»Ich würde nicht sagen, daß im Fall von Geisteskrankheiten irgend etwas *sicher* ist. Aber ...« Sie spreizte die Hände. »Er ist schizophren. Mein Vater muß Ihnen das doch gesagt haben.«

»Nein«, sagte Janice. »Nicht so genau.« Und sie fühlte, wie etwas in ihr sich verschob, wie die Platten der Erde oder so ähnlich.

Der Himmel verdunkelte sich, es regnete stärker, die Kinder – so mußte sie sie jetzt in Gedanken nennen – wurden vor dem Haus abgesetzt.

»Das ist Janice«, sagte Claire, als sie ihre nassen Mäntel und Taschen aufgehängt hatten und in die Küche strömten. »Sie wohnt jetzt bei Grandpa.«

»Die Untermieterin«, sagte Janice und stand auf. »Hallo.«

»Hallo.«

»Piers, Hugo, Geraldine«, sagte Claire, und jedes reichte ihr die Hand. Sie sahen aufgeweckt aus, nett sahen sie aus. Sie erwartete, daß sie jetzt alle hinausgehen und sich vor die Glotze plumpsen lassen würden wie normale Kids nach der Schule, aber sie saßen um den Tisch herum und warteten, während Claire das Abendbrot bereitete.

»Hast du Danny mitgebracht?« fragte Geraldine und sah sich um.

»Leider nicht. Er ist lieb, gell?«

»Er ist frech«, sagte Hugo. »Weißt du noch, wie er geschlittert ist? Whuii.« Er machte eine weit ausholende, fegende Bewegung.

»›Geschlittert‹?«

Sie fingen an, es ihr zu beschreiben; Claire kam zum Tisch mit den Sandwiches und Getränken.

»Janice wird manchmal bei euch babysitten«, verkündete sie ihnen.

»Wir haben schon einen Babysitter«, sagte Geraldine und nahm ihren Becher.

»Wir brauchen keinen Babysitter«, sagte Piers und griff nach einem Sandwich. »Nicht böse gemeint.« Er war hoch gewachsen und schlaksig und hatte einen verschwommenen, müden Gesichtsausdruck, der Janice an seinen Vater erinnerte, als sie ihn zuletzt am Valentinstag in der Weinbar gesehen hatte. »Ich kann babysitten«, sagte er.

»Bist du schon vierzehn?« fragte Janice. »Es ist nämlich illegal, wenn du noch nicht vierzehn bist.«

Piers zuckte die Achseln und schwieg.

»Warum brauchen wir noch einen Babysitter?« fragte Geraldine.

Janice sah auf ihre Uhr. Warum brauchten sie noch einen?

»Ich muß jetzt gleich gehen.«

»Bitte kommen Sie wieder«, sagte Claire im Flur, als sie in ihre Jacke schlüpfte und den Schal umband. »Wir würden uns freuen. Ich rufe Sie an.«

»Ja. Klar. Danke für den Tee.«

»Gern geschehen.« Sie streckte die Hand aus und legte sie für einen Moment auf Janices Arm. »Sie dürfen wegen Matthew nicht traurig sein. Es ist traurig, aber so ist es nun einmal. Mein Vater hätte es Ihnen sagen sollen. Er kann sehr gedankenlos sein.«

»Er möchte, daß er nach Hause kommt«, sagte Janice und sah blitzartig vor sich, wie es sein könnte. »Er spricht oft darüber.«

Claire schüttelte den Kopf. »Ich halte das für äußerst unwahrscheinlich.« Dann wurden die Stimmen in der Küche lauter, und sie öffnete die Haustür und sagte: »Ich sollte jetzt besser hineingehen.«

Draußen war es dunkel, und es goß in Strömen. »Ich kann Ihnen gerne einen Schirm leihen.«

»Ist schon o. k.«, sagte Janice. »Ich sause los. Tschüs.«

Und sie trat hinaus in den Regen, versilbert vom Laternenlicht, und spürte Claires prüfenden Blick auf sich, bis die Tür sich langsam schloß. Dann fing sie an zu rennen.

18

Janice saß am Küchentisch mit dem rotkarierten Tischtuch, trank Tee und rauchte. Es war Nachmittag, sie wartete auf Williams Rückkehr von seinem Besuch in der Klinik.

»Zum Tee sollte ich wieder zurück sein«, hatte er gesagt, als er sich im Flur den Mantel zuknöpfte und vor dem Spiegel seinen seegrünen Schal zurechtzupfte. »Das heißt, wenn Fisher pünktlich ist – das kann man ja heutzutage nie wissen.« Neben ihm sah Danny mit glänzenden Augen erwartungsvoll zu ihm auf. »Tut mir leid, alter Knabe – heute nicht.« Er wandte sich an Janice, die am Fuß der Treppe auf ihn wartete. »Wollen Sie wirklich nicht mitkommen?«

»Ich hüte das Haus«, sagte Janice und streckte die Hand nach Danny aus, der sofort zu ihr herübertrottete. »Ich geh mit ihm spazieren und werde hiersein, wenn Sie zurückkommen. Vielleicht backe ich einen Kuchen, wenn es Ihnen recht ist.«

»Sehr recht«, sagte William. »Durchaus befriedigend.« Er schlug den Kragen hoch, zog die Handschuhe an und nahm seinen Schirm aus dem Ständer. »Also dann – wünschen Sie mir Glück.«

»Viel Glück.« Und sie ging auf ihn zu, Danny trottete wieder zurück, und er beugte sich nieder, um sie zu küssen, einmal, zweimal, wie die Londoner es taten, stellte sie immer wieder fest, und sie spürte seine trockene, wohlrasierte Haut die ihre streifen und die Wärme seiner Lippen auf ihrer Wange.

»So.« Er gab ihr die Hand in dem weichen, abgetragenen Leder. »Ich gehe jetzt.« Und er schritt zur Tür, und sie hielt Danny zurück, und die Stimme versagte ihr fast.

»Es wird schon alles gutgehen«, sagte sie.

»Sie haben mir noch nichts von Claire erzählt.« Er drehte sich plötzlich um, die Finger schon auf der Türklinke.

»Da gibts nicht viel zu erzählen.« Er war schon zu Bett gegangen, als sie aus der Weinbar zurückkam; heute hatte Mrs. T. bis zum Mittag herumgepoltert und war gerade erst gegangen, und seine Gedanken waren ganz bei Matthew. »Vielleicht werde ich einmal für sie babysitten.«

»Haben Sie die Kinder gesehen?« Sein Gesicht leuchtete auf.

»Ja, sie sind Klasse.« Sie sah ihn an, wie er da stand, eher unschlüssig, als wolle er den Moment hinauszögern. »Gehen Sie nur«, sagte sie sanft. »Sie kommen sonst zu spät.«

Und er nickte und öffnete die Tür. Sie erhaschte einen Blick auf die dicken Knospen der Magnolie, die frisch belaubt war, spürte die Kälte in den ungeheizten Flur eindringen, und dann war er fort, und sie vergrub ihr Gesicht in Dannys kastanienbraunem Hals und entdeckte graue Haare.

»Komm mit.«

Unten in der Küche ließ sie ihn hinaus in den Garten und öffnete die Schranktüren. Sie schüttete Rosinen in eine blauweißgestreifte Schale und zerschlug Eier in eine andere. Cornish Ware, hatte William ihr erklärt, heute schon ziemlich viel wert. Sie hatte solche Schüsseln auf Albert Pages Kommode gesehen, schartig und vom Alter vergilbt, wie er selbst. Wie würde er ohne sie zurechtkommen, der arme alte Depp?

Sie schaltete den Herd ein, stellte ein halbes Päckchen Bio-Sojacreme in einer Creamware-Schüssel zum Aufwärmen hinein, öffnete weitere Schranktüren, bis sie eine Backform fand. Sie fettete sie ein, stäubte Vollkornmehl darüber, beobachtete Danny, der im Garten herumschnüffelte und ein Bein hob, und blickte auf, als eine Elster plötzlich ankam, auf der Mauer landete und dieses heisere cak-ak-cak ausstieß, das sie überall wiedererkennen würde, denn sie hatte es ihr ganzes Leben lang in den Wäldern und Hügeln Shropshires gehört. Sie legte ihren glänzenden Kopf schief und hob den Schwanz, das Auge keck und lebhaft. Cak-ak-cak, über den Londoner Garten, der von dem endlosen Regen zu Matsch durchweicht war: Seit Wochen war niemand außer Danny hier draußen gewesen.

One for sorrow. – Eine Elster bedeutet Kummer.

Janice nahm die Creamware-Schüssel heraus und schlug braunen Zucker in die weich gewordene Sojamasse. Sie schlug die Eier mit der Gabel schaumig, rührte sie mit einem Holzlöffel hinein, schlug Vollkornmehl und Rosinen und feingeriebene Zitronen- und Orangenschale darunter. Alles außer den Eiern war veganisch; sie würde den Kuchen nicht essen, sie würde ihn für William aufbewahren, in einer Dose in Pergamentpapier eingewickelt, etwas, das er am Kamin genießen konnte, wenn er Lust darauf hatte; etwas, was er zum Porzellanstand mitnehmen und mit seiner alten Freundin Buffy, die sie noch kennenlernen würde, teilen konnte. Sie löffelte alles in die Form, stellte es in den Backofen und stellte die Zeit ein. Gut. Das wäre geschafft. Sie spülte die Schüsseln aus, teils, weil die größte zu groß für die Spülmaschine war, und teils, obwohl sie sich dabei wie die Harriman-Cousinen fühlte, weil sie an Geschirrspülmaschinen nicht gewöhnt war – weder von zu Hause noch vom Cloud Nine, nicht einmal von dort. Sie war an eine Menge Dinge nicht gewöhnt, die sie hier kennengelernt hatte, aber das war ja der Grund, weshalb sie hergekommen war, oder? Um ihren Horizont zu erweitern.

Cak-ak-ak-cak. Blankäugig, wachsam, immer noch da. Janice setzte den Kessel auf, lehnte sich ans Spülbecken und beobachtete den Vogel, den Hund und das launische Spiel von Sonne und Wolken. Shropshire-Dinge, wenn sie eine Liste davon machen würde: Sie könnte ebensogut in der Küche vom Cloud Nine stehen und die Elstern und Stare und Amseln draußen sehen und die Hunde der Gäste, die auf Kekse hofften. Und ihr kam plötzlich die Erinnerung an den Morgen zur Zeit der Unwetter im letzten November, als sie mit dem Rad hinauf zur Leinthall Ridge gefahren war, den umgefallenen Baum fand und ihn über die Straße schleppte, beobachtet von einer knopfäugigen Krähe und einem Elsternpaar. *Two for Joy* – zwei für Freude. Alte-Weiber-Kram, Sprüche, die ihre Großmutter immer gesagt hatte oder eine der Cousinen oder Albert, aber es hatte sie amüsiert, und an demselben Tag hatte sie Eric kennengelernt.

Na ja. Das war vorbei.

Und jetzt …

One for Sorrow. Was für ein harter Ruf! Und jetzt war sie mit einem plötzlichen Windstoß aufgeflogen und fort, hinüber zu einem Baum im benachbarten Garten, wo sie sie noch hören konnte, und Danny auch, der hochsah und bellte.

Der Kessel schaltete sich aus; die Küche, die nach Flash gerochen hatte, füllte sich jetzt mit dem Duft von Gebackenem. Janice machte Tee in einem blauweißen Cornishware-Becher, sie ließ Danny wieder rein und setzte sich mit ihrer Tabaksdose an den Tisch. Hätte William etwas dagegen, wenn sie rauchte? Nur eine. Und sie drehte sich eine und zündete sie an, während Danny sich in seinem Korb niederließ – sie würde ihn heute nicht ausführen, nix da, sie hatte so viele Hunde ausgeführt, daß es ihr fürs ganze Leben reichte, und hier drinnen war es warm, und sie hatte das Bedürfnis nachzudenken.

Und sie dachte an Claire und den gestrigen Nachmittag: Die Intensität ihres Blicks über den Tisch hinweg, in dieser perfekt ausgestatteten Küche.

Ich muß wohl ein wenig zurückstecken. Irgend etwas muß mit mir passieren …

Und was ist das? fragte sich Janice und inhalierte ihren Golden Virginia. Was ist das in diesem makellosen Haus, in dem alles genau stimmt und doch ganz und gar nicht stimmt?

Sie dachte an Matthew, so wie sie seit Tagen an ihn gedacht hatte; an das Schweigen, wenn man versuchte, mehr herauszufinden.

Sie wissen doch, daß er sehr krank ist … er ist schizophren … mein Vater hätte es Ihnen sagen sollen …

Ich hätte heute nicht mitgehen können, dachte Janice jetzt und trank ihren milchlosen Tee. Hätte sie es tun sollen? Um William zu unterstützen, der ganz allein zu der Besprechung ging, die er fürchtete? Sie wußte, daß er sie fürchtete – sie sah es ihm an; er konnte nicht anders. Aber sie hätte nicht wieder in diese Klinik gehen können, ohne etwas Hoffnung zu haben …

Auf was?

Und es ist unwahrscheinlich, daß er wieder gesund wird …

Wenn William das wüßte –

Woher wußte es Claire?

Und sie schloß die Augen und durchlebte noch einmal diesen Moment der Erleuchtung, so total und vollkommen und unvergleichlich, als ein Mann mit einem Gesicht wie ein schlafender Engel sich langsam umdrehte, sie sah und sie mit seinem Lächeln betörte.

William saß vor dem Schreibtisch. Matthews Arzt zog eine Akte aus einem Stapel und öffnete sie. Das Zimmer war vollgestopft, die Akte wölbte sich. William las, verkehrt herum, aufgeschnappte Details von »seines Sohnes eingesperrtem Leben« – der Satz fiel ihm plötzlich ein, sogar als seine Augen die Dosierung der Medikamente überflogen, die Berichte und Beobachtungen, seinen eigenen beschwörenden Brief.

My son's confinéd life –

Die Melodie von Shakespeare oder Donne. Er malte sich einen Wintergarten aus, ein Mann allein, in Hut und schwarzem zugeknöpftem Rock, der auf und ab schritt und schrieb, um seinen eigenen Kummer zu lindern.

»Nun?« fragte Fisher. Er war von einem Alter und Typ, den William aus dem ganz anderen Milieu seiner Zeit im Finanzministerium sehr gut kannte: er war über sechzig und führte ein Leben von zwanghafter Intensität, nur sein starker Wille bewahrte ihn vor völliger Erschöpfung. Er glaubte, daß es Fisher gewesen war, der die Papiere unterzeichnet und Matthew vor all den Jahren in die Klinik eingewiesen hatte – ja, eingesperrt, damit er seinen Vater nicht ermordete.

»Nun?«

William sah in die klugen hellen Augen hinter den modischen leichtmetallgerahmten Brillengläsern.

Er sagte, unter Schwierigkeiten: »Ich bin sehr angespannt. Ich kann mich nicht konzentrieren. Bitte entschuldigen Sie. Was haben Sie gesagt?«

Fisher nahm die Brille ab und beugte sich in seinem gepolsterten Plastikstuhl vor. Der Schatten eines Flügels fiel flüchtig auf Williams Brief, als eine Elster am Fenster vorbeiflog.

The sorrow of my son's confinéd life –

Fisher stützte sich auf den Schreibtisch und preßte lange sechzigjährige Finger an seine Lippen. Sein Blick begegnete Williams, dessen Augen sich mit Tränen füllten.

»Entschuldigen Sie«, murmelte er wieder und räusperte sich.

»Sie haben viel durchgemacht«, sagte Fisher, der ihn beobachtete. »Ich verstehe Ihre Gefühle – sie sind ganz natürlich.«

»Aber es ist doch so viel besser geworden«, sagte William und suchte nach seinem Taschentuch. »Viel besser.«

»Sie meinen mit Matthew?«

»Nicht unbedingt. Ich meine ... nun ja, in mancher Beziehung. Ich habe ein Potential gespürt, ich habe mir erlaubt zu hoffen. Ich habe mir gewünscht ... « Er machte eine Handbewegung und putzte sich die Nase. »Ich wollte mich aufraffen – der ganzen Sache neues Leben einhauchen. O Gott.« Er steckte sein Taschentuch wieder in die Tasche und hustete versuchsweise. Ja, er war wieder gefaßt.

»An Weihnachten ...«, begann William und erzählte ein wenig von Buffy, einer alten Freundin mit klarem Blick, die ihm klipp und klar zu verstehen gegeben hatte, was sie von Matthews Zustand hielt. Zugedröhnt mit Drogen, wenn Fisher ihm den Ausdruck verzeihen möge. Er habe sich in einen Zombie verwandelt: Fisher möge verstehen, das sei nur die persönliche Meinung einer einzelnen Person. Aber dann – und er erläuterte die Ankunft seiner Untermieterin, einer aufgeweckten, originellen jungen Frau, die den Haushalt belebte, die seinem Schritt wieder Schwung gab, seine Einsamkeit linderte, so daß er sich wieder ...

»Sie sich wieder jung fühlen?« fragte Fisher trocken.

»Und wenn schon, ist das falsch?« fragte William, der wieder Mut faßte, jetzt, da seine Zunge sich gelöst hatte.

»Überhaupt nicht. Das alles klingt ...«, aber er ließ den Satz unbeendet, nahm Williams Brief aus der Mappe und ließ seine

Augen noch einmal über die charakteristische Handschrift wandern, während er die Seiten umblätterte.

»Ich habe Janice hierher mitgenommen«, sagte William. »Vorige Woche. Ich habe die beiden miteinander bekannt gemacht.«

»Und?« Fisher legte den Brief beiseite.

Und William beschrieb die Begegnung: das strahlende Lächeln, den Spaziergang im Park, die Art, wie Janice und Matthew – seltsamerweise und völlig unerwartet – ganz entspannt miteinander umgingen. Es war etwas, das er sich nicht erklären konnte, aber es machte ihm Mut.

»Und was schlagen Sie vor? Was ist Ihr Wunsch?«

William schloß die Augen. Vor sein inneres Auge stahl sich eine Szene: Matthew im Wohnzimmer, vor seinem Notenständer. Geige und Bogen in den Händen; einer berührte die andere, zögernd, in einer kleinen Tonleiter. Ein Lächeln spielte um seine Lippen; Janice, die auf dem Klavierstuhl hockte, sah gespannt zu, wippte mit dem Fuß. Die Tonleiter stieg und fiel und stieg wieder. William, in seinem Sessel mit Danny, lehnte sich zurück und lauschte und fühlte, wie die alten Tage wieder von neuem begannen.

Er öffnete die Augen und sah Fishers kühlen, klarsichtigen Blick auf sich ruhen. Er fragte vorsichtig: »Was ist das Beste, worauf wir hoffen dürfen?«

Fishers lange Fingerspitzen waren zusammengepreßt wie im Gebet – machte irgend jemand außer einem Arzt oder einem Priester eine solche Geste?

»Wir können seine Medikamente umstellen«, sagte er langsam. »Es ist wahr, er war vielleicht zu lange schwer sediert. Sie sind ziemliche Hämmer, diese traditionellen Medikamente – Stelazine war wohl das, was Matthew genommen hat.« Und er sah wieder hinunter in die Akte. »Ja. Nun – wir könnten es langsam absetzen und es dann mit einer dieser neu entwickelten Tabletten versuchen. Respiradone.« Er machte sich eine Notiz.

»Was bewirken sie?« fragte William. Mein geliebter Junge, dachte er, mit all dem Zeug vollgepumpt. Mein lieber, intelligenter Junge.

»Respiradone ist auch ein Sedativ. Aber es ist milder, es gehört zu der Gruppe, die wir atypische Antipsychotika nennen …« Fisher griff hinter sich und zog ein amtliches Arzneibuch aus dem Regal, blätterte durch den Index, fand die Seite. »Wir werden es versuchen«, sagte er, noch lesend. »Wir probieren es einmal aus.«

»Und haben Sie irgendwelche …« William versuchte, es sich vorzustellen. »Nebenwirkungen? Entzugssymptome?«

»Wahrscheinlich.« Fischer klappte das Buch zu. »Fast mit Sicherheit, würde ich sagen. Aber mit der Zeit sollte es ihm viel besser gehen. Wir müssen abwarten.«

»Und wenn es ihm gutgeht?« fragte William mit einem schwachen Aufflackern von Hoffnung.

»Dann könnten Sie es mit längeren Besuchen zu Hause versuchen und sehen, wie er reagiert. Würden Sie sich das wünschen?«

»Aber sicher«, sagte er leidenschaftlich. »Ich bin ganz sicher, daß es genau das ist, was er braucht: seine vertraute Umgebung, Anregung, Liebe …«

Fisher machte sich noch eine Notiz in die Akte und schloß sie. »Natürlich«, sagte er vorsichtig, »es gibt Ärzte einer jüngeren Generation als ich, die würden alle diese Drogen zum Fenster hinauswerfen. Sie würden Matthew nicht einmal diese Diagnose stellen. ›Schizophrenie‹ – sie sagen, es sei ein Etikett, ein bedeutungsloser Allzweckbegriff. Psychosen können viele Formen annehmen, viele Ursachen haben. Sie würden nach einem psychosozialen Modell suchen – sie würden versuchen, ihn mit Psychotherapie zu behandeln. Kognitive Verhaltenstherapie – haben Sie davon schon einmal gehört?«

William hatte es nicht. Er erinnerte sich mit furchtbarer Intensität an die Nacht, an die er nie wieder zu denken versuchte: Matthew, nicht wiederzuerkennen in seinem Haß, der Tobsuchtsanfall, das Zertrümmern, Zersplittern von Glas und Möbeln, der erhobene Kerzenständer, der zur Mordwaffe geworden war.

Etwas hatte geschehen müssen. Etwas mußte ihn da herausreißen.

Aber jetzt …

Aber warum …

Es ist alles deine Schuld, hörte er Claires verbitterte Stimme. *Weil du nie etwas merkst …*

»O Gott«, sagte er laut. »O Gott.«

Fisher streckte ihm über den Schreibtisch die Hand entgegen. »Wir können es nur versuchen. Wenn er darauf anspricht, können wir alle möglichen Dinge ausprobieren. Aber bitte – erwarten Sie nicht zuviel. Enttäuschungen sind schwerer zu ertragen, wenn man älter wird.«

William sah ihn an, aber es kamen keine näheren Ausführungen, und langsam erhob er sich.

»Vielen Dank«, sagte er, wie er es seit Jahren gesagt hatte. »Sie waren sehr freundlich.«

Und dann gaben sie sich die Hand, und er öffnete die Tür zum Wartezimmer, der Dienstags-Sprechstunde – oh, eine so wohltuend normale Bezeichnung – mit ihrer unterdrückten Unruhe, diesem Meer menschlichen Leidens.

Es wurde dunkel. William ging die Straße hinunter zu seinem Haus, wo die Lampen angezündet waren: im Flur mit der zerschlissenen aprikosenfarbenen Seidentapete; im Wohnzimmer, wo das Kaminfeuer flackerte. Er beschleunigte seinen Schritt, so daß der Schirm an seinen Mantel schlug. Gott, war das kalt.

Die eiserne Pforte quietschte bei seiner Berührung und war schwer beweglich. Noch etwas, worum man sich kümmern mußte, sobald der Frühling kam. Er klinkte sie zu, stieg die Steinstufen hinauf und schloß die Tür auf.

Das Haus war warm, und der Geruch von Gebackenem zog aus dem Untergeschoß herauf. Rosinenkuchen mit einer Spur Zitrus. Himmlisch. Er wollte gerade rufen, pfeifen, sagen, er sei zurück, aber dann wollte er es doch nicht – er wollte nur den Moment genießen, und leise schloß er die Tür und blieb stehen und ließ alles auf sich einwirken: ein richtiges Zuhause, ein anständiger Tee, ein Ort, zu dem Matthew zurückkehren konnte, jetzt, wo er wieder gesund werden würde. Denn das würde er, das würde er.

The sorrow of my son's confinéd life/Is washed away, for he is well again …

Die Verse waren ihm während des ganzen langen Marschs nach Hause durch den Kopf gegangen, melodisch und unablässig.

Und was reimt sich auf *life*? fragte er sich und lehnte sich an die Tür, von erschöpftem Glücksgefühl überflutet, und sah sie die Treppe heraufkommen, lächelnd, um ihn zu begrüßen.

Sie standen mitten im Laden von Healing Arts, und seltsame Düfte umschwebten ihre Köpfe. Ernie begann zu husten.

»Verdammt. Wie in einem Süßwarenladen.«

»Psst«, machte Sophie und zupfte ihn am Ärmel. »Komm her. Komm und sag guten Tag.«

Die Mappe unter dem Arm, schlurfte er hinüber zum Ladentisch, der im Moment unbeaufsichtigt war. Körbe voller zellophanverpackter Seifen standen neben Gläsern mit farbigen, mit Badeöl gefüllten Kugeln.

»Fünfunddreißig Pence das Stück? Was kostet die Seife da?«

Sie kostete zwei Pfund sechzig pro Stück.

»Verflixter Wucher. Und was ist ein Teebaum, wenn ich fragen darf?«

»*Psst!*«

Kleine Haufen Handzettel lagen auf dem Ladentisch. Er nahm einen in die Hand. Er war blaßgrün, mit kalligraphischer Schrift, von Ranken umrandet. Er blinzelte angestrengt darauf. Da stand ein Name mit einer Menge Buchstaben dahinter. Ein Foto von einer gefühlvoll aussehenden Frau, die ihre besten Jahre hinter sich hatte.

Leiden Sie unter Spannung, Angst und Streß?
Ist Ihr Leben von Schlaflosigkeit zerrüttet?
Sind Sie ein Opfer zwanghafter Gewohnheiten?
Ich bin ausgebildete Masseurin, Hypnotherapeutin und Psychologische Beraterin.
Ich habe jahrelange Erfahrung in der erfolgreichen Behandlung von Phobien, Depressionen, Rauchen, Beziehungsproblemen

und Rückenbeschwerden.
Setzen Sie Ihre verborgenen Energien frei! Erleben Sie das Geheimnis uralter Heilkraft.
Stellen Sie das natürliche Gleichgewicht Ihres Körpers wieder her, und befreien Sie sich von Giften.
Private Konsultationen und Gruppenarbeit.
Ihr Leben liegt in meiner Hand.

Ernie schnaubte. Er nahm einen anderen, in Himbeerrosa. Er empfahl Einzelunterricht in Lebens-Fokussing in friedlicher Umgebung. Und wo sollte das sein? Er schielte auf die Adresse. Das war doch das Haus des alten Ford, oder? Wem hatte er es nach all den Jahren verkauft? Mußte jemand gewesen sein, der genug Kohle hatte, um diese alte Ruine wieder instand zu setzen. Er griff zum nächsten Handzettel.

Wenn Sie Ihre Fähigkeit, geerdet und zentriert zu sein, verbessern möchten, Ihren Arbeitsplatz rein zu halten und Ihre Energie freizusezten, kann ich Ihnen helfen …

»*Guten* Morgen!«

Beide fuhren zusammen.

»Wie geht es Ihnen, Sophie?« Die Frau hinterm Ladentisch lächelte strahlend. Sie trug einen hübschen weichen Pullover in Königsblau, einen Schal, lose um den Hals geschlungen, und einen Lippenstift in heiterem Farbton. Ernie wurde munter. Das letzte Mal, als er hiergewesen war, waren sie von einem blassen Mädchen, dessen graugesichtiges Kind in einem Sportwägelchen schlief, lustlos bedient worden. Und es gab auch nicht so viele Waren; die Regale waren halb leer. Neues Management, das mußte es sein. Wucherpreise. Profit. Genau das, was er brauchte.

»Das ist mein Bruder«, sagte Sophie und schob ihn nach vorn. »Ernie. Er ist Künstler.«

»Guten Tag«, sagte sie freundlich. »Ich bin Daphne.«

»Angenehm.«

»Und was kann ich heute für Sie tun? Ich sehe, Sie haben Ihr Auge auf diese Forellen geworfen, Sophie. Sind sie nicht reizend?«

»Sie ist selber ’ne alte Forelle«, sagte Ernie. »Hehehe.«

Mary hätte ihm eine gehörige Ohrfeige verpaßt, mitten im Laden, aber Sophie warf ihm nur einen ihrer typischen Blicke zu.

»Wir haben gedacht ...«, begann sie, und er legte seine Mappe mit einer schwungvollen Bewegung auf den Ladentisch. Handzettel flatterten auf den Boden, und ein glückbringender magnetischer Marienkäfer fiel vom Rand eines Gefäßes zwischen die Körbe mit den zellophanverpackten Köstlichkeiten. Daphne bückte sich und hob ihn auf. Sophie bückte sich nach den Zetteln und brachte sie durcheinander. Kunden traten zur Seite.

»Oje.« Daphne hob mit ihren manikürten Händen die Mappe vom Tisch, und Handzettel wirbelten in alle Richtungen durch die Luft. Sophies Hand fuhr zum Mund. Er konnte spüren, daß sie dachte: Wir hätten lieber nicht kommen sollen.

»Wie sie gesagt hat«, begann er selbstbewußt: »Ich bin Künstler, und das hier sind meine Werke. Und ein paar Handzettel. Wir würden gerne eine Ausstellung veranstalten.«

Die Kunden standen Schlange. Ein paar Leute begannen zu husten. Daphne stellte die Mappe hinter die Theke und sah betont an ihnen vorbei. Sie verzogen sich in eine Ecke und warteten.

»Nie aufgeben«, sagte Ernie. »Das ist mein Motto.«

»Also dann«, sagte Daphne einige Zeit später. »Also die sind ziemlich ...«

Sie befanden sich jetzt in ihrem Büro; ihre Aushilfskraft war atemlos angekommen und stand jetzt an der Ladenkasse. Ernie hatte den Reißverschluß der Mappe aufgezogen und seine Arbeiten auf dem Schreibtisch ausgebreitet. Auch hier roch es wie in einem Süßwarenladen: Sträuße von getrockneten Kräutern hingen über seinem Kopf und Kartons mit ekelhaft süßlich riechender Seife und Shampoo in jeder Ecke. Kristalle hingen vor dem Spitzbogenfenster. Es hatte angefangen zu regnen. Er stand neben Sophie und beobachtete Daphne, die seine Porträts begutachtete, eins nach dem anderen. Qualität war, worauf es ankam. Die sprach immer für sich.

Daphne betrachtete das edle Profil eines Labradors: Das war Ned. Sie verweilte vor Alfie, dem Westie, und Benjy, dem Boxermischling; sie überschlug Flossie und Pip mit den treuen Augen, und blätterte wieder zu ihnen zurück. Er hatte sechs im Profil und sechs von vorn mitgebracht – knall ihnen gleich alles vor die Nase!

»Und da sind die Handzettel« sagte er und zeigte darauf.

Daphne nahm einen zur Hand. Auch darin verriet sich Qualität: sieh dir diese Schrift an, und du weißt, daß du es mit einem Könner zu tun hast. Er hatte Stunden dazu gebraucht, alles auszuführen, und dabei die Vorschläge der Mädchen in Betracht gezogen.

Dein bester Freund wird dich nie verlassen.

So. Könnte nicht besser sein. Er hatte Ned darauf geklebt, der treu und seelenvoll den Blick hob, er hatte das Blatt in den Copyshop gebracht und hundert Stück kopiert: vier Pence pro Stück. Hätte ihn fast ruiniert. Trotzdem: Da waren sie, und er war stolz auf sie. Stellt den ganzen holistischen Hokuspokus in den Schatten, hatte Mary gesagt, und er wußte, daß sie recht hatte. Seelisches Gleichgewicht! Toxine. Kristalle. Was für ein Haufen Mist! Hunde waren das richtige. Hunde machten Sinn. Ein Hund kann Sie wieder gesund machen.

»Was halten Sie davon?« fragte Sophie zaghaft. Er warf ihr einen Blick zu. Niemals fragen. Laß sie auf dich zukommen, wie ein Tier. Laß sie warten.

»Ja«, sagte Daphne wieder, »das fällt natürlich bei uns aus dem Rahmen, aber …« Sie fuhr mit dem Finger über Neds Schnauze, und Ernie wußte, daß er sie gewonnen hatte. »Ich hatte einmal genau so einen Hund«, begann sie, und er wußte, sie waren im Geschäft.

»Siehst du?« sagte er zu Sophie auf dem Rückweg durch den Innenhof der Kathedrale. »Was hab ich dir gesagt?«

Fünfzig Handzettel lagen auf der Theke, und Ned hing an der Wand, neben einer astrologischen Karte und einem Poster der Schmetterlinge Britanniens, von denen er die meisten seit Jahren nicht mehr gesehen hatte.

»Nein«, sagte Sophie. »*Ich* hab es *dir* gesagt. Es war meine Idee.«

Regen wirbelte über die Rasenflächen, die Glocken der Kathedrale schlugen die Stunde. Welch schöner Klang.

»Schlaues Mädchen«, sagte Ernie. »Wir sind ein gutes Gespann.«

Sie errötete vor Freude.

Draußen auf der Straße, vor der Zeitungshandlung, hingen eine Menge Reklametafeln. Im Schaufenster von Radio Rentals liefen die Zwölf-Uhr-Nachrichten auf einem Dutzend Bildschirmen. Sie blieben davor stehen und sahen zu. Es war die einzige Zeit, wo sie jemals fernsehen konnten; das mußten sie ausnutzen. Und sie standen im Regen und sahen den Mann zu ihnen sprechen, während im Feuer hinter ihm Kadaver um Kadaver verbrannte und steife Beine zum Himmel aufragten.

»Furchtbar«, sagte Sophie, und ihre Augen weiteten sich. »Das ist ja ganz furchtbar.«

»Hier ist es noch nicht soweit«, sagte Ernie. Er dachte an ihren Vater, der jeden Morgen um sechs zum Melken aufgestanden war, seine Kappe vom Haken im Flur genommen, seine Stiefel angezogen hatte und bei jedem Wetter mit seiner Laterne hinauf zu den Farmen gegangen war. Er dachte daran, wie sie sich an Sommerabenden zu dritt hineingedrängt hatten, um zuzugukken: dieser Geruch – ein richtiger Tiergeruch. Das Mampfen des Futters, das Schlagen der Schwänze, das Strömen der Milch in den Eimer, seines Vaters Hände, die die Zitzen bearbeiteten, die Farmkatze, die sich hereinschlich.

Maul- und Klauenseuche. Sie hatten sie schon früher gehabt, aber da war …

»Komm«, sagte er zu Sophie und zog sie weg von diesem Anblick, diesem grausamen, bösen Anblick der Hufe, dieser hängenden Köpfe, diesen auf einen Haufen geworfenen, schönen Geschöpfen.

IV

Zu Hause

19 »Alles ist beschwerlich für mich«, sagte Buffy. »Alles ist anstrengend.«

Die Sprechstunde war voll: Sie hatte vierzig Minuten über ihren Termin hinaus warten müssen und all jene Zeitschriften durchgeblättert, die sie immer nur hier las oder beim Zahnarzt. Strahlende Frauen in ihren unmöglichen Häusern; lange widerliche Artikel über Sex.

»Nun ja«, sagte der Arzt freundlich. »Sie sind nicht mehr *ganz* so jung, wie sie einmal waren.«

»Ich bin nicht gekommen, um mir das anzuhören«, sagte Buffy scharf. »Ich weiß genau, wie alt ich bin, vielen Dank. Was ich will, ist eine Diagnose. Irgend etwas stimmt nicht mit mir.«

Er war neu, er war ein Idiot. Sie waren alle Idioten. Keiner wußte mehr etwas.

Er lehnte sich zurück und sah sie an. »Fangen Sie an.«

Und sie fing an. Daß sie nachts aufstehen mußte, die Schwindelanfälle, dreimal jetzt, und ihr ständig zunehmender Taillenumfang. Sie berichtete ihm, wie erschöpft sie sich fühlte, sogar wenn sie ihre Einkäufe erledigte. Sie sagte, sie habe ohnehin auf nichts Appetit. Sie sagte, sie würde kein Fleisch mehr essen, solange sie lebte, und sie begann ihm zu erklären, warum, und sie fing an zu weinen.

»Und ich habe einen Schmerz«, schluchzte sie. »Das ist neu. Er kommt und geht, aber er ist da.«

»Wo?«

Sie zeigte auf ihren Bauch, der sich wie ein Fußball anfühlte.

»Das wollen wir uns einmal ansehen.«

Und sie putzte sich die Nase in ein Papiertaschentuch von Männergröße aus einer Schachtel auf seinem Schreibtisch und lag auf der Couch, während er sie überall abtastete.

»Hier?« fragte er und drückte und pikste an ihr herum. »Hier?«

»Was ist es?« fragte Buffy, als er fertig war. »Was fehlt mir?« Sie schwang ihre Beine unter enormen Schwierigkeiten vom Tisch. Ach, wie schön wäre es, sich mit einer Wärmflasche ins Bett zu legen und nie wieder etwas tun zu müssen.

Der Arzt machte sich Notizen in unleserlicher Handschrift. Sie schielte herüber.

»Wahrscheinlich ist es gar nichts«, sagte er und drehte das Blatt um. »Aber wir sollten sichergehen.« Er legte seinen Stift hin und lächelte ihr zu.

Sie versuchte, sein Lächeln zu erwidern: Schließlich hatte sie schon Schlimmere erlebt, und zumindest war er gründlich.

»Ich werde für Sie einen Termin in der West London Klinik machen«, sagte er leichthin. »Wie ich schon sagte, nur um sicher zu sein.«

»In welcher Abteilung?« fragte Buffy, aber sie war nicht dumm. Sie hatte es gewußt, sie hatte es gewußt.

Out of sight? What of that?
See the Bird – reach it!
Curve by Curve – Sweep by Sweep –
Round the Steep Air –
Danger! What is that to Her?

Janice lag auf der blauweißen Steppdecke in ihrem Schlafzimmer und war wieder einmal bei Emily Dickinson. Rauch von ihrer Selbstgedrehten zog durchs offene Fenster hinaus in die kalte Märzluft, Wolken zogen über eine zögernde Sonne, sie hörte Flügelschläge.

Curve by Curve – Sweep by Sweep –
Round the Steep Air –

Sie sagte die Worte laut, fühlte sich mit ihnen emporgehoben, von der aufsteigenden Luftströmung getragen, fühlte den Stoß, die Steigung, den schwindelerregenden Abfall, das nochmalige Hochwirbeln in …

In welche Gefahr, zu welch trügerischem Ort?

Sie legte das Buch nieder. Als sie diese Verse das letzte Mal gelesen hatte, saß sie an einem böigen regnerischen Nachmittag allein oben im Cloud Nine, der Regen ließ endlich nach, und die Sonne brach durch. Sie glitzerte auf der nassen Glastür, die ganz plötzlich aufgerissen wurde.

War sie damals in Gefahr gewesen? Wahrscheinlich, wenn sie sich dem freien Fall überlassen hätte, nachdem sie derart emporgehoben und in luftige Höhen versetzt und dann fallen gelassen wurde wie ein herabstürzender Stein. Und während sie daran dachte, erinnerte sie sich ganz plötzlich wieder an den steifen, starr blickenden Mann im Korridor der Klinik, an seinen weit aufgesperrten Mund, als wolle er Schreie des Wahnsinns ausstoßen, die in den Bergen und dem steinigen Tal widerhallten.

Wilde, unerreichbare Gegenden.

Janice zog noch einmal an ihrer Zigarette und legte sie dann auf den Aschenbecher neben dem Bett. Sie beschwor Matthews Gesicht wieder herauf, ließ sein Bild in sich einsinken, wie immer wieder, seit sie ihn zum ersten Mal gesehen hatte, es kam und ging, verließ sie und kehrte zurück wie zu seinem rechtmäßigen Platz. Sie nahm das Buch wieder zur Hand und hörte von der Magnolie den plötzlich aufsteigenden Gesang der Amsel.

Danger! What is that to her?
Better 'tis to fail – there –
Than debate – here –
Blue is Blue – the World through –

War das nicht schön?

Sie schloß die Augen, ließ sie auf der Bläue ruhiger, ferner Berge ruhen, wo es sicher war.

Nach ihrem Besuch beim Arzt schleppte sich Buffy nach Hause. Sie ging langsam die Stufen der Praxis hinunter auf die windige Straße und unter den gekappten Platanen bis zur Hauptstraße, wo Busse vorbeiratterten und Leute ihre Einkäufe erledigten, zum Friseur gingen und ihr Leben lebten. Sie bog um die Ecke ihrer eigenen Straße, und nach ein paar Minuten stand sie vor ihrer Haustür.

Sie kramte in ihrer Handtasche nach den Schlüsseln und konnte sie nicht finden. Ganz sorgfältig suchte sie noch einmal, und da waren sie. Sie öffnete beide Schlösser und trat in den Hausflur. In dem Halbdunkel war die Atmosphäre der verschlossenen Türen, die Leere der Wohnungen fast greifbar. Sie blieb stehen und schöpfte Atem. Dann stieg sie die Treppe hinauf, nachdem sie auf den Zeitschalter an der Wand gedrückt hatte, um Licht zu machen, spürte die abgegriffene Stelle, wo jeder, der hinauf- oder hinunterging, draufgedrückt hatte, Jahr um Jahr um Jahr.

Sie trat in ihre Wohnung, in die Stille. Nach ein oder zwei Minuten ging die Treppenbeleuchtung aus.

Ernie, noch im Schlafanzug, stellte den Kessel auf den Gasring und sah hinaus auf das hintere Feld. Es war März, Frühling, die Mutterschafe und Lämmer waren draußen – sie hatten ihn mit ihrem Blöken geweckt, aber das störte ihn nicht, wenn sie nur sicher waren. An der Weißdornhecke zeigten sich Knospen, an den Bäumen die erste Spur von Laub. Wurde auch Zeit. Er zog seine Jacke an und ging hinaus, um hinter dem Wohnwagen zu pinkeln. Gut für das Gras und auch natürlicher: Ihm wurde übel von dem stinkenden alten Klo den ganzen Winter über. Wurde Zeit, wieder hinaus ins Freie zu kommen. Zeit für neue Weidegründe. Und er roch die kalte Frühlingsluft und hörte die Lämmer und stieß mit dem Fuß an den leeren Gaskanister und fluchte. Eine Henne streckte den Kopf unter dem Wohnwagen hervor. Die Hühner saßen gerne da unten: schön dunkel, ruhig und friedlich.

»Hallo, altes Mädchen. Hast du ein schönes Ei für mich zum Frühstück gelegt?« Er rieb sich den wehen Fuß und bückte sich, um die Erde unter ihr abzusuchen. Nichts da. Ha.

»Bist zu nicht viel nütze, he?« Er richtete sich auf, drehte sich um und pinkelte in hohem Bogen über den verrotteten Zaun ins Feld. Da – der alte Kerl hat noch Leben in sich. Er drehte sich wieder um und sah, daß die braune Henne ihm zuguckte. »Gar nicht so schlecht, oder?« fragte er sie und schlurfte wieder hinein.

Die Gasflamme flackerte schwach. Noch so eine verdammte Sache, an die man denken mußte, noch so ein verdammtes Zeug, das er kaufen mußte. Diese Kanister kosteten ein Vermögen. Er stand vor dem Kocher und lauschte dem schwachen Puttputt der Flamme.

»Na los, mach mir wenigstens eine Tasse Tee.«

Der Kessel war klein und leicht wie er selbst. Wie sein altes schwarzes Radio: beide hatte er seit Ewigkeiten, er wußte nicht, seit wieviel Jahren. Und jetzt, als er durchs Fenster die Lämmer beobachtete,während er auf seine erste frühmorgendliche Tasse Tee wartete, schaltete er das Radio an, fummelte mit der Kleiderbügelantenne herum und drehte, bis er den Acht-Uhr-Piepton hörte, stellte es wieder auf den Tisch und horchte kopfschüttelnd.

Endlich fing das Wasser an zu sieden, kurz bevor die Flamme erlosch. Er machte seinen Tee, er öffnete die Tabaksdose, er saß rauchend und trinkend am Tisch und sah den Lämmern zu, wie sie mit den Köpfen aneinanderstießen und herumhüpften, während die Wolken sich verzogen und es richtig Tag wurde. Das Radio murmelte neben ihm: Dieser John Humphrys sprach mit diesem Nick Brown über die Krise. Was wußten die beiden denn schon, die in London steckten? Was machte diese Janice Harper, die dort steckte?

Plötzlich rannten die Lämmer, wie es ihre Art war – er kannte sie, er hatte sein ganzes Leben mit ihnen verbracht –, alle fort, alle zusammen, hoppelten um das Feld herum, auf und ab und rund um den Stamm der Steineiche, die gerade zu knospen anfing. Guck nur, guck sie nur an, was für ein lustiger Anblick! Im Radio sprachen sie über Notstandsmaßnahmen und Experten. Wenn sie irgendwelche Experten hierherschickten, wenn sie hier mit dem Abschlachten anfingen …

Jemand warf Steine an die Tür.

Er stand auf, öffnete und sah Sophie in ihren Gummistiefeln am Fuß der Stufen stehen. Hunde folgten ihr, Hunde bellten in den Ställen.

»Angetreten!« sagte Sophie. »Sie sagt, du bist dran.«

»Ich brauch keinen Antreiber«, sagte Ernie ärgerlich. »Was will sie überhaupt?«

»Sie sagt, wir müssen mit ihnen rausgehen, solange wir es noch können.«

»Wir können nicht«, sagte er rundweg. »Hast du die Nachrichten nicht gehört? Niemand geht mehr irgendwohin. Jetzt nicht mehr.«

»Sie sagt, wir müssen aber. Sie sagt, wir sind kein infiziertes Gebiet.«

»Da kann sie lange warten. Wir können nicht.«

Er sah hinunter auf das Meer erwartungsvoller Gesichter, die wedelnden Schwänze.

»Tut mir leid«, sagte er zu ihnen. »Heute nicht.«

Sophie, in Kittelschürze und Gummistiefeln, trat von einem Fuß auf den anderen.

»Aber wie sollen wir zurechtkommen?« fragte sie. »Was sollen wir bloß tun?«

Janice betrat das Krankenhausgelände. Osterglocken schwankten in den Blumenbeeten, ein Mädchen saß auf der Bank vor dem Haupteingang und sprach auf ihr Handy. Ihr Haar hing strähnig herab, und ihre Handgelenke waren verbunden. Sie trug Pantoffeln mit Leopardenmuster und eine dicke schwarze Strickjacke. »Ich werde verrückt hier drin«, sagte sie.

Janice ging durch die Schiebetüren und weiter zu Matthews Station und sah weder rechts noch links. Wenn der Mann aus der Wüste die Hügel und Korridore unsicher machte, wünschte sie, ihn nicht zu sehen. Sie wollte keine aufgeschlitzten Handgelenke oder infizierte Wunden von brennenden Zigaretten sehen und keine Geräusche hinter einem Wandschirm von irgendeinem armen Schwein, das seine Überdosis erbrach. Tut mir leid, damit komme ich nicht zurecht. Und wieso glaubst du dann, du könntest mit Matthew zurechtkommen? fragte ein Teil von ihr, und darauf konnte sie nicht antworten, außer indem sie hier war.

Sie fand die Station und sagte zu der Stationsschwester, wen sie besuchen wollte, und daß sie eine Freundin sei und mit Matthews Vater schon einmal hier gewesen sei. »Ich erinnere mich«, sagte die Schwester mit dem Namensschild, das sie als Eileen auswies.

»Wie geht es ihm?«

»Mal so, mal so. Wir haben sein Medikament gewechselt – wußten Sie das?«

»O ja«, sagte sie und erinnerte sich an die Gespräche mit William: Wie glücklich er war, wie er hoffte, wie er ihre Hand faßte. »Ich werde ihn schon finden«, sagte sie, drehte sich um und wollte den Gang zu dem lichterfüllten Aufenthaltsraum überqueren, als sie sah, wie ein hochgewachsener, gebeugter Mann sich langsam dem Schwesternpult näherte. Sie wollte gerade zur Seite treten, als sie dachte, er erinnere sie an jemanden, den sie sehr gern mochte, und dann erkannte sie ihn.

Sie blieb stehen. »Hallo, Matthew.«

Er neigte den Kopf ihr zu und lächelte zögernd. Sie spürte darin alles, wozu er erzogen worden war: gute Manieren, Rücksicht gegenüber den Gefühlen anderer Menschen, Liebenswürdigkeit.

»Kennen wir uns?« fragte er mit qualvoller Langsamkeit.

»Ja«, sagte sie und nahm seine Hand. »Ich bin Janice, erinnerst du dich? Ich war mit deinem Dad hier. Wir hatten Lunch zusammen.«

»Natürlich«, sagte Matthew. »Aber natürlich. Jetzt erinnere ich mich.« Und er blickte zur Seite, entzog ihr seine Hand und ging langsam zum Schwesternpult. »Welcher Tag ist heute?«

»Heute ist Donnerstag«, sagte Eileen. »Den ganzen Tag über. Willst du dich mit deinem Besuch unterhalten?«

»Besuch?« Er sah sich um.

»Ich«, sagte Janice. »Möchtest du spazierengehen?«

Er sah sie an und durch sie hindurch in die Ferne. Sie spürte seine Entfremdung, sein vollkommenes Abseitsstehen, sein langes, langsames inneres Um-sich-Schlagen wie ein gestrandetes Tier.

»Ich bin hier«, sagte sie. »Es hat keine Eile.« Und sie ging auf ihn zu, nahm wieder seine Hand und führte ihn dem Licht entgegen.

»Du weißt, wo die Mäntel sind?« rief Eileen und nahm das klingelnde Telefon ab.

»Wo sind sie?« fragte Janice und blickte sich suchend in der Station um.

Er schwieg eine Weile.

»Da drin, glaube ich.« Er machte eine Geste zur Tür, als bewege er sich unter Wasser.

So langsam er auch sprach, ihr wurde bewußt, daß er in den letzten paar Minuten mehr gesprochen hatte als während ihres ganzen vorigen Besuchs.

In der Garderobe sah sie ihn zwischen den Kleiderbügeln hin und her gehen, bis er endlich seinen eigenen langen Wintermantel gefunden hatte. Er nahm ihn herunter und reichte ihn ihr. Sie hielt ihn für ihn auf und half seinen schönen Händen, in die Ärmel zu schlüpfen.

»Toll«, sagte sie. »Phantastisch. Gut, gehen wir.«

Und sie gingen zurück durch die Station und den plärrenden Aufenthaltsraum und hinaus in den Park, der nach dem Regen nach Erde und Tannen roch. Sie schob ihre Hand unter seinen Arm; er sah aus seines Vaters Höhe zu ihr herab.

»Ich erinnere mich an dich«, sagte er. »Du bist schon einmal hiergewesen.«

»Ja.«

»Welcher Tag ist heute?«

Der kalte Frühlingswind bewegte die Zweige der Tanne, die Schatten massiver Wolken zogen über das Gras.

»Es ist Donnerstag«, sagte Janice und lehnte ihren Kopf an seine Schulter. »Den ganzen Tag über«, fügte sie hinzu und sah eine Londoner Amsel mit dem Wind steigen und fallen.

»Buffy!« sagte William. »Wie geht es dir?«

»Gut«, sagte Buffy. »Ich wollte dich gerade anrufen. Kommst du zum Konzert?«

»Allerdings. Wir alle kommen.«

»Alle?« Sie stellte den Fernseher leiser.

»Wenn noch Karten übrig sind. Sind sie schon ausverkauft? Dürfen wir auf drei hoffen?«

Er klang aufgeräumt. »Drei?« fragte sie.

»Ich nehme Matthew mit. Wird ihm guttun. Und Janice – wird höchste Zeit, daß ihr zwei euch kennenlernt.«

»Ah«, sagte Buffy. »Gut. Ich werde sie am Eingang zurücklegen. Oder möchtest du, daß ich sie dir schicke?«

»Schicken? Kannst du sie nicht mit zum Stand bringen?«

»Die Sache ist nämlich ...«, begann Buffy und wußte nicht, wie sie fortfahren sollte. »Die Sache ist nämlich die ...«, versuchte sie es noch einmal und spürte, wie die eisige Kälte, die sich seit ihrem Besuch beim Arzt irgendwo tief in ihrem Rückgrat eingenistet hatte, in alle Teile ihres Körpers einzusickern begann. »Ich muß zu einer kleinen Untersuchung«, sagte sie mit fester Stimme. »Das ist der Grund, weshalb ich anrufen wollte – sie ist zufällig am Mittwoch. Ich fürchte also, ich kann diese Woche nicht am Stand sein. Tut mir wirklich leid.«

»Untersuchung?« William war sofort alarmiert. »Was für eine Untersuchung?«

»Nur eine Kleinigkeit.«

»Wegen ...« Er zögerte. »Ich will nicht neugierig sein, aber ...«

»Frauensache«, sagte Buffy. »Nichts, worüber du dir den Kopf zerbrechen mußt.«

»Ah.« Sie konnte seine Erleichterung spüren. Wie ahnungslos Männer doch waren! Wie dumm. Sogar William. Sogar nach Eve.

»Ich seh euch also beim Konzert«, sagte sie munter. »Ich freue mich, daß ihr alle kommen könnt.«

»Ich auch«, sagte William. »Matthews erster Ausgang seit Ewigkeiten. Das alles habe ich dir zu verdanken, liebe Buffy. Neue Medikamente. Du hattest vollkommen recht.«

»Das freut mich sehr.« Und sie wechselte den Hörer zum anderen Ohr, da er sich, wie alles andere, schwerer als gewöhnlich anfühlte, und hörte zu, während William weiterredete.

»Gut«, sagte er und legte den Hörer auf. »Sehr gut.« Er trank seinen Whisky aus und schenkte sich noch einen ein. Nur noch ein Schlückchen. »Ein winziges Schlückchen«, sagte er laut und schwenkte das letzte Eis im Glas. Die Vorhänge waren zugezogen, das Feuer brannte, und Danny lag schnarchend vor dem Kamin. Er warf einen Blick auf seine Uhr und schaltete auf Kanal vier die Nachrichten an. Guter Bursche, Jon Snow, hab ihn schon immer gemocht – hab ihn mal kennengelernt, auf einer Veranstaltung. Er lehnte sich in seinem Sessel zurück.

Es waren über tausend Fälle. Über tausend. In Northumberland, in Cumbria, in Devon – in Devon herrschte praktisch Belagerungszustand. Konnten nirgends hingehen, konnten kein Lamm befördern.

»Das ist ja furchtbar«, sagte William laut und begann zu verstehen, was Buffy so aus der Fassung brachte. Es gab Fälle in Schottland, Scheiterhaufen an der Grenze zu Wales. Herefordshire. Shropshire.

Und wie wurden die Cousinen mit alldem fertig? Er sollte sie vielleicht anrufen. Vielmehr – ihnen ein paar Zeilen schreiben. »Sie hatten noch nie ein Telefon«, hatte Janice gesagt. »Hatten nie eine Waschmaschine. Auch keine Glotze.«

Na, dann wurden ihnen wenigstens die Close-ups von sterbenden Lämmern erspart. Oder vielleicht konnten sie es überall life in ihrer Umgebung sehen.

Das Telefon klingelte: Er hob es ab, als der Bericht gerade zu Ende ging und die Werbung begann.

»Hallo?«

»Ist Janice da?«

»Hallo, Liebling«, sagte William, der merkte, daß der zweite Whisky auf leeren Magen vielleicht ein Fehler gewesen war. »Diese Maul- und Klauenseuche«, sagte er. »Ist das nicht schrecklich? Hast du die Nachrichten gesehen?«

Claire stieß einen genervten Seufzer aus. »Nein«, sagte sie knapp. »Habe ich nicht. Diese Berichterstattung ist völlig übertrieben, die ganze Sache ist absurd. Sie bekommen doch Entschädigung, oder nicht? Was soll das ganze Theater?«

»Oh, Gott«, sagte William und fühlte wieder den gähnenden Abgrund, der immer weiter wurde.

»Ich habe gefragt, ob Janice da ist.«

»Das hast du. Nein, sie ist nicht da. Sie arbeitet heute abend. Soll ich ihr etwas ausrichten?«

»Du kannst ihr sagen, ich hätte angerufen. Ich versuche es noch einmal.«

»Wie geht es den Kindern?« fragte William. »Habe ich dir von dem Konzert erzählt? Eine von Buffys Veranstaltungen – Matthew kommt mit. Ich freu mich so. Du willst wohl nicht mitkommen? Ich kann mich nicht an das Programm erinnern …« Er suchte zwischen seinen Papieren. »Parry, glaube ich.«

Nach einem Moment merkte er, daß er in die leere Luft sprach.

»Hallo, Janice.«

»Oh, hallo.«

Es war Anfang der Woche, Sandras freier Abend, und im Weinlokal war es ziemlich ruhig. Nachdem Janice die wenigen Stammgäste bedient und die Weingläser vom Lunch poliert und weggeräumt hatte, saß sie auf dem Hocker hinter der Bar mit einem Glas rotem Hauswein, ihrer Tabaksdose und ihren Gedanken, denn es waren viele. Jetzt rutschte sie wieder herunter, um den neuen Gast zu bedienen.

»Ich störe Sie«, sagte Claire.

»Nein, gar nicht. Was kann ich Ihnen bringen?«

»Was trinken Sie?«

»Billiges Gesöff.«

»Ich nehme auch ein Glas.« Claire kletterte auf einen Hocker und zog ihren Geldbeutel hervor. »Und Sie? Darf ich Sie auf noch ein Glas einladen?«

»Nein danke, vorläufig habe ich genug.« Sie drehte sich um, holte ein Glas herunter und füllte es: Sie setzte es Claire vor und stellte ein Schälchen Oliven, mit Zitrone und Dill angemacht, vor sie hin. »Das macht zwei Pfund fünfzig«, sagte sie, nahm Claires Fünfer, gab ihr heraus und setzte sich wieder.

»Cheers«, sagte Claire und hob ihr Glas.

»Cheers.« Janice nahm ihre Tabaksdose heraus und machte sich daran, zunächst die Fäden zu glätten. Schön, daß man sich jetzt eine anständige Selbstgedrehte leisten konnte. Sie dachte an den armen alten Ernie, der sich jedes Krümelchen zusammenkratzen mußte. »Passiert nicht oft, daß Sie allein ausgehen können, nicht wahr?« fragte sie Claire, seine entfernte Cousine – war das zu fassen? –, und fuhr zum Abschluß mit der Zungenspitze am Zigarettenpapier entlang. »Wer paßt auf die Kids auf? Ich meine die Kinder«, fügte sie mit leichtem Lächeln hinzu und griff nach ihrem Feuerzeug.

»Jeremy«, sagte Claire, ihr Lächeln erwidernd, und beobachtete sie. »Ich war den ganzen Tag zu Hause – ich dachte gerade, ich mach mal eine kleine Pause und schaue bei Ihnen herein.«

»Das ist nett.« Janice zündete die Zigarette an, inhalierte, nahm wieder ihr Glas zur Hand und sah Claires forschende dunkle Augen auf sich gerichtet.

»Und wir müssen einen Termin ausmachen«, sagte Claire. »Wann Sie einmal Zeit haben, für uns babyzusitten.«

»Ja. Klar.«

Claire öffnete wieder ihre Handtasche und nahm ihren Terminkalender heraus. Sie blätterte durch die vollgepackten Wochen, hakte laut das Abholen und Hinbringen der Kinder ab, die Nachhilfe in Mathe nach der Schule, die Musikstunden, den Schwimmunterricht, Geraldines Tanzklasse, Jeremys Gerichtstermine, die Einladungen zu Drinks in ihrem Haus. Da waren Theaterkarten, mit Büroklammern befestigt, da waren Einladungen zum Dinner mit bereits bestellten Babysittern.

Das ist Matthews Schwester, dachte Janice, während Claire noch und noch die Seiten umblätterte und vor sich hin murmelte. Das war das kleine Mädchen, das auf Zehenspitzen in den Kinderwagen guckte, das lächelnd in die Sonne blinzelte, das auf der Rutsche Matthews Mitte umklammerte, das am Klavier lehnte und ihm beim Spiel zusah.

Sie hatte ihn zum Abschied auf die Wange geküßt, als sie aus dem windigen Park wieder auf der Station waren und die Servierwagen mit dem Lunch klappern hörten, und sie fühlte auf ihren Lippen die Trockenheit seiner Haut.

»War nett, dich zu sehen«, sagte Matthew, wie er es viele, viele Male in der Vergangenheit gesagt haben mußte, wenn er auf Wiedersehn, auf Wiedersehn, bis bald sagte und seine Freunde, die Eltern seiner Freunde, seine Schwester küßte.

»Ich seh dich beim Konzert«, sagte sie.

»An welchem Tag ist das?«

»Samstag«, sagte sie, wie sie es ihm schon zweimal gesagt hatte, als sie unter den hohen Tannen dahingegangen waren und die Eichhörnchen herumspringen sahen. »Wir kommen und holen dich ab.«

Er nickte, lächelte und wandte sich ab. Bildete sie es sich ein, oder war sein Gang fester als beim ersten Mal, ging er mit größerer Sicherheit durch die Station hinüber zu den Tischen?

»Wie wär's mit dem Neunzehnten?« fragte Claire endlich. »Das ist der Donnerstag nach Ostern. Da gehen wir zum Abendessen aus.«

»Ja, vielleicht«, sagte Janice. »Ich muß erst hier fragen.«

»Gut, sagen Sie mir dann Bescheid.« Und sie stopfte ihren Terminkalender wieder in die Tasche. »Die Kinder würden sich freuen, wenn Sie kämen.«

Würden sie das wirklich? Warum eigentlich?

»Und sonst?« Claire hob wieder ihr Glas. »Wie geht es Ihnen?«

»Gut.« Janice zog an ihrer Zigarette. »Gut, danke.« Sie zögerte, als sie Claires eindringlichen Blick auf sich ruhen fühlte. »Ich habe gestern Matthew besucht«, sagte sie, obwohl sie es eigentlich nicht wollte, und sie hörte seinen Namen widerhallen, wieder und wieder, wie in einer Kammer, mit einem graugrünen Meer an ihrem Eingang, das hineinbrauste, zurückwich und in seinem Sog alles mit sich riß.

Claire runzelte die Stirn. »Oh? Wie ging es ihm?«

»Ich glaube, ein wenig besser«, sagte Janice, und mit jedem Wort, das sie sprach, spürte sie Unbehagen und Unruhe und Gefahr, doch ob sie ihr oder Matthew oder Claire galt, konnte sie nicht sagen.

Es ist dunkel, es regnet, Claire geht zu Fuß nach Hause. Das Village mit seinen beleuchteten Geschäften und Pubs und der geschlossenen Bücherei liegt hinter ihr. Sie biegt in ihre Straße voller Einfamilienhäuser ein, während der Regen schneller auf ihren Schirm trommelt und von jeder Spitze heruntertropft. Sie zieht ihre Schlüssel heraus, schließt die Tür ihres Hauses auf, wo ihre Tochter und der jüngere Sohn schlafen und ihr Mann und der ältere Sohn die Nachrichten sehen, Piers' dunkler Kopf an seines Vaters Schulter, Gemetzel und Tod vor ihnen.

»Bist du es?« ruft Jeremy, als er die Schritte in der Diele hört.

»Ja, ich bin's«, sagt Claire, die ihren nassen Regenmantel aufhängt, und sie geht an der offenen Wohnzimmertür vorbei in die Küche, so warm und gemütlich, das Herzstück des Familienheims, und stellt den Schirm zum Trocknen vor den Herd.

»Ich bin's«, sagt sie noch einmal.

Die Küchenvorhänge sind nicht zugezogen, die Lampe über dem Tisch ist an, ihr Spiegelbild schimmert in dem dunklen nassen Glas, und sie lehnt sich ans Fenster, um die Vorhänge zuzuziehen, und erblickt sich selbst, wer auch immer das sein mag.

20

Frühlingsregen – noch mehr Frühlingsregen, der von den Knospen der Londoner Platanen und Hainbuchen heruntertropft und in den gepflegten Garten des Queen Square einsickert, in die Blumenbeete mit Osterglocken und Tulpen, in Rasen und Gesträuch. Es ist sieben Uhr an einem Samstagabend, und außerhalb des Square zischen die Busse und Taxis durch die Nässe über die Southampton Row hinauf zum Aldwych Hotel und über die Waterloo Bridge zur Southbank, zum Theater, der Theaterbar und Konzerthalle. Hier auf dem Queen Square kommen die Konzertbesucher im Mary Ward Centre an, schütteln auf den Stufen ihre Schirme aus; stoßen die schwere Eingangstür auf zu der gedrängt vollen, doch gutbeleuchteten Vorhalle mit den gefälligen schwarzweißen Fliesen; sie bahnen sich den Weg zu den Toiletten und schaffen mit Mühe den Aufstieg über die breiten niedrigen Stufen; denn das ist, ehrlich gesagt, verdammt anstrengend, wenn man nicht mehr ganz jung ist.

Doch das Konzert findet im ersten Stock statt, in Räumen, die schön und weitläufig sind. Hohe, regengepeitschte Fenster mit Blick auf den Square, und die Atmosphäre ist heute belebt, Tische sind mit kleinen Erfrischungen, Programmen und Vasen mit Frühlingsblumen hergerichtet. Jenseits der Schwingtür sind in einem weiten Halbkreis die Stühle aufgestellt, auf jedem liegen Handzettel für künftige Veranstaltungen – das Sommerkonzert, das Sommerfest, der Sommerausflug nach Brügge.

»Fabelhaft«, sagt William und schiebt Janice und Matthew vor sich her. »Großartig. Ich hole euch einen Drink.«

Er ist gut einen Kopf größer als alle anderen im Raum, außer Matthew, und beide ziehen auf verschiedene Weise die Blicke auf sich. William hat immer Blicke auf sich gezogen, sein ganzes Leben lang, und hier, unter den über Sechzigjährigen, erst recht, mit seinem Silberhaar, seinem gutgeschnittenen, vielgetragenen Anzug, seiner Höflichkeit, seinem Charme und diesem Lächeln. Heute abend trägt er eine Marie-Curie-Osterglocke im Knopfloch: An William sieht sie frisch und lebendig aus.

»Also dann.« Er überfliegt die Flaschen mit Rotwein und Weißwein, den Holunderbeersaft, den Orangensaft und lächelt den netten Leutchen zu, die es ihm anbieten, und Rosemary Barker, die den gekühlten Blue Nun entkorkt und das Gefühl hat, daß der Glanz des Abends besonders auf sie fällt. »Was möchten Sie trinken?«

»Ich nehme Holunderbeersaft«, sagt Janice, die Matthew an der Hand hält. Matthew hat wegen seiner Medikamente seit Jahren keinen Alkohol mehr angerührt: Sie weiß es, fühlt, wie kalt seine Hand in der ihren ist, sieht, daß ein paar Leute ihn ansehen und wieder wegsehen, und sie fragt ihn: »Ist Holunderbeersaft o. k.?«, und er nickt mit einem vagen, lieben Lächeln, das sie umwirft.

Matthew ist seines Vaters Sohn. Er ist hochgewachsen, gut gebaut und, wie sie im ersten Moment, als sie ihn erblickte, feststellte, er ist schön. Aber die Jahre seiner Krankheit, seine Medikamente, sein langer Klinikaufenthalt, haben sein dichtes Haar stumpf gemacht, seine Augen, die einst über Bach und Chopin schweiften, glanzlos; seine Haut über den gutgeformten Harrimanschen Backenknochen ist von krankhafter Blässe; ein verhärmter Zug liegt um die Harriman-Nase. Sein Kreislauf ist schlecht, und seine Bewegungen sind langsam, und die langen schlanken Finger, die einst über Beethoven und Schubert glitten, die Geige und Bogen hielten, als seien sie ein Teil von ihm, ruhen jetzt kalt und passiv in ihrer Hand. Und nach all den Jahren ist er gezeichnet: Wenn man ihn in einem überfüllten Raum oder auf der belebten Straße auch nur aus einem Augenwinkel sieht, denkt man sofort – irgend etwas ist nicht in Ordnung. Wenn man näher hinsieht, weiß man es. Die Schönheit ist beschädigt, der Stein des Engels verwittert.

Aber wir werden ihn wiederherstellen, denkt William, als er die Drinks reicht. Wir werden dich wieder in die Welt zurückholen. Er hebt sein Glas mit Blue Nun. »Cheers. Sie haben alles sehr gut gemacht.« Er führt sie etwas abseits von dem Gedränge am Tisch, sieht sich um und fühlt sich überaus glücklich. Der erste Ausgang: Sie haben es geschafft, und er ist da, wieder bei den lieben Alten, und er freut sich darauf.

Der Chor hat sich hinter der Bühne umgezogen. Jetzt tauchen einige von ihnen in Konzertkleidung auf und mischen sich unter das Publikum.

»Buffy!« ruft William. »Hier sind wir!«

Und sie blickt sich um, sieht gut aus, stellt er fest, in ihrem schicken schwarzen Rock, der fuchsiafarbenen Seidenbluse und den silbernen Ohrringen, und sie sieht ihn und fühlt, ach, so vieles auf einmal und schlängelt sich durch die Menge zu der kleinen Gruppe der drei.

»Buffy! Du siehst fabelhaft aus.« Er beugt sich nieder, um sie zu küssen, einmal, zweimal – wie es die Londoner tun, stellt Janice mal wieder fest; er nimmt ihre Hand und wendet sich an seinen Sohn. »Matthew, du erinnerst dich doch an Buffy. Wir hatten ein so wunderbares Weihnachtsfest zusammen.«

»Natürlich«, murmelt Matthew, während sie sich reckt, um ihn zu küssen.

»Wie schön, dich hier zu sehen«, sagt sie strahlend. »Wirklich schön.«

»Und dies«, sagt William mit betonter Freude, »ist Janice Harper. Janice – meine liebe alte Freundin Buffy Henderson. Endlich habe ich euch beide zusammengebracht.«

»Guten Tag, wie geht es Ihnen«, sagt Buffy und hält ihr die

Hand hin mit den Silberringen, die einmal Mutter gehörten, und den Leberflecken und Runzeln.

»Sehr gut, danke«, sagt Janice und umfaßt die Hand mit ihren kräftigen jungen Fingern. »Freut mich, Sie kennenzulernen.«

»Wir freuen uns so sehr auf das Konzert«, sagt William, als das Klavier im Konzertsaal einsetzt. Ein paar Tonleitern, um es zu stimmen und alle einzustimmen.

»Ich auch«, sagt Buffy.

Und sie beobachtet, wie Matthew ganz plötzlich den Kopf hebt, während die Finger des Begleiters die Tastatur hinauf- und hinunterlaufen, und sie sieht, daß auch William und Janice es beide bemerken und sich mit strahlendem Lächeln ansehen.

»Wir sollten jetzt lieber hineingehen«, sagt sie und dreht sich um, reiht sich bei den Altstimmen ein und räuspert sich.

Janice beobachtet Matthew, so hochgewachen inmitten der Menschenmenge, so nah bei ihr und doch so entrückt. Ein Stirnrunzeln huscht über seine Züge; sie spürt ein leichtes Beben seiner Hand, wie eine Frage. Dann löst er seinen Griff, geht auf die Schwingtür zu, langsam, doch zielstrebig, und lauscht. Die Tonleitern laufen weiter, der Chor hat sich versammelt, die Besucher schieben sich durch die Reihen auf ihre Plätze.

»Gib sie mir.« William nimmt ihre Gläser und stellt sie behutsam auf den langen Tisch, dann erscheint er wieder. Sie werden zu ihren Plätzen geführt, und er hebt sein Programm, um Buffy ein Zeichen zu geben. Die Tonleitern verklingen, eine allgemeine Stille kehrt ein, ein Hüsteln, ein Verstummen, in dem man für einen Moment das Prasseln des Regens hören kann. Dann erscheint Michael, der junge Dirigent, und verbeugt sich; die ersten vollen Akkorde von Parry's *Sirens* hallen wider in einer machtvollen Einleitung, und mit des Chores hörbarem Atemholen hat das Konzert begonnen.

Musik und Regen und erhobene Stimmen: Für einen Moment, als das Programm auf seinen langen übergeschlagenen Beinen liegt, fühlt sich William von einem Strom freudiger Erregung durchpulst, nicht weniger stark wie damals mit Eve im Parkett der Festival Hall.

»Where bright Seraphim, in burning row,/Their loud, uplifted angel trumpets blow …«

Welch bewegendes Material das ist, welch guter Klang; die lieben Leutchen, wie begeistert sie sind.

»Oh, may we soon again renew that song,/And keep in tune with Heaven, and keep in tune with/ Heaven …«

Buffy singt aus voller Kehle, silberne Ohrringe blitzen auf, wenn sie die Seiten umblättert, den Kopf erhoben. Liebes Mädchen. Und er lehnt sich zurück und wirft einen Blick auf Matthew, um zu sehen, wie er alles aufnimmt, jetzt, wo sie endlich hier sind.

Matthew sitzt ganz still. Er scheint wie aus weiter Ferne zu lauschen – auf das erste Grollen des Donners, den ersten Fall des Regens auf das Meer. Janice, die neben ihm sitzt, ihr Oberarm berührt nur leicht den seinen, denkt, es ist, als wäre er unter Wasser, und wieder sieht sie vor ihrem inneren Auge einen Raum, in den das Meer eindringt, und mit jedem Hereinrollen und Zurückweichen der Wellen hört sie das Echo seines Namens.

Sie wird sich Williams Blick bewußt. Sie wendet den Kopf und lächelt ihn an, und er hält ihren Blick fest mit der Intensität seiner Freude – darüber, daß sein Sohn, gleich aus welcher Ferne, wieder für Musik empfänglich ist.

»To live with Him, and sing in endless morn of light …«

Janice sieht, wie die langen Musikerfinger sich von seinem Schoß heben – nur ein wenig, fast unmerklich – in zögerndem Reagieren. Und obwohl sie noch nie in ihrem Leben eine solche Musik gehört hat und es unglaublich findet, daß sie überhaupt hier ist, wo sie doch daran gewöhnt war, unten im Pub bei Gigs herumzuhängen, ist sie doch von allem hier ziemlich überwältigt: dem aufwühlenden Gesang, dem Umblättern der Seiten, dem Anblick dieser Leute, die aus voller Kehle in einer kalten nassen Frühlingsnacht singen, während hinter den Fenstern auf dem Square die Bäume tropfen und unablässig der Regen fällt.

Das erste Lied ist vorüber. Sie merkt, daß sie als einzige klatscht, sieht sich um, sieht Williams freundlichen Blick. Ach, richtig, nicht vor der Pause also. Und sie beginnen das nächste Lied, und Matthew senkt den Kopf.

»Wir singen in der zweiten Hälfte noch ein paar herrliche Lieder«, sagt Buffy in der Pause. Sie setzt sich in die Reihe vor ihnen und dreht sich im Stuhl zu ihnen um. »Masefield«, kündigt sie an. »Masefield und Kipling und Whitman – wunderschöne, mitreißende Lieder, wir hatten viel Freude damit.«

»Kipling«, sagt William und verlagert seine Beinc in dem Zwischenraum zwischen den Reihen, der nicht groß genug ist. »Habe seit Jahren nichts mehr von ihm gelesen. Wer liest ihn heute überhaupt noch, möchte ich wissen?«

»Niemand«, sagt Buffy. »Ich sicher nicht. Aber ich glaube, es ist eine neue Biographie herausgekommen – hast du es in der Zeitung gelesen?«

»Schon möglich.« Er versucht, sich zu erinnern.

»Furchtbar traurig, das mit seinem Sohn«, fährt sie fort. »Ich glaube, es hieß, daß Kipling ihn an die Front geschickt hat, um einen Mann aus ihm zu machen, und er ist gefallen, und Kipling konnte es nicht akzeptieren und versuchte jahrelang, sich einzureden, er sei vermißt und würde zurückkommen. Es hat ihm fast das Herz gebrochen ...« Sie hält inne, die Stimme versagt ihr, doch sie hat sich gleich wieder in der Gewalt. »Du meine Güte, was fällt mir ein, über so traurige Dinge zu sprechen? Wie gefällt es euch denn?«

»Sehr gut«, sagte William.

»Es ist toll«, sagt Janice. Sie hat vage etwas von Kipling gehört, obwohl Steve ihn bei ihren Unterhaltungen im Cloud Nine nie erwähnt hatte, aber sie fragt sich, warum Buffy ausgerechnet an diesem Abend über Söhne, Tod und gebrochene Herzen sprechen muß. Sie berührt Matthews Hand: Er starrt zum Fenster. »Es hat dir doch gefallen, nicht wahr?« fragt sie ihn, und er wendet langsam den Kopf und nickt langsam, und ein Lächeln hebt für einen Moment seine Mundwinkel und ist wieder verschwunden, wie eine Wolke, die über die Sonne zieht. Sie läßt ihre Hand auf seiner liegen, und er zieht sie nicht weg.

Sie spürt, daß Buffy sie beide beobachtet.

»Singen Sie schon lange im Chor?« fragt sie sie und registriert das alternde Gesicht, die farbenfrohe Kleidung und den scharfen, intelligenten Blick.

»Oh, schon seit Jahren«, sagt Buffy munter. »Wenn Sie in mein Alter kommen, haben Sie alles schon seit Jahren gemacht.«

»Na, komm, komm«, sagt William galant, und dann, zu Janice: »Du mußt wirklich bald einmal zum Stand kommen – den zumindest haben wir schon seit Ewigkeiten, nicht wahr, liebe Buffy?«

»Stimmt. Wie bist du am Mittwoch zurechtgekommen?«

»Ganz gut, wenn ich mich recht erinnere. Diese Teetassen sind verkauft.«

»Mit den Margeriten? Ich wußte es ja. Erinnerst du dich, *ich* habe sie gefunden.«

»Ich erinnere mich ganz genau. Und wie ging es mit deinem kleinen Test?«

»Ich warte auf das Ergebnis«, sagt Buffy. »Kein Grund zur Sorge.« Und dann ertönt eine Klingel, und die Leute gehen zurück auf ihre Plätze, und sie erhebt sich – etwas mühsam, wie Janice beobachtet – und sagt: »Gut. Weiter im Text. Zum Schluß kommt ein Tennyson.«

»Tennyson?« William wirft einen Blick auf das Programm. »Was denn von Tennyson?«

»›Crossing the Bar‹. Sehr schön. Und ergreifend, muß ich schon sagen.«

Und sie tätschelt Williams Arm und begibt sich wieder auf ihren Platz, zweite Reihe von hinten. Wieder das Sichversammeln, Aufstellen, Räuspern, und dann ist Michael zurück, verneigt sich noch einmal, und sie fangen an.

Buffy, auf ihrem Platz bei den Altstimmen, singt den Masefield mit Leidenschaft. Er schwingt, reißt sie mit, er entführt sie auf seinen großen Schiffen, mit geblähten Segeln und heftigen Winden, der die Crew auf sonnige Inseln verschlägt. Fabelhaft, hört sie William sagen und blickt auf und sieht ihn im Takt nicken und alles genießen. Er begegnet ihrem Blick, er lächelt, und sie singt weiter, von Masefields Schiffen auf Kiplings weiße Straße versetzt, die sich endlos zwischen grasbewachsenen Hügeln dahinzieht.

Alles ist in Ordnung, sagt sie zu sich selbst. Alles ist in Ordnung. Und sie weiß, solange niemand es weiß, solange sie weitermachen kann und guter Dinge ist, wird sie es schaffen. Sie will es nur keinem Menschen erzählen, das ist alles. Um sie herum haben sich die Stimmen in freudiger Einmütigkeit erhoben – wie diese weiße Straße sich dahinzieht, und wie der weiße Schaum über den Sandstrand rollt!

Und dann entsteht eine Pause, und sie kommen zum letzten Lied, und das Klavier schlägt einen reinen, schwermütigen Ton an, und der Tennyson beginnt.

Sunset and evening star,
And one clear call for me!
And may there be no moaning of the bar,
When I put out to sea ...

Twilight and evening bell,
And after that the dark!
And may there be no sadness of farewell,
When I embark ...

Buffy, bei den Altstimmen, auf dem Platz, den sie seit vielen Jahren einnimmt, wie inzwischen alles, alles, was in ihrem Leben vertraut und richtig und interessant ist – ja, das Leben ist bestenfalls *interessant* –, fühlt sich jetzt emporgetragen auf einer großen Woge trauervollen, zärtlichen Klanges, als sänge jemand anderes für sie, so daß sie jetzt über den Saal hinüberschauen kann, wo, unter den Zuhörern, Janice Harper sitzt, die, wie es aussieht, eine durchaus erfreuliche junge Frau zu sein scheint; und Matthew, ganz erfüllt von der Schönheit der Musik – sie kann es sehen, es ist genauso, wie William es sich erhofft hatte; und William selbst, der zu ihr hinübersieht, versunken, aufmerksam, die Augen von Tränen schimmernd, der nichts von dem weiß, was sie ihm, sehr bald schon, mitteilen muß.

Heute sind Mary und Sophie an der Reihe; sie schleppen ihre Taschen durch die Geschäfte.

»Willst du mal mitkommen und gucken?« fragt Sophie, als die letzten Savers-Bohnenkonserven und die Savers-Bisquitrolle mit Vanillecreme in der Tasche mit dem kaputten Reißverschluß verstaut sind. Sie wechselt das Gewicht von einer Hand in die andere. Mary grunzt.

»Na meinetwegen.«

Sie machen sich auf den Weg zur Kathedrale, und als sie den Platz überqueren, hören sie, wie sich aus ihrem Innern überraschend Sopranstimmen von makelloser Reinheit erheben. Sophie fühlt unter ihrem Mantel, der Strickjacke und dem Nylonpullover das Prickeln der Härchen, die sich im Nacken und über die ganzen Arme aufstellen.

»Chorprobe?« fragt sie verwundert. »An einem Samstag morgen?«

»Wahrscheinlich gibt es später eine Hochzeit«, meint Mary, und sie stehen vor dem großen Westportal und lauschen: Das gedämpfte Anschwellen der Orgel, diese reinen, süßen Stimmen, die zum Himmel aufsteigen, und über ihnen in einer mittelalterlichen Nische das Gurren eines Taubenpärchens.

»Love Divine, all loves excelling …«

Sophie fühlt sich auf einen wolkigen, halberträumten Platz entrückt, wo Blue Birds in den milden Lüften spielen, und sie steht mit ihren ausgebeulten Taschen mit billigem Hundefutter auf dem alten Steinpflaster und murmelt: »Eine Hochzeit …«

»Ach, sei doch nicht so blöd«, schnauzt Mary, und während die letzten Töne verklingen, zupft sie Sophie am Ärmel und zieht sie weiter in die Arkaden.

»Schadet doch nichts, mal zuzuhören«, sagt Sophie eigensinnig. »Schadet nichts, ein bißchen Musik zu hören.«

»Das setzt dir nur Flausen in den Kopf.« Mary stellt für einen Moment die Taschen ab. »Sind wirklich schon genügend drin.«

Sophie erwidert nichts; sie schnauft durch die halbleeren Arkaden. Es ist ein Vormittag kurz vor Ostern, viele Leute sollten unterwegs sein, massenhaft Touristen, die sich umgucken und Andenken kaufen. Postkarten, Küchentücher mit der Kathedrale, Buchzeichen mit schönen Gebeten drauf. Sie sollten hinunter zu Healing Arts kommen und sich um Ernies Bilder reißen. Statt dessen …

»Es ist so furchtbar ruhig geworden.«

»Was hast du erwartet?« Marys Augen sind wie blanke schwarze Kohlen. »Erinnerst du dich noch, wie es im siebenundsechziger Jahr in Oswestry war?«

Aber Sophie hatte noch nie ein Gedächtnis für Fakten und Zahlen gehabt. Daran war sie in der Schule gescheitert, an den Fakten und Zahlen: Sie war nicht künstlerisch begabt wie Ernie, sie hatte nicht Marys schnelles, scharfes Gedächtnis, um Zahlen zu addieren. Sie schüttelt den Kopf, wie sie ihn ihr ganzes Leben lang geschüttelt hatte. Mary schnaubt.

Sie kommen hinaus auf die Gasse. Wie immer riecht man selbst hier schon die Düfte, die aus Healing Arts herüberziehen – die geschenkmäßig verpackten natürlichen Seifen, die natürlichen Cremes und natürlichen Massageöle. Und all diese Fläschchen. Aromatherapie – ist das nicht ein schönes Wort? Schon wenn man es hört, fühlt man sich besser.

Mary rümpft die Nase. Sie gehen an einer Secondhand-Buchhandlung vorüber und bleiben vor der Arkadengalerie stehen, einem Schaufenster voller Ölbilder in schweren Rahmen.

»Wie wäre es da drinnen?« hatte Sophie plötzlich gedacht, als sie gekommen waren, um Ernies Ausstellung vorzubereiten. »Wäre das hier vielleicht besser?«

»Das ist zu fein«, hatte er gesagt und seine Mappe unter den anderen Arm geschoben.

»Healing Arts ist auch fein.«

»Fein und fein sind zweierlei«, sagte Ernie. »Verlaß dich nur auf mich.« Und er marschierte zu Daphnes glänzend polierter Tür und öffnete sie mit der Schulter. Ting! Sie gingen hinein, und da stand lächelnd Daphne und hatte eine ganze Wand für sie freigemacht. Sophie hatte ihn seit Jahren nicht mehr so glücklich gesehen.

Und alles war meine Idee, sagte sie sich, als sie ihm in den Laden folgte. Wenigstens einmal hab ich was richtig gemacht.

Jetzt folgt sie Mary: Drinnen im Geschäft stellen sie ihre Taschen hinter eine Schaufensterdekoration von natürlichen Schwämmen aus der Tiefe des Meeresgrundes – wie es auf der Karte hieß. Perlenartige Kügelchen mit natürlichem Badeöl sind dazwischen verstreut; flüssige Seife in hohen Glasflaschen mit runden Glasstöpseln. Da sind Osterküken! Und da ein Seepferdchen!

Sie zupft Mary am Ärmel, doch Mary sieht sich grimmig in dem leeren Laden um und hüstelt. Sophie fragt sich einen Moment lang, ob all diese Sträuße mit getrockneten Kräutern und Blumen einen frühen Schub Heuschnupfen bei ihr auslösen könnten. Es macht sie rasend, die ständig gerötete laufende Nase, und nie genügend Taschentücher.

»Gut. Wo sind sie?«

Bei Mary kündigt sich etwas an, Sophie kennt das schon, und jedesmal, wenn sie es kommen sieht, ist sie so nervös wie eh und je, völlig verspannt und verängstigt, als hätte sie – und bei dem Gedanken errötet sie heftig –, als hätte sie ins Bett gemacht, und Mutter kommt die Treppe herauf.

Du ungezogenes Mädchen ...

Dann mußte sie in der Ecke stehen mit dem nassen Laken über dem Kopf. Nicht lange, aber lang genug. Und dann mußte sie alles waschen.

»Sie sind da drüben«, sagt sie, so hilfreich wie möglich. Und sie zeigt auf die linke Wand, von der die Schmetterlinge Brittaniens und die Wildblumen entfernt wurden. An ihrer Stelle hängen jetzt Ernies Bilder. »Guck!« Sie zeigt wieder darauf, auf Neds edlen Kopf und Flossies treuherzigen Blick, aber Mary klatscht ihre Hand herunter.

»Nicht nötig, mit dem Finger drauf zu zeigen. Niemals, niemals mit dem Finger zeigen.« Gott, sie hörte sich manchmal genau wie Mutter an.

»Ist das nicht schön?« flüstert sie.

Mary marschiert mit finsterem Blick zur Wand, pflanzt sich breitbeinig davor auf und starrt der Reihe nach jedes Bild an.

»Sophie! Wie nett, Sie zu sehen, Liebes.« Und da ist Daphne, die mit einer Kiste voller hübscher Dinge aus dem Hinterzimmer kommt. Sie stellt sie auf die Theke. Mary wirbelt herum.

»Sind Sie hier die Chefin?«

Daphne – sogar sie, die immer nett und freundlich ist und immer lächelt –, auch sie ist betroffen. Sophie steht daneben und zupft an ihren Fingern in den durchlöcherten grünen Handschuhen.

»Ja, die bin ich«, sagt Daphne und bleibt hinter dem Ladentisch stehen. »Daphne Clark«, fügt sie hinzu. »Schönen guten Tag.« Sie sieht Sophie an und dann wieder Mary und fragt: »Kennen wir uns?«

»Nein, noch nicht«, sagt Mary. »Das letzte Mal, als ich hier im Laden war, stand an der Kasse ein käsiges junges Mädchen mit einem unterernährten Baby. Unehelich, ohne Zweifel.«

»Kirsty«, sagt Daphne schwach. »Das ist schon lange her. Und Sie sind?«

»Mary Harriman.« Und mit einer heftigen Kopfbewegung in Richtung der Gemälde: »Die Schwester des Künstlers.«

»Und meine Schwester«, sagt Sophie schüchtern und erklärt: »Mein Bruder. Wir sind nämlich alle Geschwister.«

Mary wirft ihr einen vernichtenden Blick zu. »Zunächst möchte ich wissen«, herrscht sie Daphne an, »wo sind alle die roten Punkte?«

Daphne macht eine Handbewegung auf den leeren Fußboden mit den Körben voller Schwämme – noch mehr Schwämme! Es muß ein Überangebot sein. Sophie flüchtet sich in die Vorstellung von einem schlanken dunkelhaarigen Jungen, der mit einem Messer in der Hand tief hinunter auf den Meeresgrund taucht, von dem Luftblasen aufsteigen. Oh, diese kleinen Marienkäferbücher! Wie sie früher immer …

»Ich fürchte, es war in letzter Zeit sehr ruhig«, sagt Daphne vorsichtig. »Die Krise macht uns allen zu schaffen, fürchte ich.«

»Es gibt keine Maul- und Klauenseuche im Stadtzentrum«, sagt Mary.

»Keine Kühe in den Arkaden«, flüstert Sophie und schlägt die Hand vor den Mund und stellt sich vor: eine liebe alte Kuh, die Buttercup heißt, mampft an dem sorgfältig getrimmten Gras und lauscht dem Läuten der Glocken.

»Es ist eine Folgeerscheinung«, sagt Daphne ruhig, aber bestimmt.

Mary wirft beiden Blicke zu. »Firlefanz!« schnauzt sie Sophie an. »Firlefanz mitten in diesen Notzeiten!« Sie dreht sich wieder zu Daphne um. »Wir brauchen das Geld«, sagt sie. »Wir müssen hungrige Mäuler füttern.« Sie macht eine Handbewegung nach den Gemälden unter dem handbeschrifteten Schild. Daphne hatte ihre Bedenken wegen des Schildes, aber Ernie hatte darauf bestanden.

Ihr treuer Freund – für immer bei Ihnen – Aufträge werden angenommen.

»Das ist unser Lebensunterhalt«, sagt Mary in bestimmtem Ton. »Maul- und Klauenseuche hin oder her. Egal, was Sie tun müssen, um sie zu verkaufen, aber« – und sie marschiert wild gestikulierend zur Theke – »Sie müssen sie verkaufen.« Ihre fuchtelnden Hände fegen einen Korb von der Theke. Muschelförmige Seifen purzeln auf den Boden, Osterküken überall verstreut. »Kinkerlitzchen!« brüllt Mary. Mit den Augen räumt sie die Gestelle mit den heilsamen Ölen leer. »Holistischer Schwindel! Whisky und Aspirin und früh ins Bett! Das bringt Sie schnell wieder auf die Beine. Aber diese ganze Quacksalberei …«

Eine Welle von Angst überflutet Sophie; sie hat Mary seit Jahren nicht mehr so außer sich gesehen. Was ist nur in sie gefahren?

»Jetzt hören Sie mal …«, sagt Daphne, und auch ihre Stimme wird jetzt lauter.

Gerade in diesem Augenblick klingelt die Tür und wird geöffnet. Alle drehen sich um. Ein junger Mann tritt ein und streift seine Schuhe auf der Matte ab. Sein Fahrrad lehnt vor dem Schaufenster, seine Haut ist frisch und gesund, sein Ohrring glitzert im Licht.

»Hallo«, sagt er, und das klingt angenehm und heiter und normal, und er schließt die Tür hinter sich.

Mary steht im Nu neben ihm. »Hier«, sagt sie zu ihm, und sie ergreift seine Hand und marschiert mit ihm hinüber zu der Ausstellung. Muschelförmige Seifen zerbröckeln unter ihren Füßen. »Sie kaufen jetzt ein Bild.«

Später, nachdem Daphne gedroht hatte, die Polizei zu rufen, und alle Bilder von der Wand genommen hatte, nachdem Sophie jedes Krümelchen Seife aufgekehrt und jedes zertrampelte Osterküken aufgelesen und sich dabei wieder und immer wieder entschuldigt hatte, schleppen sie ihre Taschen aus dem Laden und machen sich in bedrohlichem Schweigen auf den Rückweg unter den Arkaden.

»Wirst du vielleicht krank?« wagt Sophie zu fragen, wobei sie all ihren Mut zusammennimmt.

»Selbst wenn es so wäre«, schnauzt Mary, »dann weiß ich, wo ich *nicht* hingehen würde, um ein Mittel dagegen zu finden.« Sie schnüffelt heftig und beschleunigt ihren Schritt.

Sophie trottet unglücklich hinter ihr her. Die Chorknaben haben ihre Probe hinter sich und strömen aus dem Westportal, in Zivil, wie ihr Vater gesagt hätte, und treiben ihren Schabernack bis zur Hochzeit am Nachmittag. Wie schön das sein wird, wie glücklich. Sie fängt an zu weinen, ganz leise. Gleich fängt Mary wieder an, auf ihr herumzuhacken.

»Heul nicht! Zieh deine albernen Socken hoch!«

Genau wie Mutter.

Sie gehen weiter durch die Stadt zur Bushaltestelle am Markt. Toms Trailer verkauft Suppe und Hot Dogs, genau wie immer, aber nicht viele stehen an, und die Stille auf dem Markt ist unheimlich. Kein Rufen, kein Blöken und Muhen, kein Klirren in den Verschlägen. Keine Farmer. Alles ist zugesperrt, nur ein paar Strohhalme wehen wie Geister über den Parkplatz, und in der Schlange vor der Haltestelle spricht niemand von etwas anderem.

Inzwischen ist Ernie draußen in den Hütten. Verdammt noch mal, hier ist's wie in einem Eiskeller. Das Zeitungspapier, mit dem er die Ritzen zwischen den Brettern verstopft hat, ist teilweise von den Winterwinden herausgepustet worden, und jetzt zieht es überall. Der betonierte Boden ist noch heil, abgesehen von ein paar Rissen, aber er kann die Feuchtigkeit riechen, was nicht verwunderlich ist. Den ganzen Winter über dringt der Regen durch. Flut, Sturm und Pestilenz. Hätte alles zum Einsturz bringen können. Er stapft umher und besieht sich den Schaden. Spinnen huschen davon, überall hängen Spinnweben. Zeit für einen ordentlichen Frühjahrsputz, Zeit für eine gute steife Bürste und Mop und Eimer. Könnte auch gleich den Wohnwagen saubermachen, bevor Mary damit anfängt: alles ordentlich auskehren, Teppiche ausklopfen, Fenster putzen. Die Fenster hier drinnen – verdammt noch mal!

Aber während er von einer Nische zur anderen schlurft, ist er trotz des allgemeinen Verfalls stolzgeschwellt. Oh, dieser Eskimo, und da, die Schuppen dieses Fisches, und die Huskies, die an der Leine zerren! Shackleton wäre stolz gewesen, wenn er ein solches Gespann gehabt hätte, Scott hätte ihm die Hand geschüttelt.

I am going outside, and may be gone some time …

Das waren noch Zeiten: richtige Männer, richtige Helden. Expeditionen, Rationen, Eispickel, sie verschwanden in der Schneewüste ohne ein verdammtes Mobiltelefon.

Hallo? Hallo, Darren, ich bin auf der Toilette …

Ernie hatte das tatsächlich jemanden sagen hören, unten im Pub: Er kichert bei der Erinnerung. Das Ende der Zivilisation. Man sollte den National Service wieder einführen – der würde sich solche Typen vorknöpfen. Haut ab auf eine Expedition, auf Nimmerwiedersehn!

Der kalte Frühlingswind bläst durch die Ritzen, Zeitungspapier tanzt über den Boden, und ist da nicht etwas – ein Huschen, ein Trippeln? Er bleibt stehen, und seine Augen schießen blitzschnell in die Runde. Na ja, es war nicht anders zu erwarten. Den ganzen Winter über zugesperrt, die Ritzen und Spalten. Solange es nur Mäuse sind – wenn es Ratten sind, wird er die Hunde auf sie hetzen.

Er kommt jetzt nach Afrika, sein Meisterwerk. Sieh nur diesen Wasserfall, ach, das arme ertrinkende Mädchen! Was haben seine Eltern sich nur dabei gedacht, sie allein zu lassen? Missionare, Bibeln, den Eingeborenen predigen – und ihre eigene kleine Tochter? Natürlich, Livingstone hatte keine Kinder, Stanley auch nicht, jeder würde heute sagen, das hat sie zu dem gemacht, was sie geworden sind, aber nein, so war es nicht. Es waren richtige Männer, richtige Helden, die taten, was sie für richtig hielten. Fieber und Sümpfe und Chinin. Auf Bahren getragen, aufgesprungene Lippen, Schlangen fallen in tödlicher

Stille von den Bäumen. »Onward, Christian Soldiers« und »I did it all for Thee«. Und die Sonne brennt hernieder auf ein schlichtes Holzkreuz.

Ernie geht von Szene zu Szene, in Gedanken versunken, und wird immer nachdenklicher.

Helden.

Nicht nur Länder und Themen, sondern ein echtes Gefühl für Geschichte wird hier vermittelt.

Er steht vor den Schweizer Alpen mit dem abblätternden Sonnenuntergang an der Rückwand, streicht mit der Hand über den edlen Kopf eines Bernhardiners, findet, daß er sich allzu weich anfühlt, und sieht Sägemehl auf die Schneehaufen aus Styropor rieseln, aus einer Stelle, die die Mäuse angenagt hatten. Direkt hinter den pelzigen Ohren. Gräßlich. Er bückt sich, um nachzusehen, und sieht ein verdammt großes Loch, stochert darin herum, hört ein Quietschen und zieht die Finger heraus. Verdammt, direkt mitten im Kopf. Was kann man auch erwarten, ohne jeden Schutz. Hätte alles mit Plastikfolie umwickeln sollen, den ganzen Winter; hätte Gift streuen sollen und Mausefallen aufstellen.

Und als er zur Jagdszene weitergeht und entdeckt, daß sogar der alte Fuchs voller Löcher ist und die Jacke des Jägers von Motten zerfressen, überkommt ihn eine Welle des Kummers, vermischt mit Scham.

Kann mir nicht mal eine Rolle Plastikfolie leisten.

Reicht nicht mal für eine verflixte Mausefalle.

Da steht er nun, achtundsechzig Jahre alt, Kurator eines schönen Museums – wahrscheinlich einzigartig, es gibt nirgends etwas Vergleichbares –, das unter seinen Augen zerfällt.

Da steht er, ein Künstler bis in die Fingerspitzen, mit einer Ausstellung in der Stadt, deren Anerkennung kurz bevorsteht, und alle diese Kunstwerke in diesen Räumen stehen am Rande des Ruins.

Venedig in Gefahr. Restaurierung. Stiftungsgelder.

Was kann man tun?

Er zündet sich eine an, obwohl er weiß, er sollte es nicht, nicht hier drin, aber etwas braucht der Mensch schließlich. Ah, schon besser. Und er schreitet auf und ab, rauchend und verzweifelt grübelnd – es denkt sich immer besser mit 'ner Zigarette im Mund, war schon immer so –, hört es tropfen und huschen, riecht die Feuchtigkeit, die Mäuse, die Spinnen, hört von draußen den Wind in den Bäumen, die Vögel, die süßen kleinen Lämmer, noch ist nichts passiert, Gott sei Dank, hört das Winseln und Seufzen der armen, alten eingesperrten Hunde und das wild triumphierende Gackern einer eierlegenden Henne.

Wenigstens hat er was zum Lunch.

Das ist doch schon was.

Hab's!

Helden von ehemals.

Nein – Helden nehmen ihre Hunde immer mit. Er zählt sie alle an den Fingern ab, die gelb sind von Tabakflecken und rauh und rissig von der Kälte.

Shackleton. Scott, Livingstone. Wellington. Nelson – hatte sicher einen Hund gehabt, mußten sie ja, sie hätten niemals die Segel gehißt ohne einen guten, erfahrenen Hund für die Ratten. Wer sonst? Hillary – muß Hunde gehabt haben, im Basislager. Himalaiische Berghunde? Oder waren es Pyrenäenhunde? Muß mal in der Bibliothek nachschlagen, wenn ich das nächste Mal in der Stadt bin. Er wirft einen Blick auf seine Uhr – Dads Uhr, ein echtes Erbstück. Mary hat Mutters. Wie es ihnen wohl in der Stadt ergeht? Viele rote Punkte – damit kann er sein kühnes neues Unternehmen bezahlen.

Kapital. Investition. Restaurationsgelder.

Wer sonst?

Lindbergh. Nein – der hätte nie einen Hund mit da rauf genommen.

I know that I shall meet my death,/somewhere in the clouds above./Those that I fight I do not hate,/those that I guard I do not love …

Keats. Herrlich, verdammt noch mal, hab ich in der Schule auswendig lernen und aufsagen müssen; er erinnerte sich jetzt wieder, wie er zitternd aufstand.

Hätte nach Oxford gehen sollen. Hätte aufs Royal College gehen sollen, soviel war sicher.

Also Lindbergh nicht.

Wer?

Wo hatten sie nur die *Pears Encyclopedia*? Irgendwo im Haus. Da muß sie ja stehen.

Ernie hält die Tür der Hütte mit einem Ziegelstein offen, damit der Frühlingswind ordentlich frische Luft hineinblasen kann. Sobald er wieder auftaucht, sind die Hunde wieder auf dem Posten, stellen sich steif auf die Beine in ihren Ställen und vor der Hintertür; und da kommt Pipsqueak von seinem Schläfchen auf der Matte die Stufen des Wohnwagens herunter. Er bückt sich, tätschelt ihn und spürt ein klein wenig Wärme von der Aprilsonne auf seinem rauhen Fell.

»Guter kleiner Kerl.« Er sucht in seiner Tasche, findet aber nur Krümel. »Nichts mehr da«, sagt er zu ihm und richtet sich wieder auf. »Bald sind sie ja wieder zurück.« Und er schlurft, Pip dicht auf den Fersen, hinunter zur Pforte, um den Weg hinauf nach ihnen Ausschau zu halten.

Verdammt ruhig. Kein Auto, kein Wanderer mit Rucksack marschiert über die Felder den Berg hinauf, nicht mal ein Radfahrer. Wie schön wäre es, wenn jetzt Janice mit ihren frischen roten Wangen vergnügt und mit vollen Tragetaschen dahergeradelt käme und auf die Klingel drückte.

Hallo, Ernie!

Hast'n bißchen Tabak?

Kann schon sein.

Geht ins Haus mit den Taschen, holt die Konserven heraus und bringt gute Laune mit.

London. Was sie da wohl macht? Kann dort nicht schlimmer sein als hier. Alles abgesperrt, die ganze verdammte Gegend.

Er lehnt an der Pforte, hört das Bellen der ruhelosen Hunde in den Ställen, um ihn herum drängen sich die Haushunde und warten, daß die Pforte sich öffnet und sie hinauslaufen können.

»Heute nicht«, sagt er wieder zu ihnen, wie schon seit Wochen täglich, und läßt sie nur hinaus, um im Hof herumzurennen und dann wieder zurück. Nichts da, Mary kann ihn anschreien, soviel sie will, er wird nicht mit vierzig Hunden über die Felder latschen und angeschossen werden. Denn schießen würden sie, das weiß er, jeder Farmer würde es tun, der mit ansehen mußte, wie seine Schafe durch den Kopf geschossen und haufenweise in einen Graben geworfen werden, der zusehen muß, wie seine Herde fortgetrieben wird und dann diesen stinkenden, erstickenden Rauch, die herausragenden Hufe, die geschrumpften Hörner –

Finken flitzen in den Hecken umher, Bussarde kreisen über den Hügeln. Wenigstens die Vögel sind sicher.

Wenn du die Augen schließt, die Vögel in der Luft hörst und das Blöken der Schafe, die Henne auf ihrem Nest, dann denkst du, alles ist genauso wie immer. Aber so ist es nicht, so ist es nicht, und als er mit weit offenen Augen an der Pforte lehnt und im Aprilwind die fernen Scheiterhaufen riecht und die Desinfektionsmittel auf dem Stroh vor all den Farmen, zu denen Dad vor langer Zeit zum Melken gegangen war, überkommt ihn wieder eine Woge tiefen Kummers. Die Farmer werden ruiniert sein, die schönen Tiere, kranke und gesunde, werden ihr Leben verloren haben; und er und die Mädchen, hier draußen im hintersten Winkel, mit kaum einem Penny in der Büchse und ohne Aussicht auf Besucher, sind wie die Farmer aufgeschmissen.

Seine Zigarette ist im Wind ausgegangen; er läßt sie fallen und zertritt sie unter seinem löcherigen Schuh.

Verdammt schrecklich. Verdammt entsetzlich.

Und doch.

Und als er sich wieder aufrafft – denn ihm, als Künstler und Kurator, hatte es nie an Ideen gemangelt, und er hat sich sein ganzes Leben lang immer wieder aufgerafft –, sieht er eine Elster mit dem Schnabel voller Heu, die auf einem Telefondraht landet und ihren glänzenden Kopf schief legt.

Recht so, sagt Ernie laut. Bau du nur dein Nest.

One for sorrow.

Sei nicht so verdammt trübselig.

Und er dreht sich um und geht ins Haus, um sich eine Tasse guten Tee zu brauen und die *Pears Encyclopaedia* zu suchen, in der Mutter alle ihre Krankheiten nachgeschlagen hatte. Nicht, daß sie ihnen jemals etwas dagegen gegeben hätte, nicht, daß sie jemals einen Arzt aufgesucht hätten, soweit er sich erinnern kann. Nur mit den Masern. Und dem Mumps, fällt ihm jetzt wieder ein, es hatte ihn bös erwischt mit diesem Mumps. Aber er hat überlebt. Sich wieder aufgerafft.

Noch ist nicht alles verloren, sagt er zu Pip und den anderen, setzt den Kessel auf, sucht auf dem Regal. Schließlich hat er eine Ausstellung; die Bilder werden unsere Rettung sein.

Es ist halb zwei, und er ist draußen im Wohnwagen, die Tür angelehnt, er hat ein gutes, gekochtes Ei im Bauch, ein paar Bissen Toast dazu, eine gute starke Tasse Tee, und er sitzt am Tisch und blättert durch den *Pears.* Er ist so alt, daß er allmählich zerfällt, die Seiten haben Stockflecken, aber trotzdem – Helden sind Helden, und sie stehen immer noch drin. Douglas Bader. Das war ein Kerl! Allein von den Wörtern Hurricane und Spitfire bekommt Ernie eine Gänsehaut. Luftkämpfe – ha! Die Schlacht in der Bretagne. Oben im bewölkten Himmel den alten Jerry bekämpft, in Biggles-Jacke und Schutzbrille und die Hand am Steuerknüppel, mit Todesverachtung, Dad hat gesagt, als Bader aufwachte, nachdem sie ihm die Beine amputiert hatten, konnte er noch immer seine Zehen am Ende des Bettes fühlen, mit denen er bei all seinen Schmerzen wackelte.

Wie die Hühner – hack ihnen den Kopf ab, wie es Dad getan hatte, dreh ihnen den Hals um, wie Mutter es immer tat, und sie stehen auf und rennen über den Hof. Einmal flog eins über den Zaun und kreischte wie verrückt. Als er noch klein war, fand er das komisch. Aber heute – einem Huhn den Hals umdrehen? Marthas Hals? Die einäugige alte Jemima? Sie töten? Er konnte es nicht ertragen, auch nur daran zu denken, obwohl Mary es tut, und er – Schamröte steigt ihm den Nacken herauf –, er ißt es. Ein guter Vogel auf dem Tisch – geht nichts drüber. Soße und geröstete Kartoffeln dazu, und er bekommt einen Schlegel, vielen Dank. Wenn sie einmal tot sind, ist es was anderes: er kann es nicht erklären, aber so ist es. Solange er nichts damit zu tun hat, solange er nicht weiß, wer es ist.

Also weiter: Churchill. Seine größte Stunde. *We shall fight on the beaches …* Er hatte sicher einen Hund, mußte er ja. Eine Bulldogge? Nein – bißchen zu offensichtlich, zu große Ähnlichkeit. Wahrscheinlich hatte er einen Neufundländer zu Hause in Chartwell, der sich ihm zu Füßen plumpsen ließ, wenn er und Clemmie auf dem Rasen ihren Tee tranken. Er sieht es vor sich, die Schatten der großen Bäume werden länger, als die Sonne untergeht …

Na gut, wer sonst noch?

Das Dumme an Lexika ist, man wird abgelenkt, wenn man darin blättert; man schweift vom Thema ab. Ernie erwischt sich dabei, wie er mit dem Finger die Kolumnen herunterfährt und innehält. Krustentiere. Damokles. Kuala Lumpur – man hätte nie erraten, daß es eine Stadt ist. Und er stellt sich ein großes australisches Säugetier vor, das sich in der Hitze träge von Ast zu Ast schwingt.

Seine Zigarette auf der Untertasse ist ausgegangen. Er hebt sie auf, zündet sie mit seinem letzten Streichholz wieder an, hört Geräusche an der Pforte und blickt auf. Sie sind wieder da. Wart, bis er es ihnen sagt. Und wieviel haben sie schon eingenommen? Wie viele rote Punkte? Wie viele Aufträge?

Jetzt kommt's, sagt er zu Pip, der zu seinen Füßen döst, und er schiebt seinen Stuhl zurück und geht ihnen entgegen, um sie zu begrüßen, jetzt wieder völlig erholt, bis sie sich von der hinter ihnen zufallenden Pforte umdrehen, ihre Taschen aufheben und er ihre Gesichter sieht.

Ostern. Wilder Aprilhimmel, Regen fegt über die Hügel und dann wieder eine Flut von Sonnenschein. Kirchenglocken: Oben in ihrem Schlafzimmer sitzt Sophie und schluchzt. Aber dann, am Ostermontag, hat die Henne in ihrem Verschlag unter dem hinteren Küchenfenster zwei Küken ausgebrütet, und Ernie ruft zu ihr herauf, daß sie kommen und sie angucken soll. Mary kommt neben ihr heraus, mit einem Gesicht wie Donnergrollen, aber als sich alle über die ramponierte alte Kiste beugen und hinter dem Maschendraht im Heu das winzige Piepsen unter den Flügeln hören, ist alles andere vergessen.

»Könnte schlimmer sein«, sagt Ernie und richtet sich auf, blickt auf zu dem weiten, hellen Himmel, zu der Eiche, die Knospen treibt, und sieht die Lämmer auf dem Feld herumrennen. »Könnte schlimmer sein.« Er geht hinüber und läßt die Hunde heraus, die gleich durch den Hof zur Pforte strömen. »Zurück«, schreit er sie an. »Kommt zurück, ihr Hunde!«

Am frühen Abend, als er Nellie und Pip und Benji an ihren Leinen zu einem kleinen Ausgang mitnimmt, nur etwa eine Meile die Straße hinunter, begegnet er dem alten John Dickson in seinem Landrover, der vor dem strohbestreuten Torweg zu Broxwood Hall anhält, wohin Dad sein ganzes Leben lang zum Melken gegangen war. Ernie nickt, hebt die Hand zum Hut und zerrt die Hunde zum Straßenrand. Dickson sieht finster aus. Er kurbelt das Fenster herunter und lehnt sich heraus.

»'n Abend«, sagt Ernie.

»Man hat vier neue Fälle gefunden«, berichtet Dickson. »Oben in Llanrhos. Das wär's also. Jetzt sind wir dran.«

Ernie fühlt, wie sich in ihm etwas bewegt und umdreht, an irgendeiner dunklen, schrecklichen Stelle.

»Das ist schlimm«, sagt er endlich. »Das ist ganz schrecklich.«

Dickson nickt. Langsam steigt er aus, und langsam geht er in seinen Gummistiefeln durch die nassen Strohhaufen und öffnet sein Tor. Dann steigt er wieder in den Landrover und schlägt die Tür zu.

»Ich mach das Tor hinter dir zu«, sagt Ernie, aber Dickson schüttelt den Kopf.

»Am besten gehst du mit deinen Hunden nach Hause. Und am besten bleibst du auch dort.« Und er wendet und poltert hinein und bremst und steigt aus und geht langsam wieder zurück und hebt das Tor ins Schloß. Er macht eine Handbewegung nach dem Stroh drum herum. »Das war eine Vorsichtsmaßnahme«, sagt er finster.

Und er geht zurück, steigt ein und poltert den Pfad hinauf zum Farmhaus zwischen den Feldern, wo junge Lämmer zu den blökenden Mutterschafen rennen, während das letzte Stück Sonne versinkt und die Nacht herannaht.

In der Morgendämmerung sind sie da. Ernie wacht auf und hört sie: die Rufe, die hechelnden Hunde, das Blöken. Pip neben ihm ist sofort hellwach. Ernie setzt sich in seinem Schlafsack auf und zieht den Vorhang zurück. Da sind sie: In geisterhaft weißer Kleidung und Masken gehen sie mit großen Schritten über das Feld, und sie tragen Gewehre. Die Schafe strömen durch die offengehaltenen Tore davon: auf das nächste Feld und dann das übernächste. Die ersten Strahlen der Sonne brechen durch die ziehenden Wolken; die Tore, eins nach dem anderen, fallen zu; und dann werden die ersten Schüsse abgefeuert.

Ernie fällt zurück auf sein klumpiges Kissen, schlingt die Arme um Pip und heult laut auf.

21

»Nun, Miss Henderson«, sagt der Arzt und zieht Buffys Akte hervor. »Sehen wir uns mal die Ergebnisse an.«

Das Sprechzimmer ist klein und schmucklos. Ihr ist übel vor Angst. Sie sitzt auf dem Rand ihres Stuhls und umklammert ihre Tasche so fest, die sich die kleine goldene Schnalle in ihre Handfläche gräbt. Der Schmerz ist fast eine Erleichterung.

Der Arzt blättert die Seiten um. Er entnimmt ihr einen Umschlag, zieht einen Ausdruck heraus, steckt ihn wieder hinein. Er ist etwa fünfundvierzig, schätzt sie, hier und da zeigt sich etwas Grau, eine Designerbrille auf einer intelligenten Nase. Na ja – wenn man mit fünfundvierzig Facharzt ist, muß man schon eine Leuchte sein. Das ist beruhigend. Zumindest ist sie in den bestmöglichen Händen.

»Sie hatten eine Ultraschalluntersuchung«, murmelt er. »Zwei Aufnahmen. Und Bluttests. Hmm.« Er schlägt die Akte zu und sieht sie an. »Und wie fühlen Sie sich? Ganz allgemein?«

»Eigentlich ganz gut.« Buffy fühlt, daß Schweiß auf ihre Lederhandtasche rieselt. »Ziemlich müde natürlich, aber wenn man in mein Alter kommt ...« Sie macht den kläglichen Versuch zu lachen, gibt es auf und begegnet seinem Blick. »Sagen Sie es mir«, sagt sie und rafft ihr letztes bißchen Mut zusammen. »Sagen Sie mir das Schlimmste.«

»Ihr Blutbild sieht nicht besonders gut aus«, sagt er behutsam. »Wir müssen Ihnen so bald wie möglich ziemlich viel Eisen zuführen. Und die Ultraschallaufnahmen – um die Wahrheit zu sagen, wie wissen es noch nicht genau. Es könnte nur eine fiese Geschwulst sein, die herausmuß, und dann wäre es erledigt.«

»Also eine Fasergeschwulst«, sagt Buffy, und ihr Atem geht sehr flach und schnell. »Etwas in der Art?«

»Genau. Genau so etwas.« Er reibt sich einen Moment lang das Kinn und lächelt sie an – ein Lächeln, an das sie sich später erinnern wird: Fast so bezaubernd wie Williams Lächeln – aber nicht ganz. Niemand konnte so lächeln wie William.

»Oder es könnte etwas anderes sein«, sagt er vorsichtig, und die Worte, die sie bereits erwartet hatte und jetzt hören muß, hallen wie ein Echo endlos in ihr nach: etwas anderes, etwas anderes, etwas anderes …

Er langt über den Schreibtisch und nimmt ihre Hand.

»Und wie ist es dir ergangen?« fragt William, als er sie am nächsten Morgen anruft. »Das Ergebnis dieses kleinen Tests – alles in Ordnung?«

Es ist Frühling – richtig Frühling: Die Osterglocken leuchten in den Blumenkästen, der Duft der Narzissen weht durch das oben geöffnete Fenster herein. Noch nie, nicht einmal auf dem Höhepunkt ihrer Kampagnen, hatte Buffy die Natur mit größerer Intensität wahrgenommen. Sie holt lange und tief Atem.

»Ich muß mich operieren lassen«, sagt sie zu William. »Ein ziemlich großer Eingriff sogar.«

Das Telefon läutet; Janice, die spät dran ist für die Arbeit, rennt die Treppe herunter und hebt es in der Diele ab. Durch die offene Tür sieht sie William, der in seinem Sessel neben dem Telefon im Wohnzimmer sitzt. Er hat Danny auf dem Schoß und streichelt ihn unablässig.

»Hallo?«

»Guten Morgen, Janice, hier ist Claire.«

»Oh, hallo.« Sie winkt William zu, und er hebt die Hand. Heute sieht er irgendwie daneben aus, findet sie.

»Wollte nur mal anrufen und fragen, ob es morgen klappt.«

Morgen. O Gott. Sie wirft einen Blick auf den Kalender an der Wand, in dem in Williams charakteristischer Handschrift hier und da etwas mit Tinte eingetragen ist. Buffys Konzert. Zahnarzt. Auktion bei Phillips. Was ist morgen?

»Sie wollten doch morgen babysitten«, sagt Claire. »Donnerstag nach Ostern, erinnern Sie sich?«

»O ja, klar. Wann möchten Sie, daß ich komme?«

»Könnten Sie um halb sieben hier sein? Jeremy ist auf dem Gericht, leider, ich muß ihn von dort abholen. Wir gehen zum Dinner bei Freunden in Blackheath – wir versuchen, nicht zu spät zurück zu sein. Ich weiß, Sie müssen am nächsten Tag arbeiten.«

»O. k., gut, danke.« Janice sieht auf ihre Uhr. Sie muß gehen. »Bis dann also.«

»Ich freue mich«, sagt Claire und legt auf, ohne William zu verlangen oder zu fragen, wie es ihm geht, aber das tut sie ja nie.

Also fragt sie ihn selbst an der Tür: »Alles o. k.?«

Er nickt und sieht sie an. Mein Gott, er ist ganz blaß.

»Was ist? Was ist los?« Matthew, denkt sie plötzlich und durchquert mit ein paar großen Schritten den Raum. »Sagen Sie es mir.«

»Der armen Buffy geht es nicht besonders gut.«

Wie papierdünn und blaß ist die leberfleckige Haut seiner Hand, die wieder und wieder Dannys kastanienbraunes Fell streichelt.

»Warum? Was ist passiert?«

»Muß sich operieren lassen«, sagt William leise. »Die Arme.«

»Operieren?«

»Explorativ. Wahrscheinlich nichts Besorgniserregendes. Trotzdem – so etwas ist nie angenehm.« Dann schüttelt er sich ein wenig und hat sich offensichtlich wieder gefangen. »Los, Danny, runter mit dir.« Und er läßt ihn auf den Boden gleiten, steht auf und lächelt, ganz der alte William. »Du mußt gehen. Und ich muß weitermachen – einiges vorbereiten. Bist du zum Abendessen hier?«

»Nein, ich muß arbeiten, erinnern Sie sich?«, sagt Janice und bückt sich, um Danny zu tätscheln. »Und morgen bin auch nicht da«, fügt sie hinzu und richtet sich auf. »Das war Claire am Telefon. Ich soll bei ihr babysitten.«

»Tatsächlich?« Er gibt ihr ein Küßchen. »Das ist eine große Ehre für dich, muß ich sagen.«

Nachdem sie die Stufen hinuntergerannt und hinter ihr die Pforte zugefallen ist, geht er langsam hinunter in die Küche, läßt Danny hinaus in den Garten und macht sich eine Kanne sehr guten Kaffee. Eine Frühlingsbrise säuselt im Weidenbaum, unter dem er an fernen Sommertagen mit Eve gesessen und Tee getrunken hat. Wie so oft liegt wieder Regen in der Luft. Er sieht Danny zu, der im Osterglockenbeet herumschnüffelt; hört Edith Horsley drei Türen weiter unten ihre Hintertür öffnen und ihre Katze rufen. Noch eine alte Person, die allein lebt. Er gießt den guten starken Kaffee in seinen guten Portmeirion-Becher mit dem Pflanzenmuster, trägt ihn die Treppe hinauf und stellt ihn auf seinen offenen Rollschreibtisch. Dann holt er aus dem Getränkeschrank seines Vaters die Reiseflasche, schnüffelt an der Lederhülle, schraubt die Silberkappe auf, schnüffelt wieder. Unvergleichlich. Und er geht quer durchs Zimmer und gießt einen ordentlichen Schluck in seinen Becher. Und noch einen. Er schraubt den silbernen Verschluß wieder darauf.

Hör auf, hört er Buffy empört sagen, während sie mit der Zeitung mit den grauenhauften Schlagzeilen herumfuchtelt, *in einer solchen Zeit über kleine Schlückchen zu reden!*

Die gute Buffy, wie sie sich alles zu Herzen nimmt. Er muß ihr jetzt zur Seite stehen, obwohl der Gedanke an Krankenhäuser …

Er sitzt an seinem überbordenden Schreibtisch, seines Vaters Schreibtisch, läßt den Kaffee mit Brandy seine Wirkung tun und ihn für die vor ihm liegenden Aufgaben stärken, sieht Eves liebes, abgemagertes Gesicht auf dem Kissen, fühlt ihre gewichtlose Hand in der seinen, Eve, kaum noch Eve, ihre Stimme nur noch ein Hauch.

Es ist dunkel, es regnet, Janice rennt die Straße hinunter und die nassen Stufen hinauf zu Claires Haustür. Sie klopft an und wartet.

Regen plätschert auf den Lorbeerbaum und in den Kübel darunter, die Tür wird geöffnet, Piers mustert kühl ihre triefende Gestalt.

»Komm rein.« Er tritt zur Seite, und Janice wischt ihre Stiefel etwa hundertmal auf der Kokosmatte ab.

»Danke.« Sie nimmt ihre Mütze ab, zieht die Handschuhe aus. Sie müssen ausgewrungen werden. Sie tut es.

»Janice! Ach, Sie Arme! Warum regnet es immer, wenn Sie zu uns kommen?« Claire nimmt ihr sofort die nassen Sachen ab. »Ich hänge sie über die Herdstange – wollen Sie auch Ihre Jacke mit hereinbringen? Wir können sie über den Trockenständer hängen.«

Piers verdrückt sich, und Janice folgt ihr in die blitzblanke warme Küche mit der Halogenbeleuchtung und dem Fußboden, von dem man essen könnte, den Wandschränken mit Glastüren in mattem Shakergrün. Claire löst die Schnur vom Trockenständer und klappt ihn vorsichtig auf. »So, wenn Sie mir jetzt Ihre Jacke geben wollen.«

»Ich komme mir vor wie eine ertrunkene Ratte.«

Alles, was Janice sich wünscht, ist, sich auszuziehen und in ein heißes Bad zu steigen, mit den Dampfwolken, die durch Williams behagliches Badezimmer wehen, das Radio an und mit der Aussicht auf ein Abendbrot beim Kaminfeuer. Statt dessen das verflixte Babysitten. Sie fährt mit den Händen durch ihr nasses Haar.

»Kommen Sie und wärmen Sie sich am Herd.« Und Claire schiebt die nassen Handschuhe und Küchentücher beiseite. Janice stellt sich mit dem Rücken zum Herd. Gott, so ist es schon besser. Eine Sekunde lang schließt sie die Augen. Alles, was sie jetzt noch braucht, sind etwa fünfundzwanzig Hunde, die zu ihren Füßen dösen, und einen Becher mit Marys Tee, in dem der Löffel steht. Sie muß ein wenig lächeln.

»Woran denken Sie?«

»An Ihre Cousinen, um die Wahrheit zu sagen.« Und Janice

öffnet die Augen und sieht gerade noch Claires flüchtiges Stirnrunzeln.

»Ich habe sie nicht mehr gesehen, seit ich klein war«, sagt sie. »Ich kann mich ehrlich gesagt nicht an sie erinnern. Na ja«, sie sieht auf ihre Uhr. »Ich muß jetzt gehen. Also, die Kinder haben alle gegessen und getrunken, und wenn sie im Bett sind, machen Sie es sich bitte gemütlich. Die Nummer unserer Freunde liegt neben dem Telefon. Die Jungen machen hoffentlich ihre Schularbeiten, und Geraldine nimmt ihr Bad. Sie möchte dann eine Geschichte hören. Danach Licht aus für sie, und für die Jungen Licht aus um halb neun. Oh, hallo, Liebes.«

»Ich will nicht, daß du ausgehst«, sagt Geraldine, in cremefarbenem Schlafanzug und hellblauem Morgenrock.

»Das ist ein hübscher Schlafanzug«, sagt Janice und gibt sich einen Ruck. »Ich wünschte, ich hätte auch so einen.«

»Wir haben ihn im Ausverkauf gefunden«, sagt Geraldine, die allmählich auftaut.

»Wirklich? Das war schlau. Möchtest du mir vielleicht dein Zimmer zeigen? Ich wette, es ist sehr hübsch.«

Dankbares Augenzwinkern durch die Küche. Der Babysitting-Abend hat begonnen.

Um neun Uhr herrscht Stille im Haus.

Es ist dunkel, es regnet, ein Schlüssel dreht sich im Schloß. Janice, halb eingeschlafen vor der *Fragestunde* am Fernseher, schreckt auf und ist hellwach: Sie sind zurück. Sie sieht auf ihre Digitaluhr, die vor sich hin pulsiert. Noch nicht elf, gar nicht so übel. Gott, wie der Regen niederprasselt – ob man sie nach Hause fährt?

Schritte in der Diele. Sie dreht sich um, um die üblichen Babysitterformeln abzuspulen: Hallo, hatten Sie einen schönen Abend? Sie waren wirklich brav …

Die Tür fliegt auf.

Janice dreht sich um, sieht einen hochgewachsenen, völlig durchnäßten Mann langsam wie ein Schlafwandler ins Zimmer kommen, weiße Haut, nasses Haar klebt am Kopf, die Augen wie Steine.

Einen Moment lang ist sie so schockiert, daß sie weder sprechen noch sich bewegen kann.

Dann …

»Matthew …«

Sie ist unwillkürlich aufgestanden; er dreht sich um und sieht sie.

»Hallo, Matthew. Gott, hast du mich erschreckt, ich wußte nicht, daß du einen Schlüssel hast …«

Als sei er gerade von nebenan vorbeigekommen oder so ähnlich, nicht aber in einer dunklen Regennacht aus einer Klinik fortgelaufen, meilenweit durch den ganzen Verkehr, bis er beim Haus seiner Schwester ankommt. Jetzt blickt er sich in dem vertrauten Wohnzimmer suchend nach ihr um.

Jesus.

»Sie sind ausgegangen«, sagt sie. »Ich dachte, sie kommen zurück. Ich bin heute zum Babysitten hier …«

Matthew starrt sie an, mit diesen abgrundtief dunklen Augen wie unermeßlich tiefe Bergseen, du könntest in sie hineinfallen und versinken, und man würde dich nie wiedersehen.

»Ich bin es«, sagt sie, und zum ersten Mal hört sie ihre eigene Stimme schwanken. »Ich bin Janice, du erinnerst dich doch an mich …« Sie macht einen Schritt auf ihn zu, streckt ihm die Hand entgegen und läßt ihre Stimme so gedämpft und ruhig wie möglich klingen, als spräche sie zu einem verängstigten Tier. »Es ist o. k., Liebling.«

Hat sie jemals einen Menschen mit diesem Wort angeredet?

»Ich bin da.« Sie sagt es noch einmal. »Liebling, Matthew, ich bin da, ich bin da, alles ist o. k.«

Matthew sieht mit leerem Blick auf sie herab. Wieder fühlt sie, wie unendlich entrückt er ist: weggesperrt, meilenweit fort, an einem weit entfernten Ort; ein Schiff auf hoher See, dort, wo Himmel und Wasser sich begegnen und ineinander verschmelzen, wo ein Schiff still über den Rand der Welt hinuntergleiten und verschwinden könnte.

»Du kennst mich doch«, sagt sie sanft und streichelt die langen Musikerfinger wieder und immer wieder. »Ich hab dich im Krankenhaus besucht, wir sind zusammen in ein Konzert gegangen, du und ich und dein Dad ...«

Und endlich, wie eine Bewegung des Wassers, wie eine erste hereinkommende Welle der wiederkehrenden Flut, durchbricht ein Lächeln seinen starren Blick, und langsam regt sich etwas in ihm – sie spürt es, dieses Wieder-zum-Leben-Erwachen.

»Ich glaube, ich erinnere mich«, sagt er langsam und lächelt zu ihr herunter. »Ich glaube, daran erinnere ich mich.«

Regenwasser tropft in Pfützen aus seiner durchnäßten Kleidung auf den Boden; sie führt ihn hinüber zu den züngelnden blassen Flammen des Kohlengasfeuers, und sie bleiben davor stehen.

»Das ist Claires Haus«, sagt er, als sie ihm aus seinem dunklen nassen Mantel hilft.

»Ja.« Sie legt den Mantel auf einen Stuhl. »Ich passe heute auf die Kinder auf«, erklärt sie noch einmal, als sie wieder neben ihm steht. »Sie werden bald zurück sein.«

Er blickt sich im Zimmer um, betrachtet das Sofa, die Bücher und Papiere und die Kiste mit Spielsachen; den Fernseher mit den aufgeregt schreienden Farmern im Studio der *Fragestunde.* Er runzelt die Stirn; sie schaltet es aus, und jetzt sind die einzigen Geräusche das flackernde Feuer und der Regen, der fällt und fällt.

»Ich bin gekommen, um Claire zu sehen«, sagt Matthew langsam. »Wo ist sie? Wo haben sie sie hingebracht?«

Janice hält wieder seine Hand, die jetzt etwas wärmer ist, aber sein Gesicht ist noch totenblaß.

»Sie ist mit Jeremy zusammen, niemand hat sie irgendwo hingebracht, sie sind ausgegangen zum Abendessen bei Freunden.«

Er schüttelt den Kopf, und obwohl er jetzt ruhiger ist und auch wärmer, und obwohl sie in seinem wieder erscheinenden Lächeln gesehen hat, daß er der Welt wieder einen Schritt näher gekommen ist, kann sie doch spüren, wie die Krankheit in ihm kreist, hinein- und herausflutet, ihn auslaugt und erschöpft. Er entzieht ihr seine Hand, reibt sich das Gesicht und runzelt die Stirn.

»Wer bin ich?« fragt er sie, aus unendlich weiter Ferne. »Sag mir, wer ich bin.«

»Du bist Matthew«, sagt Janice, den Tränen nahe, als sich ein Schlüssel im Schloß dreht. »Du bist Matthew Harriman, Eves und Williams Sohn. Claires Bruder.«

Und dann sind Stimmen in der Diele, und Claire steht ganz plötzlich in der Tür. Sie sieht ihn, wird weiß, und mit zwei Schritten hat sie den Raum durchquert und ihn in die Arme genommen.

Ein Krankenwagen fährt die Straße hinunter, sein blaues Licht blinkt; an den oberen Fenstern werden Vorhänge zurückgezogen. Jeremy, der ihn gerufen hat, steht auf und geht ruhig hinaus in die Diele. Janice beobachtet am Wohnzimmerfenster, wie der Wagen hält und die Männer hinaus auf die nasse Straße springen.

Claire sitzt beim Feuer und hält Matthews Hand. Er ist ruhiger geworden, aber mit jeder Bewegung, die er macht – jedem Stirnrunzeln, jedem Blick, jedem plötzlichen Zusammenzucken – spürt Janice das Lauern der Krankheit.

Sie hört, wie die Haustür geöffnet wird, das Rauschen des Regens.

»Möchten Sie, daß ich mit ihm gehe?« fragt sie, als die Männer die Stufen heraufkommen und in gedämpftem Ton mit Jeremy sprechen.

Claire schüttelt den Kopf. Sie sieht viel älter aus.

»Ich fahre mit dem Auto hinterher und bringe ihn zurück auf die Station. Wenn es Ihnen nichts ausmacht zu warten, bis ich zurückkomme – dann kann einer von uns Sie nach Hause fahren.«

»Wenn es aufhört zu regnen, kann ich zu Fuß gehen.« Aber Claire erhebt sich und sagt: »Nein, nein, warten Sie hier«, und Janice kann ohnehin nicht so weit vorausdenken, kann wirklich an nichts anderes denken als an Matthew, der sich mit weißem Gesicht und erschöpft in seinem Sessel zurücklehnt, als könne er sich nie wieder bewegen, als sei er heimgekehrt.

Dann stehen die Männer vor der Tür, und Jeremy sagt ruhig: »Matthew ...«, und er blickt auf, wird noch blasser, dann senkt er den Kopf und läßt sich von ihnen hinausführen.

Sie sind fort.

Der Regen läßt nach. In der blitzsauberen warmen Küche macht Jeremy Tee, und Janice zündet sich eine Zigarette an und sieht ihm zu, ihre Hände zittern noch immer. Sie hat ihn gesehen, als die Tür des Rettungswagens zufiel, war im Regen die Treppe hinuntergerannt, wo Claire das Auto wieder aufschloß. Sie hat beobachtet, wie er fragte. Willst du mich wirklich nicht bei dir haben? Und gesehen, wie Claire entschieden den Kopf schüttelte, schnell einstieg und dem Fahrer das Zeichen gab: fertig, fahren wir los.

Jetzt lehnt Jeremy erschöpft an der Herdstange und schließt einen Moment lang die Augen. Rauch zieht durch die Küche, und er hustet.

»Entschuldigung«, sagt Janice. »Ich mach sie aus.«

»Nein, nein, schon gut.« Er lächelt ihr zu, und das Lächeln wird zum Gähnen. »Die brauchen Sie sicher, nach allem, was passiert ist. In solchen Zeiten wünschte ich auch, ich würde rauchen.« Er dreht sich um und nimmt die Teekanne. »Wie möchten sie ihn?«

»Schwarz, bitte. Gibt es öfter solche Zeiten?«

»Nein, eigentlich nicht.« Er bringt ihr einen Becher und geht zurück, nimmt seinen eigenen und rührt Zucker hinein. »Seit langer Zeit nicht mehr.«

»Darf ich fragen – wieso hatte er einen Schlüssel?«

Himmel, wie trostlos das klingt. Als dürfe er keinen haben, als komme das gar nicht in Frage. Und sie denkt an ihn in diesem Rettungswagen, wie er aus dem Rauchglasfenster starrt, an dem der Regen herunterströmt, wenn sie das Tempo beschleunigen. Seine Schwester fährt hinterher: Seine Schwester, zu der er lange, dunkle Meilen weit gelaufen war, um sie zu sehen, schickt ihn dahin zurück, wo er hingehört.

So ist es also? So muß es also sein?

Jeremy zieht einen Stuhl heraus. »Claire hat ihm den Schlüssel vor Jahren gegeben«, sagt er und setzt sich hin. »Kurz nachdem wir hier eingezogen sind. Ich glaube, sie wollte ihm das Gefühl geben, daß er dazugehört. Ich habe mich damals gefragt, ob das klug war. Aber er hat ihn eigentlich noch nie benutzt – ist nie plötzlich aufgetaucht. Ehrlich gesagt, ich hatte ganz vergessen, daß er den Schlüssel hatte.« Er wedelt mit entschuldigender Miene den Rauch weg, und Janice drückt sofort die Zigarette aus.

»Entschuldigung«, sagt sie wieder.

»Bitte. Es reizt mich nur zum Husten, das ist alles.« Er trinkt seinen Tee. »Das tut gut. Ich habe Ihnen leider nichts Stärkeres angeboten. Möchten Sie ...«

»Nein, nein, ich brauche nichts. Ich halte mich lieber an diesen hier.« Sie umklammert den Becher, sie lächeln einander zu, zwei Menschen, die gerade etwas nicht Alltägliches durchgemacht haben und die es aus diesem Grunde nicht nötig haben, das Eis zu brechen. Nicht, daß es bei Jeremy viel Eis zu brechen gäbe: Er ist ein durch und durch guter, freundlicher Mensch, das spürt sie. Und doch ...

Etwas in diesem gut funktionierenden Haushalt stimmt ganz und gar nicht.

Irgendwo in der Nähe schlägt eine Uhr die Mitternachtsstunde. Ist wohl St. Matthew in der Parkanlage. »Ich gehe da alle Jubeljahre mal hin«, hatte William einmal gesagt. »Buffy und ich waren Weihnachten dort. Wenn ich es mir jetzt überlege, wir hätten Matthew mitnehmen sollen; er hätte an den Weihnachtsliedern seine Freude gehabt. Aber damals war er so krank, so unerreichbar ...«

Also nicht so wie jetzt, denkt Janice und sieht ihn wieder in den Krankenwagen steigen, als sei es etwas Unvermeidliches, daß sich die Türen hinter ihm schließen und das blaue Licht sich im Regen dreht. Gerade als es anfing, ihm besserzugehen, sie hatte es gespürt. Und sie sitzt da und trinkt ihren Tee und denkt an Matthew draußen auf dem Klinikgelände, an windigen Frühlingstagen, so sanft und ruhig; wie er sich umdreht und mit diesem langsamen süßen Lächeln sagt, ich erinnere mich an dich.

Sie denkt an ihn im Konzert, wie er beim Klang des Klaviers den Finger hob, wie er lauschte und lauschte und wieder zum Leben erwachte.

Und dann heute nacht: Matthew, verstört, kaum erreichbar, wie er in die Arme seiner Schwester sank.

Jeremy trinkt seinen Tee. Sie möchte ihn fragen – ach, so vieles, aber damit wird sie warten müssen.

»Gehen Sie doch zu Bett«, sagt sie, als er wieder gähnt. »Ich warte auf Claire.«

»Sind Sie sicher? Sie haben so viel Aufregung hinter sich.«

»Sie auch.«

Er zuckt die Achseln – nicht wegwerfend, sondern resigniert. »Das gehört zu unserem Leben. Ich meine nicht die nächtlichen Besuche, nur ...« Er spreizt die Hände. »Die ganze Sache.«

»Können Sie mir sagen ...« beginnt sie vorsichtig, aber er ist zu müde, um darauf einzugehen, mehr zu sagen, zu erklären.

Er sagt nur: »Für Claire ist es schlimmer. Muß es wohl sein, obwohl sie nie darüber spricht ...«, Und dann steht er auf, er sieht verhärmt aus. »Bitte entschuldigen Sie mich, aber ich muß um sechs aufstehen.« Er berührt ihre Schulter. »Danke, daß Sie die Stellung gehalten haben. Sie waren großartig. Nicht jeder wäre damit fertig geworden.«

»Ach, ich weiß nicht«, sagt Janice, aber sie weiß, daß es wahr ist. Irgendwie hatte sie trotz aller Angst gewußt, was sie tun mußte, hatte die Verbindung zwischen sich und Matthew gespürt, die stark und direkt und echt war. Irgendwie versteht sie ihn: Es war einfach so.

»Ich gehe rauf. Sagen Sie Claire, sie kann mich wecken, wenn sie mich braucht.«

Und er läßt sie allein, geht die Treppe hinauf ins Bad und dann ins Schlafzimmer. Nach einer Weile ist das Haus wieder still.

Es ist halb drei Uhr morgens. Ein Schlüssel dreht sich im Schloß. Janice ist am Tisch eingeschlafen; sie schreckt auf. Es hat aufgehört zu regnen; es ist tiefste Nacht. Einen Moment lang weiß sie nicht, wie sie hierhergekommen ist. Dann flutet alles wieder zurück.

Sie steht auf, als Claire in die Küche kommt, angespannt und bleich: ein anderer Mensch.

»Wie geht es ihm?« Janices Stimme ist belegt vom Schlaf, sie räuspert sich. »Wie war es?«

Claire läßt ihre Schlüssel auf den Tisch fallen und sinkt auf einen Stuhl. Gott, wie müde sie aussieht.

»Sie haben ihm Beruhigungsmittel gegeben; nichts allzu Starkes. Ich habe ihn auf die Station zurückgebracht und mit dem Nachtpersonal gesprochen. Er wird o. k. sein.«

»Tatsächlich? Fand er es schlimm, wieder zurück zu sein?«

»Bis wir endlich dort waren, hatte er, glaube ich, genug. Wir werden ja sehen ...« Sie stützte das Kinn auf die Hände.

»Sie müssen am Boden zerstört sein.«

»So ziemlich.« Claire lächelt ein wenig und blickt zu ihr auf. »Sie auch, nehme ich an. Sie sind noch hier, Sie sind noch wach. Ich dachte, Jeremy hätte Ihnen das Gästezimmer angeboten.«

»Ich wollte auf Sie warten. Er ist schlafen gegangen – er sagt, Sie können ihn wecken, wenn Sie wollen.«

Claire schüttelt den Kopf. Sie sagt nicht: Er muß um sechs aufstehen, ich lasse ihn schlafen. Sie sagt nur: »Wozu?«

Trost vielleicht? denkt Janice. Die Wärme menschlichen Mitgefühls? Aber sie sagt nur: »Soll ich Ihnen etwas machen? Tee? Kaffee?«

»Kaffee«, sagt Claire mit einem langen Seufzer, streicht mit den Händen über ihren Mund und schließt die Augen. So sitzt sie, unbeweglich, gedankenverloren, und Janice, die den Kessel aufsetzt und Kaffee in die Kaffeemaschine löffelt, kann spüren, wie tief es geht, wie verschlossen Claire ist – wie Matthew, irgendwie.

Wie seltsam.

»Ich geh nur mal aufs Klo«, sagt sie leise, und falls Claire sie hört, reagiert sie nicht darauf. Als Janice zurückkommt, sitzt sie immer noch so da. Ist sie eingeschlafen?

»Claire?« Janice stellt den Kaffee vor sie hin. »Alles in Ordnung?«

Claire öffnet die Augen und lächelt schwach – sie kommt

zurück, wie Matthew, wenn auch von irgendwo – ja? – mehr in der Nähe.

»Sie sind sehr lieb. Danke.« Und sie schüttelt sich ein wenig, kommt zu sich und sieht zu, wie Janice starken schwarzen Kaffee in einen tiefblauen Becher gießt. Draußen im Garten tropft Regen von Bäumen und Sträuchern. Janice setzt sich auf die Bank an der Wand. Sie schweigen. Ganz plötzlich hören sie den gedämpften, hohlen Ruf einer Eule. Claire horcht auf. Er kommt noch einmal. Sie schließt die Augen, wieder fährt ihre Hand an den Mund, als ob, als ob …

»Was ist?« fragt Janice, die sie beobachtet. »Was haben Sie?«

»Nichts.«

Janice weiß, daß es nicht wahr ist. Sie wartet. Die Eule ruft wieder, leise und gedämpft und schwermütig. Claire fängt lautlos an zu weinen.

»Hey …« Janice reicht über den Tisch und berührt ihre Hand. Claire schüttelt den Kopf. Tränen quellen aus ihren geschlossenen Lidern. Janice bleibt abwartend sitzen, sie beobachtet hinter diesen geschlossenen Augen einen schrecklichen Kampf, und Claire wischt sich die Tränen ab, wieder und wieder, mit ihren starken, stumpfen, tüchtigen Fingern, deren Nägel, wie Janice jetzt sieht, abgenagt sind bis aufs Fleisch.

Endlich faßt sie sich wieder. Sie öffnet die Augen, fummelt nach einem Taschentuch, das sie unter den Ärmel gesteckt hat, putzt sich die Nase und versucht zu lächeln.

»Wir haben ziemlich viele Eulen hier«, sagt sie mit schwankender Stimme, steckt das Taschentuch wieder zurück und nimmt ihren Kaffeebecher. »Manchmal glaubt man kaum, in London zu sein.«

»Ja«, sagt Janice und erinnert sich. »Ich habe eine gehört in der Nacht, als ich angekommen bin. Hinter dem Haus, glaube ich, aber ich konnte sie trotzdem hören.«

Sie redet weiter, möchte tröstlich und normal klingen, bis Claire sich wieder gefangen hat. »Das hat mich an Shropshire erinnert – da hört man sie ständig im Wald.«

Aber Claire hört ihr nicht zu.

»Sogar als Matthew und ich noch klein waren«, sagt sie langsam, die Hände um den tiefblauen Becher. »Da haben wir oft wach gelegen und ihnen gelauscht. Wir haben ihnen sogar Namen gegeben.«

»Welche Namen?«

»Oh, ich weiß sie nicht mehr alle. Merlin war einer, glaube ich. Und im Winter haben wir sie ein- oder zweimal gesehen, wie sie in den Bäumen saßen. So schön. So geheimnisvoll ...«

Janice, die ihre Tabaksdose in den Händen dreht, hört dieser anderen Frau zu, die über ihre Kindheit spricht. Sie sieht die beiden, Bruder und Schwester, sie stehen in einer frostigen Nacht am Fenster, der Himmel mitternachtsblau, von Sternen gespickt, über den ummauerten Stadtgärten, eine Londoner Eule auf einer kahlen Platane, eine kaum sichtbare Silhouette ...

Guck!

Sie lächelt, und jetzt spürt sie Claires Blick auf sich.

»Sie kamen Jahr um Jahr«, sagt Claire langsam. »Ihr Ruf versetzt mich jedesmal wieder zurück.«

Janice dreht sich eine Zigarette. Ohne nachzudenken, sagt sie: »Habt ihr also damals im selben Zimmer geschlafen?«, obwohl sie weiß, natürlich weiß sie es, daß Matthew und Claire jeder sein eigenes Zimmer hatten, ganz oben unter dem Dach, denn schließlich wohnt sie ja in einem davon. Sie wohnt in Claires blauweißem Zimmer mit den weißgestrichenen Regalen und dem Bettvorleger mit den blauweißen Tieren, die im Kreis um diese perfekte Kindheit wandern, vor dem Bett unterm Fenster mit den Pandavorhängen und dem Sicherheitsgitter, das sie vor dem tiefen, tiefen Fall bewahrt.

Eine Pause entsteht: Sie blickt auf.

Und Claire sagt, sehr ruhig und bestimmt, »Nein, nein, natürlich nicht. Das heißt, nicht offiziell.« Und hält sie fest mit einem langen, brennenden Blick, der unmißverständlich sagt: Sieh mich an. Sieh mich an. Verstehe.

Janice spürt, wie ihr Herz hämmert.

Und dann folgt ein langes, langes Schweigen.

Nein, bitte nicht.

Sie kann Claire nicht ansehen. Als sie es endlich tut, spürt sie ein Erröten, tiefer als jedes, das sie je kannte, das aufsteigt und sich ausbreitet, bis es jeden Teil von ihr durchflutet. Sie wendet sich ab, kann kaum atmen, dreht sich wieder um. Ihre Blicke begegnen sich wieder.

Endlich sagt Claire: »Es gibt Dinge, die man niemandem erzählen kann. Niemals.«

»Warum erzählen Sie sie dann mir?« fragt Janice endlich.

»Weil ...« Claire ist brennend, brennend rot. »Weil ich Sie kaum kenne. Weil ich es irgend jemandem erzählen muß.«

Sie senkt die Augen auf den schönen tiefblauen Becher mit dem schmalen Goldrand, wie ein Ehering, der alles umschließt.

Die Kirchenuhr schlägt halb. Janice denkt: Ich war in der einen Welt, noch vor einer halben Stunde, und jetzt bin ich in einer anderen. Dann ruft die Eule noch einmal, und sie denkt: Dieser Laut wird mein Leben bestimmen. Nicht, wie er Claires Leben bestimmt hat, aber von jetzt an wird es so sein. Für immer.

Sie nimmt die Zigarette. Claire sieht zu.

»Stört es Sie?«

Claire schüttelt den Kopf. Obwohl sie den ganzen Abend geraucht hat, durchfährt sie das Nikotin wie ein Stoß.

»Und Jeremy?« fragt sie und denkt an sein Leben, seine Freundlichkeit, seine schreckliche Müdigkeit. »Sie haben es ihm nie gesagt? Über ... Sie und Matthew.«

Es ist furchtbar, diese Worte auszusprechen. Sie füllen den Raum, die Welt.

»Nein«, sagt Claire. »Ich habe ihm nichts gesagt. Ich werde es ihm nie sagen.«

»Meinen Sie nicht, er würde es verstehen?«

Claire schweigt. Dann sagt sie: »Er liebt mich. Er liebt mich und die Kinder. Wir können uns glücklich schätzen.« Ein verzerrtes Lächeln. »Wenn man drei Kinder hat, kann man verdammt viel verdrängen.«

»Aber nicht für immer.«

»Nein.« Sie hält den Becher fest umklammert.

»Und wenn Sie es ihm sagen würden …«

»Das kann ich nicht. Ich kann es nicht riskieren. Und überhaupt …« Wieder schweigt sie. »Diese Zeit gehört nur Matthew und mir. Wir haben einander alles bedeutet – es ist etwas Kostbares, das nur uns allein gehört.« Sie zittert jetzt. »Aber ich mußte es Ihnen sagen.«

»Warum?« fragt Janice, erfüllt von der Ungeheuerlichkeit der Enthüllungen dieser Nacht, von dieser Täuschung. »Warum?«

»Weil … weil ich dachte, daß Sie sich in Matthew verliebt haben.« Claire wartet, feuerrot. »Ich habe es gespürt. Ist das wahr?«

»Ja«, sagt Janice, die seinen Namen, seine Schwermut, seine Musikalität und sein wunderbares Lächeln seit dem ersten Moment ihrer Begegnung in sich bewahrt hat. »Ja, ich fürchte, es ist wahr.«

Sie sitzen schweigend. Regen tropft von den Bäumen.

»Was wollen Sie mir damit sagen?« fragt Janice. »Daß – weil Sie und er – ist das der Grund, weshalb er krank geworden ist? Ist das der Grund seines Zusammenbruchs?« Sie hört, wie ihre Stimme lauter wird, als müsse sie sich für etwas rächen. »Sie haben gesagt, er sei schizophren …«

Claire zuckt zusammen. »Das war die Diagnose. Als er in die Klinik kam. Niemand hat etwas anderes gesagt. Und ich weiß nicht, ob es damit zusammenhängt. Ich glaube, es wäre ohnehin passiert.«

»Warum? Warum sollte es?«

Sie spreizt die Hände mit einer weit ausholenden Bewegung voller Fragen. »Niemand weiß es. Es passiert eben, besonders häufig bei jungen Männern. Matthew war in dem klassischen Alter. Man liest die ganze Literatur – ich habe alles gelesen. Ist es genetisch? Ist es reaktiv? Soll man es mit Medikamenten behandeln, mit Therapie? Was ruft es hervor, wann bricht es aus? Mein ganzes Leben lang habe ich meine Eltern beschuldigt – sie gingen so ineinander auf, waren so verliebt, daß sie nie sahen, was auf sie zukam. Und sie haben wirklich nicht viel bemerkt. Bestimmt hatten sie keine Ahnung ...« Sie hält inne. »Aber vielleicht habe ich nur um mich geschlagen und ihnen an allem die Schuld gegeben, obwohl in Wirklichkeit ... Vielleicht haben ihn seine Schuldgefühle erst dann überwältigt, als er von zu Hause fort war, vielleicht hat es etwas ausgelöst, was die ganze Zeit schon lauerte ...« Sie bedeckt ihr Gesicht, bebend. »Es hat mich fast umgebracht, als er zusammenbrach. Und jetzt – ich weiß es nicht, ich weiß es nicht, ich weiß es nicht.«

»Und was wollen Sie mir damit sagen?« fragt Janice wieder, während der Milchwagen die Straße hinuntersummt und die Räder in der Nässe zischen. Er hält vor dem Haus an, dann das Klirren der Flaschen. So wohltuende, alltägliche Geräusche: etwas, das dich nach einer langen schrecklichen Nacht der Krankheit daran erinnert, daß du noch am Leben bist.

»Sie wollen mich warnen«, sagt sie langsam. »Warum? Weil er so krank ist? Weil er nie gesund werden kann? Oder ...« Sie kann Claire nicht in die Augen sehen. »Weil Sie ihn immer noch lieben?«

Wieder Schweigen. Endlos langes Schweigen.

»Darauf weiß ich keine Antwort«, sagt Claire mit brechender Stimme, und oben, in der Tiefe des Schlafzimmers ihres ehelichen Lebens, beginnt ein Wecker zu klingeln.

Es ist kurz vor Sonnenaufgang: Draußen auf der Straße, wo das Wasser durch die Rinnsteine plätschert, durchbricht ein schwacher Lichtschimmer die Dunkelheit, und die Sterne an dem leergeregneten Himmel verblassen. Überall Pfützen, die im Licht der Straßenlaternen schimmern, und von vereinzelten Verandalampen, die die ganze Nacht gebrannt haben.

Janice steht mitten auf dem nassen Gehsteig. Sie hat das Gefühl, sich nie wieder bewegen zu können. Sie hört Claires Enthüllungen; sieht Matthews geliebtes, schwermütiges Gesicht.

Wo ist sie? Wohin haben sie sie gebracht? Sag mir, wer ich bin ...

Sie fängt an zu weinen, und dann rennt sie los, laut schluchzend, rennt über den nassen Gehsteig, vorbei an Häusern mit zugezogenen Vorhängen vor wer weiß welchen Träumen und Wünschen und verborgenem Leid, rennt durch das stille, verschlossene Viertel und die gepflegten Straßen hinunter zu Williams Straße und Williams schönem, geliebtem, geräumigem Einfamilienhaus. Sie lehnt sich keuchend an das nasse Geländer.

Die Morgendämmerung bricht an; die Vögel fangen an zu singen. Sie hört das Pfeifen eines Frühzugs und dann, als es vorüber ist, das perlende, herrliche, aus voller Kehle strömende Lied der Amsel.

Sie zieht ihre Schlüssel hervor und steigt die Stufen zur Veranda hinauf, wo die rankende Glyzinie das erste Grün zeigt und die ausgespülten Milchflaschen vor der Tür stehen. Sie schließt die Haustür auf, ganz leise, schließt sie hinter sich, noch leiser, doch unten ist Danny aufgewacht und fängt hinter der geschlossenen Küchentür plötzlich an zu bellen.

Schsch, flüstert sie in der leeren Diele. Schsch, schlaf wieder ein.

Und langsam, vorsichtig, um das Knarren ihrer Schritte zu vermeiden, steigt sie die Treppe hinauf bis zum Dachgeschoß.

22

William fährt Buffy ins Krankenhaus. Ihr Köfferchen ist gepackt und liegt auf dem Rücksitz; sie sitzt neben ihm und umklammert ihre Handtasche, schrecklich still. Ausnahmsweise ist heute ein schöner Tag.

»Sobald es dir bessergeht«, sagt William, als er vor einem Zebrastreifen abbremst, »gehen wir zu den Räumungsverkäufen. Ich habe den Katalog gekauft und reingesehen. Da ist ein schöner alter Landsitz in Gloucestershire, klingt traumhaft: Alles muß weg, bevor sie das Haus verkaufen. Ich werde einen Picknickkorb packen …« Er schaltet um und fährt weiter. »Das wird dir Spaß machen.«

»Und wann ist das?« fragt Buffy, während sie an Geschäften und Kauflustigen und dem normalen Leben vorbeizischen.

»Mitte Juni. Nach der Wahl. Genau die richtige Zeit.«

»Das Land ist abgesperrt«, sagt sie und sieht vor sich eine Landstraße, raschelnde Bäume, friedliches Grünland, ungefährdete grasende Schafe. Vorbei. »Hast du das vergessen? Daß es keine Schlagzeilen mehr macht, heißt noch lange nicht, daß es vorbei ist. Gestern gab es zwölf neue Fälle, hast du das nicht gehört? Und überhaupt ...« Sie umklammert ihre Handtasche noch fester. »Ich weiß nicht, ob ich Mitte Juni schon imstande bin, zu Räumungsverkäufen zu fahren.«

»Wir werden ja sehen.« Er wirft einen Seitenblick auf sie. Mein Gott, was für eine blasse kleine Buffy das ist. Er gibt ihr einen aufmunternden Klaps und fährt weiter. »Wir werden ja sehen, wie es weitergeht.«

Und Buffy, die sich überwunden hat, den Tatsachen ins Auge zu blicken, fühlt sich bei all ihrer Angst und Sorge von der Aussicht auf den Räumungsverkauf und den Tee im Zelt unendlich getröstet.

Dann kommen sie zum Tor des Krankenhauses, und William redet jetzt nur noch über das Parken, und sie schließt die Augen und macht sich auf alles gefaßt.

Er bringt sie auf die Station, trägt ihr Köfferchen hinein, sieht sich nach einer Schwester um.

»Keine Schwester«, murmelt Buffy. »Aufnahmesekretärin.«

»Ach so.« Er hat das alles vergessen, oder vielleicht hat es sich auch geändert. Er schreitet durch die Station, und Köpfe drehen sich nach ihm um.

»Sie wird bald wieder in Ordnung sein«, sagt die Schwesternschülerin, die sie endlich, endlich zu ihrem Bett führt.

»Natürlich wirst du das«, sagt William und tätschelt Buffys Arm.

»Fast schlimmer für die Angehörigen, glaube ich«, fährt das Mädchen altklug fort, ganze achtzehn Jahre und mit einem Stecker in der Nase. »Besonders Ehemänner.« Sie lächelt die beiden verständnisvoll an.

»Na ja, wir sind zwar nicht ...«, beginnt William, sieht Buffys plötzliches, ganz unerwartetes Erröten, und automatisch, durch und durch höflich und liebenswürdig, fügt er galant hinzu: »Wünschte, es wäre so.«

»Red keinen Quatsch, William«, sagt Buffy unwirsch, trotz ihres Errötens, und die Schwesternschülerin sieht von einem zum anderen und sagt. »Oje. Vertrauen Sie mir.«

»Na denn«, sagt Buffy, als sie draußen ist, und sieht sich um.

Sie befindet sich in einem Zimmer mit vier Betten. Zwei sind belegt, um eins sind die Vorhänge zugezogen. Ich gehe wieder, denkt sie in einem plötzlichen Anfall von Angst. Ich gehe raus, jetzt gleich, ich will diese Operation nicht, ich will lieber zu Hause sterben.

»Liebe Buffy«, sagt William, der sie beobachtet. »Wie tapfer du bist.«

Sie schüttelt den Kopf. »Eigentlich nicht.«

»Doch. Nun – kann ich sonst noch etwas für dich tun? Soll ich jetzt gehen und dich auspacken lassen und dann wiederkommen und mich verabschieden? Bist du damit einverstanden?«

»Ja«, sagt Buffy, »einverstanden.«

»Ich werde ein bißchen herumschlendern und hole uns einen Tee.«

»Bevor ich nichts mehr zu mir nehmen darf«, sagt Buffy. Und er runzelt die Stirn, dann erinnert er sich und geht hinunter zum Friends Shop und Blumenladen, wo er einen riesigen Strauß traumhafter rosaweißer Eustoma ersteht, die Eve gefallen hätten, und als er sie bezahlt, fällt ihm ein, daß er für sie wahrscheinlich genau die gleichen gekauft hatte, als er sie zum Barts Hospital gebracht hatte. Oder vielleicht waren es Rosen? Ja, vielleicht.

Jemand spricht ihn an.

»Wie bitte?«

»Ich habe gesagt, hier ist Ihr Wechselgeld«, sagt das Mädchen, und er schreckt auf, nimmt es an sich und geht mit zwei Bechern Tee und den zellophanverpackten Blumen wieder zurück auf die Station.

Buffy hat ausgepackt, aber sich noch nicht ausgezogen. Sie

sitzt auf dem Stuhl neben dem Bett, Ackroyd's *London* auf dem Nachttisch, den Morgenrock am Fußende des Bettes. Sie hat die Augen geschlossen und sieht erschöpft und alt aus – einen Moment lang sieht er sie mit den Augen eines Fremden, und alles, was sie zu Buffy gemacht hat, verschwindet.

»Da bin ich wieder«, sagt er vergnügt, und sie öffnet die Augen, sieht die rosaweißen Blumen und ist wieder Buffy.

»Himmlich. Himmlisch. Danke.«

»Gibt es hier eine Vase?« Er geht hinaus, um eine zu suchen, und wird zum Waschraum geschickt, findet etwas aus leichtem Metall, von dem er annimmt, daß es kein Urinal ist. Wie seltsam, denkt er, als er damit zurückgeht, in einem normalen Krankenhaus zu sein. Er ist so daran gewöhnt, Matthew zu besuchen, Woche um Woche, Jahr um Jahr, aber das ist etwas anderes, zumindest auf Matthews Station. Er ist daran gewöhnt, geduldig zu sein, zu versuchen, die Vorgänge in Matthews Geist zu erraten, mit Ärzten über Medikamente und Beschäftigungstherapie zu sprechen. All dies – die hinter Vorhängen verborgenen Betten, das Fasten, die Aussicht auf schreckliche Operationen – kommt ihm jetzt viel realer, viel erschreckender vor. Er hat plötzlich Angst um Buffy, richtige Angst.

»Da bin ich wieder«, sagt er wieder und holt sein Taschenmesser heraus, um das Zellophan aufzuschneiden.

»Ich habe etwas vergessen«, sagt Buffy, während sie ihm zusieht. Sie steht mühsam auf. »Während du draußen warst, ist es mir wieder eingefallen.«

»Was denn?« Er zerknüllt das Zellophan und arrangiert die Blumen. Diese Vase! Er schüttelt den Kopf.

»Nur ein paar Kleinigkeiten von Mutter«, sagt Buffy und hilft ihm mit den Blumen. »Es klingt so albern, aber plötzlich möchte ich sie bei mir haben. Ich habe sie auf meinen Schreibtisch gelegt – ihr Parfümfläschchen und ihr Glöckchen, das könnte ich vielleicht brauchen. Wie konnte ich das nur vergessen?«

»Hier wird sicher eine Klingel sein«, sagt William und findet sie, einen Summer, in cremefarbenem Plastik am Ende einer langen cremefarbenen, medizinisch aussehenden Röhre. Gräßlich.

»Ich hätte lieber die von Mutter«, sagt Buffy, als sie sie sieht.

»Das kann ich verstehen, natürlich. Mach dir keine Sorgen, ich werde es holen. Und das Parfümfläschchen – noch was?«

»Nein, ich glaube nicht. Es hat keine Eile. Nur wenn du kannst.«

»Ich bringe sie dir nach der Operation. Gib mir die Schlüssel, und ich komm auf einen Sprung herein, sobald du Besuch haben darfst. Oder möchtest du, daß ich gleich gehe?«

»Nein, nein. So kann ich mich freuen, die Sachen zu haben, wenn ich aufwache. *Wenn* ich aufwache.«

»Natürlich wirst du das«, sagt William schnell. »Sei nicht albern.« Und er nimmt ihre Hand.

»Oh, William«, sagt Buffy, den Tränen nahe. »Es tut mir so leid.«

»Leid? Was muß dir denn leid tun?«

»Nur weil ...« Sie zögert. »Du bist so lieb und gut. Und ich weiß, daß es schrecklich für dich sein muß, ich weiß, daß es dich wieder an alles erinnert.« Ihre Lippen zittern. »An die arme Eve.«

»Unsinn.« Er greift nach ihrer Hand. »Daran darfst du nicht denken, vergiß es jetzt. Jetzt bist du es, auf die wir uns konzentrieren müssen.« Er beugt sich vor und küßt sie auf den Kopf. Ihr Haarkamm sitzt ganz schief, stellt er fest. »Also dann.« Er richtet sich wieder auf und klopft an seine Tasche. »Wie wär's mit einem Schlückchen?«

Es ist spät: Die Nachmittagssonne strömt durch den Spalt zwischen den blauweißen Vorhängen mit den Pandas, die zufrieden ihren Bambus kauen. Janice reckt sich, dreht sich um, sieht die Uhr, erinnert sich.

Sollte sie bei der Arbeit sein? Sie schließt die Augen. Ist heute Freitag? Ja. Sie bleibt noch eine Weile liegen, kommt zu sich, spürt die Dunkelheit jener Nachtstunden, dieses Gespräch, das in ihr liegt wie ein Flecken, ein Schatten, etwas, womit sie leben muß.

Nach einer Weile steht sie auf, geht hinunter, wirft keinen Blick auf Matthews altes Zimmer, ruft Sandra an. Sie sei krank, sagt sie, es tue ihr leid. Und sie wird nicht mehr wiederkommen.

Ja, sie wird ihre Kündigung einreichen, wenn nötig, aber sie wird London verlassen. Bald.

Sie legt das Telefon auf, spürt die Stille um sich herum. Wo ist William? Wo ist Danny?

Unten in der Küche findet sie Williams Zettel und Danny in seinem Korb, sein Schwanz fängt sofort an zu klopfen. Sie krault seine Ohren, läßt ihn heraus, liest den Zettel.

Bringe Buffy ins Krankenhaus – das West-Londoner. Zum Abendessen zurück. Bist du spät nach Hause gekommen letzte Nacht? Alles Liebe, Wm. PS: Könntest du Danny ein bißchen draußen herumlaufen lassen? …

Janice macht sich einen Becher Tee und nimmt ihn mit hinauf ins Bad. Sie läßt das tiefste Bad ihres Lebens einlaufen und schüttet den allerletzten Rest von Eves Badeöl hinein. »Entschuldigung«, sagt sie laut, als der Raum sich mit dem Rosenduft füllt.

Sie zieht ihr Nachthemd aus und läßt sich in den Wellen versinken.

Taucht wieder auf, keuchend, Haare tropfen ihr in die Augen, sie wischt sich das Gesicht ab; lehnt sich zurück, trinkt Tee und denkt nach und denkt nach …

William verläßt das Krankenhaus und wendet den Wagen, um nach Hause zu fahren. Es ist kurz nach vier; er wird der Stoßzeit gerade noch entgehen. Er schaltet Radio drei ein, hört etwas, das wie Harrison Birtwhiste klingt, und schaltet es wieder aus. Also gut. Fahren wir los.

Morgen um diese Zeit wird Buffy wieder zu sich gekommen sein. So Gott will. Eine lange Wartezeit.

»Hinterher werde ich Besuch bekommen«, hat sie ihm gesagt, als sie sich verabschiedeten. »Die Über-Sechziger, Dorothy und die anderen. Wenn ich mich dem gewachsen fühle. Jetzt will ich niemanden sehen außer dir.«

Er drückt ihr die Hand. »Kopf hoch.«

Sie hebt ihn tapfer, wie das Kleine Graue Kaninchen, das von den Hermelinen gefangen wird. Oder waren es Wiesel? Wiesel, denkt er, und er denkt an Buffy, so ganz allein in einer langen,

langen, angsterfüllten Nacht, und er hält bei der Verkehrsampel an und biegt links ab. Er wird jetzt in ihre Wohnung gehen, Mutters Kleinigkeiten abholen, etwas, das sie trösten wird, während sie wartet. Und er fährt zurück zu ihrer Straße, parkt in einer Parklizenz-Zone und hinterläßt eine Notiz: Arztbesuch. Na ja, man kann es versuchen.

Innen drückt er auf den Zeitschalter und steigt die Treppe hinauf. Meine Güte, dafür muß man ziemlich fit sein. Arme alte Buffy – wie wird sie das schaffen, wenn sie wieder herauskommt? Er schließt die Wohnungstür auf, über deren Schwelle sie über die Jahre so manche Porzellankiste herein- und wieder hinausgeschleppt haben. Na gut. Wo, hat sie gesagt?

In ihrer fensterlosen kleinen Diele knipst er das Licht an; er öffnet die Tür zum Wohnzimmer. Die Nachmittage werden länger, aber es ist noch nicht Sommerzeit, und die Dämmerung naht. Und es ist kalt hier drinnen. Das Wohnzimmer ist voller Schatten, und sie hat die Vorhänge halb zugezogen, so daß der Raum von einer seltsam schwebenden Atmosphäre erfüllt ist – zwischen Nacht und Tag, Licht und Dunkel, hier und dort.

Nicht schön, in der leeren Wohnung eines anderen Menschen zu sein: Er mag es nicht – besonders in dieser Dämmerstunde, besonders, wenn Buffy krank ist. Er geht zum Schreibtisch, sieht das sanfte Schimmern des Flakons aus Glas und Silber, des kleinen Silberglöckchens. Und von etwas anderem: der Weiße eines Briefs, an den Briefständer aus Nußbaumholz gelehnt. Sie hat wohl vergessen, ihn einzuwerfen – gut, das kann er besorgen. Ist eine Briefmarke drauf? Er setzt seine Brille auf, sieht ihn an, liest seinen eigenen Namen, seine Adresse. Er nimmt ihn in die Hand.

Es wird jetzt schnell dunkel. Er knipst die Schreibtischlampe an, nimmt ihren Brieföffner, erinnert sich, daß er ihn vor vielen Jahren für sie gekauft hat. Er zögert. Soll er ihn jetzt lesen? Hatte sie das beabsichtigt? Oder sollte es …

Er schlitzt ihn auf, faltet den Bogen auseinander – ziemlich gutes Papier – und setzt sich an den Schreibtisch, das Herzstück ihrer Umweltschutzkampagne: die vielen Flugblätter und Poster, die vielen Umschläge.

Liebster William,
diesen Brief sollst Du lesen, falls ich nicht mehr zurückkomme. Ich hoffe, dazu kommt es nicht: ganz plötzlich scheint es so vieles zu geben, wofür es sich zu leben lohnt, aber – man weiß ja nie. Ich möchte Dir etwas sagen, was ich Dir in all den Jahren nie sagen konnte. Ich hoffe, Du hältst mich nicht für allzu töricht oder überspannt …

Die Uhr auf dem Kaminsims tickt leise in den leeren Raum. Er dreht das Blatt um.

Das ist es: Daß ich Dich immer geliebt habe – ich weiß es jetzt. Selbst als die liebe Eve noch lebte, obwohl ich sie so schrecklich gern hatte – eine so gute Freundin, und haben wir nicht zu dritt so schöne Zeiten miteinander verlebt? Diese Ausfahrten, diese glücklichen Jahre am Stand!

Aber das ist alles so lange her. Jetzt spreche ich von der Gegenwart und wieviel du mir bedeutest.

Das sind Worte, die ich noch nie an einen Menschen geschrieben habe.

William lehnt sich in Buffys Stuhl zurück: ein alter Drehstuhl mit flaschengrünem Plüschpolster – ein Männerstuhl, stellt er fest, wahrscheinlich von ihrem Vater. Er hat noch nie darauf gesessen. Er sieht sich im Zimmer um, betrachtet mit unendlicher Zärtlichkeit die antike Rosentapete, die Regale mit dem Porzellan, das abgenutzte alte Sofa und den uralten Fernseher – so vieles, genau wie seine eigene Einrichtung, jahrzehntealt und unmöglich, sich davon zu trennen.

Es kommt noch eine Seite.

Du warst eine unendliche Kraftquelle für mich. Du hast mich zum Lachen gebracht, es war wunderbar, mit Dir zusammenzusein – und war Weihnachten nicht himmlisch? Du bist großzügig und klug und gütig, und – ja – ich muß es einfach sagen, und sei es von der anderen Seite: Ich liebe Dich.
Buffy

Es ist dunkel geworden. Zwischen den halb zugezogenen Vorhängen stehen die Osterglocken in ihren Blumenkästen wie Geister hinter der Glasscheibe.

William legt den Brief auf den Schreibtisch. Wie hatte er es nicht sehen, nicht wissen können?

»Oh, Buffy«, sagt er laut in ihre leere Wohnung hinein, die so erfüllt ist von ihrer Gegenwart, ihrer Abwesenheit.

Und liebt er sie? Fühlt er das gleiche?

Nun. Er kann sich ein Leben ohne sie nicht vorstellen.

Und er nimmt die leere Parfümflasche und das kleine Silberglöckchen, dann den Brief, streift ihn mit den Lippen und beschließt, zu ihr zu gehen.

Das Zimmer ist leer geräumt, ihre Sachen sind gepackt, Janice zieht den Reißverschluß ihrer Reisetasche zu und läßt sie auf den Boden fallen, sie sieht sich im Zimmer um. Das wär's. Das wäre geschafft. Gut. Und sie steht am offenen Fenster und sieht hinaus auf den Garten tief darunter, auf die Magnolie inmitten der bemoosten Steinplatten, noch feucht von der langen Regennacht und voller weißer, wachsartiger Knospen, die jetzt jeden Tag aufbrechen können. Dahinter erstreckt sich die lange Straße, vom Frühling erfüllt, dem frischen scharfen Grün der Linden, den blühenden Zwiebelpflanzen in den Beeten und auf den Fensterbänken, den fernen Kronen der Platanen und Kastanien im Park. Ein Zug nähert sich der Station, verlangsamt sein Tempo, bremst, Türen schlagen, und die Pfeife schrillt; dann fährt er wieder weiter, die Gleisstrecke hinauf nach dem London, das sie kaum kennengelernt hat; hinauf zu den Schnellzugstationen, den Intercityzügen.

In einem von ihnen wird sie sitzen, schon bald.

Sie geht zurück zum Schreibtisch, setzt sich, nimmt Notizbuch und Kugelschreiber aus ihrer Umhängetasche.

Lieber William ...

Was kann sie ihm denn überhaupt sagen?

Sie denkt an das letzte Mal, als sie ihm geschrieben hatte – nicht die kleinen sachlichen Notizen, die sie sich angewöhnt hatten, füreinander zu hinterlassen, sondern an den Brief, den sie vor Monaten mit solcher Mühe geschrieben hatte, oben in ihrem Schlafzimmer in Curlew Gardens, Schnee und Stille überall auf den winterlichen Feldern, während im Erdgeschoß der Fernseher plärrte. *Lieber Mr. Harriman …*

Damals war sie noch ein anderer Mensch.

Sie greift nach ihrer Tabaksdose, dreht sich eine, raucht und überlegt, nimmt den Kugelschreiber und versucht es noch einmal.

Lieber William …

Sie sieht ihn vor sich, wie er das leere Haus betritt, ihren Namen ruft, den Umschlag auf dem Tischchen in der Diele sieht, ihn aufhebt, die Stirn runzelt, ihn mit ins Wohnzimmer nimmt und am kalten Kamin den Brief liest. Sie sieht sich selbst, zusammengekauert in der Ecke eines Intercitywaggons, der zwischen leblosen Feldern dahinrast, fort, fort, und ihn verläßt, Matthew verläßt …

Sie denkt: Das kann ich nicht.

In der Stille des Hauses hört sie ganz plötzlich ein Geräusch auf der Treppe und dreht sich schnell nach der Schlafzimmertür um. Sie ist nicht ganz geschlossen: ein Scharren, dann wird sie aufgestoßen, und eine kastanienbraune Schnauze stupst sich durch den Spalt.

»Danny!«

Er trottet herein, blickt zu ihr hoch, wedelt mit dem Schwanz.

»Oh, Danny …« Sie bückt sich, hebt ihn empor, drückt ihn an ihr klopfendes Herz, vergräbt ihr Gesicht in seinem Fell, trägt ihn im Zimmer hin und her, hin und her, und drückt ihn weinend an sich.

Die Abenddämmerung naht. Danny liegt auf ihrem Bett, auf dem blauweißen Bettüberwurf zusammengerollt wie eine Katze, aber immer mit einem halboffenen Auge, wie Hunde es tun.

Der Brief ist liegengeblieben.

Zum hundertsten Male durchlebt Janice die vergangene Nacht: sieht Claires brennenden Blick und Matthews Totenblässe. Er hat die Klinik verlassen; ein Krankenwagen hat ihn zurückgebracht. Soll denn sein Leben ewig nach diesem Muster verlaufen?

Oh, Matthew …

Matthew ist weit draußen auf dem Meer, getrieben, dem Ertrinken nah. Sie hatte gesehen, wie er verzweifelt versuchte, wieder aufzutauchen, als die Wirkung der alten Drogen in ihm verebbte, neue Drogen in ihn hineinströmten; sie hatte gesehen, wie er darum rang, sich zu erinnern, welcher Tag es war, wo er war, wer er war; sie hatte gesehen, wie er den Kopf hob bei den ersten Akkorden auf dem Klavier; wie er durch die regendurchtränkte Nacht wanderte – und will sie ihn jetzt im Stich lassen?

Janice steht auf. Plötzlich ist sie sehr hungrig – sie hat Stunden auf ihrem Zimmer verbracht, schlafend, schreibend, grübelnd, und sich gefragt, was sie tun soll.

»Komm«, sagt sie zu Danny, und er ist im Nu herunter vom Bett, steckt die Nase durch den Türspalt, und fort ist er, die Treppe hinunter. Er bleibt am Treppenabsatz stehen und sieht sich nach ihr um. Aber Janice, auf dem dunklen Flur, steht plötzlich still.

Hier, ein Paar Schritte entfernt, ist Matthews Zimmer, das sie noch nie betreten hat.

Jetzt betritt sie es. Leise dreht sie den Knauf um und geht hinein.

Das Bett ist mit einem indischen Baumwollüberwurf bedeckt, der Bettvorleger daneben ist ein alter, blaugrün gestreifter Baumwoll-Dhurrie. Ein Schreibtisch, ein Stuhl, ein Sessel. Alles ist sehr einfach.

Einige Gegenstände wie in dem Zimmer aus Claires Kindheit finden sich auch hier: mehr sogar, denn schließlich hat Matthew kein neues Zuhause. Er hat nichts, wo er seine Bücher unterbringen kann oder die Schulfotos – alle im Blazer, in Reihen aufgestellt, blinzelnd, mit dem Cricket-Team –, sie sucht und findet ihn, ja, das ist er, am Außenrand des Spielfelds, meilenweit fort in dem langen Sommergras, und wartet auf den Catch. Wo sollte er die Notenstapel unterbringen außer vielleicht in der Klavierbank unten oder hier oben, wo sie auf Bücherregalen liegen und verstauben?

Da liegt seine Geige.

Sie liegt in ihrem Kasten auf einem langen, niedrigen Bücherbord: Sie geht quer durchs Zimmer, sieht, daß der Kasten mit einer dicken Staubschicht überzogen ist, streckt einen Finger aus, zieht ihn zurück. Das ist seine Sache. Er muß ihn selbst abstauben und eines Tages wieder öffnen.

Das ganze Zimmer riecht nach Staub; die Luft ist muffig, dicht und still. Sie geht ans Fenster, öffnet die Fensterflügel bei schon schwindendem Licht, spürt die frische, regenreine abendliche Frühlingsluft auf ihrem Gesicht und läßt sie ins Zimmer ein. Sie lehnt sich hinaus und blickt hinunter in den ummauerten Garten, wo der Weidenbaum sich ganz leicht in der Brise bewegt. Dahinter Gärten und noch mehr Gärten, hier und dort mit hohen Bäumen bepflanzt, Kastanien und Bergahorn, Platanen und Vogelbeerbäume. Vereinzelt sind noch Leute draußen und schnippeln in der Dämmerung am Gesträuch herum; sie sieht eine Katze sachte auf eine efeubewachsene Mauer springen, sie hört die Vögel der Londoner Gärten, die sich für die Nacht niederlassen; sie hört ganz plötzlich in der Ferne den tiefen, heiseren Schrei einer Eule, während die Abenddämmerung sich herabsenkt, ganz plötzlich jetzt, und dann ist es dunkel.

Buffys Bett ist leer, als er zurückkommt. Vielleicht auf dem Klo, wenn sie nicht irgendeinen abscheulichen Test machen. Sicher nicht, zu dieser Tageszeit. Sie wird kein Abendessen bekommen – kein Verlust, nach dem zu urteilen, was er auf den Servierwagen gesehen hat. Er stellt die kleinen Sachen auf ihren Nachttisch unter die rosaweißen Eustomas, die sich jetzt in der Heizungswärme öffnen, und schreitet auf und ab, nickt ein paar anderen Patienten zu, geht hinüber zum Fenster des Krankenzimmers und sieht hinaus.

Westlondon dehnt sich unter ihm aus, vierzehn Stockwerke tiefer. Dunkelheit und märchenhafte Lichtschnüre. Winzige Autoschlangen, der aufgehende Mond. Wenn sie nicht hier drinnen wären mit der Aussicht auf morgen, könnte es ziemlich romantisch sein. Er tastet nach dem Brief in seiner Innentasche, nahe bei seinem Herzen. Hmm. Erstaunlich.

Wo ist sie nur? Muß noch mal nachsehen.

Und er verläßt das glitzernde Panorama der abendlichen City und geht zurück auf die Hauptstation, blickt suchend auf und ab.

Jemand kommt aus dem Badezimmer in einem hellblauen wollenen Morgenrock und Pantoffeln; ein Handtuch über dem Arm, sie hält einen blumengemusterten Toilettenbeutel umklammert. Ihr graues Haar ist zu einem Knoten gerafft und sie ist blaß, doch sie geht mit entschlossenen Schritten, lächelt einer der Schwestern zu, blickt sich um, versucht offensichtlich, sich zurechtzufinden: Welches Zimmer war es? Und sein Herz macht einen Sprung: Wie tapfer und stark sie ist, wie unabhängig, nach all den Jahren des Alleinseins!

»Da bin ich wieder«, sagt er und kommt ihr auf dem Flur entgegen. »Ich bin wieder da.«

»William!« Ihr Gesicht leuchtet auf vor Glück. »Was machst du denn hier?«

»Dachte, ich komm noch mal auf einen Sprung«, sagt er, schiebt seine Hand unter ihren Ellbogen und führt sie zurück zu ihrem Bett. »Ich dachte, es wäre doch nett für dich, wenn du heute nacht deine Sachen bei dir hättest.«

»Oh, aber sicher!« Sie sieht sie auf dem Nachttisch unter den schönen Blumen: das gläserne silberverzierte Parfümfläschchen, das silberne Glöckchen. Beides hatte sie schon seit Jahren immer auf ihrem Nachttisch gehabt. Sie legt ihr Handtuch und den Toilettenbeutel weg.

»Ist das vom National Trust?« fragt William.

»Ja, du hast recht. Ich konnte nicht widerstehen. Oh, vielen Dank, ich kann dir gar nicht sagen, wieviel besser ich mich fühle, wenn ich diese Sachen bei mir habe.«

Und dann wird sie plötzlich still und erinnert sich. Sie hat Fläschchen und Glöckchen auf ihrem Schreibtisch liegenlassen, weil sie an etwas anderes gedacht hatte – den Brief zu schreiben, die richtigen Worte zu finden, ihn endlich zuzukleben und für ihn dazulassen, nur für den Fall …

Sie weiß nicht, wo sie hinsehen soll.

»William?« sagt sie, denn sie muß es wissen, sie wird heute nacht unmöglich schlafen können, wenn sie sich auch darüber noch den Kopf zerbrechen müßte, abgesehen von dem Horror des morgigen Tages.

»Ja?« Er hat das Glöckchen in die Hand genommen und schwenkt es sanft: Welch lieblicher, altmodischer Klang! Vielleicht könnten sie anfangen, solche zu sammeln. Er schwenkt es noch einmal.

»Ich habe dir einen Brief geschrieben« sagt Buffy und fühlt, wie sie rot anläuft. »Ich habe dir einen Brief geschrieben, aber ich wollte nicht, daß du ihn liest, noch nicht. Ich muß schrecklich nervös gewesen sein, als ich die Wohnung verließ ...« Sie ist auch jetzt schrecklich nervös; das ist ja unerträglich. Sie sieht zu ihm auf, sieht dieses Lächeln, ihr wird schwach. »Hast du ihn gefunden?« flüstert sie.

Er stellt das Glöckchen ab; er klopft an seine Tasche.

Dann zieht er sie an sich und schließt sie in die Arme.

Sie wird nicht fortgehen. Sie kann es nicht. Noch nicht, nicht, bis sie ihn wiedergesehen hat, es noch einmal versucht und herausgefunden hat, ob es nicht doch noch Hoffnung gibt. Während sie ihre Sachen auspackt und sie wieder in den Schubladen verstaut, wird ihr bewußt, wie William sich in all den Jahren gefühlt haben mußte: wie er immer und immer wieder gehofft und gehofft hatte, obwohl alles dagegen sprach. Ja. Ja – wenn du keine Hoffnung mehr hast, dann stirbst du. Und unten in der Küche ißt sie zwei Schalen Getreideflocken, pfeift Danny herbei und knipst seine Leine an. »Komm jetzt. Laß uns vor dem Abendessen noch ein bißchen herumlaufen.«

Es ist wieder kalt geworden, es droht wieder zu regnen, aber es ist ihr egal: Sie muß raus, muß die Beine bewegen. Danny ist glücklich. Er trottet den Gehsteig entlang, schnüffelt und hebt an jedem dritten Geländer das Bein. Sie zieht an seiner Leine. »Komm weiter!« Herrje, aber es ist trotzdem was anderes als mit dem Shropshire-Rudel.

Und wie es ihnen wohl geht? fragt sie sich, schlägt den Kragen hoch und biegt um die Ecke. Wie werden sie mit der Krise fertig, die armen alten Spinner? Gott, es muß schwer für sie sein! Sie muß ihnen unbedingt schreiben.

Sie geht flott voran, zerrt Danny mit – los, weiter, wir brauchen Bewegung! Der Wind beginnt zu blasen, sie spürt es, als sie durch den Park geht. Da ist der Mond, nach all dem Regen klargespült wie Glas, er steigt und steigt bis hoch über die Bäume.

»Hallo? Ist jemand zu Hause?« Er schließt die Tür hinter sich, riecht etwas Köstliches, und eine große Welle von Zufriedenheit durchströmt ihn – er hängt seinen Mantel auf, sieht in den Spiegel, zwinkert ein wenig. »Hallo?« ruft er wieder und macht sich an seinen knarrenden Abstieg. »Ich bin wieder da.«

»Sieht so aus«, sagt Janice, die am Herd steht und rührt. »Hallo. Wie geht's Buffy?«

»Hält sich tapfer.«

Er küßt sie flüchtig, sucht den Korkenzieher, findet ihn.

»Ja?« Er schwenkt ihn in ihre Richtung.

»Ja, bitte«, sagt Janice und nimmt den Topf vom Herd.

»Und was ist das?« fragt er und schielt hinein.

»Pilz- und Zucchinisoße zu Spaghetti. Ist das o. k.?«

»Völlig o. k.« Er wirft einen Blick auf das Weingestell und entkorkt eine Flasche Roten. Was für ein überaus befriedigendes Geräusch das macht: Nach all den Jahren verfehlt es nie seine aufheiternde Wirkung.

Sie sitzen zusammen und trinken, während Danny döst.

»Konntest du ihn ausführen? Ausgezeichnet. Tja, ja ...« Er hebt sein Glas. »Cheers. Was für ein Tag! Alles in allem.«

Sie sieht ihn an; er sieht viel weniger angespannt und besorgt aus. »Was meinen Sie?«

»Oh ...« Er winkt ab. »Wir sprechen später darüber – alles zu seiner Zeit.«

»Wird sie wieder o. k. sein?«

Und dann zieht wieder ein Schatten über sein Gesicht.

»Hoffen wir es. Man kann nur hoffen und beten.«

»Um wieviel Uhr ist sie dran?«

»Halb elf – sie haben gesagt, ich könnte am Abend anrufen.«

Er hebt wieder sein Glas. »Gott, das tut gut.« Er sieht sie an, dann noch einmal: Ziemlich blaß um die Nase, sie sieht erschöpft aus. »Und wie geht es dir?« fragt er sie. »Du bist *sehr* spät nach Hause gekommen.«

»Ja«, sagt Janice. Sie greift nach ihrer Tabaksdose – inzwischen hat er sich daran gewöhnt, er hat nichts dagegen. »Wir sind lange aufgeblieben und haben uns unterhalten«, sagt sie und spürt, daß sie errötet.

Er hebt eine Augenbraue. »Ach, tatsächlich? Worüber denn?«

»Oh ...« Sie senkt die Augen und zupft die Tabakfäden zurecht.

Das ist nicht recht – sie weiß es. Matthew ist sein Sohn, er ist aus der Klinik fortgelaufen, den ganzen Weg durch Regen und Verkehr. Er hätte ums Leben kommen können. Wie kann sie ihm das verschweigen?

Sie holt Atem. Sie wird es ihm sagen, so sachlich wie möglich. Ehrlich gesagt, es ging ein bißchen drunter und drüber gestern abend. Mit Matthew ...

Und dann denkt sie: Aber er ist in Sicherheit, es kann ihm nichts mehr passieren. William muß sich gerade genug Sorgen um Buffy machen. Ich werde es ihm sagen – bestimmt, wenn Claire es nicht tut. Aber nicht jetzt. Noch nicht.

Und sie dreht sich eine Zigarette, fährt mit der Zunge über das Papier, nimmt ihr Feuerzeug und sagt: »Ach, über dies und das. Aber Sie haben recht, es ist zu spät geworden. Ich werde heute früh schlafen gehen.«

»Sehr vernünftig«, sagt William und wedelt den Rauch weg. »Ich glaube, das werde ich auch.«

Es ist Morgen. William wacht früh auf, wie es seine Gewohnheit ist. Er bleibt einen Moment liegen, um zu sich zu kommen, und lauscht wie gewohnt den Vögeln. Es ist Frühling, aber noch dunkel; dennoch: Wie sie sich ins Zeug legen! Etwas wird heute geschehen. Einen Moment lang kann er sich nicht erinnern, was. Dann fällt es ihm wieder ein. Er sieht auf seine Uhr; halb acht, noch drei Stunden. Sie ist wahrscheinlich schon seit Stunden wach; im Krankenhaus wecken sie einen ja schon in aller Herrgottsfrühe, unbarmherzig. Er erinnert sich, daß Eve, die sich selten beklagte, sagte, wie grausam es sei, wenn man ohnedies die ganze Nacht kaum geschlafen hatte.

Er schließt die Augen. »Oh, Liebes.«

Dann steht er auf. Er zieht seinen Morgenrock an, wirft einen Blick in den Spiegel, nimmt Eves Fotografie zur Hand, die in ihrem Lederrahmen schon seit Jahren auf der Kommode steht. Aufgenommen – wann? Er kann sich nicht erinnern – wahrscheinlich, als die Kinder noch zu Hause waren, sie waren fast erwachsen, aber noch da: Nur eine Spur von Weiß in ihrem Haar, sie sieht noch jung aus – aber sie sah ja immer jung aus, fast bis zuletzt. Er nimmt es in die Hand. Was für ein süßes Lächeln – man konnte Eve alles sagen. Kein Wunder, daß Claire die Fassung verlor, als Piers geboren war. Da braucht man seine Mutter, das ist ganz natürlich.

Er hält das Foto weiter weg, dann wieder dicht vor sich. Er küßt das Glas. »Du hast doch nichts dagegen, oder?« Und dann stellt er es zurück, tritt ans Fenster, zieht den Vorhang auf, sieht, wie das Tageslicht durchbricht und der letzte Stern verblaßt.

Es ist Morgen. Janice schläft und schläft.

Als sie endlich aufwacht, bleibt sie liegen, sieht die Sonne hinter den Pandavorhängen und denkt: Etwas wird heute geschehen.

Was ist es?

Buffy.

Ja, aber noch etwas anderes.

Matthew. Sie wird ihn wiedersehen.

Es ist fast neun Uhr: Das Frühstück ist vorbei, die Zeitung gelesen, Danny schöpft Hoffnung. Der Knall des Briefkastens: ah. Und was ist heute gekommen?

William steigt die Treppe zur Diele hinauf und starrt auf den Boden. Rechnungen. Und ein weißes Rechteck. Er geht über die spiegelglatt polierten Fliesen – mein Gott, eines Tages wird Mrs. T. sie alle ins Krankenhaus befördern – und beugt sich hinunter zur Matte.

Ein Poststempel von Shropshire, aber die Schrift ist nicht das wilde Gekritzel, mit dem Mary sich im vorigen Herbst an ihn wandte. Es ist eine gute Handschrift, eine klare, künstlerische Schrift. Mal sehen. Er trägt den Brief zu seinem Schreibtisch und öffnet ihn mit seinem Papiermesser. Draußen vor dem Fenster bemerkt er Blaumeisen, sie flitzen im Garten hin und her, die Schnäbel voller Moosstückchen. Reizend. Sicher sind es dieselben, die er den ganzen Winter über gefüttert hat. Also dann: Er zieht den Brief heraus.

Lieber Vetter William,
hier schreibt Dir Dein Vetter Ernest. Es tut mir ehrlich leid, Dich nach all den Jahren zu belästigen, aber wir stehen am Rand des Ruins ...

Er schläft. Sie haben ihn in ein Nebenzimmer gelegt, allein und nahe beim Schwesternpult. Seine Tür steht halb offen, und die Vorhänge am Fenster zur Station sind halb zurückgezogen: So können sie ein Auge auf ihn haben; er wird nicht wieder fortlaufen.

»Ich bin eine Freundin«, sagt sie zu Eileen, die wieder Dienst hat. »Erinnern Sie sich?«

Eileen nickt. »Das ist gut. Er braucht Freunde.«

Sie geht auf Zehenspitzen hinein, sie blinzelt. Es ist schon mitten am Vormittag, und draußen scheint die Sonne hell, aber hier im Zimmer ist alles dämmrig und still. Nicht auf beruhigende Art – auf eine institutionelle Art. Grobe grüne Vorhänge, ein blasser Vinylboden, blasser Bettüberwurf – alles ist farblos und leblos in diesem engen kleinen Raum.

Er liegt schwer atmend auf der Seite, mit dem Gesicht zur Tür. Er ist so langgliedrig und groß – seine Füße unter der Bettdecke stoßen am Fußende an. Sie zieht ihre Jacke aus und setzt sich auf den Plastikstuhl neben dem Bett.

»Matthew?«

Keine Antwort. Gott, wie blaß er ist. Sie beugt sich vor und streicht über das trockene Haar, das einmal elastisch gewesen war, streicht über sein eingefallenes Gesicht, nimmt seine Hand und hebt sie an ihre Lippen. Dann bleibt sie sitzen und hält seine Hand, beobachtet das langsame Heben und Senken seiner Brust, sagt dann und wann seinen Namen und wartet.

Eine andere Schwester kommt herein und fühlt ihm den Puls.
»Wie lange wird er noch schlafen?« fragt Janice.
»Er müßte bald aufwachen. Die Wirkung wird dann nachlassen.«

Ein Assistenzarzt schaut herein. »Sind Sie eine Verwandte?«
»Nein«, sagt Janice. »Nein, ich bin eine Freundin.«
Er nickt, wie Eileen.
»Sprechen Sie mit mir«, sagt Janice und sieht ihm gerade ins Gesicht. »Sagen Sie mir, wie es um ihn steht.«
Er lächelt. Er ist jung. Der weiße Kittel steht ihm. Sie hat das Gefühl, daß er ihr die Wahrheit sagen wird.
»Er war sehr lange Zeit sehr krank«, sagt er, ohne sich hinzusetzen.
»Und?«
»Bis letzte Nacht hatten wir uns Hoffnung gemacht. Ich glaube, man hatte vor, seinen Vater hierherzubestellen und Pläne zu machen. Das neue Medikament – es scheint ihn wieder zum Leben zu erwecken.«
»Und jetzt – nach der letzten Nacht?«
»Er wird o. k. sein. Ich nehme an, er hatte eine schlimme Reaktion – alle diese Drogen ...« Er ist nett, denkt sie; er ist menschlich. Wahrscheinlich hat er zu seiner Zeit auch mal die eine oder andere Droge genommen. »Wenn wir erst einmal die richtige Dosierung gefunden haben, wird er glücklicher sein, hoffe ich. Und er ist musikalisch, nicht wahr? Das könnte ihm durchhelfen.« Er sieht sie an, wie sie da sitzt und Matthews Hand hält. »Und sind Sie ... wie soll ich es ausdrücken? Haben Sie vor, bei ihm zu bleiben?«
Janice erwidert seinen Blick. »Wie soll ich es ausdrücken?« sagt sie. »Sagen Sie es mir ehrlich. Ich muß es wissen. Wie stehen seine Chancen?«
»Daß er ...«, aber er weiß es, er weiß, was sie meint. Er setzt

sich auf den Stuhl neben dem Waschbecken. »Daß er ein normales Leben führen kann?«

»Ja.«

»Wie lange kennen Sie ihn schon?«

»Nicht sehr lange.«

»Aber … Sie haben ihn gern.«

»Ja.« Ihr Griff um Matthews Hand wird fester; sie wendet den Kopf und sieht sein schlafendes Gesicht, von dem das ganze Trauma der Nacht weggewischt ist. Wie schön seine Augenbrauen sind. »Ja«, sagt sie. »So ist es.«

»In diesem Fall«, sagt der Assistenzarzt, »würde ich sagen, seine Chancen stehen etwas besser als die einer verdammt großen Anzahl anderer Leute hier. Und was Sie beide betrifft – niemand kann Ihnen versprechen, daß es leicht sein wird. Aber Sie sind noch ziemlich jung, nicht wahr? Wenn das nicht zu persönlich klingt.«

»Wir sprechen über Persönliches«, sagt Janice. »Über nichts anderes sprechen wir doch.«

Er lächelt, dann meldet sich sein Piepser. »Entschuldigen Sie mich.«

Janice bleibt sitzen, streichelt Matthews Hand und hört, wie der Assistenzarzt mit einer anderen Station spricht. Ja, er komme sofort. Einen Augenblick, bitte. Und er schaltet ab und erhebt sich von seinem Plastikstuhl.

»Ich weiß es nicht«, sagt er und sieht die beiden an. »Sie können es nur versuchen, meinen Sie nicht auch? Wenn es das ist, was Sie beide wollen – versuchen Sie es. Warum nicht? Wenn es nicht klappt – nun, wie ich schon sagte. Sie sind jung.« Er lächelt wieder und steckt den Piepser in seine Tasche. »Das ist meine Meinung als Arzt.« Er geht zur Tür. »Ich finde, er kann sich glücklich preisen«, fügt er hinzu. »Falls das nicht zu persönlich ist.«

Sie lächeln einander an. Draußen auf der Station wird Kaffee ausgeschenkt.

»Darf ich Sie noch etwas fragen?« sagt Janice, während er die Tür weit aufreißt und die Sonne hereinkommt. »Wieviel wissen Sie …« Sie schluckt. »Über seinen Hintergrund. Seine Familie.«

Er dreht sich wieder zu ihr um. »Nicht viel. Ich bin neu. Alles, was Fisher weiß, steht in den Akten. Warum? Ist es wichtig?«

»Ich weiß es nicht.«

Die Sonne scheint durch die offene Tür. Sie malt einen Fleck auf den grauen Vinylfußboden und auf Matthews Kopfkissen. Janice trinkt ihren Kaffee und sitzt neben ihm. Matthew regt sich und stößt einen langen, schläfrigen Seufzer aus.

»Ich bin da«, sagt sie, stellt ihren Styroporbecher ab und steht auf, beugt sich über ihn und küßt ihn sanft auf die Stirn. Dann auf die Lippen. »Hier bin ich.«

Er öffnet die Augen, er sieht sie: Sie kann sehen, wie er hinauf zur Oberfläche schwimmt und sie durchbricht.

William antwortet postwendend.

Lieber Ernest,
wie gut, von Dir zu hören. Wir haben so oft an Euch gedacht: Wie schrecklich ist das alles, und ich verstehe, daß auch Ihr die schlechte Lage zu spüren bekommt. Janice Harper, die nette junge Frau, die Mary mir empfahl, hat mir viel über das Museum und Euer wohltätiges Werk erzählt. Ich hoffe, Du wirst diese kleine Anlage akzeptieren, nur um – sozusagen – den Wolf von der Tür zu vertreiben. Ich hoffe, daß ich Euch bald einmal besuchen kann. Ich habe eine liebe Freundin, die im Moment nicht ganz auf dem Posten ist – im Krankenhaus, genau gesagt. Sobald sie wieder wohlauf ist, komme ich mit ihr auf einen kleinen Frühlingsausflug zu Euch …

Du Narr, William, hört er Buffy in ihrem energischsten Ton sagen. Es gibt keine kleinen Frühlingsausflüge mehr, das ist die harte Realität. Die ganze Farmlandschaft ist abgesperrt, kapierst du das nicht?

Aber hatten sie nicht an Ostern das Moorland freigegeben? Nein, vielleicht nicht. Alle wollten es, aber …

Er streicht den letzten Satz mit einem langen eleganten Federstrich durch.

Sobald sich alles wieder normalisiert hat und Du wieder im Geschäft bist, kommen wir zu Euch. Vielleicht bringe ich meinen Sohn mit, der zu meiner Freude große Fortschritte macht. Ein Familientreffen – wäre das nicht lustig?

Das wäre es auch, es wäre herrlich, nach all den Jahren. Und er legt seinen Füllfederhalter hin und denkt an sie alle, alle wieder vereint und auf dem Weg der Genesung und dem Leben wiedergeschenkt.

Doch zuerst – zuerst kommt Buffy. Es ist halb zwölf – sie wird jetzt im Operationssaal sein.

Er sitzt da und beobachtet, wie die dünnen goldenen Zeiger der Standuhr auf dem Kaminsims langsam voranschleichen.

Es dauert ewig, bis er aus dem Bett und auf den Beinen ist und sich von der Schwester auf die Toilette bringen läßt. Inzwischen strömt die Vormittagssonne durch die Fenster der Hauptstation, und das Parkgelände ist von Frühlingslicht und Schatten erfüllt

»Wie wär's denn?« fragt sie, als er zurückkommt. »Lust auf einen kleinen Rundgang?«

»Würde ihm guttun«, meint die Schwester. »Würde ihm ein bißchen Appetit aufs Mittagessen machen.«

»Matthew?«

Er sieht aus seiner ganzen, gebeugten Länge auf sie herunter und neigt höflich fragend den Kopf.

»Wollen wir ein wenig hinausgehen? Frische Luft schnappen?«

Er nickt. »Ja. Das wäre nett.«

Ein kleine Welle des Glücks durchflutet sie.

Draußen sind die Eichhörnchen überall, sie springen über das Gras und hüpfen zwischen den Tannen herum. Janice legt den Arm um Matthew und führt ihn langsam zu einer Bank. Sie sitzen in der Sonne, ihren Arm um seine Schultern geschlungen, sehen den Eichhörnchen zu und lassen die Wärme in sich einsickern.

»Du erinnerst dich an mich«, sagt sie endlich. Sie sieht ihn an, dreht sanft seinen Kopf ihr zu, so daß er ihr in die Augen sehen muß. Er tut es.

»Ja«, sagt er mit einem langsamen, zaghaften Lächeln.

»Wie heiße ich?« fragt sie ihn, und dann kommt eine lange, lange Pause.

»Das weiß ich nicht«, sagt er endlich.

»Ich heiße Janice.«

»Ja, ja, natürlich. Jetzt erinnere ich mich. Du hast mich einmal gerettet.«

»Und wann war das?« fragt sie ihn, zutiefst bewegt.

»Als ich am Ertrinken war«, sagt er langsam. »Daran erinnere ich mich.«

23

»Seht ihr?« triumphiert Ernie. »Seht ihr? Blut ist dicker als Wasser, es geht doch nichts über die Familie.« Er wedelt mit dem Scheck vor ihnen herum. Mary schnappt ihn ihm weg. »Gib ihn mir.«

»Nie im Leben!« Er grapscht danach.

»Ihr werdet ihn zerreißen«, sagt Sophie. Sie fährt mit der Hand zum Mund.

»Jetzt hört mal«, sagt Ernie und haut auf den Tisch, während Mary den Scheck hoch in die Luft hält. »Was wir hier haben, sind hundert Pfund. Für uns alle. Aber ausgestellt auf meinen Namen – ich war es, wo ihm geschrieben hat.«

»*Der* ihm geschrieben hat«, sagt Mary und steckt ihn in ihre Schürzentasche.

»Ich hab geschrieben. Das weißt du genau.«

»Nein, du alter Idiot. Ich meine deine Grammatik.«

»Grammatik? Grammatik, wenn wir am Abgrund stehen? Die Hunde da ...«, er macht eine Geste zum offenen Fenster, dem unaufhörlichen Gebell. »Die Hunde da kriegen Notverpflegung, kein Ausgang, keine Bewegung ...«

»Daran können wir nichts ändern«, sagt Mary und knallt den

Kessel auf den Herd. »Eine Krise ist eine Krise, wir sind nicht die einzigen.«

»Das weiß ich. Wir alle wissen das. Aber wir reden über Futter, nicht Spaziergänge. Kein einziger Besucher. Nicht einer. Kein Einkommen. Und *du* …«, er starrt sie böse an. »Du warst es doch, die meine Ausstellung ruiniert hat. Das hätte uns ganz schön was eingebracht. Das hätte uns weitergeholfen. Mehr als das …« Er fuchtelt mit den Armen, wenn er an das alles denkt – den Ruhm, die Anerkennung, Geld auf der Bank und ein Notizkalender voller Aufträge. »Du mit deiner Unbeherrschtheit. Du mit deinen Wutanfällen. Los, gib mir jetzt den Scheck.«

»Nein.«

»Ach bitte«, wimmert Sophie, die bis zur Treppe zurückgewichen ist. »Bitte, bitte, bitte, streitet euch nicht …«

Aber Ernie ist jetzt wütend. »Ich hatte einen Traum«, sagt er zu Mary. »Von einem anständigen, soliden Leben, einem anständigen Einkommen. Du bist hingegangen und hast alles kaputtgemacht. Ich hatte einen anderen. Geschichte. Helden. Besucher in Scharen …« Er stottert jetzt, lechzt nach einer Zigarette, aber es gibt keine Zigaretten mehr, keinen Penny für Tabak oder Papier, nichts. »Diese verflixte Janice«, sagt er plötzlich. »Warum mußtest du sie nach London schicken? Nichts klappt mehr, seit sie fort ist.«

Und er dreht sich auf seinem löcherigen Absatz um und geht zur Tür.

»Ja, geh nur!« schreit Mary. »Geh raus und bleib draußen!«

»Du vertrocknete alte Jungfer!«

Sophie schluchzt. Mary ist außer sich. Sie ergreift das Nudelholz, und Sophie schreit auf.

Aber Ernie hat sich aus dem Staub gemacht, knallt die Hintertür zu, daß sie fast aus den Angeln fällt, und humpelt über den Hof, wo die Hühner entsetzt auffliegen, überall Federn.

»Haut ab!« schreit er sie an. »Aus dem Weg mit euch! Seid sowieso zu nichts nütze, keine verdammten Eier mehr.«

Es ist wahr. Selbst die Hühner haben aufgehört, ihren Job zu tun. Sie flattern auf den Zaun, und da bleiben sie sitzen und krächzen, während die Hunde sich wie verrückt gebärden.

»Nutzlose alte Viecher. Wir stecken euch in den Topf, das habt ihr davon!«

Und er stolpert die verrotteten Stufen hinauf, um ein Haar wäre er gefallen.

»Ich komme zurück!« brüllt er über den Hof.

»Du hast kein Bankkonto!« schreit Mary aus der Tiefe des Hauses.

Er knallt die Tür des Wohnwagens zu.

Pipsqueak liegt auf seinem schmutzigen alten Schlafsack auf einem warmen sonnigen Fleck. Bei dem gewaltsamen Türenschlagen fährt er zusammen und fängt an zu zittern.

»Hat nichts mit dir zu tun«, sagt Ernie zu ihm und läßt sich auf sein Bett fallen. Er zittert am ganzen Körper. »Hat nichts mit dir zu tun, alter Knabe.« Er streichelt ihn mit zitternder Hand. So sitzen sie lange Zeit zusammen. Ernie läßt den Kopf hängen. »Was mach ich nur«, sagt er immer wieder und wieder. »Verdammte Weiber. Was mach ich nur?«

Nach einer Weile entdeckt er etwas. Unter dem Tisch, ganz in der Ecke. Tabak! Ein kleines bißchen Tabak in ein Stück Goldpapier gewickelt – wie kommt das hierher? Hat es wohl fallen lassen, beim Malen. Man vergißt alles, wenn man malt, das ist der halbe Spaß. Er steht auf, schlurft herüber, bückt sich vorsichtig, um nicht mit dem Kopf anzustoßen, tastet herum. Hab's! Er kriecht rückwärts heraus, steht auf und stößt sich den Kopf an.

Egal, was soll's, es gibt noch Hoffnung. Und er reibt sich den Kopf und wickelt das Papier auf und – ja, genug Tabak für zwei Zigaretten.

Er setzt den Kessel auf, kramt in der Tischschublade mit den verdreckten alten fleckigen Löffeln und Murmeln und Drahtstückchen und dem nutzlosen verdammten Dosenöffner. Muß doch noch ein Päckchen Zigarettenpapier drin sein, muß doch!

Der Kessel fängt an zu singen. Er findet zwei zerfetzte Papierchen, ganz hinten.

»Sieht schon besser aus«, erklärt er Pip, aber Pip ist wieder eingeschlafen, mit zuckendem Fell.

Zehn Minuten später sitzt Ernie am Tisch, trinkt schwachen

ungezuckerten Tee und raucht. Ah! Schon besser. Viel besser. Das Radio ist an, feine Leute sprechen über europäische Zeitungen. Europa! Was wissen die denn schon!

»Die Franzosen glauben, daß Großbritannien einen kollektiven Nervenzusammenbruch erlitten hat …«

Ernie atmet einen enormen Zug Tabakrauch ein und sieht hinaus über die leeren Felder. Keine Schafe. Keine Lämmer. Schmutziger, ekelhafter schwarzer Rauch steigt hinter den Bäumen auf. Die Scheiterhaufen brennen schon seit Wochen. Keine Besucher. Mary ist übergeschnappt.

»Verdammter Mist«, murmelt er und trinkt seinen scheußlichen Tee. »Verdammter Mist.«

Buffy geht es besser. Sie sitzt auf, nimmt ihre Umgebung wahr und knabbert Obst. Die Über-Sechziger haben ihr einen ganzen Korb voll geschickt. Und sie hat die Ergebnisse aus dem Labor erhalten. Das war der Moment, den sie gefürchtet hatte: das Zuziehen der Vorhänge um ihr Bett, der Arzt, der sich neben sie setzt, ruhig und ernst. Aber statt dessen –

»Die Ergebnisse sind da. Es ist gutartig!« verkündet sie William, an die Kissen gelehnt. Sie benutzt zum ersten Mal ein Mobiltelefon. Die nette kleine Schwesternschülerin hat es ihr geliehen.

»Was sagst du?« Gott, so eine schlechte Verbindung! »Sprich lauter.«

»Ich habe gesagt, es ist gutartig«, sagt Buffy, so laut sie kann, ohne unangenehm aufzufallen. »Es ist alles in Ordnung. Sie haben alles herausgenommen, und damit ist es vorbei. Keine Chemo, keine Strahlentherapie …«

»Keine Kunststückchen, keine Kniebeugen«, sagt William, und sie fängt an zu lachen, dann hört sie auf, weil es an der Naht zieht. Herrje, wie weh alles tut. Aber was soll's. Was sind schon ein paar Schmerzmittel, verglichen mit …

»Das ist wunderbar«, sagt William. »Phantastisch. Ich komme gleich herüber.« Und sie kann seine Erleichterung hören, seine große Freude. Es geht ihr genauso. »Was darf ich dir mitbringen?«

»Keine Trauben«, sagt Buffy, die in ihrem ganzen Leben keine Traube mehr sehen will. »Nichts. Nur dich.«

»Bin schon unterwegs.«

»Und jetzt«, sagt er, als er an ihrem Bett sitzt und ihre Hand hält. Der Duft der Rosen, die er ihr mitgebracht hat, füllt das Krankenzimmer; zwei Dutzend langstielige, creme- und rosafarbene – die besten, die er finden konnte.

»Sieh sie nur an«, sagt Buffy glücklich. »Sie sind einfach traumhaft.«

»Und sieh dich an«, sagt William und streichelt ihre Hand. Sie ist schmal und weiß, wie sie überhaupt jetzt ist – sie muß mindestens drei Kilo abgenommen haben. Sie hat einen häßlichen kleinen Bluterguß vom Tropf. Aber was soll's – sie ist da, sie wird wieder munter. »Und jetzt«, sagt er wieder, beugt sich vor und küßt sie. »Erholung. Wir müssen genau den richtigen Platz für dich finden.«

»Heutzutage erholt man sich nicht mehr«, sagt Buffy und streichelt sein Gesicht. Selbst das ist anstrengend, und sie läßt sich wieder aufs Kissen sinken. Es geht ihr besser, aber die Füllung ist heraus, kein Zweifel. Außer wenn sie an William denkt, und William und sie – dann ist sie ein Heliumballon, der über Berg und Tal fliegt … Sie zwingt sich zurück auf die Erde. »Es gibt keine Erholungszeit mehr«, erklärt sie ihm. »Man gebraucht sogar das Wort nicht mehr. Man ist krank, kommt ins Krankenhaus, man stirbt oder man kommt im Handumdrehen wieder raus und erwartet von dir, daß du zur Tagesordnung übergehst. Ich werde am Dienstag entlassen.«

»Dienstag schon? Du bist ja gerade erst …« Er zählt.

»Vor fünf Tagen. Ich weiß. Aber sie brauchen das Bett. Und sie sagen, ich soll wieder auf den Beinen sein. Das würde mir guttun.«

Er schüttelt den Kopf. »Aber du kannst doch nicht wieder zurück in deine Wohnung gehen. Gibt es denn nicht irgendwo ein nettes Plätzchen? Verlockende Mahlzeiten? Flauschige Handtücher? Einen Garten?«

Eve war im Krankenhaus gestorben – er hatte keine Zeit gehabt, an einen solchen Platz auch nur zu denken. Und Matthew – nun, das war etwas ganz anderes.

»Übrigens, ich muß dir etwas sagen«, sagt er und tätschelt ihre Hand, aber vorsichtig, um den Bluterguß nicht zu berühren. »Matthew scheint über den Berg zu sein.«

»Wirklich? Oh, William, das ist ja wunderbar! Erzähle.«

»Das haben wir alles dir zu verdanken«, sagt er. »Zumindest den Anfang. Du hast mich wachgerüttelt, hast mich auf Trab gebracht. Sie haben diese entsetzlichen Hämmer abgesetzt und ihm etwas viel Leichteres verordnet. Er lebt wieder auf und spricht mehr. Viel mehr. Manchmal ziemlich klar. Ich habe ihn gestern gesehen. Und er und Janice ...«

»Er und Janice was?« fragt Buffy gespannt und sieht ihn an.

»Ach, ich weiß nicht. Aber sie ist oft bei ihm in der Klinik. Und sie will ihn nach Hause bringen. Auf Besuch, meine ich.«

»Sehr schön«, sagt Buffy. »Da wirst du dich freuen.«

»Weißt du was?« sagt er, und auf einmal ist ihm alles klar – natürlich, das ist die Lösung, er hat schon immer gewußt, daß er das Gästezimmer freihalten mußte, trotz all dem Theater, das Claire darum machte. »Du mußt zu mir nach Hause kommen. Dort kann ich dich umsorgen, mit dem größten Vergnügen.«

»Bist du sicher?« Was für ein himmlischer Gedanke!

»Ganz sicher. Und Janice ist eine ganz wunderbare Köchin, da gibt es für dich viele kleine Mahlzeiten auf Tabletts.«

»Das klingt ... ach, William, das klingt absolut perfekt. Wenn du dir sicher bist.«

»Ganz sicher«, sagt er wieder. »Gut, das ist abgemacht. Und wir werden ein kleines Fest geben, wenn du wieder bei Kräften bist. Wir bringen Matthew nach Hause. Und Claire mit ihrer Familie. Ein richtiges Fest.«

»Wie geht es Claire?« fragt sie ihn, erschöpft bei dem bloßen Gedanken an das alles. Sie muß aufpassen, daß er es nicht übertreibt.

»Ich weiß nicht so genau«, erwidert er. »Ich habe schon seit einiger Zeit nichts mehr von ihr gehört.«

»Das ist mal etwas anderes.«

»Nun – eines Tages werden wir alles klären.«

»Sie wird doch nicht ihre Scheidung ankündigen?«

Er ist entsetzt. »O nein, nein, nein, nein, sicher nicht! Jeremy ist ein ganz prächtiger Mensch.«

»Aber sind sie glücklich?« fragt Buffy, und darauf kann er nicht antworten.

»Nein«, sagt er endlich. »Nein, ich glaube nicht. Wenn sie es wären, könnte sie nicht so sein, wie sie ist. Und doch – ich hoffe sehr, sie halten durch.«

»Warum? Warum, wenn sie nicht glücklich sind?«

»Ach. Du weißt ja. Die Kinder. Das Ganze.« Er schüttelt wieder den Kopf. Allein schon der Gedanke! »Wir halten nichts von Scheidung«, sagt er. »Wir sind ein monogames Geschlecht, wir Harrimans. Wenn wir heiraten, heißt das«, fügt er hinzu und denkt dabei an die verrückten alten Verwandten. Unmöglich, daß jemand sie heiraten könnte! Und er erzählt ihr von Ernie und dem Scheck. »Vielleicht fahre ich eines Tages mit dir hin. Hättest du Lust? Wenn mal diese ganze Sache vorbei ist und die Gegend nicht mehr abgesperrt ist. Ein kleiner Frühlingsausflug – oder vielleicht im Sommer«, fügt er schnell hinzu.

»Ich würde mich freuen«, sagt Buffy, und das würde sie auch, wenn alles wieder vorbei wäre. Aber ach, diese armen, armen Tiere – müssen sie wirklich sterben? »Dabei ist es gar nicht die Maul- und Klauenseuche, die sie tötet«, sagt sie. »Die Schafe könnten wieder gesund werden, ganz sicher. Sogar die Kühe, in manchen Fällen. Hier geht es nur um Ertrag und Profit, es ist schrecklich.«

»Das klingt wieder nach meiner alten Buffy«, sagt William, beugt sich vor und küßt sie auf die Wange. »Dir geht es wirklich besser.«

Sie hält seine Hand an ihre Wange. »Das verdanke ich dir. *Wir* sind doch glücklich, nicht wahr?«

»Sehr«, sagt er, und das stimmt. Er wacht morgens auf und fühlt sich – zufrieden. Besonders jetzt, nachdem sie die Ergebnisse wissen.

»Darf ich dir etwas sagen?« sagt Buffy, als ein Servierwagen heranrollt. Kaffee? Sie guckt hinaus. Nein, Bibliotheksbücher.

Sie hat den Ackroyd noch nicht einmal angerührt. Jetzt kann sie ihn endlich in Ruhe genießen.

»Was denn?« fragt er zärtlich. »Alles – du kannst mir alles sagen.«

Wirklich? Wird es immer so sein? Sie zögert.

»Weißt du«, sagt sie, »daß ich lange Zeit dachte ... Ich dachte ...« Sie fühlt, wie sie wieder rot wird.

»Dachtest, was? Sag's mir, mein Liebling, was hast du gedacht?«

»Ich dachte, du hättest dich in Janice verliebt«, sagt sie und ist jetzt dunkelrot.

»Ach«, er sieht sie über seine Brille hinweg an; dann nimmt er sie ab, läßt ihre Hand los und reinigt die Gläser mit seinem Taschentuch.

»Stimmt das etwa?« fragt sie ihn, ängstlich geworden.

»Durch sie habe ich mich wieder jung gefühlt«, sagt er endlich. »Sie hat Frohsinn ins Haus gebracht, daran besteht kein Zweifel. Auch jetzt noch. Aber ...« Er setzt die Brille wieder auf und betört sie mit seinem Lächeln. »Es wäre wohl kaum passend gewesen, und außerdem ...« Er beugt sich vor und küßt sie sanft auf den Mund. »Du und ich, wir werden ein sehr schönes Leben miteinander haben.«

»Küß mich noch einmal«, flüstert Buffy, und er tut es.

»Und du bist wirklich, wirklich sicher, daß ich bei dir wohnen kann?« fragt sie ihn bei einem Lunch im Krankenhaus. Er war unten im Friends Shop gewesen, hatte ein Krabbensalat-Sandwich und Kaffee mit heraufgebracht, was er jetzt verzehrt, während sie sich mit etwas auf einem in drei Abschnitte geteilten Teller herumquält. »Ich sollte es essen«, sagt sie und stochert darin herum. »Es ist vegetarisch, also hab ich es wohl bestellt.« Die Aussicht auf verlockende kleine Mahlzeiten auf einem Tablett, und in diesem schönen Haus umsorgt zu werden ...

Aber diese vielen Treppen ...

»Bist du sicher, daß es dir nicht zuviel wird?«

»Natürlich nicht.« Er spießt eine Krabbe auf und sticht damit in den Salat. Ganz gut.

»Und wo …« Sie zögert. »Wo soll ich schlafen?«

»Im Gästezimmer natürlich.« Er sieht sie über den Rand seiner Brille an. »Zumindest vorläufig.«

Es ist Juni. Buffy ist wieder wohlauf. Hält noch ihr Mittagsschläfchen, ißt noch ihr Frühstück im Bett, das ihr William oder Janice heraufbringt, aber es geht ihr bedeutend besser. Bald wird sie wieder am Stand sein können, den William die ganze Zeit über allein betrieben hatte. Manchmal gehen sie morgens ein wenig zum Stöbern in die Südlondoner Auktionsräume.

»Na, so was, William, komm und sieh dir das mal an.« Sie hebt eine achteckige Schale hoch, grün-weiß gemustert, mit einem dünnen goldenen Fuß. Sie suchen nach dem Warenzeichen. »Oh. Einen Moment lang dachte ich, es sei Worcester.«

»Könnte sein«, sagt William und schiebt seine Brille höher auf die Nase. »Trotzdem wert, sie mitzunehmen, meinst du nicht auch? Besonders hübsch.«

Er geht am Abend zurück und bietet und kommt mit der Schale und sechs Masonware-Tafeltellern nach Hause.

»Wie findest du sie?«

»Sehr hübsch«, sagt Buffy. »Wie clever du bist.«

Es ist genau wie früher, nur besser. Er küßt sie. Es wird von Tag zu Tag besser.

An einem heißen Sonntag kommt Matthew nach Hause. Nur für einen Tag: So wollen sie es halten – jeweils für einen Tag.

William geht ihn abholen und nimmt Danny mit. Buffy und Janice bereiten das Mittagessen zu. Janice trägt den Gartentisch aus dem Schuppen und stellt ihn unter der Weide auf. Lange Strähnen hängen ihr ins Gesicht, während sie hin und her eilt, ins Haus und zurück, Klappstühle trägt, ein grünkariertes Tischtuch, Bestecke und Gläser, weißes Porzellan, grüne Leinenservietten. Williams schöne Dinge. Sie ist aufgeregt und glücklich, schneidet einen Zweig hellrosa Albertine-Rosen von dem Kletterrosenstrauch an der Mauer ab, sticht sich in den Finger, läßt Wasser in eine antike Vase laufen und stellt sie hinaus auf den Gartentisch. So. Perfekt.

Buffy überwacht alles und gibt ihren Rat dazu. Sie hören das Schlagen der Wagentüren vor dem Haus. Janice rennt die Treppe hinauf.

In der Diele bleibt sie stehen, holt tief Luft, zwingt sich zur Ruhe und sieht in den Spiegel. Sie fährt mit den Händen durchs Haar, wischt ein Weidenblatt weg. Da sind sie, sie kommen die Treppe herauf. Da ist Williams Schlüssel im Schloß, da ist Danny, der es nicht abwarten kann, die Nase hereinzustecken, da ist Matthew.

Sie steht da, wie angewurzelt, als die Tür weit auffliegt, sieht ihn langsam über die Schwelle kommen, sein Vater hinter ihm, geduldig und ohne Eile, und er, so hochgewachsen und so sehr geliebt, tritt in die Kühle der von smaragdgrünem und violettem Licht gefleckten Diele, sieht sie, hält sie mit seinem Blick fest und überflutet sie mit seinem Lächeln, als er sie wiedererkennt.

Sie geht auf ihn zu; er nimmt ihre Hand.

»Na also«, sagt William unter dem raschelnden Weidenbaum. »Ist das nicht perfekt?«

Er entkorkt eine Flasche 1995er Pouilly Fuissé, die vor Kälte glitzert und schraubt eine eiskalte Flasche Holunderbeersaft auf. Er füllt ihre Gläser, eins nach dem anderen. Alle heben ihr Glas, auch Matthew.

»Cheers.«

»Cheers.«

»Das einzige, was uns noch fehlt«, sagt er über der gekühlten Gurkensuppe mit Minze, »ist, daß Claire hier bei uns ist. Mit ihrer ganzen Familie.«

Niemand antwortet ihm.

Sogar unter der Weide ist es fürchterlich heiß. Nach dem Essen gehen sie alle hinauf ins Wohnzimmer, wo die hohen Fenster offenstehen und die Luft kühl ist.

»Oh, das ist besser.« Buffy sinkt aufs Sofa, William sinkt in seinen Sessel. »Ich mache den Kaffee«, sagt Janice. »Matthew? Möchtest du Kaffee?«

Matthew steht am Fenster zur Straße und sieht hinaus in den Vorgarten, wo die dichtbelaubte Magnolie steht, und die Nachmittagssonne auf den Steinplatten ist von ihrem Schatten gesprenkelt. Er ist sehr still.

»Matthew?« Sie geht nach vorn, stellt sich neben ihn und schiebt ihre Hand in die seine. »Geht es dir gut?«

Er nickt, dreht sich um und sieht zu ihr herunter. »Ich denke gerade nach«, sagt er mit seiner schönen tiefen Stimme, soviel fester jetzt, soviel klarer.

»An was?«

»Verschiedenes. An so viele verschiedene Dinge.« Er schüttelt den Kopf, er dreht sich um und sieht sich im Zimmer um: sein Vater, die langen Beine ausgestreckt in dem alten Lehnstuhl; Buffy, von Kissen umgeben, die ihn aufmerksam beobachtet; das Klavier mit den vielen Familienfotos von ihm und seinen Eltern, ihm und seiner Geige, ihm und Claire, ihm und Claire, ihm und Claire.

Janice kann kaum atmen.

Sein Blick wandert weiter, er trifft auf den Geigenkasten, den sie heruntergebracht und abgestaubt und poliert, aber nicht geöffnet hat. Er bleibt am Klavierstuhl haften, auf dem das vom Laub schattierte Sonnenlicht tanzt.

»Das ist meine«, sagt er langsam.

»Ja.«

Er läßt ihre Hand los, geht hinüber und fährt mit dem Finger über das polierte Holz. Die Stille im Raum ist greifbar.

»Das ist meine«, wiederholt er. »Vielleicht werde ich sie eines Tages wieder spielen.«

»Willst du sie jetzt spielen?« fragt William vorsichtig von der anderen Seite des Raumes.

Matthew sieht ihn an. Es ist ein langer, langsamer Blick, dessen Bedeutung Janice nicht im entferntesten erraten kann. Dann bückt er sich und öffnet die Messingverschlüsse an dem Kasten. Er braucht ewig dazu. Niemand bietet ihm an, ihm dabei zu helfen. Er hebt den Deckel, sieht hinein auf Bogen und Geige, die darin liegen, wie sie seit Jahren gelegen haben.

Draußen im Garten bewegt die Brise die Blätter der Magnolie; Blaumeisen flitzen hin und zurück zum Nest in der Mauer; eine Katze schleicht lautlos über die Fliesen.

Sommer in London. Ein Zug rattert vorbei.

Matthew beugt sich hinunter und zieht den Bogen aus dem Deckel. Er läßt ihn durch seine langen Musikerfinger gleiten. Er nimmt die Geige heraus und bläst eine Staubschicht weg, nimmt das Staubtuch vom Boden des Kastens und wischt damit über den Resonanzkörper. Er läßt es fallen.

Dann stellt er sich aufrecht hin und klemmt die Geige unters Kinn, hält inne, korrigiert seine Haltung. Bleibt stehen. Er hebt den Bogen, zieht ihn langsam über die Saiten, er stimmt das Instrument, dreht an den Wirbeln. Alles geschieht zögernd, alles dauert ewig.

Janice geht hinüber und setzt sich auf den Klavierstuhl, von Gefühlen bewegt, die sie nie zuvor gekannt hatte.

Williams Augen füllen sich mit Tränen. Buffy sieht es und schluckt.

Alles in dem großen luftigen Raum ist auf diesen Moment, auf diesen Mann konzentriert.

Er beginnt zu spielen.

24

Ende Juni. Die Sonntagszeitung plumpst auf die Matte. Buffy, noch im Morgenrock, geht hin, um sie aufzuheben. Sie bückt sich – Himmel, wie mühsam es noch immer ist; vielleicht sollte sie doch mit einer Physiotherapie anfangen.

»Oder Yoga«, hatte Janice gesagt. »Yoga würde Ihnen unheimlich guttun.«

»Ich bin zu alt für Yoga.«

»Das sind Sie doch gar nicht.« Janice strahlt dieser Tage vor Glück. Sie denkt, jedem sei alles möglich.

Buffy richtet sich langsam auf und läßt die Hälfte der Zeitung fallen. Gott, was für ein Gewicht, es ist absurd, niemand braucht alle diese Teile. Auf dem Dielentisch legt sie sie wieder zusammen, so gut sie kann, glättet die erste Seite, liest die Schlagzeile.

Unnötiges Abschlachten von bis zu zwei Millionen Tieren.

»Ich wußte es ja«, sagt sie laut und zitternd vor Wut. »Ich habe es die ganze Zeit gewußt.«

Ende Juni, sehr heiß, und in London das Pochen der Tennisbälle von Wimbledon, hin und her, hin und her, Stunde um Stunde. Auf dem Land sind wieder ein paar Straßen freigegeben, auch einige Fußwege.

Ernie führt die Hunde aus, Stunde um Stunde. Manchmal geht Mary mit ihnen, manchmal Sophie. Sie sprechen wieder miteinander, alles wird besser.

Und doch. Sie haben kaum einen Penny. Hundert Pfund sind eben hundert Pfund, und schließlich hat er ihr erlaubt, den Scheck einzulösen, aber wie weit kommt man heutzutage schon damit? Was sie brauchen, ist Kapital. Investitionen. Richtiges Geld.

Ernie sitzt im Wohnwagen, Tür und Fenster weit offen, die Brise weht herein, die Brise weht wieder hinaus, er hört überm Hof in der Sonne die Hühner scharren, sieht die Hunde, der Länge nach ausgestreckt unter den Bäumen, er nimmt den Kugelschreiber zur Hand und schreibt wieder einen Brief.

»Ein Familientreffen«, sagt William zu Claire und hält den Brief in der Hand. Er liest ihn ihr vor, am Telefon im Wohnzimmer, bei seinem mittäglichen Drink beim offenen Fenster, die Blaumeisen flitzen draußen herum. »Komm doch mit, Liebes, es würde dir so guttun. Eine kleine Abwechslung. Bring die Kinder mit und Jeremy.«

»Mal sehen«, sagt Claire.

»Wir haben dich seit Monaten nicht mehr gesehen.«

»Wir haben sehr viel zu tun. Jeremy ist ständig bei Gericht.«

»Ja, aber trotzdem ...« Er ist entschlossen, nicht aufzugeben. So viel ist geschehen, und sie stand immer außerhalb. »Buffy lebt jetzt hier«, teilt er ihr mit.

»Buffy? Wieso denn das?«

»Sie war sehr krank. Sie muß sich erholen.« Er holt tief Luft. »Wenn du doch nur einmal kommen würdest, Liebes, dann könnte ich dir so manches erzählen. Ich mag dir nicht alle Neuigkeiten am Telefon erzählen und dich nie sehen.«

»Was für Neuigkeiten? Was meinst du damit?«

»Ach, nichts«, sagt er müde, er hat keine Lust, am Telefon über Heiratspläne zu sprechen. Was ist los mit dem Mädchen, was hat sie nur? Er nimmt einen letzten Anlauf. »Und Matthew geht es viel besser«, teilt er ihr mit. »Oder vielleicht weißt du das ja schon. Sie haben seine Medikamente gewechselt, er ist über das Schlimmste hinweg.«

Schweigen.

»Hallo?«

»Hat dir denn Janice nichts gesagt?« sagt Claire endlich langsam.

»Mir *was* gesagt?«

»Daß er aus der Klinik entwichen ist. Im Frühjahr, als sie hier zum Babysitten war. Er ist ausgerissen und den ganzen Weg hierher zu Fuß gegangen. Er war total durcheinander.«

William ist so schockiert, daß er nicht sprechen kann. Endlich sagt er: »Und warum hat mir das niemand gesagt? Warum?«

»Wozu denn? Du wärst doch nur in Panik geraten. Ich hab ihn wieder zurückgebracht. Am nächsten Tag habe ich angerufen, und er war in Ordnung.« Wieder eine Pause. »Was meinst du, wenn du sagst, es geht ihm besser?«

»Er ist glücklicher«, sagt William. »Er ist viel lebhafter. Er hat wieder angefangen zu spielen. Er war jetzt mehrmals zu Hause. Und er und Janice ...« Er zögert.

»Was? Was ist mit ihm und Janice?«

»Ich glaube, sie haben sich ineinander verliebt«, sagt William langsam. »Ich weiß nicht, alles kommt mir so – unwahrscheinlich vor. Aber ich glaube, so ist es.«

Ein riesiges dunkles Schweigen entsteht – selbst von hier aus kann er spüren, wie gewaltig und dunkel und seltsam es ist.

»Liebling? Claire, Liebling ...«

Die Verbindung bricht abrupt ab.

»Du hast es mir nicht gesagt«, sagt er ruhig zu Janice, später, während Buffy ihr Mittagsschäfchen hält. Sie räumen nach dem Lunch die Küche auf.

»Was hab ich Ihnen nicht gesagt?« Aber sie weiß es, sobald sie sein Gesicht sieht. »Sie meinen, das mit Matthew. Daß er aus der Klinik fortgelaufen ist. Claire hat mit Ihnen gesprochen.«

»Insofern als sie jemals mit mir spricht«, sagt er. »Insofern als sie jemals ein Wort sagt. Sie hat es mir gesagt.« Er öffnet einen Schrank und stellt Pfeffer- und Salzstreuer hinein, dann dreht er sich wieder zu ihr um. »Bitte«, sagt er mit Nachdruck, »tu das nie wieder. Verschweige mir nie wieder etwas. Nicht, wenn es um Matthew geht, nicht solche Dinge. Ich bin sein Vater, ich habe das Recht, es zu erfahren.«

»Ich weiß«, sagt Janice und fühlt, daß ihre Wangen anfangen zu brennen. »Ich weiß. Es tut mir leid.«

Sie holt ihre Tabaksdose heraus. Er zieht einen Stuhl hervor und setzt sich ihr gegenüber.

»Etwas stimmt ganz und gar nicht mit Claire«, sagt er. »Ich kann mir nichts mehr vormachen. Hast du eine Ahnung, was es ist?«

»Nein«, sagt Janice, und ihr ist schrecklich heiß, während sie das Papier in ihren Fingern dreht und dreht. »Nein, ich habe keine Ahnung.«

Es ist Abend. Die untergehende Sonne über den Südlondoner Gärten spiegelt sich auf den Gewächshäusern, versinkt in den grüngoldenen Tiefen der Seerosenteiche und schimmert durch die Bäume. Buffy hebt das Gesicht zu den letzten Sonnenstrahlen und läßt ihre Wärme in sich einsickern.

»Es geht mir besser«, verkündet sie. »Ich spüre es durch und durch.«

»Herrlich. Liebste Buffy.«

William im Gartenstuhl neben ihr tätschelt ihre Hand. Janice besucht Matthew; sie haben das Haus für sich allein.

»Ich möchte dich etwas fragen«, sagt er und rückt seinen Panama etwas tiefer ins Gesicht, um seine Augen zu schützen.

»Frag nur.«

»Janice und Matthew. Was hältst du davon?«

»Du meinst auf die Dauer?«

»Ja.«

Sie halten sich an den Händen.

»Ich weiß nicht recht«, sagt Buffy, »ehrlich gesagt. Und was meinst du, William?«

»Ach, ich weiß es nicht.« Er schüttelt den Kopf. Wenn Buffy nicht wäre, wie alt würde er sich jetzt fühlen. »Es ist nicht ganz ohne«, sagt er, »sagen wir es ruhig. Es ist nicht ohne für ein so junges Mädchen, oder besser, eine junge Frau.«

»Ist es auch.«

»Einerseits ... na ja, ist es wunderbar. Die vielen Jahre der Leere, und jetzt, die Aussicht auf ... nun, endlich so etwas wie eine Zukunft zu haben. Sieh nur, wieviel besser es ihm geht, er spielt wieder Geige, beteiligt sich an den Gesprächen. Und die Art, wie sie einander ansehen – es macht mich glücklich, ich kann mir nicht helfen.«

»Ich weiß.«

»Aber bin ich verantwortungslos?« grübelt er und greift nach seinem Glas. »Weißt du, was Claire mir heute nachmittag erzählt hat?«

»Nein.«

Er sagt es ihr. Buffy ist entsetzt.

»Oje.«

»Das ist natürlich schon einige Wochen her«, sagt er und wirbelt das letzte Eis im Glas herum. »Seitdem hat Matthew große Fortschritte gemacht. Aber Janice hat es mir nicht gesagt. Ich mußte sie zur Rede stellen, leider, und ihr ins Gewissen reden.«

»Da hattest du recht.«

»Und Claire ...« Sein Seufzer durchbricht den Zauber des Sommerabends. »Ach Gott, das arme Mädchen! Sie wurde so still, als ich ihr das über Janice und Matthew gesagt habe. Ich glaube, sie hat einfach aufgelegt, um die Wahrheit zu sagen.« Er leert sein Glas. Gott sei gelobt für Whisky. »Was kann man nur machen?«

»Nichts«, sagt Buffy. »Es ist schrecklich für mich zu sehen, wie unglücklich sie dich macht, und das schon seit Jahren. Sie ist eine verheiratete Frau, William, laß sie selbst damit fertig werden.«

Sie schweigen. An diesem vollkommenen, goldenen Abend spürt er die erste kleine Verstimmung zwischen ihnen. Auch sie spürt es.

»O Liebling«, sie dreht sich zu ihm um. »Schieb diesen Panama hoch. Sieh mich an.«

Gehorsam tut er beides.

»So ist es besser. Klinge ich schrecklich hart? Ich weiß, ich kann unmöglich nachfühlen, wie es ist, nicht wirklich. Wenn man Kinder hat, muß es sehr weh tun ...«

Der Riß beginnt sich zu schließen. Er drückt ihre Hand. »So ist es, leider.«

»Was willst du also tun?« fragt sie ihn. »Sollen wir sie zum Abendessen einladen? Beide zusammen? Oder meinst du, du solltest zu ihr gehen? Dich endlich einmal richtig mit ihr aussprechen? Vielleicht reinigt das die dicke Luft, es ist einen Versuch wert, Liebster.«

»Vielleicht«, sagt William, aber allein der Gedanke versetzt ihn in Panik. »Ich fürchte, ich war immer eher ein Drückeberger«, sagt er. »Was unangenehme Dinge betrifft. Auseinandersetzungen liegen mir nicht, ehrlich gesagt. O Gott.« Er hebt ihre Hand und legt sie sich aufs Herz. »Wie lächerlich muß ich dir vorkommen! Wie mutig du warst, mir diesen Brief zu schreiben.«

»Ich dachte, ich müßte sterben.« Wie weit scheint das alles zurückzuliegen! So, wie sie sich heute abend fühlt, könnte sie ewig leben.

Sie sagt es William. Er hebt ihre Hand und küßt sie.

»Ich wäre nie aufgewacht«, bekennt er. »Wenn du mir nicht geschrieben hättest. Das ist es ja gerade – ich *sehe* einfach nichts. Genau das hat Claire mir seit Jahren vorgeworfen.«

Buffy küßt seine Hand, so runzlig und dünnhäutig und darunter doch so stark. »Du siehst gerade genug. Du bist ein lieber, loyaler Vater: Niemand könnte sich einen besseren wünschen.«

Er schüttelt den Kopf, doch er ist getröstet. Wie gut Liebe tut!

»Wie gut Liebe tut«, sagt er und denkt an Buffy, denkt an die geliebte Eve, deren Anwesenheit er irgendwie spürt, in dieser Sommernacht draußen in ihrem Garten, und die alles versteht. Es wird jetzt dämmrig, aber es ist noch warm.

»O ja«, sagt Buffy. Und denkt an William, denkt an Janice und Matthew, so seltsam, aber zumindest im Moment so glücklich. »Sie ist ein starkes junges Ding«, sagt sie und setzt voraus, daß William weiß, wen sie meint. »Wir müssen eben abwarten, was geschieht.«

»Und notfalls können wir die Scherben auflesen.«

»Wenn es sein muß.«

»Genau.«

Die Sonne versinkt, die Dämmerung vertieft sich. Zwei sanfte, hohle Töne kommen aus dem Gezweig der Bäume.

»Diese Eulen«, sagt William. »Sie kommen Jahr für Jahr wieder zurück.«

Ein goldener Sommerabend. Draußen auf dem Klinikgelände sind die langen, tiefen Schatten der Tannen von Licht gefleckt. Leute gehen langsam im Freien spazieren, sie sitzen auf Bänken vor den offenen Türen. Einige spielen Crocket; jemand lacht, Schwalben schießen herab und fliegen dicht am Boden entlang.

Matthew hält Janice umschlungen. »Du bringst mich ins Leben zurück«, sagt er zu ihr. »Du machst mich wieder gesund.«

»Ich und die Pillen«, sagt sie und blickt zu ihm auf. So groß wie sie ist, muß sie es doch. Seine Augen sind klarer; sie sind jetzt so voller Zärtlichkeit, daß sie kaum atmen kann.

»Du vor allem«, sagt er leise. »Ich glaube, vor allem du.«

Eine warme Sommernacht. Die ganze Familie hat draußen im Park Cricket gespielt. Hugo wird einmal gut sein, ohne Zweifel. Das sagt Jeremy zu ihm, und der Junge errötet vor Freude. »Fast so gut wie Piers«, sagt Jeremy und zieht die Stäbe heraus. Piers ist jetzt in der ersten Elfermannschaft, er ist samstags oft fort. Heute war das erste Mal seit Ewigkeiten, daß sie als Familie zusammen gespielt haben. Geraldine rannte wie der Wind, obwohl ihr Schlagen, wie Hugo zu ihr sagt, noch ziemlich erbärmlich ist.

»Halt die Klappe.«

»Jetzt reicht es.« Claire nähert sich vom Außenrand des Spielfeldes, wo sie gerne steht.

»Du *mußt* nicht immer Feldspieler sein«, sagt Piers, als sie wieder zu ihnen zurückkommt.

»Das macht mir nichts aus. Es gibt mir Zeit zum Denken.«

»Und woran denkst du?« fragt Jeremy beiläufig und wirft den Ball in den Sack.

»Was eine Mutter von drei Kindern eben so denkt.«

Jetzt ist es Zeit, nach Hause zu gehen. Andere Familien gehen auch, sie schlendern langsam zum Tor, ihre langen Schatten hinter ihnen auf dem Gras. Einige von ihnen kennen sie.

»Da ist Martin«, sagt Piers und hebt die Hand zu einem dicklichen Jungen, der zwischen seinen Eltern geht.

»Er ist ein Schwachkopf«, sagt Hugo.

»Er ist o. k.«

Martins Eltern winken Jeremy und Claire zu. Am Tor wechselt man höfliche Worte.

»Ist das nicht komisch«, sagt Derek und reibt sich den Bart, »daß wir alle das Shropshire-Mädchen kennen?«

»Welches Shropshire-Mädchen?« fragt Martin, während Claire vorausgeht.

»Du erinnerst dich doch. Vom Hundemuseum. Sie ist bei Drake's gelandet, im Village.«

»Das Hundemuseum war gemein«, sagt Martin.

»Ach, ich wünschte, wir hätten einen Hund«, sagt Geraldine.

Zu Hause kommen die Nachbarn zu Drinks herüber. Sie bleiben eine Ewigkeit, bis zum Sonnenuntergang. Die Kinder werden hungrig, dann quengelig. Chips tun es auf die Dauer nicht. Die Luft ist voll vom Geruch der Grillfeuer. Die Nachbarn gehen nach Hause zu ihrem eigenen Grill. Würstchen werden über den Zaun gereicht, die Kinder werden wieder munter, während Jeremy unablässig brutzelt.

»Wie könnt ihr bloß noch *mehr* verdrücken?« fragt er sie und dreht die marinierten Kebabs um, die Claire am Morgen vorbereitet hat.

»Ganz leicht.« Sie verbrennen sich die Zungen an Pilzen, quietschen und kommen wieder, um Nachschub zu holen.

Endlich ist es Zeit für Bad und Bett. Endlich, nachdem Geraldine zugedeckt ist und die Jungen in ihrem Schlafzimmer vor dem Computer sitzen, sind Jeremy und Claire allein. Sie waschen ab, sie räumen auf, und endlich können sie sich hinsetzen. Jeremy hat die Karte von Frankreich hervorgeholt; sie setzen sich an den Gartentisch und zeichnen die Route ein, die sie Ende Juli fahren werden. Sie haben das Haus schon früher einmal gemietet, vor zwei Jahren; jetzt, wo Geraldine älter ist, wird die Reise nicht ganz so anstrengend sein. Und wenn sie erst einmal dort sind –

Wenn sie erst einmal dort sind, wird es ohne Unterbrechung weitergehen, genau wie hier, auch wenn sie sich mit einer anderen Familie die Last ein wenig teilen können

»Es wird Zeit, daß wir einmal allein fortfahren«, sagt Jeremy und lehnt sich zurück, um die letzten Sonnenstrahlen zu genießen. »Zeit, daß wir mal für uns sind, meinst du nicht?«

»Mmm.«

Er läßt seinen Arm leicht auf ihren Schultern ruhen. Sie kommt ihm mit keiner Geste entgegen, wendet nicht den Kopf. Er ist daran gewöhnt. Er mußte sich daran gewöhnen.

»Claire? War das William am Telefon? Um die Mittagszeit?«

»Ja.« Sie glättet die Landkarte, ihre Hand fährt über die Loire, die Auvergne, die Cevennen. Alle diese schönen Gegenden, denkt er, und betrachtet die Hand mit ihren abgekauten Fingernägeln. Sie hebt sie jetzt, um daran zu nagen; er zieht sie sanft zurück. Sie schüttelt ihn ab.

»Laß das.«

Er läßt den Arm von ihren Schultern sinken; sein Auge ruht auf Paris, auf Chartres. Diese Aussicht von Chartres auf die Ebene; dieses Blau! Sie waren dort gewesen, bevor die Kinder geboren waren. Etwas stimmte schon damals nicht so ganz, obwohl er noch nicht gewagt hatte, es sich einzugestehen.

»Wie geht es ihm?« fragt er, während die Vögel in den Bäumen verstummen. »William?«

»Oh – gut. Buffy lebt jetzt bei ihm, wie es scheint.«

»Buffy?« Er hat immer eine Schwäche für sie gehabt. »Wie kommt denn das?«

Claire erklärt es ihm und beginnt, die Karte zusammenzufalten.

»Ach, wie schön für sie beide! Wie erfreulich. Wir sollten sie zum Abendessen einladen. Und ist Janice noch da? Oder ist sie zurück nach Shropshire gegangen?«

»Sie ist noch da«, sagt Claire, und jetzt ist die Karte zusammengefaltet. »Kaffee?«

»Gleich. Bleib noch einen Moment sitzen.« Was für eine Woche das war! Was für ein Jahr! Wie lange war es her, seit sie so zusammengesessen hatten?

»Und Matthew?« fragt er sie und spürt, wie sie sich verschließt. »Wie geht es ihm?«

»Gut. Viel besser, anscheinend – aber andererseits, das hatten wir ja schon.«

»Ich kann mich nicht erinnern, daß du je gesagt hast, es sei ihm einmal viel besser gegangen.«

»Nein. Sie haben seine Medikamente gewechselt. Das habe ich dir doch sicher gesagt.«

»Vielleicht.« Und vielleicht hat sie es, und vielleicht hat er nur nicht zugehört nach einem wie gewöhnlich hektischen Tag. Die Unterlagen auf seinem Schreibtisch im Schlafzimmer bildeten inzwischen zwei Stapel; irgendwie mußte er vor Frankreich damit durchkommen. Er denkt an die Hitze, die langen Nachmittage im oberen Stockwerk bei geschlossenen Fensterläden, die Kinder draußen mit der übrigen Bande, und er und Claire …

Er weiß, wie es sein wird.

»Liebling?« sagt er jetzt und zieht sie wieder an sich. »Höre ich dir nicht genug zu? Wenn du versuchst, mir etwas zu sagen? Gibt es etwas, das du mir sagen möchtest?«

»Nein«, sagt Claire. »Nein, wirklich nicht, alles in Ordnung.« Kurz lehnt sie ihren Kopf an seine Schulter; dann erhebt sie sich. »Ich mache jetzt den Kaffee«, sagt sie und geht ins Haus.

Das ist unser Leben, denkt Jeremy und starrt hinaus in den Garten. So ist es nun einmal. Er hört das wütende Zermahlen der Kaffeebohnen: Ihr Geruch weht durch das offene Küchenfenster. Als es vorbei ist, hört er die Eule, die den ganzen Sommer über dagewesen war, von irgendwo ganz in der Nähe. Es ist fast, als ob sie hierhergehört, denkt er; und lauscht diesem langsamen traurigen Ruf.

In der Küche ist es sehr still geworden. Nach einer Minute steht er auf, tritt ans Fenster und schaut hinein. Claire steht einfach da, ganz still, während der Kessel den Raum mit einer träumerischen Dampfwolke füllt. Er ist erschüttert von ihrer unaussprechlichen Traurigkeit: Er kann sie spüren, selbst hier draußen.

»Liebling ...«

Sie sieht ihn an, ihre dunklen Augen riesig in dem schattigen Raum ...

»Es tut mir leid«, sagt sie, und ihre Augen füllen sich mit Tränen. »Es tut mir so leid.«

»Was tut dir leid?« Und jetzt könnte er hineingehen, er könnte sie in die Arme nehmen, er könnte sie hinaufführen und ihr immer und immer wieder sagen, daß er sie liebt, daß er sie immer lieben wird ...

Er tut es nicht. Er hat es schon früher getan, wenn auch seit langem nicht mehr, und manchmal hatte er das Gefühl, daß er diese Worte zu sich selber sagte, daß nichts – nichts, was er je sagen oder tun könnte – sie ihm wirklich nahebringen würde.

So wartet er: bis sie den Anfang macht.

»Was tut dir leid?« fragt er sie leise.

Und dies ist ein entscheidender Moment in ihrer Ehe: Er fühlt es – ein Wendepunkt, die Möglichkeit, daß die nackte Wahrheit zwischen ihnen ans Licht kommt.

Dann dreht Claire sich um, nimmt den Kessel vom Kochfeld, und sagt unter Tränen: »Nichts. Gar nichts. Vergiß es.«

Kochendes Wasser fließt in die Kanne. Er steht schweigend daneben, unfähig, sich zu bewegen. Claire stellt alles auf ein Tablett.

»Aber das eine will ich dir sagen«, sagt sie in die leere Luft. »Mein Leben wäre nichts ohne euch alle.«

25 Ein Familientreffen. William hat für alle Zimmer in einem netten kleinen Gasthof reserviert, außerhalb von Oswestry, denn sie können natürlich nicht über Nacht im Museum bleiben. Aber sie können den Nachmittag dort verbringen.

Der Wagen fährt mit hoher Geschwindigkeit über die Autobahn, William und Buffy sitzen vorn, Matthew und Janice hinten. Er hat den Arm um ihre Schultern gelegt, sie schmiegt sich an ihn. Es ist seit Jahren die längste Zeit, die er außerhalb der Klinik verbringt. Danny liegt in seinem Korb dicht neben ihr. Der Geruch des Sommergrases weht zum Fenster herein, als sie von der Autobahn, dann von der Umgehungsstraße abbiegen. Sie fahren über die Feldwege zwischen den hohen Hecken. Danny setzt sich auf und preßt die Nase ans Glas, die Ohren fliegen zurück im Wind. Durch die Tore zwischen den Hecken sehen sie, daß die meisten Felder leer sind

»Furchtbar«, sagt Buffy traurig. »Schrecklich. Da sollten Schafe sein, die unter den Bäumen schlafen, da sollten Kühe stehen, die wiederkäuen ...«

»Ich hab es Ihnen ja gesagt«, sagt Janice vom Hintersitz. »Wenn wir alle Veganer wären, dann wäre es nicht nötig ...«

Sie hört sich weiterreden; alles, was sie ihnen schon in London gepredigt hat; und vorher ihren Eltern und Steve. Morgen wird sie alle wiedersehen. Und sie alle werden Matthew kennenlernen – sie wird etwas nervös bei dem Gedanken, aber sie werden es durchstehen. William wird dafür sorgen, daß alles gutgeht.

»Genug davon«, sagt er jetzt, während er vor einer Kreuzung langsamer fährt. »Wenn wir alle Veganer wären, dann gäbe es auf dem Land kein einziges Schaf, keine einzige Kuh. Und wie würde dir das gefallen?« fragt er Buffy. Er läßt einen Lastwagen vorbeirattern. *Sun-Valley-Hühner* steht in riesigen Buchstaben darauf; drinnen sind Kisten mit weißgefiederten Vögeln aufgestapelt, er weiß es und hofft, daß sie es nicht gesehen hat.

»Das würde mir gar nicht gefallen«, sagt Buffy, die es ganz deutlich gesehen hat. »Nein, natürlich nicht. Aber ... ach Gott«, und sie blickt aus dem Fenster und fragt sich, was das beste wäre. Ich werde eine Kampagne starten, denkt sie, sobald ich wieder ganz fit bin. Ich werde *Compassion in World Farming* beitreten. Ich werde ihnen Geld für die Esel im Fernen Osten schicken.

»Wir sind gleich da.« Janice ist plötzlich furchtbar aufgeregt. Sie fragt Matthew: »Kannst du dich überhaupt an sie erinnern? Von damals, als du noch klein warst?«

Er schüttelt den Kopf. »Vielleicht, wenn ich sie sehe.«

Da ist das Schild: »Das Hundemuseum«, in Schwarz und Weiß auf Holz gemalt, an einer Weißdornhecke befestigt. Da ist das Haus und dahinter die Hütten, und hier, an der Pforte, erwarten sie eine Million Hunde in der Sonne.

»So, so, da sind wir«, sagt William und tritt auf die Bremse. Und dann ist er einfach sprachlos. Er hupt; sie warten.

Ernie und Mary und Sophie kommen ihnen mit ihren uralten Sonnenhüten langsam über den Hof entgegen.

»Zurück mit euch, ihr Hunde!« brüllt Ernie, hebt die Hand zum Hut und öffnet das Tor weit. Herein poltert der Wagen, und eine Million Hunde laufen im Kreis darum herum und bellen wie verrückt.

Sie sitzen am Küchentisch und trinken Tee. Sophie faßt mit flattriger Hand an ihre Haarspange. Sie hatte ewig gebraucht, sich für eine zu entscheiden. Schließlich wählte sie die Bluebirds.

»Bißchen normaler als die Kakadus«, sagt Ernie, als er sie am Morgen sieht. »Mit denen siehst du herausgeputzt wie ein Zirkuspferd aus.«

»Ich will nicht, daß noch ein Penny in diesem Laden ausgegeben wird«, sagt Mary und knallt Marmeladetörtchen auf die Teller. »Ich hoffe, das ist klar.«

Sophie erwidert nichts. Nie wieder da hineingehen – sie zupft an ihrem Taschentuch.

»Wenn wir es geschickt anstellen«, meint Ernie, »können wir den ganzen Laden aufkaufen.«

Mary schnaubt.

»Ich meine nicht Erpressung«, erklärt er ihr und steckt einen schmutzigen Finger in die Marmelade. Sie klapst ihn weg. »Ich will ihn nicht bedrängen oder ausrauben. Er soll nur investieren.

Er muß ja im Geld schwimmen, der alte William. Pension vom Finanzministerium, großes Einfamilienhaus ...«

Sobald er das Auto sieht, weiß er, daß er recht hat.

Und jetzt sind sie alle da und sitzen um den Tisch herum, eine richtige Familie, wie es sich gehört. Und diese Janice ist endlich auch wieder da. Er zwinkert ihr zu.

»Hast'n bißchen Tabak?«

»Hab ich, zufällig.« Sie reicht ihm die Dose herüber, und er öffnet sie vergnügt. Ah, das ist schon besser. Er wirft über den Tisch einen Blick auf Matthew. Etwas stimmt da nicht so ganz, das steht fest. Aber gut, wenn es sie glücklich macht. Und er zündet sich eine an und fühlt sich so wohl wie seit Monaten nicht mehr.

»Ihre Haarspange gefällt mir«, sagt Buffy zu Sophie, und sie errötet vor Freude.

»Vielen Dank.«

Mary starrt sie drohend an. Sophie beachtet es nicht.

»Ich mag Ihre Kämme«, sagt sie zu Buffy und bewundert das Schildpatt.

»Wie nett von Ihnen.«

Sie lächeln einander zu wie zwei Verschwörer.

»Also dann«, sagt William und trinkt seinen scheußlichen Tee aus, Danny auf dem Schoß und hundert Hunde zu seinen Füßen. Mein Gott, Zustände sind das! »Ich kann es nicht erwarten, die Runde zu machen.«

Ernie läßt sich kein zweites Mal bitten.

»Na, dann mal los.« Er erhebt sich. »Mir nach.«

Im Innern der Hütten gehen William und Buffy, Janice und Matthew von einer Zelle zur anderen, von dem mottenzerfressenen Labrador zu dem mäusebefallenen Bernhardiner mit seiner hechelnden Filzzunge und dem Schnapsfäßchen. Janice hat natürlich alles schon früher gesehen und versucht, es zu beschreiben, aber keine Beschreibung könnte jemals, jemals ...

»Aber das ist ja großartig«, sagt William. »Das ist Kunst!«

Buffy starrt auf den glänzenden Fisch, die Huskies, die Nordlichter.

»Das ist einzigartig. Wir müssen es erhalten.« Ihre Gedanken rasen. Das »Museum of Childhood« vielleicht, in Bethnal Green. Eine Subvention? Für so etwas muß man doch irgendwo eine Subvention auftreiben können.

Ernie platzt vor Glück und Stolz. »Was mir vorschwebt«, sagt er zu William, als sie endlich die Runde beendet haben, »ist eine Reihe von Ausstellungen. Wenn ihr jetzt in meinen Wohnwagen kommen möchtet –«

»Bist du sicher, daß sie das wollen, Ernie?« fragt Janice, aber er hört nicht zu. Er ist in Hochstimmung, er ist in Fahrt, die Welt steht ihm offen.

In dem übelriechenden alten Wohnwagen zeigt er ihnen alles, alles, was er seit dem Fiasko in Healing Arts gemalt hat: Porträts von Pipsqueak und Nelly und Spot, Porträts von Tilly und Ben. Er hat sie alle an die Wände geheftet.

»Phantastisch«, sagt William, und er meint es auch so.

»Da bekomme ich Lust, selbst den Pinsel zur Hand zu nehmen«, sagt er zu ihm, und Ernie nimmt seinen Farbkasten und fuchtelt ihm damit vor der Nase herum.

»Nicht nötig, ein Vermögen dafür auszugeben. Ich bin mit diesen hier ausgekommen. Allerdings«, fügt er schnell hinzu, »Zobel wäre besser. Geht nichts über einen guten Zobelpinsel.«

»Allerdings«, murmelt William, während Danny die Stufen heraufhoppelt.

»Ah«, sagt Ernie und hebt ihn auf. »Du bist so ein lieber kleiner Kerl! Wie wär's, soll ich dein Porträt malen?«

»Gute Idee«, sagt William. Er sieht es schon vor sich.

Die Sonne sinkt. Eine Million Hunde fressen aus einer Million Blechnäpfen: in den Ställen, im Hof, vor der Hintertür.

»Aber wo kommen die alle her?« fragt William. »Wie hat das alles angefangen?«

»Nach und nach«, sagt Mary und tätschelt einen Windhund. »Es ist eine endlose Aufgabe, eine Lebensarbeit. Aber es ist alle Opfer, alle Mühe wert.«

»Gewiß.« Er ist vollkommen verblüfft. »Aber wie um alles in der Welt könnt ihr die alle ernähren? Es muß euch doch schrecklich viel Geld kosten.«

»Ach«, sagt Ernie, Pipsqueak in den Armen, »wenn ihr jetzt wieder zurück ins Haus kommen wollt, können wir uns vielleicht ein wenig unterhalten. Von Mann zu Mann«, fügt er hinzu, und alle anderen verdrücken sich.

Es ist früher Abend. Alle sind glücklich. William, drinnen im Haus, hat sich alles angehört. Er hat sich den Geschäftsplan angesehen. Nun – warum nicht? Es ist schließlich einzigartig. Und als die anderen endlich hereinströmen und Mary, ausnahmsweise, eine Flasche und ein paar wirklich recht gute kleine Gläser aus dem Nebenzimmer holt, zieht er sein Scheckbuch und seinen schönen alten Füllfederhalter hervor, schraubt ihn auf und schreibt einen riesigen Scheck.

»Ich habe ihn auf deinen Namen ausgestellt«, sagt er zu Ernie und wedelt ihn trocken. »Ist das in Ordnung?«

»Ja«, sagt Ernie, der erst gestern ein Konto mit einem Pfund eröffnet hat. »Das ist ganz in Ordnung.« Und niemand sagt ein Wort. Schließlich werden sie alle davon profitieren.

Abenddämmerung. Sie sitzen mit ihren Drinks draußen auf harten Stühlen in dem langen, langen Gras, das bis an die Pforte zum Feld reicht. Fledermäuse huschen umher, die Hühner schlüpfen in ihren Stall – »Bevor der böse alte Fuchs kommt«, sagt Ernie –, und der Himmel ist mit Gold gestreift.

Matthew und Janice halten sich an den Händen. »Ich glaube, ich erinnere mich jetzt«, sagt er und sieht sich um.

»Wir erinnern uns auch an dich«, sagt Sophie. »An dich und Claire. Ihr wart so liebe kleine Dinger, ihr beide.«

Die Sonne zerschmilzt am Rand des hintersten Feldes, und dann ist sie verschwunden. Noch mehr Fledermäuse, und dann, ganz plötzlich, hören sie durch die Dämmerung eine Eule, die aus der Tiefe des Waldes ruft.

Janice umfaßt Matthews Hand fester. Sein Gesichtsausdruck ist in der Dämmerung nicht zu deuten. Wieder ruft die Eule:

diese zwei hohlen Töne, zeitlos, geheimnisvoll, herzzerreißend traurig.

»Ich wünschte, Claire wäre hier«, sagt William leise. »Sie sollte jetzt nicht fehlen.«

Er sieht Janice an, und sie erwidert seinen Blick: Es ist ein sehr langer, fragender Blick, mit dem er sie ansieht; sie muß sich abwenden.

William ist nicht dumm. Er weiß, daß sie ihm etwas verschweigt. Weiß er, was es ist? Kann er es erraten?

Die Eule ruft, der Duft des Sommergrases ist überall, sie sind jetzt fast ganz von Dunkelheit umhüllt.

Könnte das denn jemals ein Mensch erraten?

PIPER

Sue Gee

Ein Garten im Sommer

Roman. Aus dem Englischen von Anne Ruth Frank-Strauss. 478 Seiten. Serie Piper

Hell, freundlich und voller Wärme ist die Jugend von Walter Cox, der auf einer Farm in Kent heranwächst. Dann reißt der Krieg die erste große Lücke, als sein geliebter älterer Bruder fällt und Walter verändert und verwirrt zurückbleibt. Wie weitermachen, wie seinem Leben jetzt einen Sinn geben? Der Romantiker Walter entscheidet sich für eine Welt, in der Farben, Licht und Schönheit noch Bedeutung haben: für die Malerei. An der Slade, der renommiertesten Kunstakademie in London, erlebt er in den zwanziger Jahren seine erste besinnungslose Liebe zu der lebenshungrigen Nina – und flüchtet schließlich in die ländliche Weite von Kent zurück und in die Ehe mit Sarah, zu der sich offenbar auch sein bester Freund, der Bildhauer Euan, hingezogen fühlt. Immer mehr schließt Euan sich an Walter und dessen Familie an, immer enger wird das Band der Gemeinschaft, das erst ein drohendes Unglück zu sprengen vermag.

01/1045/02/R

PIPER

Sue Gee

Nachtstücke

Roman. Aus dem Englischen von Erica Ruetz. 471 Seiten.
Serie Piper

Ein verwunschenes Tal im Grenzland zwischen Wales und England ist die Heimat der gleichermaßen begabten wie exzentrischen jungen Dichterin Gillian. Nach dem frühen Tod ihres Vaters lebt Gillian mit ihrer Mutter Phoebe, die sich ganz der Schönheit ihres paradiesischen Gartens verschrieben hat, in schicksalhafter Zweisamkeit. Als eines Tages vier Neuankömmlinge aus London auftauchen, gerät das subtile Gefüge zwischen Mutter und Tochter aus dem Gleichgewicht. Denn in der emotionalen Tristesse der Provinz sorgen die Freunde Edward und Rowland, der Musiker Phil und die sensible Therapeutin Nesta für einen Reigen von Beziehungen mit dramatischen Konsequenzen, in deren Mittelpunkt die sehnsuchtsvolle und unerfahrene Gillian steht. Die poetisch genauen Naturbeschreibungen und Charakterstudien in diesem tragischen Liebesroman weisen Sue Gee als Meisterin britischer Erzählkunst aus.

01/1311/01/L

PIPER

Sue Gee

Die letzten Gäste der Saison

Roman. Aus dem Englischen von Stefanie Kuhn-Werner.
400 Seiten. Serie Piper

In einem abgelegenen Dorf im Norden Portugals liegt das idyllische Ferienhaus, in dem zwei englische Familien ihren Sommerurlaub verbringen: Claire und Robert mit ihren beiden Kindern Jessica und Jack haben das Häuschen gemietet und Claires Studienfreundin Frances mit Mann und Sohn dazu eingeladen. Doch das friedliche Bild trügt – unter der Oberfläche spielen sich Konflikte und Liebesverwirrungen ab. Claire ist irritiert, als Frances ihr eines Tages gesteht, daß sie sich in eine Arbeitskollegin verliebt hat, der sechsjährige Tom hat Probleme mit seinen Eltern, sie ebenso mit ihm, und die pubertierende Jessica verliebt sich in Frances' Mann Oliver … Mit großem psychologischen Gespür erzählt Sue Gee von der wachsenden Spannung zwischen den sieben Menschen, die auf einen dramatischen Höhepunkt zusteuert.

01/1312/01/R

PIPER

Judith Lennox

Die Mädchen mit den dunklen Augen

Roman. Aus dem Englischen von Mechtild Sandberg. 542 Seiten. Serie Piper

Drei junge Mädchen, wie sie verschiedener kaum sein können: die zielstrebige, unabhängige Katherine, die romantische Liv, die ohne Vater aufgewachsen ist, und Rachel, die Tochter aus gutem Hause, der stets alles in den Schoß zu fallen scheint. Nichts und niemand soll sie je auseinanderbringen, immer wollen sie füreinander dasein. Bis im Hochsommer 1969 die schwangere Rachel eine entsetzliche Entdeckung macht und ihre Freundinnen zu sich ruft – ausgerechnet als die verträumte Liv das entscheidende Rendezvous mit ihrer großen Liebe hat und Katherine sich kopfüber in Londons Partyleben stürzen will. Doch Rachel stirbt nach der unvorhersehbaren, plötzlichen Frühgeburt ihres Kindes – allein und ohne daß ihre beiden besten Freundinnen sie noch einmal gesehen haben. Im England der bewegten sechziger und siebziger Jahre entwirft Bestsellerautorin Judith Lennox einen dichten, fesselnden Roman – und klärt schließlich das Rätsel auf, das Rachels junges Leben gekostet hat.

01/1284/01/R